KB123927

꽃잎을 여미다

꽃잎을 여미다 1

2021년 8월 12일 초판 1쇄 인쇄
2021년 8월 17일 초판 1쇄 발행

지은이 은리화
발행인 김정수 강준규

기획 편집 주종숙 이은정 이해인 황지인
마케팅 지원 배진경 임혜솔 송지유 이영선

발행처 (주)로크미디어
출판등록 2003년 3월 24일
주소 서울시 마포구 성암로 330 DMC첨단산업센터 318호
편집 문의 (02)6365-5156 **구입 문의** (02)3273-5135
홈페이지 rokmedia.blog.me
E-mail romance@rokmedia.com

ⓒ 은리화, 2021

값 10,000원

ISBN 979-11-354-6689-2 04810 (1권)
ISBN 979-11-354-6688-5 04810 (세트)

꽃잎을 여미다

은리화 장편소설

목 차

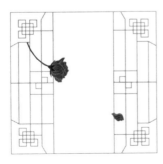

0.

단월국의 수도, 낙양.

매달 그믐밤 달이 사라지고 칠흑 같은 밤이 찾아오면 금정산의 막사에서는 경매가 열렸다.

황궁에서 빼낸 귀한 보물부터 노예까지. 이 세상 모든 귀한 보물들이 모인다는 소문을 쫓아온 이들 앞에 한 여인이 모습을 드러냈다.

"삼년상을 못다 치른 과부이외다. 무릇 무르익은 과실이 가장 달콤한 법이니, 이것이야말로 가치를 아시는 분께서 사 가시는 것이 좋을 테지요."

경매꾼의 음탕한 농담에 웃음이 터져 나왔다.

물건을 가져오라는 명과 함께 족쇄를 찬 여인이 단상 위로 옮겨졌다.

손도 발도 묶인 채 반항하는 여인의 옷 매듭 너머로 여물게 영근 수밀도의 윤곽이 비쳤다.

"저리 가려 놓았으니 무엇할까. 속살을 보아야 제값을 치르지."

"성급하시외다."

참지 못한 외침에 경매꾼은 회심의 미소를 지었다. 오늘 준비한 최상품의 속살을 어찌 그리 함부로 보일까. 그는 바닥에 몸을 뉘인 여인에게 다가가 두 눈을 가린 눈가리개부터 풀었다.

"저 눈은…….."

"눈동자만 봐도 아시겠지요. 귀하디귀한 향족의 여인이외다."

황금색으로 영근 눈빛은 향족의 상징이다. 품기만 하면 그 어떤 상처도 회복시킬 수 있는 신비로운 힘을 지녔다는 전설답게 어찌 쓰느냐에 따라 천금의 가치를 지닌 존재다.

"실제로 그러한지 아닌지는 맛을 봐야 알지!"

그야말로 부르는 게 값이라며 무엄한 농간질이 이어지고, 폭소하는 사내들의 조롱에 여인의 얼굴에도 수치심이 배어들었다.

경매꾼은 부하들을 시켜 다시 여인의 눈동자를 가렸다.

"이리도 앙칼진 맛이 있으니, 길들이시는 보람이 있을 겝니다."

한 푼이라도 더 비싸게 받을 수 있다면야 평소라면 더한 짓도 서슴지 않을 이가 오늘따라 상품의 가치를 알아보는 자에게 팔 거라며 꼬리를 뺀다. 덕분에 지켜보던 사내들도 덩달아 몸이 달았다.

"금화 천 냥부터 시작하겠나이다."

"뭐라?"

한낱 계집종의 몸값이 금화 한 냥을 넘지 않는다. 터무니없는 금액이라 하나 몸이 달아오른 사내들은 앞다투어 가격을 불러 댔다.

　제 몸값이 올라갈수록 여인의 몸이 뒤틀렸다. 음전한 틈새로 흘러나온 미색에 홀린 사내 하나가 큰 소리로 값을 불렀다.

　"금화 만 냥!"

　경매가 열린 이래 최고 금액이다. 수도 중심의 저택 한 채 값을 고작 여인 하나에 들일 만한 부자는 손에 꼽히지만, 호색한으로 소문난 황 부자를 마주하고서 경매꾼은 고개를 끄덕였다.

　저자라면 그 값을 치르고도 남을 위인이다.

　이제 저것은 제 것이라 나서는 황 부자를 두고 모두가 물러나던 중, 뒤켠에 선 사내 하나가 큰 소리로 외쳤다.

　"고작 만 냥이라. 참으로 가소롭구나."

　"무어라?"

　가면을 쓴 사내였다. 다부진 몸에 훤칠한 키의 사내는 가면을 쓰고 있기에 정체를 알 수 없었다. 그는 통통한 황 부자를 힐끗 내려다보고서 경매꾼을 향해 외쳤다.

　"금화 십만 냥, 이 자리에서 바로 지불하지."

　사내의 명과 동시에 뒤에 선 사내 넷이 금화가 든 커다란 상자를 두 개나 이고 왔다.

　상자 가득 들어찬 금화를 본 경매꾼의 얼굴에 화색이 돌았다. 호기롭게 만 냥을 부른 황 부자도 휘황찬란한 금화 더미를 보고서 숨을 삼켰다.

　"새 주인에게 가서 마음껏 귀여움 받으려무나."

　"읍, 읍!"

　말도 안 되는 금액을 들은 여인이 몸을 뒤틀자 경매꾼은 그런 여인의 머리를 쓰다듬으며 흐뭇하게 웃었다. 귀하디귀한 상품이니 생채기 하나 나지 않게 고이 간직하고서 경매꾼은 기꺼이 낙찰자인 사내를 맞이했다.

"손을 댄 자가 있느냐."

"그럴 리가요. 어찌 귀한 물건에 감히 손을 대오리까."

처음 구했을 때부터 잡배들이 건드리지 못하게 손수 관리한 물건이었다.

사내는 여인의 반응을 보고 경매꾼의 말이 참임을 확인했다. 향족의 여인의 가치를 아는 이는 드물다 하나 노련한 경매꾼은 그 가치를 알아본 것이 분명했다.

"직접 확인하지."

금화를 본 경매꾼은 기꺼이 여인을 사내의 품에 넘겼다. 손목을 꼭 거머쥔 채 사내는 여인의 몸을 훑어보았다.

족쇄 아래 여윈 손목은 금방이라도 부러질 것처럼 가늘었다. 반항할 기운조차 없어 파르르 떨리는 손목을 본 사내는 긴말 않고 여인을 제 품에 안아 들었다.

"그럼, 값을 치르지."

"여부가 있겠습니까."

"무하."

사내가 그림자의 이름을 불렀다. 존재감조차 느껴지지 않게 사내의 뒤를 따르던 그림자가 움직임과 동시에 천막 밖에서 대기 중이던 군사들이 경매장을 덮쳤다.

"함정이다!"

"주인어른!"

황제 직속 근위대가 경매장 안에 모인 자들을 도륙하기 시작했다. 사방에 퍼지는 피비린내와 함께 비명이 천막 안에 울렸다.

사정을 알아차린 경매꾼과 부하들이 검을 채 들기도 전에 은빛 섬광이 시야를 어지럽혔다.

붉은 선혈이 사방으로 튀고 경매꾼이 바닥에 쓰러졌다.

"이런."

경매꾼에게서 튄 선혈이 사내를 향해 튀고, 주인을 잃은 부하들은 우왕좌왕하다 근위대의 손에 무참히 쓰러졌다.

감히 제 여인을 향해 음탕한 눈길을 보낸 자들은 살려 둘 가치가 없다. 사내는 미간을 찌푸린 채 제 손에 묻은 피를 보며 인상을 찌푸렸다.

"송구하옵니다."

"뒷일을 부탁하마."

그림자에게 뒤처리를 맡기고 사내는 여인을 안고서 천막을 빠져나왔다. 제 품 안에서 오들오들 떨고 있는 여인도 이제는 제 정체를 알아차린 모양이었다.

만신창이가 된 여인을 마차에 앉히고 그는 손수 여인의 손목과 발목에 채워진 족쇄를 끊어 주었다.

벌겋게 흉이 진 상처를 문지르며 눈가리개를 풀자 여인의 말간 눈동자가 드러났다. 언제 보아도 아름다운 눈빛이건만, 정작 그녀는 힘의 증거인 이 눈빛을 좋아하지 않았다.

눈물을 머금은 여인을 마주하고서 사내는 흘러내린 귀밑머리를 쓸어 넘겨 주었다.

"어찌 이리 야위었느냐."

"어찌 알고 오셨습니까."

여인은 대답 대신 물음을 던졌다.

사내는 그런 여인의 질문에 대답하지 않았다. 부용화처럼 곱던 이가 이리도 야위었으니, 그녀가 제 곁을 떠난 후에도 순탄히 지내지 않았음을 확인할 뿐.

촉촉이 젖은 눈동자에서 눈물이 흘러내렸다. 사내는 여인의 뺨에 튄 핏방울과 함께 눈물도 닦아 주었다.

"네 사내가 이리 멀쩡히 살아 있거늘, 과부라 칭하다니. 그대는 예나 지금이나 참으로 내 말을 듣지 아니하지."

겁에 질린 여인이 입술을 깨물었다. 그 모습을 보고 나서야 사내의 입가에 서늘한 미소가 맴돌았다.

매사에 무던하던 여인이건만, 그래도 자신이 저지른 죄가 무엇인지는 알고 있는 눈치였다.

"재미있었겠지. 네가 없이 하루하루 피가 마를 나를 알면서도 그리 떠났으니, 네 어찌 즐겁지 않았겠느냐."

한 마디 한 마디가 다정하게 속삭이는 비웃음이라 여인은 고개를 떨구고 사내의 눈을 피하기 바빴다.

떨리는 눈동자를 앞에 두고 사내는 실없이 웃었다. 매일 밤 원망을 더해 가며 무슨 짓을 할지 몰랐건만 그래도 제 앞에 이리 앉은 모습을 보니 미움이 일기도 전에 기쁜 제 마음이 참으로 우스웠다.

"이런 꼴을 당하려고 내 곁을 떠난 건가."

흐트러진 옷 틈새의 상처를 마주한 그의 미간이 가득 찌푸려졌다. 웃음기가 사라진 그를 차마 마주할 수 없어 여인은 눈을 감고 입술을 깨물었다. 뺨을 스치는 손길은 더없이 다정하건만 쇄골에 와닿는 그의 숨결은 한없이 거칠다.

"내가 우스웠겠지. 그대는 나를 기만하는 게 즐거웠던 거야."

냉혹한 그의 말이 비수가 되어 그녀의 심장을 찢어발겼다. 한 없이 야윈 어깨에 남은 상흔을 어루만지며 그는 뜨거운 눈물을 떨궜다.

이리도 저를 짓밟는 참혹한 지아비를 앞에 두고도 그녀는 한 마디의 원망조차 하지 않았다. 그는 소매로 눈물을 훔치고서 시 녀들에게 명을 내렸다.

"비를 모셔라."

"예, 폐하."

여인을 실은 마차가 달리기 시작했다. 침통한 심정을 품고서 사내는 말에 올랐다.

"차라리 그날, 나를 살리지 말았어야지."

침통한 중얼거림은 누구에게도 닿지 않았다. 차라리 만나지 않 았더라면, 그랬다면 제 목숨은 진작 사라지고도 남았을 터. 그날 도 그믐이었다. 달조차 사라진 밤길을 걸으며 그는 묻어 둔 옛 기 억을 되새겼다.

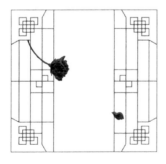

1.

험준하기로 소문난 태남산 자락. 아리는 빨래를 두드리며 한숨을 내쉬었다. 이제는 체구가 제법 컸다 하나 동생의 옷에는 긁혀서 난 핏자국이 선연했다.

"동이 이놈은 저가 짐승을 잡는 건지, 저가 짐승에게 잡히는 건지."

체구가 컸다 한들 동생의 나이는 이제 겨우 열여덟. 아버지께 배울 것이 참으로 많은 아이였건만 그조차도 어렵게 되고 말았다.

멧돼지 정도는 긁힌 상처 하나 없이 잡고 돌아오셨던 아버지는 사냥에는 도가 텄던 분이었다. 그런 아버지도 태남산 백호랑이 앞에서는 고전했다. 몸이 허약하다는 황태자를 위해 나선 사냥꾼 열이 물려 죽었고, 아버지 역시 상처가 덧나 돌아가셨다.

그 후로 남매는 오직 서로만을 의지하며 살았다. 어린 시절부터 몸이 약했던 어머니는 아리가 아홉이 되던 해에 돌아가셨고, 그 후로 집안 살림은 모두 아리의 몫이었다.

어머니가 남겨 주신 약재서를 읽기 위해서라도 아리는 필사적으로 글을 깨쳤다. 그런 아리와 달리 동이 저 녀석은 결국은 보고 배운 재주가 그것밖에 없다며 열다섯이 되었을 때부터 아버지를 따라 사냥꾼 노릇을 시작했다.

"아이고, 비가 오시네."

다 빤 빨래를 이고 갈 즈음 먹구름이 일었다. 이런 날은 사냥도 공칠 터이니 아리는 서둘러 움막으로 돌아왔다. 동생의 솜씨가 형편없다 한들 두 남매가 입술에 풀칠 정도는 할 수 있다. 일단 잡아 온 짐승은 모두 아리의 손을 거쳐 한 달에 한 번 들르는 웅이 아저씨 손에 넘어갔다.

육포도 말리고, 가죽도 쓸 만하게 다듬고, 아버지에게 배운 대로 짐승의 장기는 잘 말려 약재로도 만들었다.

간혹 운이 좋게 사슴뿔이라도 구하면 은전도 제법 만질 수 있으니 부디 오늘도 동생이 사슴을 잡아 오기만을 손꼽아 기다렸다.

"누이! 이것 좀 어찌해 보오!"

"오늘은 뭘 또 그리 큰 것을 잡았기에. 이것이 다 무엇이더냐!"

등에 업은 검은 것이 꿈틀거렸다. 짐승인가 해서 보니 피가 묻은 사람이라 저도 모르게 비명이 나왔다. 저 서투른 것이 드디어 사람을 잡았구나. 환자를 서둘러 침상에 눕히고서 아리는 제 아우의 등짝을 있는 힘껏 후렸다.

"내 네가 이러는 날이 올 줄 알았음이니!"

내 동생이 사람을 잡았다고. 엉엉 우는 아리를 앞에 놓고 동이의 얼굴이 벌겋게 달았다. 덩치로는 어지간한 곰보다 큰 녀석이 울상을 지으며 머리를 긁적이기 바빴다.

"내가 한 짓이 아니오. 나는 그저 이이가 쓰러져 있는 것을 주워 온 것뿐인데……."

머리를 긁적이는 아우의 말에 아리는 더욱 기가 막혔다.

"제정신인 것이냐! 짐승을 주워 오지 말랬더니 이제는 사람을 주워 와!"

"나라고 이러지 않을 것 같소! 나도 이리 다치면 누군가 구해 줘야 할 것 아니오!"

동이는 빼액 소리를 지르고서 방문을 걷어차고 나가 버렸다. 기가 차서 머리를 짚었다. 결국 환자는 아리의 몫이 되었다.

"어디를 가는 게야?"

"이이를 업고 오느라 오늘 사냥한 것들을 다 두고 왔으니 가지러 가오!"

그렇게 핑계 아닌 핑계를 대고 동이는 제 누이에게 외간 사내를 떠넘긴 채 냉큼 달아나 버렸다. 아버지가 돌아가시고 홀로 사냥을 다니며 동이는 유독 어리고 연약한 짐승들을 간혹 주워 오곤 했다.

사람 손을 타면 아니 된다고 냉큼 돌려보내기는 했지만 그럴 때마다 어린 아우는 누이를 피도 눈물도 없다며 힐난했다. 끝까지 책임지지도 못할 거면서. 언제나 동이가 저지르는 일을 수습하는 건 아리의 몫이었다.

철없는 아우의 멱살까지 잡고 혼을 내고서 다시는 이러지 아니하겠다 맹세를 받아 냈다. 동이가 주워 온 어린 짐승이 죽었던 날, 그것을 집 뒤의 텃밭에 묻은 것도 아리였다.

주워 오는 것은 저의 선한 마음이라도 그 상처 입은 것을 홀로 돌보고 보살피는 것은 언제나 제 책임이 되고 마는데, 둘이 겨우 입에 풀칠이나 하는 주제에 짐승을 거둬 먹이는 것은 사치이건만 생각이 짧은 아우는 이리도 철이 없어 누이의 속을 썩였다.

요즘 들어 한동안 잠잠하다 했더니 또 시작이다. 하다 하다 이제는 사람을 주워 왔으니 아리는 속이 터져 애꿎은 제 가슴만 쳤다.

"나더러 어찌하라고."

마음 같아서는 입 하나가 얹히는 것도 부담이라 하고 싶으나 이리 다친 것이 제 아우의 모습이라 생각하니 모진 마음을 먹기 힘들었다.

빠듯한 살림이라 하여도 이미 주워 온 이를 어찌할까. 아리는 서둘러 더운물을 데우고 약 상자를 꺼냈다.

상처를 치료하는 법은 어머니에게 배웠다. 사냥을 나간 아버지가 상처를 달고 올 때면 어머니는 그런 아버지의 등에 정성껏 약을 발라 주었다. 은은한 꽃향기가 나는 어머니의 곁에서는 유독 상처가 빨리 낫는다는 아버지의 농담에 어머니는 참으로 꽃처럼 웃었다.

'그러니 아리 너도 배워 둬야 할 거란다.'

어느 상처에 어떤 약을 써야 하는지, 몸이 약했던 어머니는 어린 아리를 위해 병상에 누워서도 어렵게나마 글줄을 남겨 주었다. 동이가 독초를 먹고 배앓이를 할 때도, 멧돼지가 내려와 집

뒤 텃밭을 모두 엎었을 때도 어머니의 지혜를 빌렸다.

사냥꾼의 아내로 사는 것이 뭐 그리도 좋으셨는지는 몰라도 어머니는 그런 아버지를 참으로 사랑하셨다.

"이것은……."

어느 짐승에게 당한 것인지 보려 사내의 옷을 벗기던 참이었다. 매섭게 난 검상을 본 아리의 손이 멈췄다. 예리하게 벼른 검이 사내의 몸에 큼직한 흉을 남겼다. 이래서야 어떻게든 흉이 남을 터인데, 출혈이 심하여 지혈초를 바르고서 아리는 사내의 몸 곳곳을 살폈다.

잘 단련된 사내의 몸에 새겨진 흉터가 제일 먼저 눈에 들어왔다. 손에 박인 굳은살과 허리에 찬 검에는 차마 아리가 엄두도 못 낼 황금 장식이 달려 있다.

허리에 찬 옥패에는 황금의 문양이 새겨져 있는 것으로 보아 보통 사람은 아닌 듯했다.

"어찌 이런 곳에서……."

이런 이를 처음 본 것은 아니다. 태남산에는 짐승이 많다 보니 간혹 귀족 자제라는 자들이 사냥을 즐기러 온 적도 있었다.

대부분은 아랫것들에게 사냥을 떠넘기고 술판을 벌이기 바빴지만, 그들 모두 허리에 이런 패를 하나씩 차고 있었던 것만은 확실히 기억이 났다.

무언가가 잘못된 기분이 들었다. 만약 뉘가 작정하고 이 이를 해쳤다면 그 해악이 제게 끼칠지도 모른다. 거기까지 생각이 미칠 즈음 방 밖이 소란해졌다.

"뉘시오!"

"누이가 그리 좋아하는 사슴을 잡았으니 오늘은 이걸로 좀 봐

주오.”

벌컥 문을 열고 나가니 다행히 동이가 오늘 잡은 사냥감을 들고 서 있었다. 그리도 사슴을 잡아 오라 노래를 부른 건 수사슴의 뿔을 구해 오란 뜻이었건만 눈치 없는 아우는 암사슴만 잡아 와서는 저는 할 만큼 했다 자부한다.

참으로 이 애를 어찌할까 싶지만, 그래도 제 아우이기에 거기 두라 하고 아리는 다시 환자를 보러 들어왔다.

“이 일을 어찌한다.”

괜한 짓을 한 것은 아닐까. 겁을 내면서도 아리는 끝내 죽어 가는 이를 앞에 두고 모질어질 수 없었다. 급한 대로 더운물에 천을 적셔 엉망이 된 사내의 얼굴을 닦아 냈다.

처음에는 알아보지 못했는데 흙먼지를 걷어 내고 보니 반듯한 생김새가 고스란히 드러났다. 평생을 산에서 살면서 이리 아름다운 사내는 처음 보았다. 기다란 속눈썹과 날렵한 콧날. 핏기 없는 입술의 색이 흐려진 모습에서 좀처럼 눈을 뗄 수 없었다.

“운이 좋은 줄 아시오.”

의식도 없는 사내를 앞에 두고 무슨 생각을 하는 건지. 아리는 홀로 한숨지으며 사내의 이마를 닦아 주었다.

상태가 이러니 오늘은 제 방에서 꼬박 상태를 지켜보아야 할 터. 무슨 사정이든 간에 저가 거둔 이상 죽어 나가는 꼴은 못 본다.

일단 피를 너무 많이 흘린 터라 급한 대로 탕약을 우렸다.

바싹바싹 말라 가는 입술을 적셔 주며 어떻게든 탕약을 먹여 보려 애를 썼다. 하지만 사내는 좀처럼 머금지 못하고 입가로 흘렸다.

다친 짐승들도 죽어 가는 마당에는 어떻게든 삼키려 애를 쓰건만, 짐승만도 못한 사내라 혀를 차며 아리는 별수 없이 탕약을 제 입술에 가득 머금었다.

이것은 치료니까. 바싹 마른 입술에 제 입술을 포개고서 힘겹게 사내의 입을 열었다. 쌉쌀한 탕약이 스며든 후에야 사내도 겨우 단물을 받아먹었다.

몇 번을 그렇게 먹이고 난 후에야 겨우 대접이 비었다. 한 대접은 먹여 두어서 그런지 사내의 입술도 이제는 제법 촉촉해졌다.

"누이, 뭘 하시오?"

"아니. 아무것도 아니다."

행여 제 아우가 보았다가는 얼토당토않은 소리를 해 댈 것이다. 이것은 그저 치료인 것을.

사내의 숨소리가 한결 잦아든 것을 확인하고서 아리는 도망치듯 제 방을 빠져나왔다. 입술 가에 남은 탕약이 여전히 달아서 아리는 괜히 제 입술만 몇 번이고 곱씹었다.

✻ ✻ ✻

닷새가 지나도록 사내는 여전히 깨어나지 못했다. 덕분에 아리는 매일 밤 그의 곁에서 먹고 자며 상태를 지켜보아야만 했다. 탕약으로 연명하고 있다 해도 이 이상 공복이 길어지면 위험할 터인데. 그래도 며칠 사이 검에 베인 상처는 제법 아물었다.

"열은 많이 떨어졌구나."

사내의 이마를 짚어 보고 아리는 흐트러진 머리칼을 넘겨 주었다.

며칠을 지켜봐서 그런지 저도 모르게 벌써 정이 든 기분을 지울 수 없다. 산 아래에서 온 이 사내는 어떤 사람일까. 물어보고 싶은 것들이 참으로 많건만 그는 좀처럼 깨어날 기미가 보이지 않았다.

"빨래도 해야 하는데."

며칠을 그에게만 매달려 있느라 집안일도 가득 밀려 있다. 아주 살짝 원망이 일어서 아리는 잠든 사내의 뺨을 슬쩍 꼬집었다.

그래도 처음 데려왔을 때에 비하면 창백하던 혈색이 많이 나아졌다. 언젠가는 깨어나겠지.

그리 생각하고 자리에서 일어나려 할 즈음이었다. 죽은 듯이 누워 있던 사내의 눈이 번쩍 뜨였다.

눈이 마주친 순간, 아우를 부를 틈도 없이 사내의 손에 입이 틀어막혔다.

가녀린 아리의 몸은 균형을 잃은 채 사내의 위로 무너져 내렸다.

"읍……!"

사내의 팔이 아리의 숨통을 조였다. 발버둥을 치는 아리의 귀에 나지막한 목소리가 울렸다.

"뉘가 보낸 자더냐."

검상만 보아도 쫓기는 처지임이 분명하다. 다행히 남매가 사는 이곳까지 추적자가 따라오지 않았다지만 이 사내는 무언가를 두려워하는 기색이 역력했다. 이것 좀 놓으라 두드려 봐도 그래 봐야 사내의 손은 거세기만 했다. 다른 수가 없다. 아리는 두 눈을 감고 사내의 팔뚝을 있는 힘껏 깨물었다.

“윽!”

“숨통을 막아 놓고 대답을 하라니!”

방심한 사내가 팔을 뗀 사이 아리는 겨우 숨을 쉴 수 있었다. 다 죽어 가는 처지에 무리해서 힘을 쓴 탓인지 사내는 아리의 공격에 쓰러져 그대로 옴짝달싹 못 하는 신세가 되었다.

“누이! 무슨 일이오!”

방에서 난 소란에 동이가 기척도 없이 문부터 열었다. 동이의 집채만 한 덩치를 보고 놀란 사내의 얼굴에 두려움이 일었다. 꼴 좋구나. 아리는 일부러 동이의 팔짱을 끼고서 가로누운 사내를 힐끔 내려다봤다.

“네가 주워 온 손님께서 눈을 뜨신 모양이란다.”

“그러합니까? 이보시오. 내가 당신을 살린 게요.”

저는 주워 온 것밖에 안 한 주제에. 반달곰처럼 의기양양한 아우를 앞에 두고 사내는 무안한지 아무 말도 하지 않았다.

뉘가 봐도 없는 형편이라 사내가 무얼 의심하고 두려워하는 줄은 몰라도 저를 죽이려 사주한 게 아니라는 것만은 확실히 알았을 터.

“아궁이에 불이나 지피거라. 오늘 저녁은 죽이다.”

네가 주워 온 저 손님 탓이라고 대놓고 눈칫밥을 먹이자 동이의 얼굴에 원망이 서렸다. 이럴 줄 알았으면 아니 주워 올 거라고 투덜대는 아우를 내보내고서 아리는 누운 사내를 내려다봤다.

“객께서 무엇을 두려워하시는지는 모르오나, 없는 형편에 어렵게 손을 들인 것이니 고맙다는 말 한 마디는 하시는 게 도리일 줄로 아옵니다.”

“그대는…….”

"아리라 부르십시오. 곧 식사를 올리겠나이다."

허리에 찬 옥패로 보아 신분이 높은 사내이니 그래도 살려 주면 보답으로 은전 정도는 돌려주겠지. 집채만 한 아우가 떡하니 보고 있으니 괜히 허튼수작일랑 접어 두고서 얼른 몸이나 추스르라는 핀잔이다.

눈을 흘기는 아리를 앞에 두고서 사내는 베인 상처를 움켜쥐고 가는 신음을 흘렸다. 참으로 손이 많이 가는 사내다. 이부자리에 바로 눕혀 주고 나니 그는 무안한지 눈을 감고서 고개를 돌려 버렸다. 그렇게 그를 내버려 두고서 아리도 잠자코 방을 나와 버렸다.

"죽는 줄 알았네."

강한 척 허세를 부렸지만, 형형한 눈빛을 마주한 순간 산짐승을 마주한 때처럼 가슴이 내려앉았다.

괜히 숨을 고르며 아리는 살그머니 방 안을 훔쳐보았다. 호흡이 고르게 변한 것을 보니 다시 잠이 든 모양인데 그래도 정신이 든 것을 보니 한편으로는 다행이다 싶었다.

'내가 왜 이러지.'

참으로 후안무치하다 싶으면서도 무사히 깨어나 다행이다 싶고. 몸이 기울어 그대로 사내의 위로 넘어진 순간 저도 모르게 심장 한구석이 간질간질했다. 사내가 저를 추궁하는 순간 아리는 저도 모르게 그의 입술부터 마주했다. 꿀물을 먹이느라 매일 포갰던 입술에서 새어 나오는 목소리를 듣고 멈칫한 건 때늦은 부끄러움이 밀려온 탓이다.

"들키면 큰일이 나겠지."

지금도 저리 날이 선 사내인데, 잠든 사이 입을 맞춘 사실을 들켰다가는 어떻게든 보복을 하겠다 경을 칠지도 모른다. 괜히 숙여 주었다가는 빌미를 잡혀 무슨 꼴을 당할지 모르니 아리는 허둥지둥 주방에 나와 소매로 몇 번이나 입술을 닦아 버렸다.

✳ ❊ ✳

낯선 움막에 온 지도 벌써 며칠이 지났다. 사내는 제 옆에 누워 드르렁 코를 고는 소리를 못 이기고서 힘겹게 몸을 일으켰다. 손에 난 상처보다도 이 소음이 그를 더 괴롭게 했다.

제 목숨을 구해 준 은인이라 아무리 참아 보려 한들 동이라 불리는 곰 같은 사내의 코골이는 황궁에서도 겪어 보지 못한 고문이다.

저들이 주워 온 이가 누구인 줄도 모르고 이 집의 주인인 남매는 천하태평하게 그를 식객 취급하며 홀대하기 바빴다.

'내가 황자인 줄 알면 까무러치겠지.'

황가의 상징인 황금 옥패를 보고도 남매는 눈 하나 깜짝하지 않고 그를 함부로 대했다.

그의 이름은 도겸. 비록 서자라 해도 엄연한 황자의 몸이다. 어린 시절부터 비상한 재주를 뽐낸 덕에 황제는 태생이 병약한 황태자 대신 그를 유독 편애했다.

복잡한 정세에 휘말리고 싶지 않아 몇 번이고 궁을 떠나고자 했건만, 늙고 병든 아버지가 번번이 그의 발목을 잡았다.

네 형이 황제가 되면 단월국은 소씨 놈들의 세상이 될 거라고. 그런 것 따위 알게 뭐냐며 모두 내던지려던 중 황태자의 외숙인 소 태사가 그에게 담판을 청했다. 대외적으로는 사냥을 핑계로

25

나섰던 자리였다.

제 뜻이 무엇이든 소 태사는 그 말을 곱게 들을 위인이 아니었 건만. 설마 하는 마음에 무하와 부하들을 시켜 소 태사를 감시하게 둔 터라 호위에 구멍이 뚫렸다.

길이 어긋나 부하들과 엇갈리고, 몇 안 되는 호위들은 모두 소태사의 부하들 손에 목숨을 잃었다. 오직 그만이 살아남아 검상을 입은 채 험준하기로 소문난 태남산까지 숨어들었다.

험준한 절벽 위를 뛰어넘고 말은 주인을 살린 채 절벽 아래로 추락했다.

허공으로 내동댕이쳐진 몸뚱이가 풀숲 너머로 떨어졌으니 망정이지, 추적이 계속 붙었다면 그는 지금쯤 불귀의 객이 되고도 남았을 터.

의식이 흐려지던 중 웬 곰이 다가와 이대로 죽었구나 싶었다. 그런데 알고 보니 그가 본 것은 곰이 아닌 제 옆에서 코를 고는 동이였단다.

'생명을 구해 준 것은 참으로 감사하나…….'

이 코골이를 더 듣고 있다가는 은혜를 원수로 갚을지도 모른다. 도저히 잠을 청할 수 없어 그는 힘겹게 자리에서 일어나 방을 나섰다.

문을 열고 나오니 아련한 보름달이 뜬 하늘에는 별이 가득하다. 처음 온 날이 그믐이었으니 보름이 지난 셈인데, 그사이 너덜너덜하게 베였던 상흔이 제법 아물었다.

이렇게 쉽게 나을 상처가 아닌데. 투덜대던 여인은 무슨 재주를 부린 것인지 산송장이나 다름없던 저를 이리도 멀쩡히 살려놓았다.

여전히 손에는 검에 베인 흉이 남아 욱신대지만, 그 점을 감안하더라도 여인의 의술은 황궁의 태의들을 능가하고도 남아 보였다.

어째서 이런 재주를 가진 이가 깊은 산속에 숨어 사는 것일까. 풀벌레 우는 소리가 울리던 즈음 묘한 향기가 그의 코끝을 간질였다.

"어찌 나오셨습니까."

아직 물기가 남아 촉촉하게 젖은 머리를 늘어트린 아리가 그를 향해 걸어왔다. 저 멀리서 다가오는 꽃 향은 궁중에서도 맡아 본 적이 없을 만큼 기이하고도 상쾌했다.

밤을 틈타 욕간을 하고 돌아오는 모양이었다. 그녀의 눈동자는 보름달 아래에 말갛게 빛났다. 매끈한 목선을 훤히 드러내고서 그녀는 우두커니 마루에 걸터앉은 그에게 다가와 이마부터 짚었다.

"열은 없는데."

가까이 다가온 가녀린 어깨와 봉긋한 가슴을 마주하자마자 낯선 충동이 일었다. 숨을 들이쉴 때마다 향기가 더욱 짙어지자 도겸은 저도 모르게 그녀에게 손을 뻗었다. 욱신거리던 상처의 통증이 사라져 가고, 그는 고개를 들어 아리를 올려다보았다. 잘록한 허리를 거머쥐고서 그대로 그녀를 품에 안으려던 순간, 어리둥절한 아리가 그를 내려다보았다.

"왜 그러십니까?"

고개를 갸웃하는 그녀와 눈이 마주친 순간 거짓말처럼 이성이 돌아왔다. 서둘러 손을 물리고 그는 무방비하게 선 아리를 마주보았다.

27

여인의 유혹이야 황궁에서도 수없이 당해 보았다지만 저가 먼저 여인에게 손을 뻗어 본 것은 처음이었다. 눈치 빠른 이 여인에게 제 속내를 들킬까 싶어 심장이 제멋대로 뛰었다.

이것이 무슨 조화인가 싶어 제 손을 바라본 순간, 그는 선연히 남아 있던 상처가 흔적도 없이 사라진 것을 알아차렸다. 귀신에라도 홀린 기분이었다. 애써 고개를 저으며 그는 괜히 머리만 짚었다.

무슨 일이냐는 아리의 물음에 그는 시선을 피한 채 괜히 동이의 핑계를 댔다.

"저 방에서 자느니 차라리 밖에서 자는 게 낫지."

닫힌 문 너머로 요란하게 들려오는 코골이에 치를 떨었다. 그 모습이 퍽이나 우스웠는지 아리는 까르륵 웃음을 터트렸다.

"이제야 좀 살 것 같으신 모양입니다."

누가 뭐라 해도 그녀가 제 상처를 낫게 해 준 것은 틀림없는 사실이다. 저녁에 먹은 죽이 진작 다 내려간 탓인지 도겸의 배에서 꼬르륵 소리가 절로 났다. 평생을 굶주림과 거리가 멀었던 처지라 그는 허기에 익숙지 않았다.

"이거라도 드십시오."

돌보는 것이 익숙한지, 아리는 능숙하게 주방에 가서는 말린 육포를 가져다 도겸의 손에 쥐여 주었다. 아리가 손수 만든 육포를 씹으며 그는 줄곧 궁금했던 것에 대해 넌지시 물었다.

"깊은 산중이라 부족한 것이 많다더니. 낙양의 처녀들도 소저보다 호화로운 욕간을 즐기지는 않을 것이오."

"그게 무슨 말씀이십니까?"

"소저에게서 나는 향 말이오."

약재를 쓰는 데도 능하니 저를 현혹하는 향을 쓴 것이다. 그리 짐작하고 물은 것이지만 아리는 그의 말을 딱 잘라 부정했다.

"없이 사는 처지에 향은 무슨 향입니까. 사슴에게서 나는 사향은 죄다 팔아 버리는 것을요."

"그러면?"

아리는 제 손목을 코에 가져다 대고서 웃어 버렸다. 그녀의 말에 따르면 몸에서 짙은 향이 나는 것은 어머니에게서 물려받은 체질이라 하였다.

"저희 선조는 본래 천상의 꽃이었으나, 인간 사내를 사랑해 버린 죄로 인세에 떨어지고 말았다고 하더군요."

"꽃이라?"

"뭐, 그런 것이지요. 아버님께서 그러셨습니다. 어머님의 향기는 그 어떤 상처도 낫게 하는 힘이 있다고요."

마치 우스운 농담이라도 던지듯 웃는 아리를 두고도 도겸은 차마 웃을 수 없었다. 약재를 쓰고 상처를 여미는 솜씨도 제법이라지만 제 검상을 낫게 하는 것은 그것만으로는 설명하기 힘든 조화다.

제 의식을 집어삼키던 달큰한 향기와 함께 말갛게 변한 아리의 눈동자가 달빛을 받아 선연히 빛났다. 도겸은 그런 아리의 옆모습을 한참 동안 묵묵히 바라보았다.

"농입니다. 뭘 그리 진지하게 보십니까."

달이 구름에 가리고 다시 어둠이 내렸다. 무안해하는 아리를 앞에 두고 도겸은 아주 오래전 스승에게 들은 이야기를 떠올렸다.

몇 대 전 단월국 황제의 손에 멸망한 향족에게는 그 어떤 상처도 낮게 하는 신비로운 힘이 존재한다 했다.

"재주가 많은 이이니 산 아래에 내려가서 살아도 좋을 법해서 하는 말이었지."

사람 발길 하나 얼씬하지 않을 깊은 산중에 남매가 단둘이 사는 것은 누가 보아도 이상하다. 도겸의 물음에 아리는 몸을 움츠리고서 가득 부푼 달을 바라보았다. 어딘지 모르게 쓸쓸한 눈을 하고서 그녀는 애써 미소 지었다.

"부모님께서 저어하셨습니다. 가진 것이라곤 이 집 한 채에, 배운 것이라고는 이것뿐이니. 소녀가 이곳을 떠나 어찌 살까요."

말은 그리 하여도 미련이 뚝뚝 떨어지는 것이 눈에 선했다. 늦봄이라 하여도 밤바람이 제법 차니 도겸은 제 윗도리를 벗어 그녀의 어깨에 살포시 얹어 주었다. 곁에 앉은 아리를 보고 있자니 몸에서 홧홧하니 열이 올라서 이마에서 땀 한 방울이 또르르 흘러내렸다.

"이런 산에 사는 것이 무섭지는 않고?"

"무섭기는요. 저리 든든한 아우가 제 곁을 지켜 주고 있는 것을요."

어색함을 깨고자 한 말이었는데, 때맞춰 드르렁 울리는 코골이에 두 사람 다 웃음을 터트렸다. 동이는 남들보다 몇 곱절 더 큰 덩치에 힘도 장사인지라 도겸조차 처음에는 참으로 곰을 만난 줄만 알았다.

애초에 워낙 험준한 산이기에 낯선 이 따위는 오지 않는다고, 사람의 발길이 닿은 흔적이 드문 이곳에는 오고 가는 사냥꾼과 장사치 몇몇이 드나들 뿐이라 했다.

"나는 용케 받아 주었소."

"제가 좋아서 구해 드린 줄 아십니까? 동이 저 녀석 탓이지. 제가 언제까지나 이렇게 잘해 드릴 거라고는 생각지 마십시오."

새침한 한마디가 도겸의 속을 긁었다. 죽어도 지고 사는 성질은 못 되는 처지라 도겸은 그런 아리의 말을 곧장 되받아쳤다.

"그러니까, 때가 되면 나를 서둘러 내쳐 버리겠다. 그런 이야기인가?"

"아직 환자니 봐 드리는 것뿐입니다. 다 낫고 나서도 밥만 축내시는 분이라면 당연히 그리하여야지요."

"요컨대, 밥값만 하면 계속 머물러도 된다는 말이지?"

조정의 언쟁에 익숙한 도겸은 안색 하나 바꾸지 않고 태연히 그녀의 말에 반박했다. 뒤늦게야 제 꾀에 제가 넘어간 것을 알아차린 아리는 새빨개진 얼굴로 곁에 앉은 그를 옆으로 밀어 버렸다.

"제가 언제 그런 말을 했습니까!"

"어허. 그리 말씀을 하셔 놓고서는. 이불이나 이리 주시오. 밤하늘의 별을 보며 잠드는 것도 풍류이니, 내 오늘은 여기에서 자야겠소."

뻔뻔한 그의 말에 아리는 무어라 반박조차 하지 못한 채 입을 다물었다. 어디 해 볼 테면 해 보라며 냅다 마루에 이불을 내어 주고서 그녀는 눈을 흘기며 마지막 한마디를 더했다.

"손님께서 정 그러하시다 하니, 멧돼지가 올지 보초라도 서 주심이 좋을 듯하옵니다."

"나더러 참으로 밖에서 자라는 건가?"

"그럼 지금 제 방에서 함께 자자, 이 말씀입니까?"

그 말을 듣고 나니 할 말이 없어졌다. 아리가 방으로 들어가 버리고 도겸은 헌 이불을 안고 마루에 홀로 남았다.

"허, 이것 참."

아무리 황후의 소생이 아니라 하나 황제의 곁에서 가장 큰 총애를 받던 황자인 제게 이런 무례는 처음이다. 대놓고 면박을 당하니 도리어 헛웃음이 났다.

그는 아리가 들어가 버린 방문만 물끄러미 바라봤다. 남매가 나란히 잠이 들고서 풀벌레 소리와 동이의 코 고는 소리가 덩달아 울렸다.

날이 춥지 않은 걸 다행으로 생각해야 할지. 환한 달빛을 벗 삼아 도겸은 마루에 몸을 뉘었다.

"향족이라."

만약 그녀의 말이 사실이라면 이 일을 어찌하면 좋을까. 향족의 이능이 세간에 알려지며 피비린내 나는 인간 사냥이 벌어졌었다.

황실에서도 뒤늦게 손을 써 보려 했지만 이제 향족은 이미 그 명맥이 끊어진 것이나 다름없다 하였었는데. 그런 향족의 생존자가 남아 있었을 줄이야.

제 목숨을 구했다 상을 내려야 할지, 아니면 무례를 범했다 벌을 내려야 할지 골똘히 고뇌하던 중 안마당에 인기척이 일었다.

"전하. 무하입니다."

목숨을 바쳐 제 그림자 노릇을 자처하던 무하가 뒤늦게야 그를 찾아낸 모양이었다. 소 황후의 행적을 조사하라며 잠시 제 곁에서 떼 놓은 사이 이 꼴을 당했으니. 못난 주인을 앞에 두고도 무하는 표정 하나 바꾸지 않고 그의 안부부터 살폈다.

"용체에 해를 입으셨다는 말씀은 들었습니다."

낮에는 아리가, 밤에는 동이가 붙어 있으니 접근하지 못하다 이제야 겨우 데리러 온 모양이지만 평소 무하의 실력을 생각하면 제법 오래 걸린 셈이다.

"참 빨리도 데리러 왔구나."

"폐하께서 붕어하셨습니다."

오늘내일하던 황제의 목숨이 끊어졌다. 정확히 죽은 것인지 죽임을 당한 것인지는 알 수 없다. 때마침 황태자를 대신해 차기 황제감으로 꼽히던 도겸의 행방이 묘연해졌다.

쇠약해진 황제는 도겸을 차기 황제로 지목할 틈도 없이 숨이 끊어졌다. 뉘의 머리에서 나왔든 새 황제 자리는 이미 황태자의 손에 들어간 지 오래니, 당장 환궁했다가는 그의 안위 자체가 위험해질 공산이 컸다.

"그래서, 나더러 이 빈궁한 구석에 숨어 있으란 말이더냐?"

"화평공주께서 연락을 주겠다 하셨습니다."

황태자가 황제의 자리에 올랐으니 태후 자리는 응당 소 황후의 몫이 된다. 이런 시기에 괜히 황궁에 돌아가 본들 때가 아니라는 말을 듣고도 도겸은 헛웃음을 흘렸다.

"나를 부친상도 치르지 못할 패륜아로 만들 셈인가."

"지금은 대의를 도모하셔야 합니다."

병약한 새 황제에게는 자식이 없다. 새 황제의 고모인 화평공주는 그런 제 조카를 두고서 씨 없는 수박이라 부르며 조소를 흘리곤 했다.

지금쯤 소 황후의 성화에 새하얗게 질려 있을 배다른 형을 떠올리며 도겸은 쓴웃음을 애써 삼켰다. 아버지인 황제에게 애틋함 따위는 없다지만 제 어깨에 이리도 무거운 짐을 지워 둔 채 속 편히 가 버린 것만은 참으로 야속했다.

"아무리 그래도 그렇지, 어찌……."

"전하."

산길 너머로 불길이 보였다. 누군가가 다가오는 기척에 무하는 서둘러 몸을 숨겼다. 내외할 틈이 없다. 도겸은 서둘러 아리의 방문부터 열고 그녀를 깨웠다.

"갑자기 이게 무슨 짓입니까!"

"누군가 오고 있소."

화들짝 놀란 아리를 내려다보며 도겸이 밖을 가리켰다. 달빛과 별빛 외에는 등불 하나 없는 산길이라 불빛이 가까워지는 데는 시간이 걸렸다. 불빛의 정체를 알아차린 아리는 서둘러 도겸을 방 안에 밀어 넣고서 단단히 문을 닫아 버렸다.

"무슨 소리가 들리든 절대로 나오지 마십시오."

"그것이 무슨……."

"그 어떤 일이 있어도 나오지 않는다 약조하십시오!"

지금껏 농을 할지언정 한 번도 언성을 높인 적이 없던 아리가 처음으로 제게 고함을 쳤다. 얼떨결에 그리하리다, 하는 대답이 나왔다.

굳게 닫힌 방 장지문에 슬쩍 구멍을 뚫고서 도겸은 방 밖에서 일어나는 일을 훔쳐보았다. 옷차림을 정갈히 한 아리는 동생을 깨우지도 않고 홀로 마루 앞에 섰다.

저 작은 몸을 하고서 도겸이나 아우인 동이를 휘어잡는 성질이 대단한데. 그런 아리의 등줄기에서 처음으로 긴장한 기색이 비쳤다. 어찌하여 저러는 것일까.

"하여간, 내 그리도 이곳은 버리고 산 아래로 내려오라 일렀건만."

"이 늦은 밤에 어인 일이십니까, 고모님."

몸종 하나를 앞세우고 밤길을 걸어온 건 중년의 여인이었다. 행색이 초라한 것도 그렇고, 저 산길을 마차 하나 없이 걸어온 것만 봐도 대단한 처지는 아닐 성싶건만 그런 것치고는 아리의 태도가 너무나 깍듯했다.

"한 번만 더 낮에 왔다간 내 다리를 분질러 놓겠다 한 것은 동이 저놈이 아니더냐."

"고모님."

"오라버니도 안 계시는데 너희 둘이 여기서 이게 무슨 고집이야."

남매의 고모라고는 하지만 얼굴은 하나도 닮지 않았다. 동이가 없는 낮에 찾아왔다 들켜 혼찌검이 나서 그런지 여인은 동이가 깨지 않을까 눈치를 살피며 아리를 추궁했다.

"동이 저놈도 언제까지 저리 혼자 둘 수는 없을 것을. 전답도 제법 있고, 그만하면 재취라 해도 너희 두 남매를 보살피는 데는 부족함이 없을 것이다."

늘어놓는 이야기가 참으로 귀에 쏙쏙 박혔다. 아무리 재취라 해도 그 집안이 재산이 참으로 많은 집이라고. 중신아비를 선다 해도 저리 돈 타령만은 하지 않을 것인데, 뼈아픈 말로 매질을 하니 아리의 작은 어깨가 더욱 처졌다.

"그 건은 분명히 아니 하겠다 말씀드렸지 않습니까."

"이기적인 것 같으니라고. 네가 이렇게 나오면 내 체면이 뭐가 되는 것이더냐!"

잠자코 듣고 있는 사이 고모란 여인의 언성이 더욱 높아졌지만, 문제는 아리였다. 세상 야무진 척을 다 하던 그녀가 어쩐지 제 고모 앞에서는 고개를 숙인 채 아무 말도 하지 못하고 있다.

장지문의 빈틈 너머로 도겸은 아리의 모습을 훔쳐보았다. 흔들리는 횃불 너머로 고개를 숙인 옆얼굴이 유독 처연했다. 대체 무슨 사정이기에 저리 당하고만 있는 것인지. 그가 나서려던 찰나 요란한 외침과 함께 옆방의 문이 열렸다.

"내가 다시는 오지 말라 하지 않았소!"

"동이야!"

동이가 몽둥이를 들고 나온 후에야 이 모든 촌극도 막이 내렸다. 만만한 아리만 잡던 고모란 여인은 동이와 눈이 마주치자마자 혼비백산하여 달아나기 바빴다.

씩씩대는 동이를 아리가 말리는 사이 불빛은 저만치 사라져 갔다. 언덕 너머 멀리멀리 빛이 완전히 사라진 후에야 도겸은 문을 열고 나와 남매를 마주했다.

"두 번 다시 상대하지 말라 일렀거늘, 누이는 어찌하여 내 말은 듣지 아니하는 것이오!"

"나라고 좋아서 그러겠니. 마을 아래에서 또 무슨 소리를 하고 다닐까 걱정이 되어 그러지."

산골에 박혀 사는 처지라 혹 나쁜 소문이라도 돌게 된다면 아리에게는 항변의 기회조차 없다. 성질대로 내지르는 동이와 달리 아리는 입술을 깨문 채 제 아우만 바라봤다.

"나야 이리 살아도 괜찮다 하나 너는 아니지 않니."

"누이, 그것은!"

"어흠."

이 이상 열이 오르면 끝이 없으니, 도겸이 헛기침을 하며 분위기를 환기했다. 가뜩이나 분이 찬 동이는 미간을 찡그리고서 그의 행색을 위아래로 살펴보았다.

"손님께서는 어찌하여 제 누이의 방에서 나오시는 겝니까?"

"내가 들어가 계시라 했다."

"나는 자네의 코골이에 시달리다 마루에서 자고 있었소. 그러던 중 손님이 왔다 하여 잠시 몸을 숨기고 있었지."

사이좋은 대답에 동이도 말문이 막혔다. 요란한 코골이는 제 누이가 몇 번이나 타박했던 것이고 마루에 놓인 이부자리를 보니 허튼 말은 아닐 터.

"그래도 그렇지, 남녀가 유별하거늘. 손님께서는 엉뚱한 곳에 계시지 말고 이리 오시오."

시간이 늦었으니 오늘은 이만하기로 하고서 도겸은 동이의 손에 잡혀 다시 방에 들어섰다. 이부자리를 다시 펴며 도겸은 넌지시 동이에게 속사정을 물었다.

"어찌 된 일이오."

"고모라 한들 혈육도 아니오."

입이 무거운 누이와 달리 동이는 속사정을 술술 풀었다. 사냥꾼이던 아버지와 한 고향 누이인 처지였다고.

어린 시절부터 타박해 왔지만 마을 아래 사정을 전해 주는 이라서 아리는 차마 고모라 자칭하는 이를 모질게 쳐 내지 못했다.

"손님께서도 아시다시피 우리 누이가 참으로 곱지 않소."

태연히 던지는 동이의 말에 도겸은 잠시 갈등했다. 굳이 아름다움을 따지자면 황궁의 여인들에게 비교할 수는 없다고 하지만.

"그야 그렇지."

"그럴 줄 알았지."

옆에서 하도 성화라 제 누이를 곱다 한마디 해 준 것뿐인데, 동이는 뭐가 그리 좋은지 키들키들 웃기 시작했다. 앙숙인 듯하면서도 하는 모양새를 보면 남매는 서로를 퍽 아꼈다. 실컷 자고 일어나 잠이 깬 건지 동이는 물어보지도 않은 이야기를 도겸에게 구구절절 들려줬다.

"다른 사냥꾼 아저씨들이 그럽디다. 저 자칭 고모라는 작자가 산 아래에서 무슨 소리를 하고 다니는지."

혼기가 찬 조카를 가장 비싼 값을 치르는 자에게 보낼 거라고. 오며 가며 장사치들 사이에도 아리에 대한 소문이 번져 그런지, 벌써 돈을 주며 흥정에 들어간 사내들도 있다는 말이 동이의 귀에까지 들어갔다. 사냥하러 간다고 거짓말을 하고서 뒷산에 숨어 지켜보니, 고모란 이는 하루가 멀다고 찾아와 제 누이를 겁박하고 있었다.

분노한 동이가 한바탕 뒤집고 난 후에야 잠잠해지기는 했다지만, 이제는 저가 잠든 틈을 타 누이를 겁박하고 있었을 줄은 몰랐다.

"그래서 이런 곳에서 지내는 건가?"

"마을 아래에 살면, 내가 자리를 비운 사이에 누이를 어디로 보쌈해 갈지 어찌 아오."

악독하기로 소문이 자자하여, 낮에는 아예 마을 입구에서 고모라는 자가 온다 하면 뿔피리로 알려 주기라도 한다는 말에 혀를 찼다. 실컷 이야기를 늘어놓고 피곤했는지 동이는 다시 요란하게 코를 골며 잠이 들었다.

아예 귀를 막고 돌아누우며 도겸은 생각에 잠겼다. 굳이 여기가 아니더라도 소 태사의 눈을 피해 몸을 숨길 곳은 존재하겠지만.

'그래도 내가 있는 편이 낫겠지.'

만약 아리의 정체가 알려지게 된다면, 안 그래도 가여운 처지인 저 여인의 인생은 참으로 비참해질 테니까. 제아무리 얄밉게 군다 해도 제 생명을 구해 준 은인이다. 어차피 환궁까지는 시기를 보아야 하니 도겸은 마음을 잡았다.

목숨을 구해 준 은혜는 추후에 갚을 테니 한동안은 이들의 신세를 지는 것도 나쁘지 않다.

이 시점에 황궁에 돌아가 본들 무하의 말대로 얻는 것보다는 잃을 게 더 많을 게 뻔하기도 하고, 무엇보다 처연하기만 하던 아리의 얼굴이 눈에 밟혔다.

'이대로 뒀다가는……'

동이 혼자 버텨 본다 한들 얼마나 갈까. 영문도 모른 채 산 아래에 끌려간 그녀가 어떤 처지가 될지는 도겸 자신이 제일 잘 안다. 차라리 형편없는 지아비를 만나게 되더라도 백년해로라도 하면 나을 것이다.

하지만 향족이란 사실이 세간에 알려지게 된다면 사람 사냥도 서슴지 않는 무리가 달라붙게 될 터. 인간으로 태어난 도리로 그걸 그냥 나 몰라라 할 바에야 차라리 밥값을 하라 얄밉게 구는 모습을 보는 게 낫다.

한낱 짐승조차도 도움을 준 이에게는 보은하는 법이니, 그 역시 인간 된 도리를 다하기 위해 이곳에 남으려는 것뿐이다.

빈틈을 보고 슬그머니 마루에 나가 보아도 제 부하들은 그림자조차 보이지 않았다. 무하의 말대로 적어도 이곳이라면 소 태사도 찾아내지 못할 것이다.

어차피 발도 묶였고 아리를 이대로 둘 수 없으니, 도겸은 한동안 이곳에 머물며 상황을 지켜보기로 했다.

"암. 절대 어여뻐서가 아니지."

저도 모르게 중얼대는 소리도 동이의 코골이 소리에 모두 묻힌 것이 다행이었다.

✳ ✽ ✳

다음 날 아침. 아리는 일찌감치 일어난 손님을 앞에 두고 눈을 비볐다.

"이리 일찍 어인 일이십니까."

"밥값은 해야 하지 않겠소."

아직 덜 아문 상처를 보란 듯이 드러내고서 도끼를 쥐는 사내를 앞에 두고 아리는 말을 잃었다. 일부러 끙, 하고 신음을 내며 아픈 티를 내면서도 꾸역꾸역 장작을 패고 있다. 이래서야 뺑덕 어멈도 저리 가라 할 천하의 악덕이 된 셈이다. 아니나 다를까, 막 잠에서 깨 나온 동이는 그 모습을 보고서 곧장 아리를 타박하고 나섰다.

"아직 다 낫지도 않은 이를 저렇게 잡아 대다니. 악덕도 저런 악덕이 없구만."

"뭐라고?"

"어휴, 나도 어서 나가야 저 꼴을 보지 않지."

아침으로 먹으라 삶아 놓은 감자와 육포를 들고서 동이는 세수도 하지 않고 집을 나서 버렸다. 얼떨결에 단둘이 된 아리는 한숨을 쉬고서 사내를 올려다봤다.

어려운 사내다. 저러다가는 겨우 아문 자리가 또 터질 게 뻔한

데 일부러 도끼질을 하며 눈치 주는 것을 보니 그냥 봐도 말려 달라는 속이 훤히 보였다.

"상처를 봐 드릴 테니 들어오십시오."

"하오나 나는 밥값을……."

"환자에게 그리 모질게 굴지 않을 터이니 들어오세요."

제 입으로 확답을 받고 난 후에야 사내는 도끼를 내려놓았다. 참으로 수상하기 짝이 없다. 다부진 체구에 검 솜씨는 제법일 듯하나 으레 해 보았어야 할 장작 패는 솜씨는 또 형편없다. 귀족이라 그런 것일까. 이런 수상한 사내와 더 얽혔다가는 돌이킬 수 없을지도 모른다는 불길한 예감이 들었다.

손이 닿지 않는 등에 약을 발라야 하니 사내는 윗옷부터 벗었다. 그러자 잘 단련된 등 근육이 고스란히 드러났다.

묵묵히 약을 발라 주며 아리는 낯선 사내의 등을 물끄러미 바라보았다. 어젯밤의 촌극을 다 보고도 그는 끝내 한 마디도 묻지 않았다.

상처도 벌써 다 아물었으니 진작 돌아갈 것이지. 괜히 못 보일 꼴만 보인 것에 속이 상했다. 괜히 배알이 뒤틀려서 아리는 일부러 약을 바르는 손끝에 힘을 주었다.

"윽!"

"슬슬 상처가 아물고 있으니 가족에게 연통을 넣으시는 것이 어떻겠습니까."

잠시 산짐승을 맡았다고 생각하고 돌려보내자. 적어도 그 모든 게 우연이든 아니든 이 손님의 존재가 마음에 거슬렸다. 또 고모님이 찾아오면 일이 골치 아파질 테니 서둘러 정리하려 했건만, 사내는 그런 아리의 말에 먼 산을 보며 딴청을 부렸다.

"이 몸을 걱정할 가족은 없소."

"가족이 없다고요?"

"정확히는 내가 누구인지 기억이 나지 않소."

"뭐라고요?"

뻔뻔한 사내의 말에 기가 막혔다. 검에 베인 상처를 보고 운을 뗐을 때는 그런 말을 한 적도 없었는데, 사연이 있는 듯하여 물어보지 않은 제 앞에서 그는 표정 하나 바꾸지 않고 시치미를 뗐다.

"눈을 떠 보니 그대가 있었소. 어디도 갈 곳이 없으니 그냥 한동안은 여기 있게 해 주오."

"지금 그걸 말이라고……!"

막무가내로 그 말을 하고서 사내는 옷도 챙겨 입지 않고 자리에서 일어나 버렸다. 제멋대로인 그의 행보에 아리는 기가 막혀 입을 다물지 못했다.

처음 눈을 떴을 때부터 묘하게 오만한 기색이 역력한 것도 그렇고, 생명의 은인이니 감사를 표하라 일러도 숙이는 법도 없음이니. 어느 순간부터인가 이걸 해 달라, 저걸 해 달라 부탁까지 서슴지 않는다.

처음 발견했을 때의 행색도 그렇고, 남을 부리는 데 익숙한 모습만 봐도 예사 사람은 아닌 것 같은데. 입만 뻐끔뻐끔하는 아리를 두고 사내는 콧방귀를 꼈다.

"그래도 내 이름은 기억하오."

"예?"

"내 이름은 도겸이오. 그러니 그놈의 손님 소리 좀 그만하오."

이름으로 부르라 명하는 사내의 말이 제법 오만하다. 아무것도 기억나지 않는다는 속 보이는 변명을 늘어놓는 사내를 앞에 두고서 아리는 진지한 고민에 빠졌다.

제 발로는 절대로 나가지 아니하겠다는 심보가 고약하지만 떡 벌어진 어깨하며 움직이는 모양새는 예사롭지 않았다.

산 구석에서 모름지기 장정의 일손은 언제나 턱없이 부족한 법. 저가 제 발로 떠나지 않겠다고 하니 아리의 영특한 머리는 금방 꾀를 냈다.

"그럼 겸이 도령이라 불러 드리면 되오리까?"

생글생글 웃는 아리를 앞에 두고서 도겸은 기꺼이 고개를 끄덕였다.

"안 그래도 부탁드릴 것이 있기는 하온데."

저를 노리는 함정인 줄도 모르고서 그는 기꺼이 웃으며 자리에서 일어났다.

"내가 무엇을 해 주면 되겠소?"

그 말을 기다렸다. 자고로 천상에서 내려오신 신선님이시든 도적놈에게 당한 잡배든 일하지 않는 자 먹지도 말라 했다. 아리는 손수 도겸의 옷을 여며 주고서 매듭까지 단단히 매 주었다.

"막 일어나신 허약한 몸으로 해내실 수 있을지 염려되옵니다."

"이 사람을 어찌 보고?"

사내란 어찌 이리도 단순한 법인지. 제 동생만큼이나 단순하기 그지없는 손님의 태도에 아리는 웃음이 터지려는 걸 애써 참았다. 한번 본때를 보아야 정신을 차릴 듯하니 아리는 도겸을 데리고 텅 빈 헛간으로 향했다. 손님을 돌보느라 요 며칠 장작이 똑 떨어지긴 했다. 아리는 시치미를 뚝 떼고서 나무 지게를 내밀었다.

"몸이 좋지 않으시니 쉬운 일을 시켜 드려야지요. 그저 오며 가며 장작을 주워다 주시면 되옵니다. 여기를 가득 채워 주시는 정도야 가뿐하시겠지요?"

눈앞에 보이는 곳은 사내 너덧이 나란히 서고도 남아 보이는 넓은 곳인데.

"여, 여기를 다 채우라고?"

"여인인 저도 이 정도는 하루 만에 가뿐한데, 어려우시겠습니까?"

사내대장부로 태어나 그동안 먹은 밥값도 못 하느냐고. 입 하나 떼지 않고 물끄러미 바라보는 아리의 시선에 도겸의 등에 식은땀이 흘렀다.

"손님께서 아직 몸이 부실하시니, 어찌할 수 없지요. 오늘은 약재를 말려야 하는 날이지만 당장 장작이 없으면 손님께 드릴 죽도 끓이지 못할⋯⋯."

"내 하면 될 것 아니오!"

메는 법도 모르는 주제에 그는 냉큼 아리의 손에서 지게와 도끼를 빼앗아 들었다. 한겨울이 아니고야 이 헛간을 다 채울 일은 없긴 하지만 밑겨야 본전이니 아리는 일부러 손님의 신경을 긁어 댔다.

"우리 동이는 반나절이면 이곳을 모두 채우고도 남는답니다. 손님께는 그 정도는 바라지도 않으니 천천히 하셔요."

"알았으니 그 손님이라는 말이나 좀 그만하오."

"예, 겸이 도련님."

손님은 싫어도 도련님은 싫지 않았는지 도겸은 투덜대며 곧장 언덕을 올랐다. 신기한 사내다. 어째서 그 큰 상처를 입고 산속에 버려진 것인지 입도 벙긋 않는 대신, 그 역시 아리의 속사정에 대해 그 무엇 하나 묻지 않았다.

궁금하지 않다면 거짓말이겠지만 아리는 애써 고개를 저었다. 그가 선을 긋는 이유에 대해서도 어렴풋이 짐작은 가서 그냥 아무 말도 하지 않기로 했다. 무엇에 물려 그리되었든 그것은 중요하지 않다.

아리가 할 일은 그저 상처가 나은 후에는 다시 원래 있던 곳으로 돌려보내는 것 정도. 철없는 동이가 다친 산짐승이 가엾다 주워 올 때마다 그것을 보살피고 낫게 해 돌려보내는 것은 언제나 아리의 몫이었다. 그러니 이번도 마찬가지인 셈 치기로 했다.

"어차피 떠날 사람이니까."

괜히 정을 주었다가는 저만 더 아플 것이다. 그러니 거기까지만 하자. 이곳과 참으로 어울리지 않는 단정한 뒷모습을 바라보며 아리는 괜히 한숨을 쉬었다.

"그러면 나도 시작해 볼까."

장작을 대신 해 준다 해도 아리는 여전히 할 일이 많았다. 식사 준비야 양만 늘려 숟가락을 얹으면 그만이라지만, 도겸이 앓는 동안 식은땀이며 핏물이 밴 옷을 빨아 대는 건 모두 아리의 몫이었다.

"아리야, 네 집에 있느냐?"

"아저씨 오셨습니까."

오랜만에 웅이 아저씨가 남매의 집을 찾았다. 아리가 다듬어 둔 짐승 가죽이며, 약재며 귀한 것들을 팔아 주는 건 모두 아버지의 친구였던 그의 몫이었다.

"그간 잘 지내셨습니까."

"말도 말렴. 난리가 났단다."

산 아래 이야기를 좋아하는 아리를 알기에 웅이 아저씨는 기꺼이 이런저런 이야기를 늘어놓았다. 낙양에 계시는 황제 폐하께서 돌아가시고 새 황제가 들어섰단다. 덕분에 사슴 가죽 장사도 덩달아 풍년이었다.

알차게 셈을 하고서 늘어난 입도 채울 겸 아리는 여물게 물건을 고르기 바빴다. 그러던 중 웅이 아저씨가 어려운 이야기를 꺼냈다.

"그래서 너는, 언제까지나 이리 살 것이냐."

"아저씨."

고모의 성화를 알고 있다 하나 웅이 아저씨 역시 아리를 볼 때마다 말을 보태곤 했다. 아리의 나이도 올해 스물. 산 아래에서는 진즉 혼담이 오가도 시원찮을 나이가 되었다. 차라리 눈에 차는 혼담이 들어오면 몰라도, 번듯한 재산 하나 가진 것도 없고 아버지마저 돌아가신 탓에 고모가 물어 오는 것은 대부분 돈줄깨나 쥔 집안의 재취 자리가 대부분이었다.

"생각해 보겠습니다."

"네 고모란 이가 엉뚱한 소리를 하는 건 안다만, 너만 괜찮다 하면 나도 좋은 혼처를 찾아보마."

웅이 아저씨의 제안에 아리는 고개를 저었다. 문득 밉상이던 손님의 얼굴이 잠시 떠올랐지만 그 역시 기분 탓이리라 여기며 고개를 휘휘 저어 버렸다. 그렇게 도란도란 이야기를 나누던 즈음 저 멀리서 씩씩대는 도겸이 돌아왔다.

"아이고, 이게 다 무엇입니까!"

"저리 비키시오!"

나무를 어마어마하게 지고 나타난 도겸을 보고 아리와 웅이 아저씨가 나란히 달려 나갔다. 몸도 못 가눌 만큼 쌓인 장작더미는 세 사람이 도운 후에야 겨우 내려놓을 수 있었다.

"뭘 이리 많이 해 오신 겁니까?"

입이 딱 벌어진 아리를 앞에 두고 도겸은 의기양양하게 웃어 보였다.

"사내대장부로 태어난 자가 고작 이것도 못 하겠소? 물이나 한 잔 주시오."

"얼른 떠 오겠습니다."

아리가 물을 뜨러 간 사이 웅이 아저씨는 조마조마한 듯 도겸의 눈치를 살폈다. 뉘시냐 함부로 말을 붙이기에 호방하기만 한 도겸은 곁에 선 웅이 아저씨에게는 눈길조차 주지 않고서 더운 듯 옷만 펄럭였다. 주방에서 찬물을 한 대접 떠다 주고서야 아리는 이 사내를 어찌 소개해야 하나 걱정이 앞섰다.

"이이는 뉘요?"

그러던 와중에 도겸이 먼저 웅이 아저씨에 대해 물었다. 선뜻 나오는 하대에 기꺼운 기색도 없이 그는 도겸의 앞에 깍듯이 예를 차렸다.

"오며 가며 소일을 보는 허웅이라 하옵니다."

사농공상의 법도에 따라 개중에도 제일로 대접받지 못하는 것이 장사꾼이다. 허리까지 숙이는 웅이 아저씨를 앞에 두고서 도겸은 오만하게 고개를 까딱였다.

아리는 그 모습이 마음에 들지 않았다. 저가 누구인지도 모른다 할 때는 언제고, 저리 고자세를 취하는 것이 아니꼬워서 있는 힘껏 도겸의 등을 내리쳤다.

"아이고!"

"통성명의 예도 모르십니까!"

제아무리 대단하다 한들 지금은 그저 식객인 주제에. 웅이 아저씨는 아버지를 잃은 두 남매에게 없어서는 아니 될 존재였다. 그런 분에게 고작 밥만 축내는 이가 이리도 무례를 범하니 아리는 버럭 화를 내며 대신 소개에 나섰다.

"이쪽은 식객인 겸이 도련님입니다. 머리를 다친 탓에 기억이 오락가락하는 중이니 아저씨가 이해하셔요."

사고 탓에 머리가 이상해졌다고. 기본적인 예의조차 차리지 않고 고자세로 구는 것도 모두 그 탓이니 유념치 말라 달래기에 들어갔다.

"머리가 어찌 되다니, 내가 언제!"

"조용히 하세요."

아리는 발끈하는 도겸의 손등을 있는 힘껏 꼬집어 겨우 입을 다물게 했다.

"도겸이라 하오."

투덜대며 그는 겨우 제 이름만 밝혔다. 무례도 이런 무례가 없거늘. 평소라면 분명 외간 사내를 들였으니 어려운 말씀을 한 번은 보탤 법도 하다. 그런데 오늘따라 유독 과묵한 웅이 아저씨는 허허 웃으며 자리를 털고 일어나기 바빴다.

"손님께서도 이리 건강해 보이시니 참으로 다행입니다."

"아리 낭자의 간호 덕분이오."

무뚝뚝하니 던지는 말에 어째 가시가 돋쳐 있다. 참으로 고맙다는 건지 아니면 불평을 늘어놓는 건지, 무슨 뜻이냐 따져 물으려던 차에 웅이 아저씨는 다시금 도겸에게 허리를 숙였다.

"그렇다면 모쪼록 저희 아리를 잘 돌봐 주십시오."

"아저씨!"

돌보는 건 오히려 제 쪽이라고 말해 본들 이미 늦었다. 웅이 아저씨는 다음에 들를 곳이 있다며 손을 흔들고서 수레를 끌고 서둘러 산 아래로 내려갔다. 산 아래 이야기를 더 듣고 싶기도 했고 정체 모를 이 사내의 가족도 찾아 주어야 하건만. 여러모로 아쉬운 상대임에도 빳빳이 고개를 들고 자존심을 세우는 도겸이 퍽 야속했다.

"도령께서는 어찌 이리도 살가운 면이 없으십니까."

"그게 무슨 소리요?"

"가족을 찾으셔야 하지 않습니까."

수도까지 연이 닿는 상인이 있을 정도이니 웅이 아저씨가 실마리를 잡으면 가족을 금방 찾을 수 있을 터인데. 실마리라도 말을 할 짬도 주지 않고 이리 면박을 주고 쫓아 보냈으니 아쉽기 그지없다. 나무 해 오는 재주는 참으로 대견하다 하나 사람 대하는 솜씨는 꽝이다. 투덜대며 아리는 잘 싸 놓은 보따리를 풀어 보았다.

"호라."

그래도 그동안 판 것이 제법 되었으니 오늘은 꿩이라도 구워 봄 직했다. 아리가 그렇게 저녁 식사에 골똘한 동안 도겸은 장작더미를 헛간에 대충 던져 두고서 마루에 걸터앉았다. 한가해 보이는 그를 앞에 두고서 아리가 고개를 갸우뚱했다.

"왜 그리 앉으십니까?"

"내 할 일은 다 하지 않았소?"

고작 그걸 하고도 다 했다는 말을 하다니. 겨우 한 번 다녀오고서 괜히 또 우쭐하게 구는 게 얄미워서 아리는 기꺼이 자리에서 일어나 다시 그의 손에 지게와 지팡이를 내밀었다.

"뭐요?"

"장작을 다 채워 주시기로 한 거 아니셨습니까."

반나절이면 다 채운다는 건 거짓이지만 이 사내가 해 온 양을 보니 한나절만 꼬박 새워도 한동안 장작 걱정은 없을성싶었다. 신이 난 아리와 달리 도겸은 힘 빠진 얼굴로 싫은 티를 냈다.

"진심인 게요?"

"어허, 호언장담하고 나서 주신 것은 도령이십니다."

사내가 한번 말했으면 지켜야 할 것 아니냐고 밥값은 해야 하지 않겠느냐는 돌림노래가 이어졌다. 아까 그리 호언장담하는 것이 아니었는데, 때늦은 후회를 하며 도겸은 또다시 지게를 지고 집을 나서야 했다.

✳　✳　✳

"그래서. 나무를 참으로 다 채우셨단 말입니까?"

"말도 말게나."

해가 질 무렵, 도겸은 사냥을 마치고 온 동이와 함께 개울에서 몸을 씻었다. 오랜만에 찌뿌둥한 몸을 풀 겸 장작 구하기에 나섰다지만, 동이가 돌아온 후에야 그는 아리에게 속았다는 사실을 알았다.

좋게 말하면 야무지고 나쁘게 말하면 독이 오른 아리의 성화에 도겸은 몰래 숨은 호위들까지 동원하여 헛간을 모두 채우는 데 성공했다. 황궁에서도 공들여 키워 놓은 살수들을 고작 땔감 마련에나 부려 먹게 된 꼴이 우습다지만, 그 사실을 모르는 동이는 진심으로 감탄했다.

"우리 누이도 누이지만 손님께서도 참으로 대단하오."

"이 정도야 뭐."

"겨울도 아닌데 그런 것을 시킨 걸 보니, 손님께서 우리 누이 마음에 썩 찬 모양이오."

이것은 또 무슨 말인지. 지금껏 밥값도 못 하고 부려 먹히는 줄만 알았는데, 갸우뚱하는 도겸을 앞에 두고 동이는 키득키득 웃으며 농을 던졌다.

"새침한 듯 보여도 우리 누이가 은근히 솔직하지 못하여서 말이오."

다 안다는 저 능글맞은 눈빛은 무엇인지. 뭘 하려는 거냐고 따져 묻기도 전에 싸리문이 열리고 마침 밥상을 든 아리가 두 사람을 불렀다.

"어서 와서 저녁이나 드시오."

"이게 무슨 냄새야!"

부엌에서 나는 고소한 향내가 동이의 코를 간질였다. 앞장서서 달려온 동이는 상을 받아 들고 안방 문부터 열었다.

"얼마 만의 꿩이란 말인가. 누이께서 인심 좀 쓰셨소?"

"이 녀석이!"

주변도 살피지 않고 수저부터 들고 보는 동이의 성화에 아리는 냉큼 손등부터 때려 주었다. 그러고는 도겸에게 눈을 흘기면서 턱을 까딱했다.

"오늘 도령께서 헛간을 다 채워 주셨으니 못난 솜씨나마 부려 보았습니다."

노릇하게 구워진 꿩고기에는 윤기가 흘렀다. 정갈하게 무친 나물이며 오늘따라 유독 실한 저녁상에 동이는 신이 나서 아까 하던 이야길랑 모두 잊어버렸다. 그래도 오랜만에 힘을 쓴 탓에 도겸도 음식 타박 하나 할 겨를 없어서 숟갈부터 들었다.

"감사히 잘 먹겠소이다."

잡곡 하나 아니 섞은 뽀얀 쌀밥은 그도 오랜만이었다. 황궁에서는 질리도록 먹던 것이 이제는 이리도 구경조차 어려워질 줄 누가 알았을까. 그가 한술 뜨고 난 후에야 동이가 고봉밥을 떠먹기 시작했다. 그렇게 밥술을 뜨던 중 수저 끝에 무언가가 닿았다.

'이것은⋯⋯?'

밥 아래 노란 것이 보였다. 포슬하니 삶아 놓은 감자인데, 어째 평소 먹던 것과 때깔이 달랐다. 이게 무엇이냐 물으려던 찰나 아리가 슬그머니 그의 밥그릇 위에 반찬을 덜어 주며 말을 돌렸다.

"동이 너는 그러다 체하겠다. 물이라도 마시며 먹으렴."

"그럴 틈이 어디 있소."

시치미를 뚝 뗀 아리는 눈치만 주고서 이번에는 제 동생의 밥그릇에 반찬을 올려 주었다. 이것이 무엇인가 싶어 몰래 한술 뜨니 감자의 맛이 평소와 달랐다.

"그리고 보니 누이, 내 며칠 전에 캐 온 금감자는 어쨌소?"

"오, 오늘 웅이 아저씨가 오셔서 다 팔아 버렸지."

그것이 얼마나 귀한 것인데 한 입 맛도 안 보고 팔아 버리느냐는 동이와, 그것이 얼마짜린데 어찌 맛을 보냐는 아리의 다툼이 시작됐다. 주거니 받거니 남매가 싸우는 사이 도겸은 제 밥 아래 숨긴 감자를 티 안 나게 맛봤다.

감자는 원행 길에 몇 번 맛본 적이 있다지만, 어쩐지 혀끝에 닿는 품격이 격이 달랐다. 그런 것을 남몰래 넣어 준 속을 알 수 없어 도겸은 흔적도 남지 않게 그릇을 비워 냈다. 다행히 눈치 없는 동이는 제 밥그릇의 안 따위에는 눈길도 주지 않았다. 유난히 밥 술을 뜨지 못하고 있는 아리만이 그의 눈치를 살피며 괜히 밥솥 만 열심히 뒤적였다.

"한 그릇 더 드시겠습니까?"

"누이, 나도 한 그릇 더 주오."

아우의 밥그릇을 가득 채워 주면서 정작 아리 자신은 밥 한술 뜨지 못하고 두 사람이 먹는 모습을 보고만 있다. 황궁에서 먹던 식사에 비하면 참으로 볼품없고 초라하고 거칠기만 한데, 도겸은 아리가 내민 두 번째 밥그릇을 받아 들었다.

"입에 맞으십니까."

"이리 진수성찬을 차려 주었으니. 내일은 더욱 열심히 장작을 해 와야겠소."

반쯤은 비꼬듯 한 말이었건만, 아리는 그런 도겸의 속도 모르 고 까르르 웃었다. 그러고는 은근슬쩍 꿩고기를 담은 소반을 도 겸의 앞에 밀어 주었다.

"많이 드십시오."

"낭자도 어서 드시오."

"그렇소, 누이는 아직 제대로 들지도 못하고서는."

보다 못한 동이가 꿩고기를 집어 제 누이의 숟갈 위에 얹어 줬 다. 깨작깨작 먹는 아리를 보며 도겸은 문득 깨달았다.

저가 나무를 많이 해 왔다 자랑할 동안 살림을 사는 것은 모두 아리의 몫이었다. 나무를 지고 들어올 때마다 제 피가 묻은 옷가 지를 빨고, 가죽을 다듬고, 나물을 말리는 것도 모자라 이렇게 저 녁까지 차려 냈으니. 지금껏 한 땀도 쉴 겨를이 없었을 게 분명했다. 그런데도 먹는 둥 마는 둥 하면서 제 눈치만 살피는 저 이를 어찌하면 좋을까.

도겸은 일부러 안 먹고 아껴 두었던 다리를 뚝 하고 떼어다 아리의 그릇 위에 올려 주었다.

"이것을 어찌."

"이 상을 혼자 차리느라 고생이 많으셨으니 그대도 많이 드셔야지. 안 그런가?"

"그렇소. 누이, 어서 드시오."

두 사내가 이리도 이르니 아리는 차마 만류하지 못하고서 조심스레 다리 하나를 들었다. 꿩에게는 다리가 둘밖에 없고, 하나는 동이 녀석이 날름 먹어 버렸으니 하나 남은 다리인데. 아리는 살살 살점 하나를 덜어 내고서는 다시 도겸의 밥그릇 위에 다리를 놓아 주었다.

"그렇다고 저 혼자 어찌 먹습니까. 나누어 먹어야지요."

"누이가 그리 말하면 나는 뭐가 되오?"

일찌감치 뼈만 남기고서 살뜰하게 발라 먹은 동이만 졸지에 나쁜 놈이 되었다. 씩씩대며 하는 말에 아리와 도겸은 덩달아 웃음을 터트렸다.

언제 독을 먹을지 몰라 긴장하던 황궁에서와 달리 이곳은 참으로 평화로웠다. 그래서였을까. 황궁에 비하면 볼품없는 재료를 썼다 해도 제 입에는 이쪽이 훨씬 더 잘 맞았다.

그러니 그냥 이대로 이곳에 눌러 살면 어떨까. 어차피 번잡한 황궁에 돌아가 봐야 저를 괴롭힐 것들만이 가득하니까. 밥값만 하면 된다 하였으니 이름 없는 촌부가 되어 사는 것도 나쁘지 않을 것이다.

남은 밥을 긁어 내는 아리에게서는 여전히 꽃 내음이 났다. 아직 각성의 때가 오지 않았다 하나 다른 사내와 혼인이라도 하게 된다면 이 향내는 더욱 짙어져 그녀의 운명을 망가트릴 것이다.

　'어쩜 이리 닮지 않아도 될 것까지 닮은 것인지.'

　그녀의 고모가 찾아온 밤, 도겸은 제게 유독 역정을 내던 화평공주의 얼굴을 떠올렸다. 네 아우를 위해 혼인을 하라며 종용하는 모습이 꼭 이 나라를 위해 황위에 오르라 윽박지르던 고모님을 닮았다.

　만약 그가 황궁에 돌아가게 된다면 그 역시 원치 않는 분쟁에 휘말리게 될 것이다. 제 의사가 어떻든 화평공주를 비롯한 친황실파는 어떻게든 소씨 일가를 밀어내리기 위해 그를 황태제 자리에 올리려 혈안일 테니까.

　무슨 일이 일어날지 뻔히 알면서 그 진흙탕에 발을 들이고 싶지 않았다. 제 정체를 몰라서인지 이들은 어느새 이리도 자연스레 저를 받아 주었다.

　"듣고 계십니까!"

　"음? 방금 무어라 한 겐가."

　"이것 말입니다."

　마지막 남은 꿩고기 한 점을 놓고 아리와 동이는 서로 눈을 부라렸다. 아무리 싸워 본들 결론이 나지 않으니 남은 한 조각은 결국 도겸의 차지가 되었다.

　"도령이 계셔서 다행이오. 아니었으면 누이와 밤이 새도록 싸웠을 터인데."

　"그거야 네가 고집을 부리니 그렇지."

　"고집은 누이가 더 세지. 아니 그렇소?"

단둘이 있던 집에 한 사람이 더 생기니 잠시도 이야기가 멎을 틈이 없다. 신이 난 남매 사이에 끼어 도겸 역시 저도 모르게 웃음을 터트렸다. 낳아 준 부모에게조차 느껴 보지 못한 안온함과 친숙함이라. 황자라는 자리를 내려놓고 다른 이와 어울려 보는 것은 태어나 처음이었다. 평생 의심과 견제만 가득하던 황궁에는 이런 우애 따위는 없었다.

"본래 형님과 아우가 싸우면 형님이 참는 법이니, 손윗누이인 그대가 참으시오."

"하지만!"

"다음엔 그대 편을 들어 줄 터이니. 응?"

어린애를 달래는 듯한 그의 말에 아리는 입을 다물었다. 낮에는 그리도 모질게 굴더니 제 밥에 그리 귀하다는 감자를 넣어 주었다. 손까지 꼭 잡고 환하게 웃어 주자 아리의 얼굴이 엉망으로 일그러졌다.

"이, 일없습니다!"

기분을 풀어 주려 한 말이었는데 오히려 역효과를 냈다. 아리는 그의 손을 매섭게 뿌리치고서 자리에서 벌떡 일어났다. 무엇이 또 그리 마음에 안 든 것일까. 어째서 동이가 저리도 신이 나게 웃고 있는 건지 영문도 모르는 채 도겸은 내쳐진 제 손만 잡고 억울함을 애써 삼켰다.

"내가 뭘 잘못한 것인가?"

"하, 으하하하! 으하하하하하!!"

물어봐도 웃기만 하는 동이가 야속하기만 한데. 멀리멀리 달려 나간 아리는 좀처럼 돌아올 기미가 보이지 않았다.

식사를 마치고 설거지는 사내 둘의 몫이 되었다. 도겸은 슬쩍 눈치를 보다 말고 동이에게 물었다.

"여기서 사는 건 안 불편하오?"

"나야 배운 게 사냥뿐이라 괜찮소만."

그 말을 하고서 동이는 저 멀리 누이의 그림자를 애틋하게 바라봤다. 어디로 갔나 모습을 숨긴 아리는 두 사내가 설거지를 하러 간 후에야 겨우 집으로 돌아왔다. 이제 거의 뉘엿뉘엿 다 져 버린 저녁놀 아래에서 그녀는 뭐가 그리 할 일이 많은지 잠시도 쉴 틈 없이 움직이기 바빴다.

"자네 누이는 참으로 대단한 이요."

궁중에서 찻잔보다 무거운 것일랑 들어 본 적 없던 여인들만 보아서 그런지 야무진 아리가 대견해 보이긴 했다. 그런 도겸의 시선을 읽은 동이는 슬쩍 다가와 그의 옆구리를 찔렀다.

"암. 그러니 내일 손님께서는 이 몸과 함께 사냥이나 가십시다."

"사냥을 가자고?"

"내숭은. 보아하니 활줄은 쥐어 본 손으로 보이던데. 검도 예사 물건이 아니었고."

그런 것일랑 볼 줄 모르는 아리야 그냥 넘어갔다지만 같은 사내인 동이는 단번에 도겸의 실력을 간파해 냈다. 해 본 적 없는 장작 패기야 어설펐다지만 도겸도 황제의 주최로 열린 사냥 대회에서 1등 아닌 등수는 받아 본 적이 드물긴 했었다.

"내가 뉘인지 알아차린 게요?"

"그걸 알아보려 하는 게지요. 우리 누이를 맡길 만한 사내인지는 나도 꼼꼼히 살펴보아야 하지 않겠소."

대뜸 던지는 말에 도겸은 그만 손에 든 나무 소반을 떨어트렸다. 동이는 키들키들 웃으며 떨어진 소반을 개울물에 헹구고 무쇠솥 안에 담아냈다.

"우리 누이도 누이지만 손님께서도 참으로 너무하시오. 아우인 내 앞에서는 숨기셨어야지."

뭐라고 대꾸를 하려던 도겸은 입을 열다 말았다. 차마 아니라는 말이 입안에 맴돌기도 전에 눈 녹듯 사라졌다. 황족이라 예우하는 것도 아니고 고작 식객 취급이나 받는 제게 기껏해야 감자한 알을 넣어 준 것뿐인데 어째서일까.

수줍게 뺨을 붉히던 모습에 넋이 나가서는 차마 아니라고 말이 나오지 않는 제 모습이 참으로 신기했다. 만약 제 정체를 알게 된다면 당장 어찌 나올지는 눈에 선했다. 그간 몇 번이나 무례를 범했음에도 불구하고 노엽기는커녕 어여쁘게만 보이는 걸 보면 동이의 말을 차마 부정하기 힘들었다.

"내가 누구인 줄 알고, 어찌 그런 말을 하오."

"차림새만 봐도 아오. 어디 귀한 댁 도령께서 마실을 나왔다 도적이라도 만나셨구나 싶었지."

"어흠."

반은 맞고 반은 틀렸다지만, 그래도 아주 아니라 부정하기는 어렵다. 세상 물정 모르는 제 정체를 긴가민가하던 아리와 달리 동이는 한눈에 제 정체를 파악한 게 분명했다. 속을 전부 다 읽혔구나 싶어 도겸은 애써 헛기침을 하며 시치미를 뗐다.

"무슨 얘기를 그리 재미있게 하십니까."

머쓱함이 가신 것인지 아리가 아무 일도 없었단 얼굴로 두 사람을 찾아왔다. 그러자 동이는 냉큼 소반을 빼앗아서는 한발 먼저 주방으로 달아나 버렸다.

"먼저 갈 터이니 누이는 천천히 오시오."

"저 녀석이!"

뒷정리를 하나도 하지 않고 도망쳐 버리는 아우의 속도 모르고 아리는 주섬주섬 그릇을 주웠다. 엉겁결에 단둘이 된 도겸은 머쓱하니 그녀를 바라보았다. 밥 안에 든 감자 때문에 가뜩이나 마음이 쓰이건만. 동이는 잘해 보라는 듯 뒤에서 손을 흔들고서 그대로 방에 들어가 버리기까지 했다.

"왜 그러십니까?"

"아니오. 아무것도."

짐짓 젠체하면서도 도겸은 말간 아리의 눈동자를 바라보았다. 아직 영글지는 않았다 하나 아리의 눈동자에는 말간 빛이 영롱했다.

만약 제대로 된 지아비도 없이 향족의 힘이 눈뜨게 된다면 이 여인의 생은 그야말로 지옥 나락불에 떨어지게 될지도 모른다.

어째서 자꾸 마음속으로 핑계를 갈망하게 되는 것일까. 코끝을 간질이는 달콤한 향기에 속이 아렸다. 목덜미 아래로 떨어지는 뽀얀 속살이 눈에 들어오자 그만 저도 모르게 손을 뻗었다.

"왜 그러십니까?"

"티끌이 묻은 듯하여서."

가만히 있으라 이르니 아리는 의심 하나 하지 않고 살포시 눈을 감아 주었다. 선황이 가장 아끼던 황자였기에, 혼담은 물론 어여쁜 여인들의 연서 정도야 지겨우리만치 받아 보았다.

그런데 어째서인지 아리를 앞에 두고는 줄곧 눈길이 떨어지지 않았다. 짙은 농담을 지닌 꽃처럼 화려한 황궁의 여인들과 달리 아리는 풋풋한 난향을 품은 들풀 같았다.

아련한 그 향기가 어른대며 도겸의 마음을 어지럽혔다. 무방비한 입술이 앵두 알을 닮아 참으로 붉다. 그는 엄지로 슬쩍 훑어 주고서 통통한 입술에 제 입술을 가져갔다.

쪽, 하는 소리와 함께 감겼던 눈이 동그랗게 떠지고 깜짝 놀란 아리가 뒷걸음치듯 물러났다. 분명 첫 입맞춤일 것이다. 순식간에 뺨이 발갛게 물들고 소녀의 입에서 불호령이 내렸다.

"이게 무슨 짓입니까!"

"감자의 보답이오."

아리의 비명에 방 너머에서 호탕한 웃음소리가 들렸다. 동이 녀석이 다 보고 있으니 가볍게 입을 맞추는 정도로 멈추었지, 그게 아니었다면 제 손이 그대로 옷고름에 얹혔을지도 모른다. 새빨개진 아리의 성화를 받아 주며 도겸은 너털웃음을 지었다.

"내게 마음이 없었으면 감자를 주지 말았어야지."

"그것이 어찌 그리되는 겁니까!"

평소에는 그리도 당찬 여인이 어찌 이리도 부끄러움을 많이 타는 것인지. 물기를 턴 그릇을 가지고 돌아가는 길에도 아리는 도겸에게 눈길 한 번 주지 않고 씩씩대며 앞서 나갔다.

"화가 난 것이오?"

"갑자기 이게 무슨 짓입니까!"

눈도 맞추지 못하고서 화를 내고 있는 데다 손까지 바들바들 떨렸다. 혹시나 기분을 상하게 했나 싶어 그는 머리를 들이밀고 조심스레 물었다.

"그럼 이만 내가 떠나 버리기를 바라는 것이오?"

"제가 언제 그리 말했습니까!"

떠난다는 말에 놀란 아리는 엉거주춤 선 도겸의 소매부터 잡았다. 저만 보면 못 잡아먹듯 굴다가도 은근히 다정한 구석이 있다.

정말로 미운 것이면 차라리 떠나 버리라 일갈했을 것을. 저리 성화를 부리면 오히려 더 다가가고 싶어지는 것이 사내의 마음이건만. 이 순진한 소녀는 제 속마음도 모르고 이리 억지를 부린다.

저리 가라 이러면서도 옷자락 끝은 꼭 잡은 손이 여간 어여쁜 것이 아니라 도겸은 키득키득 웃으며 장난을 걸었다.

"그리 말하면 꼭 와 달라는 것 같잖소."

"제가 언제, 저리 가십시오!"

버럭 화를 내고서 아리는 그대로 도겸을 밀치고 방으로 숨어 버렸다. 내가 잘못하였다고, 몇 번이나 문을 두드려 보았지만 열어 주지 않는데 이 숨바꼭질조차 도겸에게는 마냥 즐거웠다.

'돌아가기 싫은데.'

이곳의 생활은 너무 즐거워서 좀처럼 발길이 떨어지지 않았다. 만약 돌아오라 연락이 오게 된다 해도 차일피일 미루며 이곳에 머물고 싶은 마음이 더욱 커졌다. 그렇게 방 안에 두 사람 다 잠이 들었을 즈음 마당 너머에서 검은 인영이 나타났다.

"전하. 화평공주께 연락이 왔습니다."

시일을 두고 보자는 제 수하와 달리 제 고모님께서는 하루라도 바삐 황위를 내놓으라 안달이 났을 테지만.

"좀 더 기다리시라고 해라."

이곳에서 지내는 시간이 너무 즐겁다. 마루에 앉아 하늘에 쏟아지는 별을 바라보고 있자니 평생 저를 얽어매 온 고난도 모두 남의 일처럼 생경하기만 했다.

"이곳에 드나드는 상인을 매수해 두었습니다. 보답은 넉넉히 치를 셈입니다."

어쩐지. 남매를 돌본다는 허웅이라는 자가 제게 아무 말도 하지 않은 연유를 이제야 알았다. 금전으로 대가를 치르는 것으로 매듭지을 모양이지만 도겸은 고작 그것으로는 성이 차지 않았다. 이대로 둔다 한들 남매의 뜻대로 조용히 살아가긴 이미 글렀다. 저들을 지켜 주기 위해서는 그에 걸맞은 힘이 필요하다.

"저들은 어찌하실 참이십니까."

무하가 남매에 대해 입에 올리자 도겸은 그저 고개를 끄덕였다. 줄곧 저를 지켜봐 온 제 수하가 남매의 비밀에 대해 알아차리지 못했을 리 없다.

"데려가야지."

"만약 이번에 돌아가시면 그때는……."

황위를 두고 본격적인 정쟁이 시작될 것이다. 그 사실을 알고 있음에도 불구하고 도겸은 기꺼이 고개를 끄덕였다.

"받아들이겠다 전하라."

"존명."

그토록 마다하던 자리를 받아들이겠단 대답에 무하를 비롯한 부하들이 나란히 무릎을 꿇었다. 저세상에 계신 부황께서 지금의 제 모습을 보고 뭐라 하실까. 야속하다며 이르실 모습이 눈에 선하지만, 그는 그저 웃어 버렸다.

세상과 단절되어 남매와 함께 보내는 시간은 몸은 고되어도 마음만은 참으로 평안하다. 아무래도 아까 일이 마음에 걸려서 그는 슬그머니 아리가 잠든 방에 발을 들였다. 달빛 아래 잠든 모습이 아기처럼 말갛다. 이부자리나 봐줄 요량으로 온 셈이지만 새

근새근 숨을 쉬는 앵둣빛 영근 입술을 보니 마음이 동하는 것은 어쩔 수 없다.

"그대도 나를 좋아하면서."

하는 모양만 봐도 무슨 생각을 하는지 뻔히 보인다. 저가 다가갈 때마다 어찌할 줄 모르는 모습을 보면 누가 봐도 알 텐데 아리 본인만 모르니 서운할밖에. 살짝이 벌어진 입술에 아주 살짝이 입을 맞춰 주니 아리는 뭐가 그리도 좋은지 잠에 취한 채 배시시 웃었다.

"도련님."

"좋은가 보군."

잠에 취한 채 아리가 그에게 달라붙었다. 꿈인지 생시인지 구분이 안 되는 건가 싶어 옆을 보니 평소에는 꼭 잠긴 병의 뚜껑이 열려 있었다. 병에 든 말간 액체에서 싸한 냄새가 배어들었다.

"취한 건가."

발그레한 **뺨**을 하고서 까르륵 웃는 것을 보니 그사이 동이 몰래 술을 마신 모양인데. 이 산기슭 마을에 저런 것이 흔할 리 없으니 고작 몇 모금을 먹고도 완전히 취해 버린 기색이 역력했다. 어지간히 마음이 스산했으면 이리 술까지 마셨을까.

이런 상태의 여인을 품는 건 도리가 아니니 도겸은 이부자리를 고르고 아리를 눕혔다. 정말로 거기까지. 거기까지만 해야 하는데 저도 사내라 여며 놓은 가슴 아래 매듭이 유독 눈에 거슬렸다. 가슴이 답답해 보여 이러는 것이다. 그렇게 수없이 스스로에게 되새기며 매듭을 풀자 아리의 숨이 길게 이어졌다.

"겸이 도련님."

잠결에도 제 이름을 부르는 모습이 퍽 어여뻤다. 그렇게 몸을 뒤척이며 내려온 옷자락 아래로 몽실하니 빚어 놓은 수밀도가 제법 풍염했다.

"곱구나."

흐트러진 귀밑머리를 넘겨 주다 문득 짓궂은 마음이 샘솟았다.

어차피 제 여인이 될 터이니 입술 도장 한번 미리 찍어 두는 것은 흠이 아닐 터. 그는 고개를 숙이고서 뽀얀 살에 입술 도장을 남겼다. 발갛게 물든 제 입술의 무늬를 보면 아리가 어찌나 민망해할지 눈에 선했다.

입술로 고운 살을 빨아들이자 향취를 머금은 단내가 그의 입가에 가득 맴돌았다. 눈동자의 색이 점점 옅어지고 꽃송이 하나 가까이하지 않아도 몸에서는 향기가 흘러넘쳤다.

지아비가 없는 향족의 여인은 그야말로 호위 없는 황금 더미라, 이제는 씨가 마를 지경이 되었다. 혈안이 된 인간 사냥꾼들이 아리의 각성을 알게 된다면? 그들의 검은 손길이 여기까지 닿게 되는 것도 시간문제다.

"그대가 날 살린 탓이야."

제 목숨을 구해 준 은인이니 응당 보답해야 하는 것이 당연지사다. 아리의 고운 손을 꼭 쥐고서 도겸은 잠든 얼굴을 빤히 바라보았다. 성급하게 입을 맞췄더니 부끄러워하면서도 소녀는 끝내 저를 싫다 하지 않았다. 그 모습은 마치 수줍게 핀 한 송이 배꽃이라 도겸의 입가에도 미소가 머금어졌다. 황궁에 돌아가게 된다면 꽃가마를 보내 그녀를 데려오리라.

아리의 머리 위에 황금으로 만든 보관을 씌우고, 동이에게는 번듯한 무관의 자리를 내려 줄 것이다. 남매와 함께라면 그 어떤 고난이 와도 즐거울 터, 용맹한 동이는 잘 가르쳐 장차 근위대에 자리를 주어도 좋으리라.

잠든 아리에게 이불을 잘 덮어 주고서 그는 마루에 앉았다. 무수한 별빛 아래에서 그는 눈을 감았다. 어여쁜 아리가 저를 보며 웃어 준 탓이었을까. 그날 밤은 참으로 행복하기 짝이 없었다.

✽　❅　✽

달거리가 시작되고 아리는 욱신대는 배를 안은 채 한숨을 쉬었다.

"벌써 이렇게 된 것인가."

지지난달 달거리가 끝날 즈음 동이가 식객을 주워 왔으니 함께 이곳에서 지낸 지도 두 달이 훌쩍 지났다. 어느덧 완연한 봄이라 온 산에는 만개한 꽃들이 가득하건만 이젠 제법 건강해진 손님께서는 도통 돌아갈 생각이 없어 보였다.

몸이 제법 나은 뒤로 그는 밥값을 한다며 동이와 함께 사냥 길에 나섰다. 사내 둘이 뛰니 확실히 입 하나가 는 보람이 있긴 한데, 그렇게 날이 갈수록 아리 안에 숨겨 둔 욕심은 날이 갈수록 커져만 갔다.

'그냥 이대로 있어 주시면 좋을 텐데.'

차마 제 입 밖에 꺼내지 못할 말이다. 처음 그를 구한 날, 허리춤에 찬 옥패를 제 눈으로 똑똑히 보았다. 지금이야 이러고 있다지만 그는 귀한 댁의 자제일 테니 언젠가는 돌아가야 할 날이 올 것이다.

"하아."

이래서 정을 주는 것이 아니었건만. 막상 그가 떠난다고 생각

65

을 하니 괜히 속만 갑갑해졌다. 애꿎은 돌부리만 차며 한숨을 쉬고 있는데 갑자기 눈앞이 깜깜해지고 커다란 사내의 손이 아리의 두 눈을 가려 버렸다.

"아리."

이리 짓궂은 농을 걸어올 이는 한 사람뿐이다. 아리는 짙은 풀내음을 머금은 도겸의 손을 있는 힘껏 밀어내고서 뒤를 돌아 그를 마주했다.

"사냥은 잘 다녀오셨습니까."

"그럼, 물론이고말고."

호기로운 대답과 달리 오늘따라 그의 손이 유난히 허전했다. 사냥감은 온데간데없고, 도겸은 산자락에 핀 풀꽃을 가득 꺾어다가 아리의 손에 안겨 주었다.

"먹지도 못할 것을 뽑아 오신 겝니까?"

대놓고 눈을 흘기는 것도 무시하고서 그는 뭐가 그리 좋은지 히죽 웃었다. 그러고는 아리의 귀밑머리에 하얀 풀꽃을 꽂아 주었다.

"빈손으로 오면 화를 냈을 것 아니야."

"당연하지요!"

어딘지 모르게 능글맞은 이 손님은 무식하기만 한 제 동생과는 차원이 달랐다. 산 아래의 사내들은 모두 이런 것일까. 무뚝뚝하기만 한 제 아우와 달리 유달리 다정한 그의 행동에 휘둘리는 기분을 지울 수 없다. 아리는 화끈해지는 뺨에 손을 얹고서 애써 그와 눈을 마주치지 않으려 애를 썼다.

"농이오. 내 저기 저만큼 잡아 오지 않았소."

허탕은 거짓이라고, 실하게 잡아 온 사냥감을 두고서 도겸은

66

어서 저를 봐 달라 성화를 부렸다. 처음에는 어찌할까 싶던 이가 이제는 사냥도 곧잘 해 오고, 가죽이 상하지 않게 잡으라 일렀더니 이제는 급소만 노려 활을 날리곤 했다. 평소보다 묵직한 꾸러미를 보니 두 사람 몫을 모두 혼자 짊어지고 온 모양인데 정작 제 아우의 모습이 보이지 않았다.

"동이는 어디에 갔습니까?"

"사냥꾼들의 모임이 있다 하여 나보고 먼저 돌아가라 하더군. 산에 일이 있는 모양이야."

설마 곰이라도 내려온 걸까. 참으로 그러하다면 사냥꾼들은 며칠이나 무리를 지어 사냥에 나설 테니 아리는 며칠이나 홀로 집을 지켜야 한다. 그러나 이 손님께서 오신 후로는 한 번도 그런 걱정을 해 본 적이 없긴 했다.

그래서 더 아쉬워졌다. 든 자리는 몰라도 난 자리는 금방 티가 난다는 말처럼 언제쯤 그가 먼저 떠난다고 할지 몰라 괜히 속이 탔다. 그럴 바에야 차라리 먼저 물어보는 것이 나을 것이다. 몇 번을 주저하다 아리는 잠시 걸음을 멈추고 그에게 물었다.

"언제쯤 떠나실 생각이십니까?"

"……그러게나 말이오."

누군가의 연락을 기다리는 것처럼 도겸은 끝내 확답을 내어 주지 않았다. 그래도 한 가지는 확실히 알았다. 언젠가 때가 오면 그는 원래 있던 곳으로 돌아가야 할 것이다. 그가 떠나고 나면 남매는 어떻게 될까. 동이는 어떻게든 괜찮다고 버티고 있지만 아리의 생각은 달랐다.

"산 아래 세상은 어떻습니까."

"물어서 무엇하오. 그대가 직접 내려가 보면 될 것을."

호언장담하는 그를 보며 아리는 눈을 흘겼다.

"기억을 잃으셨다더니. 내 이럴 줄 알았습니다."

제 이름만은 똑똑히 기억하고 있다며 너스레를 떨던 그에게서는 손톱만치의 절박함도 보이지 않았다. 귀한 분치고는 참으로 이례적인 행보가 아닐 수 없다. 이런 이를 어찌 믿고 함부로 따라갈까 싶지만, 막상 그 말을 듣고 나니 또 흔들리는 제 모습이 있다.

"내가 어찌 그대에게 해가 되는 짓을 할까. 그대는 내 생명의 은인이신걸."

어떻게든 보답을 하겠노라고. 나지막이 속삭이는 사내의 맹세가 간지러웠다. 차라리 이 사내를 만나지 않았더라면 몰랐을 텐데.

어느 날 갑자기 나타난 그는 어느샌가 제 마음 한구석에 자리를 잡고 이리도 손쉽게 제 세상을 뒤흔들었다. 제 아우에게도 말하지 못했던 속내를 그의 앞에서는 이리도 쉽게 털어놓고 만다.

"마음이야 그러고 싶지만 그게 어디 쉽겠습니까."

함부로 마을 아래에 내려가서는 안 된다는 어머니의 유지가 여전히 마음에 남았다. 망설이는 아리를 앞에 두고 도겸은 달콤한 유혹을 담아 그녀를 재촉했다.

"무엇이 어려울까. 내가 함께라면 아무 문제가 없을 것을."

그게 그렇게 말처럼 쉬운 일이면 얼마나 좋을까. 사실은 궁금했다. 마을 아래는 어떤 곳인지, 제 또래 여자아이들은 어찌 사는지, 어째서 저는 이 깊은 산중에 갇혀 살아야 하는 건지.

"너무 가깝습니다."

어느샌가 다가선 사내를 밀어내며 아리의 제 마음을 부정해 보려 애썼다. 살짝 밀기만 할 뿐 뿌리치지 않으니 그는 더욱 가까이 다가와 아리의 허리에 손을 감았다.

"내가 그대를 더 넓은 세상으로 데려가 줄 거야."

달콤한 향을 피우는 독초처럼 그의 속삭임이 귓가에 스며들었다. 이래서 쉬이 정을 주면 아니 되는 거였는데. 욕심을 내지 않으려고 해 봐도 그를 보니 자꾸 마음이 흔들렸다.

함께 지낸 지도 두 달이 넘었으니 괜찮지 않을까. 다가서는 그의 눈을 바라보며 마음이 설렜다. 떠나지 마시라고. 그냥 여기에 계셔 주면 아니 되냐는 말이 목 끝을 맴돌았다.

"저는……."

무어라 입을 열 즈음 갑자기 저편에서 산새들이 날아올랐다. 짐승이라도 나타났나 싶어 고개를 들자 저쪽에서 검은 옷을 입은 복면의 사내 여럿이 두 사람을 향해 걸어왔다. 저들은 누구일까. 겁이 난 아리가 한 걸음 물러서려 했지만, 도겸은 그런 아리의 어깨를 안고 그들과 마주했다.

"너희가 여기는 어쩐 일이더냐."

"전갈이 왔습니다."

앞장선 사내의 눈매가 유독 매서웠다. 까마귀를 닮은 까만 눈동자는 아리를 힐끔 바라본 후 도겸을 향해 깍듯이 인사를 올렸다. 상황은 몰라도 한 가지는 알 수 있었다. 저들은 그를 데리러 온 것이다.

'드디어 올 것이 왔구나.'

가슴이 철렁 내려앉았다. 마음의 준비는 진작부터 하고 있었다. 어차피 여기에 어울리지 않는 사람이었으니 살던 곳으로 돌려보내는 것은 당연한 일이다.

다친 짐승이 다 나으면 숲으로 돌려보내는 것도 아리의 일이었다. 몸이 다 나았으면 냉큼 돌아가야 하건만, 사람 손을 탄 짐승들은 아리를 어미처럼 따르며 제 곁에 되돌아오려 애를 썼다.

괜히 정을 줬다가는 이 숲에서 살아남을 수 없다. 그러니 어서 눈앞에서 사라지라며 아리는 제 손으로 거둬 먹인 것들에게 돌을 던지기까지 했었다. 분명 그렇게 모질게 군 것은 저였건만, 정작 그날 밤 아리는 아무도 모르게 이불 속에 숨어 홀로 울었다.

정이라는 것이 그래서 무서웠다. 소리 소문 없이 스며들어서는 사람의 마음을 한없이 헤집는 마음이 안타까워서. 당장은 그가 없는 생활이 어색하겠지만 그것도 으레 익숙해질 것이라 믿었다. 그러니 이 사내에게도 다시는 오지 말라고 말을 해야 하는데 어쩐지 좀처럼 입이 떨어지지 않았다.

"아리. 나는……."

이별의 때가 오늘인 줄은 그도 예상치 못한 모양이었다. 이리도 먼저 데리러 왔으니 뒤도 돌아보지 않고 가야 하건만 그의 얼굴에는 망설이는 기색이 역력했다. 선불리 눈물을 보여서는 아니된다. 아리는 미련 한 방울 남지 않은 듯 환히 웃으며 기꺼이 그의 등을 떠밀었다.

"드디어 돌아가실 때가 되신 모양입니다. 뭘 하십니까, 어서 짐부터 챙기셔야지요."

일그러진 얼굴을 보이고 싶지 않아 일부러 앞장을 섰다. 줄곧 이런 날이 올까 싶어, 처음 그를 주워 온 날에 입었던 옷은 베인 자국을 잘 꿰매 미리 싸 두었다.

"가족들이 걱정하고 계실 터이니 어서 돌아가셔야지요."

마음에도 없는 거짓을 말하며 아리는 미련 한 조각도 보이지 않으려 애를 썼다. 복사꽃 아래 피어난 꿈처럼 사라져 갈 마음이다.

그가 돌아가고 남매는 언제 그랬냐는 것처럼 쓸쓸히 이 산을 지키게 될 터. 그렇게 마음을 다잡으며 서두르던 중 곁에 선 복면의 사내가 그녀에게 고개를 숙여 인사했다.

"답례는 부족함 없이 치르겠습니다."

그를 돌봐 준 값을 치르겠다는 복면 사내의 말에도 마음이 동하지 않았다. 재물을 좋아하는 저답지 않게 아리는 사내가 건넨 돈주머니도 마다했다.

"험한 곳에서 고생을 많이 하셨으니 삯은 그것으로 충분합니다."

그것으로 계산은 모두 끝났노라고 그리 말하던 참이었다. 마지막 배웅을 하려던 찰나 도겸과 눈이 마주쳤다. 속 시원히 그를 보내려는 제 반응이 퍽 서운한지 그는 화가 난 얼굴로 아리의 앞에 섰다.

"일부러 이러는 건가?"

"잘된 일 아닙니까. 입 하나를 덜었으니 후련한 것을요."

미련 한 덩어리라도 남겨 뒀다가는 떠난 뒤에 남겨질 제 마음이 너무 아플 테니까. 아리는 일부러 그에게 말할 틈도 주지 않고서 모진 말을 쏟아 내었다. 화가 난 그가 아리가 안겨 준 짐을 거머쥐었다. 그리고 안을 뒤적이고서는 아리의 손을 덥석 거머쥐었다.

"이게 뭡니까?"

아주 오래된 것으로 보이는 낡은 반지는 옷가지를 정리했던 아리조차도 발견하지 못했던 물건이었다.

"아무래도 그대는 내가 이대로 돌아오지 않기를 바라는 것 같아서 말이지."

그는 아리의 손을 펴 가락지를 끼워 주었다.

"내 어머님의 유품이야. 금방 그대를 데리러 올 터이니 그때까지 잘 간직하고 있도록 해."

"뭐라고요?"

떠날 거라면 속 시원히 가 버릴 것이지, 굳이 마음 빚 하나를 더하는 그의 속을 도통 알 수가 없어서 아리는 괜히 야속한 마음만 들끓었다. 이런 것일랑 주고 가지 말라 반지를 빼 버리려 했건만 무도한 사내는 그런 아리를 잡고 냅다 입을 맞춰 버렸다.

"어찌, 읍……!"

그의 혀끝이 진득하니 아리의 잇새를 훑어 내렸다. 그의 수하들이 보고 있는데. 제아무리 놓아 보려 해 본들 도겸은 그녀를 놓아줄 생각이 조금도 없어 보였다. 아리를 꼭 껴안은 채 도겸은 오직 그녀의 귀에만 들릴 수 있게 나지막이 속삭였다.

"그때까지 얌전히 기다리고 있어. 내가 그대를 데리러 올 테니까."

"도련님."

"산 아래 세상을 보여 주겠다 약조하였거늘. 나를 정말 못난 사내로 만들 셈인가."

노여움마저 비치는 그를 마주하고 아리는 애써 고개를 끄덕였다. 정말로 희망을 가져도 될까. 망설이는 아리는 제 손에 맞춘 듯 딱 맞는 반지를 바라보았다. 황금빛 옥패를 지닌 사내다. 그런 이가 이깟 입맞춤을 위해 돌아가신 어머니의 이름을 팔아야 할 이유가 없다.

"이 목숨은 그대가 구해 준 목숨이니, 그 빚은 아직 다 갚지 못 했는걸."

금방 돌아올 테니 조금만 기다리라고. 그 약조만을 남기고서 도겸은 따라온 복면들과 함께 길을 떠났다. 복면 사내들도 나란히 그의 뒤를 따랐다. 그들이 모두 떠난 후에야 아리는 마당에 주저앉아서는 그가 남기고 간 반지를 물끄러미 바라보았다.

"이런 걸 주고 가면 나더러 어쩌라고."

산 아래 세상에 사는 그가 굳이 이곳에 돌아와야 할 이유가 없다. 각자에게 어울리는 삶이 있으니까. 미련 같은 건 버려야 하는데.

"차라리 말이라도 하지 말지."

더 넓은 세상을 보여 주겠노라고 말이라도 하지 않았으면 이렇게 설레지도 않았을 텐데. 아니라 접으려 하면서도 그가 돌아오기만 기다리는 제 모습이 낯설어서 아리는 그가 떠난 자리를 물끄러미 바라보았다.

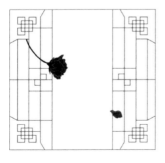

2.

새 황제가 등극하고 화평공주의 미간은 펴질 틈이 없었다. 마뜩잖은 새 황제를 만나러 편전에 들자 그곳에는 황제는 없고 꼴도 보기 싫은 소 태후만이 자리했다.

"공주께서 여기는 어인 일이십니까."

"저야 폐하를 뵈러 왔지요. 이 사람이 어디 못 올 곳을 온 겝니까?"

황제가 살아 있을 때야 싫은 소리 한 번 못 했다지만 남편도 죽고 없는 지금 시누이의 눈치를 봐야 할 리 만무하다. 소 태후는 손에 든 부채로 입을 가리고서 기세등등하게 웃었다.

"자고로 출가외인이라 하였습니다. 이미 하가하신 공주께서 태황태후마마의 간병은 뒷전이시고 조정의 정세에만 여념이 없다 하는 말씀이 파다하다지 않사옵니까."

"뉘가 감히 그런 망발을 한단 말이오!"

평소 당하던 것을 그대로 갚아 주니 속이 시원해서 소 태후는 깔깔 웃으며 부채를 부쳤다. 도겸이 실종된 이후로 저를 둘러싸고 온갖 말을 쏟아 내던 화평공주지만, 새 황제가 등극하고 시간이 지나니 판도는 격변했다.

세도 등등하던 공주의 손에 쥐고 있던 패들이 하나둘 무너지고 있다. 다 죽어 가는 시어머니, 태황태후야 오늘내일하고 있으니 늙은이의 숨이 끊어지는 날 이 황궁은 모두 제 치마폭 아래에 떨어지리라. 그러기 위해서는 평소 눈엣가시나 다름없던 시누이부터 코를 납작하게 눌러 줘야 할 참이었다.

"저 나무에 앉은 꾀꼬리마저 아는 일을 공주께서만 모르신다니. 이 어찌 통탄하지 않을 일입니까."

"진정 그리 나오신다 이거지요?"

믿는 구석 따위는 하나도 없을 터인데. 뭘 믿고 저리도 기세가 등등한지. 화평공주를 대놓고 비웃어 주며 소 태후는 그 길로 편전을 나서려던 참이었다.

"태후마마! 큰일입니다!"

귀신이라도 본 것 같은 측근 시녀 소방의 호들갑에 태후가 눈살을 찌푸렸다. 화평공주를 본 소방은 서둘러 옷매무새를 여미고서 태후의 앞에 무릎을 꿇었다.

"무슨 일이더냐."

"이게 누굽니까. 드디어 돌아오셨군요!"

멀리서 걸어오는 그림자를 마주하고 두 여인의 희비가 엇갈렸다. 하얗게 질린 소방의 얼굴만큼이나 태후의 낯빛 역시 창백해졌다. 저가 죽였다는 풍문까지 돌 정도로, 이제는 참으로 죽어 없어진 줄만 알았던 위인이 상처 하나 없이 깨끗한 얼굴로 유유히 걸어 들어왔다.

"그간 강녕하셨습니까, 황후마마. 아니, 이제는 태후마마시지요."

"그대가 어찌……."

"이리 무사히 돌아오니 내 얼마나 든든한지 모르오. 잘 돌아오셨습니다."

말을 잇지 못하는 태후를 내버려 두고 화평공주는 의기양양하게 걸어가 도겸에게 손을 건넸다.

"사냥 도중 괴한의 습격을 받아 환궁이 늦어졌습니다."

태연한 도겸을 앞에 두고 소 태후가 부채를 들었다. 아무리 오늘내일하는 위인이었다 하나 황제의 임종을 지키지 못한 것만으로도 불효이거늘, 고개를 빳빳이 든 도겸이 심히 거슬렸다. 하나 선황이 무엇을 어찌하였든 지금 이 황궁의 실권을 쥔 것은 소 태후 자신이다.

"지금 그걸 말이라고……!"

"황제 폐하 납시오!"

내관의 우렁찬 소리와 함께 편전의 문이 열렸다. 지병을 핑계로 상소조차 침소에서 받아 보던 황제가 의관을 정제하고 친히 편전에 들었다.

"어마마마께서도, 공주께서도 여기는 어인 일이십니까."

선황제가 살아 있던 시절에만 해도 태황태후가 편전에 드는 일은 일절 없었다. 제 손으로 아들의 얼굴에 먹칠을 시킨 태후는 아들의 물음 앞에 꿀 먹은 벙어리가 되었다.

무시무시한 두 여인이 자리를 떠난 후에야 편전에는 겨우 평화가 찾아왔다. 황제는 제 어머니의 뒷모습이 한참 멀어진 후에야

긴 숨을 쉬며 안도했다.

'그대는 황제가 될 이입니다. 아시겠습니까?'

어린 시절부터 병약했던 그는 어머니의 치마폭 아래에서 황제가 되어야 한다는 중압에 시달려야 했다. 황제의 적장자로 태어난 것이 죄라면 죄라서, 그에게는 나면서부터 자유 따위는 없었다.

'형님 전하를 이리 뵙게 되어 참으로 기쁩니다.'

그런 제 침소에 숨어든 도겸이 처음 했던 말은 아직도 기억에 남았다. 예법에 어긋나는 엉뚱한 소리를 하면서도 그 아이의 표정은 참으로 해맑기만 했다.

'네가 여기에 어찌 온 것이냐?'
'그거야 형님 전하를 뵙고 싶어서지요. 공부 따위는 참으로 싫습니다.'

하도 형님 대신 황제가 되라 하는데, 저는 그런 욕심 따위는 조금도 없다고. 그 말을 하러 동궁까지 숨어들었다는 말에 헛웃음이 났다.
투덜대는 동생이 처음에는 참으로 싫고 귀찮아서 다시는 오지 못하게 해 달라 부탁하기도 했다.
그런데 막상 도겸이 오지 않게 되자 그늘진 동궁은 더욱 쓸쓸해졌다. 꽃이 지고 난 후에야 봄이었음을 알았다. 그때는 몰랐다. 마냥 해맑은 아우가 무슨 심정으로 제 처소를 찾았는지.

'형님!'

매일 같이 저가 죽기만을 비는 화평공주의 말을 듣고 겁을 먹고서, 제 아우는 어린 마음에 배다른 형을 살리러 기꺼이 담을 넘었다.

흙투성이가 된 무릎이 다 까져 피가 줄줄 흐르는 와중에도 도겸은 여윈 도림에게 다가서 안부를 살피기 바빴다.

'내가 죽어 없어지면, 황제 자리는 네 것이 아니더냐?'
'어찌 그런 말씀을 하십니까!'

질기고 질긴 목숨이라서. 차라리 죽어 없어져 주겠다는 말에 도겸은 기겁을 하며 치를 떨었다. 남들은 되지 못해 안달이 난 황제 자리를 서로 싫다며 떠넘기고 있으니, 두 사람은 얼굴을 마주하고 웃음을 터트렸다.

그렇게 마음을 연 이후로 묘한 우애가 남몰래 싹이 텄다. 그 누구도 알지 못하게 형제는 각 세력의 움직임을 흘리며 비밀스러운 동맹을 이어 나갔다.

"무사히 돌아와 참으로 다행이로구나."

검상을 심하게 입어 거동조차 불가능하다 하였건만 도겸은 깨끗하게 나은 것도 모자라 이상할 정도로 낯빛이 좋아 보이기까지 했다.

"그것이 말입니다."

어린 시절마냥, 앳된 미소를 지으며 도겸은 그간의 사정을 설명하였다. 상냥한 오누이가 제 목숨을 구해 준 이야기부터 시작해 험준한 산을 돌며 사냥까지 하다 왔다는 말에 황제는 입을 다물지 못했다.

제 아우는 원래 이런 아이가 아니었는데. 특히나 저를 구해 준 여인에 대해 이야기하는 모습은 그간의 논조와는 사뭇 결이 달랐다.

사방으로 번져 나가는 것은 연분홍빛의 심상이라. 풋풋한 연심을 채 숨기지도 못하고서 아우는 은근히 자랑하기에 이르렀다.

"그래서, 어머님의 반지를 정표로 주고 왔습니다."

"대체 어떤 여인이기에?"

아까까지만 해도 자랑스레 말을 하던 아우가 입을 다물었다. 한참을 고민한 끝에 도겸은 어렵사리 말을 꺼냈다.

"참으로 야무진 여인이랍니다."

아우와 둘이서 험준한 산자락에서도 부족한 것 하나 없이 살기란 쉽지 않았을 터인데. 입으로는 투덜거려도 입가에는 미소가 가득했다. 검상을 입고 쓰러진 저를 정성껏 돌봐 주었다며 마냥 행복해하는 아우의 모습에 도림은 희망보다 걱정이 앞섰다.

"네 처지를 잊은 게냐?"

황족의 여인이 되기에는 여인의 신분이 너무나 보잘것없다. 정비는커녕 측비조차 되지 못할 신분의 여인임에도 아우가 벌써 마음을 주어도 단단히 주고 온 것이 눈에 선했다. 정색하는 황제를 앞에 두고 도겸은 회심의 미소를 지었다.

"그 여인이 향족이라고?"

도림 역시 황태자 시절, 스승에게 어렴풋이 들은 기억이 있었다. 이제는 거의 대가 끊겼다는 향족의 이야기는 황가의 아이들 사이에서 전설처럼 내려왔다.

백 년도 훨씬 전, 파죽지세로 세를 넓히던 단월국의 황제는 향족과의 전쟁에서 처음으로 패배를 맛보았다. 황제는 자신에게 수모를 준 향족을 증오해 몇 번이나 토벌대를 보내 향족의 씨를 말리기에 이르렀다.

수없이 많은 이들이 목숨을 잃은 후에야 향족의 숨겨진 힘이 드러났다. 암암리에 향족에 대한 소문이 퍼지며 노예 상인들은 어떻게든 향족의 생존자를 찾아내기 위해 혈안이 되었다.

황실의 원죄를 감추기 위해 이 일은 철저히 비밀에 부쳤지만 선선대 황제, 도겸의 조부는 가까스로 향족의 여인을 찾아내 자신의 측비로 삼는 데 성공했다.

향족의 여인이 가진 치유 능력은 죽은 사람도 살려 낸다던 소문은 허명이 아니었다. 사냥터에서 다친 황제를 두고 향족의 여인은 기적을 일으켰다.

갈비뼈가 부러진 데다 출혈이 심해 어의조차 포기한 황제의 상처가 하룻밤 사이 감쪽같이 낫자, 의식을 되찾은 황제는 제게 보물이 날아들었다 진심으로 기뻐했다.

그러나 행복은 오래가지 않았다. 황제의 총애에 힘입어 여인이 아이를 잉태하고 얼마 후 그녀는 후궁에서 의문의 죽음을 맞이해야만 했다.

질투였다. 저 여인이 아이를 낳으면 제 자리를 빼앗길 거라고, 황제의 총애를 나누기 싫었다던 당시 황후는 황제의 손에 목이 잘렸다.

그 이후로 황궁의 아이들은 누구나 할 것 없이 향족의 비밀에 대해 단단히 교육받았다. 절대로 향족의 여인을 해하여서는 아니 된다는 이야기를 귀가 썩도록 듣고 자라게 되었지만, 세월이 흐르고 나니 황궁 내에서도 이제는 그 이야기를 전설 취급하는 이도 적지 않았다.

그러나 차기 황제감으로 꼽히던 두 형제는 일찌감치 제 부황에게 향족의 진실을 전해 들었다.

"아무리 그래도 그렇지. 나는 도무지 믿기지 않는구나."

"제가 살아 돌아온 것이 그 증거입니다."

도겸은 옷고름을 풀고서 제 등을 내보였다. 아리가 손수 기워 주긴 했으나 옷에는 검에 베인 흔적이 역력한데, 정작 도겸의 등은 흉 하나 없이 말끔하기만 했다.

"그렇다면 그 여인이 참으로 향족의 후예란 말이더냐?"

"아직 각성은 하지 않았습니다. 그러니 서둘러 데려와야 할 것입니다."

선조의 염원을 담아 향족의 피를 황실에 섞어야 한다. 대의명분은 그리 내세우고 있지만 도림은 진즉 도겸의 속내를 읽었다. 한시라도 빨리 그 여인을 데려오고 싶은 마음이 굴뚝같은 아우의 모습이 심히 낯설다.

"그 여인이 그리도 마음에 든 게냐."

"제 목숨을 구해 준 여인이 아닙니까."

이렇다 저렇다 명분을 덕지덕지 붙여 보아도 눈빛에 담긴 연심만은 숨길 길이 없다. 아우를 상대로 거래를 걸 생각은 없었지만, 그래도 한 가지만은 확실히 해 두어야 한다.

"네 뜻이 그러하다면야 내가 도와줄 수도 있겠지. 허나 그러기 위해서는 너도 내 부탁을 들어주어야 한다."

세상 물정 모르는 어머니는 지금도 오라비인 소 태사의 뜻에 휘둘리는 가엾은 종이 인형에 불과하다. 그리고 벌써 네 번째 맞이한 아내. 사내구실조차 못 하는 지아비의 허물을 덮고자 죄 없는 여인을 셋이나 갈아 치우고 들어온 이였다.

원래대로라면 선황께서 손수 도겸에게 맺어 주려 했던 여인이었다고. 그런 줄도 모르고서 마음을 줘 버렸으니. 자식조차 줄 수 없는 황제는 어린 아내를 위해 해 줄 수 있는 것이 없었다.

"사내를 잘못 만난 탓에 과부가 되게 생겼으니. 부디 그이를 잘 돌봐 주렴."

"어찌 그런 무엄한 말씀을 하십니까!"

"나는 이미……. 쿨럭!"

말을 다 잇기도 전에 토혈만으로도 몸이 이미 한계에 치달았음을 능히 짐작하고도 남았다. 이대로 정말로 죽는 것인지. 누구도 대답해 줄 수 없는 상황 속에서 도림은 말린 나뭇가지처럼 야윈 손으로 아우의 손을 꼭 쥐었다.

"네가 돌아올 날만 기다리며 준비를 해 놓았으니 얼마 걸리지도 않을 터인데."

보아하니 옛 전설을 들먹이면서까지 그 여인을 궁에 들이고 싶은 모양이지만, 일단은 책봉식부터 서둘러야 한다. 소 태사가 방해하기 전에 도겸을 황태제 자리에 올려놓아야만 오늘내일하는 그도 안심하고 눈을 감을 수 있을 것이다.

병든 아비에 이어 이제는 병든 형까지 발목을 잡으니 도겸의 눈동자가 사뭇 흔들렸다. 설마 그사이에 무슨 일이 있으려고. 몇 번이나 되뇌며 그는 제 아우를 안심시켰다. 하지만 언제나 설마는 사람을 잡는 법, 황제의 예상은 보기 좋게 빗나가고 말았다.

✻　✻　✻

　"누님, 제정신이오!"

　"시끄럽구나. 상이나 받거라."

　언제나 셋이 먹던 밥상이었는데 도겸이 떠나자 수저부터 둘로 줄었다.

　기별도 없이 떠나 버렸다는 말에 동이는 기가 막혀 말도 잇지 못했다. 떠나면 떠난다고 말이라도 해 줄 것이지 무정하게 가 버린 사내인데, 그런 것치고 아리는 참으로 태연하기만 했다. 무언가가 이상했다.

　둘이 정분이 나도 단단히 난 것이 분명하였는데 제 누이의 반응이 심히 덤덤했다. 동이 저는 버리고 가도 누이라면 응당 데려갈 줄 알았건만 배신감에 몸져누울 지경인 저와 달리 누이는 평소와 다름없이 밥술을 뜨기 바빴다.

　"목에 그건 무엇이오?"

　"아무것도 아니다."

　장신구 따위 하고 다니지 않던 누이의 목 근처에 가죽 끈이 보였다. 동이는 아무것도 아니라 외면하는 누이의 목에서 가죽 끈을 낚아챘다. 끈 아래 매인 가락지가 옷섶 사이로 나오자 아리는 화들짝 놀라 다시 옷 안으로 숨겨 버렸다.

　"밥상 앞에서 이게 무슨 짓이야!"

　"흐응. 그러면 그렇지."

　조바심을 내도 먼저 냈을 누이가 이리 태연할 수 있을 리가 없는데. 정표라도 주고 간 것은 기특하다지만 한편으로는 서운하기도 했다.

"누이에게만 주고 내게는 인사조차 없었으니. 참으로 서운하외다."

"은혜를 갚겠노라 맡겨 두고 가신 것을. 다시 오시면 그때 인사를 나누면 되지 않겠니."

"그래서, 그이는 대체 누구였소?"

이 시골 산자락에 검상까지 입고 쓰러진 사내라. 함께 사냥을 다니며 어울렸던 동이는 여전히 도겸의 정체를 정확히는 알지 못했다.

"솜씨는 숙달이 되어 있지만 어딘지 야무지지 못한 것이, 꼭 시종들만 데리고 다니던 귀족 도련님 같지 않소."

"그랬었니?"

"잡기만 잘 잡지. 후처리도 할 줄 모르고 어설픈 것이 영 아니었는걸."

사냥꾼으로서는 빵점이었다며 투덜대 보지만 그래도 말을 타는 솜씨나 무기를 다루는 재주는 제법이었다. 집에서만 지내는 아리야 몰랐지만, 동이는 도겸의 말투가 퍽 인상에 남았다.

수도의 귀한 집 자제들이나 쓰던 깔끔한 말투도 그렇고, 애초에 도구를 부르는 호칭 같은 것만 보아도 이쪽 지방 사람은 아닌 것이 분명했다.

"그이라도 있었으면 좋았을 것을."

요즘 들어 잠잠하던 태남산 줄기에서 호랑이 발자국이 발견되며 사냥꾼들 사이에서도 비상이 걸렸다.

"혹시 모르니 문 단단히 잠그고 있으시오. 알겠소?"

"설마 여기까지 내려올까."

"설마가 사람을 잡는 법이오."

지난번 소집 이후로 동이는 괜히 아리에게 잔소리를 늘어놓았다. 말 안 듣는 누이를 단단히 혼낸 후, 동이는 활을 메고 사냥에 나섰다.

그렇게 동생이 떠나고 난 후에야 아리는 목에 걸어 놓은 반지를 슬쩍 만졌다. 은근히 도겸을 탓하는 것도 누이를 빼앗기기 싫은 투기라 아리의 눈에는 그조차도 귀여웠다. 평생을 함께한 유일한 혈육이니까. 아리에게 동이는 그 누구와도 바꿀 수 없는 하나뿐인 핏줄이다.

"무슨 소리지?"

설거지를 하고 있는데 문밖이 유독 시끄러웠다. 말들이 잔뜩 달려오는 소리에 고개를 내미니 반갑지 않은 손님이 고개를 들이밀었다.

"아리야! 게 있느냐!"

"고모님?"

아까 보았을 때는 산길에 걸어오는 이가 없었는데, 요란한 소리를 내며 달려온 일행은 초라한 싸리문 앞에 멈춰 섰다. 평소의 옹색한 차림과 달리 반질반질한 비단옷을 갖춰 입은 고모는 유난히도 밝은 얼굴을 하고서 아리에게 달려와 손부터 잡았다.

"너는 다 큰 여자아이가 꼴이 이게 무엇이더냐."

저기 마차까지 끌고 와 기다리는 이들은 누구인 건지. 영문도 모르고서 아리는 방에 끌려가 옷부터 갈아입었다. 생전 입어 본 적 없는 귀한 비단옷을 입고 방을 나서니 집 밖에는 푸른 옷을 입은 사내들이 가득 서 있었다.

"이분들은 대체 뉘신 겁니까?"

"과연. 곱다 곱다 하더니 참으로 곱군."

알록달록한 색동옷을 입은 사내가 부채를 부치며 걸어왔다. 육덕진 얼굴에 두툼한 살집과 함께 기묘한 향내와 체향이 뒤섞여 악취를 풍겼다. 얼핏 보아도 역한 사내지만 옷차림이며 행색을 보니 돈은 많아 보이는데. 그래서인지 고모는 아리의 등을 억지로 떠밀어서는 사내 앞에 선을 보였다.

"이제 막 스물이 되었답니다. 둔부가 이리도 토실하니 아이는 참으로 잘 낳을 것입니다."

"고모님!!"

갑자기 찾아와서는 옷을 갈아입히고 망측한 소리를 내뱉으니 이래서야 모르는 척하고 싶어도 할 수가 없다. 딱 보아도 아니다 싶을 사내에게 저를 들이밀고서 고모는 섣불리 혼사 이야기부터 꺼냈다.

"이 아이의 아우가 유별나기는 하지만, 도련님의 호위들에게는 상대도 아니 될 것입니다."

"암. 최씨 가문 오대 독자인 이 몸이 직접 보러 왔음이니."

번들대는 눈을 하고서 사내는 덥석 아리의 손부터 잡았다. 혼탁한 눈빛과 퀴퀴한 체향, 거기에 땀에 젖은 손길이 끔찍하여서 아리는 서둘러 그 손을 내치고 뒤로 물러나 버렸다.

"이러지 마십시오."

"아직 사내 맛을 아니 보아 참으로 수줍구나. 안 그렇느냐?"

사내는 물론 곁에 선 이들조차 징그러운 눈빛으로 아리를 바라보았다. 제 손끝부터 몸 구석구석을 지저분하게 살피는 사내의 눈빛이 여간 부담스럽기 이를 데 없어 아리는 옷부터 여미고서 그대로 물러나 버렸다.

덩치 큰 장정이 다섯, 앞에 선 흑돼지 같은 사내와 고모까지 앞에 두고서 아리의 마음은 더없이 무거웠다. 참으로 이대로 끌려가나 싶던 찰나 저 멀리서 우렁찬 고함 소리가 들렸다.

"게 뭣들 하는 것이야!"

성이 난 곰 한 마리가 달려오자 고모는 아리의 팔에서 손부터 뗐다. 뉘인가 싶어 잘 보니 저것은 곰이 아니라 피투성이가 된 동이였다.

"저, 저것이 무엇이더냐!"

퍼렇게 날이 선 도끼를 든 것도 모자라 온몸에 피 칠갑을 한 덩치다. 흉흉한 기색 탓에 보는 이들은 얼굴이 사색이 된 채 너나할 것 없이 뒷걸음치기 바빴다. 제법 난다 긴다 하는 이들조차도 섬뜩하기까지 한 동이를 앞에 두고는 속수무책이었다.

"네 이게 어찌 된 일이니!"

"누이, 비키시오. 내 또 이런 수작을 벌였다가는 분명 그날이 제삿날이 된다 했소, 안 했소?"

누이를 뒤에 숨겨 두고서 동이는 피가 뚝뚝 흐르는 도끼를 휘두르며 사내들을 위협했다. 제법 난다 긴다 하던 이들도 겁 없이 휘둘러 대는 도끼질에 한 발 한 발 물러날 수밖에 없다. 사람인지 짐승인지, 안광을 번득이는 동이를 보며 제일 앞에 서 있던 두툼한 사내는 오줌까지 지리고서 덜덜 떨기 바빴다.

"동이 너는 좀 진정하거라!!"

아무리 불청객이라 해도 이리 원한을 샀다가는 추후 어떻게든 보복을 당하게 될지도 모른다. 오대 독자니 뭐니 하던 것만 보아도 이리 돌려보냈다가는 곱게 끝날 것 같지 않아서 아리는 급한 마음에 상처부터 살폈다.

"괜찮으십니까."

"낭자…….."

"저는 혼인할 마음이 없습니다. 그러니 이만 돌아가 주십시오."

급한 대로 앞치마 끝을 찢어 적당히 손을 묶어 주었다. 단아한 향기가 사뭇 풍기고 붉은 생채기가 조금은 흐려졌다. 상처가 작으면 작을수록 보복을 당할 일도 없을 터이니 아리는 찢은 천으로 상처를 단단히 묶어 주고서 불청객들을 돌려보냈다.

"이번 일은 아니 들은 것으로 하겠습니다."

도끼를 든 동생이 무서우면 이만 돌아가시라는 아리의 배려에 사내들은 서둘러 마차에 오르기 바빴다. 핏자국이 말라붙은 후에도 동이는 도끼날을 들이밀고서 저들을 향해 눈을 부라렸다. 갑자기 일어난 난리에 아리의 불안이 커져만 갔다. 제발 아무 일도 없이 넘어가야 할 터인데. 몇 번을 빌어 보아도 좀처럼 마음속 불안이 가시지 않았다.

* ❊ *

무하는 황실의 그림자로 길러진 아이였다. 이름 없는 자들을 통솔하는 황제의 친위대로 살기로 맹세한 지 몇 해가 지난 후, 그는 황제의 부름을 받아 한 소년을 만났다.

그의 나이 스물 되던 해의 일이었다. 황제는 그가 가진 가장 큰 무기를 병약한 황태자가 아닌 도겸에게 물려주리라 단언했다.

"별궁은 잘 정비되고 있는 것이냐."

"차질 없이 진행 중입니다."

숨을 쉬듯 당연하게 명령을 내리는 모습을 보고 나서야 무하는 황제가 제 아들 안에서 본 것의 정체를 알았다. 탐욕적인 괴물이 잠에서 깨어난 것처럼 도겸은 철저히 제 것을 손에 넣기 위한 준비를 시작했다.

그간 허물없이 지내는 것이 당연하던 저와 도겸의 관계도 이제는 확실한 주종관계가 되었다. 돌보아야 했던 아우가 어느덧 섬겨야 할 주인의 면모를 갖추는 데는 그리 오랜 시간이 걸리지 않았다.

"참으로 그 여인이 마음에 드신 모양입니다."

무심결에 뱉은 말이었다. 그간 황궁에 드나들던 무수히 많은 재녀들조차도 거들떠보지 않던 도겸이 일개 촌부에게 눈을 돌렸으니, 그것이 조금은 야속하여 한 말이었건만.

"무엄하구나."

차가운 대꾸에 무하는 바로 입을 닫았다. 네가 감히 함부로 이를 여인이 아니라고.

화평의 손아래에 놀아나는 척하고 있었던 것처럼 어쩌면 도겸은 무하 자신에게도 일부러 어리숙한 체하고 있었던 걸지도 모른다. 황위를 물려받고 싶지 않아서, 그래도 제 혈육에게는 검을 들이밀고 싶지 않으니 방관을 택할 모양이었지만 그런 그도 결국 황제가 그리도 애타게 말하던 '이유'를 찾아냈다.

"경솔하였습니다."

"소 태사 쪽이 슬슬 우리에게 사람을 붙일 것이니, 아리의 존재를 알지 못하게 만전을 기하여야 한다."

"명심하겠나이다."

"공주께도 사람을 붙이고."

정말로 황제가 될 각오를 하며 도겸은 소 태사와 화평공주, 두 세력 모두에게 검을 겨누었다.

"내가 황위에 오르면 둘 다 버릴 패니 말이다."

무하는 기꺼이 제 주인의 앞에 머리를 숙였다. 그는 황제의 손에 길러진 괴물이다. 지금이야 송곳니를 잘도 감추고 있지만, 제 주인의 곁에 향족 여인이 가진 신비로운 힘이 더해진다면 차기 황제가 될 그를 누구도 해하지 못할 것이다.

"그래서."

"그분에게 사내가 생기셨다 하옵니다."

무하는 대답 대신 밀정이 보내온 서찰을 내밀었다. 차마 제 입으로는 보고조차 할 수 없다. 아리에게 혼담이 들어온 상대가 색동옷이나 입고 다니는 반푼이라는 말에 도겸은 서찰을 구겼다.

"어디 감히!"

힘으로 끌고 나가려는 것을 동이가 흠씬 패 주었다고 하는데, 그 반푼이의 아비가 마을의 유지라 하니 이대로 조용히 넘어갈 리가 없다. 조만간 손을 써야 할 것이다. 그런데 어째서인지 도겸은 서찰을 다시 펼치고서 한 구절을 몇 번이고 다시 보았다.

"어찌하여 그런 놈을 돌봐 준단 말이야."

아리가 바닥에 넘어진 머저리를 일으켜 주었다는 말에 도겸은 유독 열불을 냈다.

"감히 누구인 줄 알고."

흥분하다 못해 역정까지 내는 이 모습을 선황께서 보셨으면 참으로 좋아하셨을 것인데. 매사에 부평초 같던 주인께도 이제는 제법 마음 둘 곳이 생긴 모양이다.

오늘따라 평생을 모셔 온 주인이 참으로 낯설지만, 그는 애써 내색하지 않고 입을 다물기로 마음먹었다.

✻ ❊ ✻

태남산 근방에서도 손꼽히는 최 대감댁 오대 독자는 지진아였다. 매사에 모자라고 반푼이에 흉물스러운 외모가 더해지며 누구도 그 댁에 시집가려는 여인이 없었다.

참한 색시 하나만 구해 주면 큰 대가를 준다는 말에 홀린 고모는 기꺼이 아리의 이야기를 꺼냈다.

고작해야 사냥꾼의 딸이라기에 처음에는 가당치도 않다 내치려 했건만, 어느 여인을 말해도 흥미를 보이지 않던 아들이 처음으로 흥미를 보였다.

그래서 마지못해 허락했건만, 제 신붓감을 보러 다녀온 아들은 오줌까지 지리고서 울며 돌아왔다.

"이게 대체 무슨 꼴이야!"

숟가락보다 무거운 것은 들지도 못하게 키운 귀한 아들이었다. 그런 이가 겁에 질려 달달 떠는 것도 모자라 옷소매에는 핏자국까지 묻어 있었다. 너무나 무서웠다 빽빽대는 아들을 안고서 안방마님은 부하들부터 추궁에 나섰다.

"저쪽은 혼사에 대해서는 아무것도 모르는 눈치였습니다."

"뭐라고?"

벌써 받아 간 돈이 얼마인데. 얌체처럼 달아난 고모라는 작자도 문제지만 감히 제 아들을 내쳤다는 계집 쪽이 더욱 괘씸했다.

온 집안의 머슴들을 다 불러 모으라는 호통을 내지를 즈음 잠자
코 상황을 지켜보던 최 대감이 밖으로 나왔다.

"게 무슨 일이오."

"영감, 제 말 좀 들어 보십시오."

귀하디귀한 아들을 이 꼴로 만들어 놓았다고 불을 뿜는 동안
최 대감은 모자란 아들의 손부터 살폈다. 분명 제 어미의 손으로
입혀 놓은 색동옷에는 생채기가 나고 피가 묻어 있는데 손에는
상처 하나 없이 깨끗하기만 했다.

"네 여기를 다쳤었느냐?"

"다쳤습니다. 피도 나고 따갑고 아팠습니다!"

"상처가 어디에 있단 말이냐?"

분명히 흔적은 있는데 손바닥은 흉 하나 없이 깨끗하기만 했
다. 본인도 놀라고 옆에 있던 호위들조차도 어리둥절하여서는 상
처를 살펴보기 바빴다.

넘어져서 멍이 들었던 자리도, 바닥에 긁혔던 자리도, 심지어
그 전날 났던 상처마저도 흔적도 없이 사라졌다. 하물며 배에 났
던 커다란 사마귀가 사라지고 평소 몸에서 나던 살 썩는 냄새도
흐려졌다.

"동생 놈을 쳐 죽이고 그 계집을 제게 주십시오."

"이 꼴을 당하고도 그런 것에게 미련이 남는 게냐?"

"혼인할 겁니다. 꽃 냄새가 참으로 좋았단 말입니다."

"네 지금 꽃 냄새라 하였느냐?"

제 아버지의 물음에 아들은 얼빠진 얼굴로 고개를 끄덕였다.
수도에서라면야 꽃을 말려 향낭을 품고 다니는 여인이 흔할 수
있으나 그 산골에 사는 일개 촌부가 꽃향기를 품고 다닌다는 말

은 들어 본 적이 없었다.

몸에 분명히 났을 상처가 모두 사라진 것과 지금까지도 남아 있는 꽃의 잔향. 섣불리 판단하기는 이르나 그것이 무엇인지에 대해서는 최 대감도 들은 바가 있었다.

아주 먼 옛날, 수도에 갔을 때 소문으로만 들었던 기억이 있었다. 변방의 장군이 큰 공을 세우고 돌아올 수 있었던 건 그가 곁에 두고 있던 향족의 노예 덕분이었다고.

"일단은 건드리지 말고 내버려 두어라."

"그 무슨 말씀입니까!"

아들이 이 지경이 되었는데 제정신이냐는 부인을 말려 두고서 최 대감은 제 오른팔이나 다름없는 집사를 불러 슬쩍 말을 흘렸다.

"오늘부터 감시에 들어가라. 그 계집이 참으로 향족이라면 징조가 보일 터."

"말씀 받들겠습니다."

징조를 보이기만 하면 그때는 부르는 것이 값인 화수분이 될 것이다. 단월국 최고 권세가인 소 태사에게 친히 바치기라도 한다면 가문을 일으키는 것으로도 모자라 염원했던 수도로 거점을 옮기는 것도 가능해질지 모른다.

"너에게는 더 좋은 여인을 알아봐 주마. 그러니 이번에는 접거라."

"아버지!!"

역정 내는 반문이 아들을 달래 두고서 최 대감은 기꺼이 함정을 파기로 마음먹었다.

* ＊ *

책봉식의 아침이 밝았다. 도겸은 면경 앞에 앉아서 긴 숨을 내쉬었다.

"아리는?"

"무사하십니다. 염려치 마소서."

분명히, 분명히 무슨 일이 있을 줄 알았는데 그런 것치고는 이상하게 조용하다. 화평공주는 도겸의 책봉이 정해진 이후로 벌써 기세가 등등하여 마치 스스로 단월국의 여제라도 된 것처럼 굴고 다녔다.

힘이 없으니 이런 수모를 겪는 것이라, 실상 지금의 황제나 도겸 자신이나 친족들의 손에 들어간 꼭두각시임은 진배없다.

아직은. 아직은 그러하다. 차라리 그가 황제의 아들이 아니었다면, 아리가 향족의 힘을 지니지 못했더라면 이런 결정을 내리지는 않았을 텐데. 책봉의 예를 치르기 위해 형제는 나란히 종묘에 섰다.

병약하다 이르는 황제도 오늘만은 의관을 정제하고서 지팡이를 짚고 앞장을 섰다. 주변국들을 통일해 황제를 칭하게 된 이후 황제의 관을 쓴 모두가 이곳에 잠이 들었다. 앞으로 도림이 잠들고 도겸이 잠들게 될 이곳에서 형제는 나란히 걸음을 옮겼다.

"두렵지 않느냐."

"두렵지 않습니다."

고민도 없이 저리 시원하게 대답하는 제 아우가 황제는 마냥 신기했다. 처음 도림이 황태자에 책봉된 것은 여섯 살 때의 일이었다. 연치가 어린 그의 앞에 까마득한 종묘의 난간은 한없이 두렵기만 했다.

"이러고 함께 걸으니 옛 생각이 나는구나."

제 궁을 쳐들어와 제멋대로 이야기를 떠들던 개구지던 아이가 이제는 기골이 장성한 사내가 되었다. 그 시절 이야기를 꺼낸 후에야 도겸의 입가에도 희미한 미소가 번졌다.

"그때 형님께서 제가 왔다고 이르셔서 아주 혼찌검이 제대로 났었지요."

"알고 있었던 게냐?"

태연한 도겸의 말에 오히려 도림이 놀라 버렸다. 저가 모두 일렀다는 걸 알면서도 아우는 구김 하나 없이 내색하지 않았다. 모두 다 알면서도 입을 다문 것이라, 놀란 그를 앞에 두고서 도겸은 어깨만 으쓱했다.

"안다 한들 어쩌겠습니까. 이 궁 안에서 화평공주가 싫다고 말할 곳이 형님밖에 안 계신 것을요."

너스레를 떠는 도겸의 말에 형제의 입에서 웃음이 터져 나왔다. 다 알고 있었다고. 다 알면서도 저를 원망하지 않는 넓은 마음이라니. 스승이 그리도 부르짖던 제왕의 덕목을 가진 셈이다.

"각오는 되었느냐."

"물론입니다."

형제는 나란히 서서 건국제의 위패에 절을 올렸다. 오랜 시간이 거대한 땅덩어리를 지탱해 온 위대한 유산의 무게는 참으로 무겁다. 황제가 보는 아래 수백이 넘는 신료들이 그의 앞에 무릎을 꿇었다.

"사열!"

"황태제 전하, 천세 천세 천천세."

우렁찬 외침이 터지자 놀란 산새들이 산 너머로 날아올랐다. 소란스러운 풍경을 바라보며 영문도 모르는 백성들은 그조차도 황제의 은혜라 절을 올렸다. 쿵, 하는 소리와 함께 무거운 옥새가 인장을 남기며 정식 책봉을 마쳤다.

　소 태후는 끝내 아들의 결정을 받아들이지 못한 채 분노한 나머지 식음을 전폐하고 황궁에 틀어박혔다. 대신 화평공주는 이 자리를 제 눈으로 꼭 보아야겠노라며 직접 행차까지 했다. 그녀가 그토록 염원하던 황궁의 안주인 노릇을 하게 생겼다.

　"좋으십니까."

　"그럼요. 오늘보다 좋은 날이 어디 있을까요."

　전례 없는 월권임에도 불구하고 지금 이 자리에서는 누구도 그녀의 말에 반박할 수 없었다.

　"그대의 어미가 그리 일찍 가지 않았더라면 분명 그대를 보며 참으로 행복했을 텐데 말입니다."

　굳이 제 어머니를 들먹이는 말에 도겸은 주먹을 불끈 거머쥐었다. 마음에도 없이 떠벌이는 저 인사치레가 오히려 속을 긁었다.

　"소개할 이가 많답니다. 그대가 돌아오기만을 손꼽아 기다린 이들이 얼마나 많은데요."

　고운 옷을 입은 소녀들을 데리고 선 것을 보니 다들 공석인 황태제비 자리를 노리고서 제 딸을 데리고 나온 게 분명했다. 적당히 인사치레라도 할 요량으로 대신들과 인사를 나누러 갈 즈음 호위 자격으로 참석한 무하가 도겸을 찾았다.

　"전하. 긴히 올릴 말씀이 있습니다."

　"무슨 일이더냐."

　모두가 보는 앞에서 이렇게 나설 만한 일이 없을 텐데. 의아해

하는 화평공주를 두고 도겸의 안에서 불길한 감이 눈을 떴다. 만약 귀하디귀한 향족의 여인을 발견하면 누구에게 바치려 들까. 황실이 향족의 여인을 찾고 있다는 건 기밀로 하고 있고 그 창구는 외척인 소 태사의 몫이었다.

그러나 충성심은커녕 황실의 멸족만을 손꼽아 기다리는 소 태사가 그리 귀한 여인을 찾는다 한들 황실에 바칠 리 만무하다. 속사정을 모르는 지방의 권세가라면 응당 소 태사에게 제일 먼저 손을 뻗을 터. 아무리 한발 물러났다 하나 오늘 책봉식에는 소 태사 역시 참석해 제일 앞줄을 차지하고 있다.

"한 식경 전에 왔어야 할 연락이 오지 않았습니다."

책봉식 호위를 위해 대부분의 호위가 빠지고 남매의 곁에 남은 건 둘 정도. 만약 누군가 작정하고 병력을 끌고 갔다면 고작 둘이서 막아 내기에는 한없이 역부족이다.

"급한 일이 생겨 이만 실례하겠습니다."

만약 아리에게 정말 무슨 일이 생긴다면 이 무거운 짐을 굳이 짊어지는 이유도 사라지고 만다. 불길한 예감이 제발 맞지 않기를, 그는 속으로 몇 번이고 되새겼다.

✽　❋　✽

"나리. 큰 어르신께서 왔습니다."

집사가 전한 소식에 최 대감의 입가에 회심의 미소가 번졌다. 산 깊은 구석에 감시를 세워 두고 한 달쯤 지났을까. 인적이 드문 산골이기에 한참을 관찰한 후에야 겨우 흔적을 잡을 수 있었다.

"먼저 가지는 사람이 임자라, 어찌하여 그리 두고만 보는지 몰라도 한발 늦겠구나."

황태제의 책봉식이 태남산 인근의 종묘에서 열리니 덩달아 수
도의 높으신 분들이 내려오셨다. 아직은 확실치 않다고 하나 저
쪽에서는 한시라도 바삐 그 여인을 제 앞에 데려와 보라 성화를
부렸다.

"수도에 입성할 동아줄이 이리 내려올 줄이야. 그간 고생한 보
답을 받는 모양이다."

금전일랑 부르는 대로 주겠다는 말에 최 대감은 다른 조건을
걸었다. 소 태사를 직접 뵙고 충성을 맹세하고 싶다고. 이번 기회
에 이 지겨운 땅을 벗어나 큰물에 발을 들여놓고 싶다는 말에 소
태사는 기꺼이 그리하리라며 흔쾌히 제안을 승낙했다.

"아버님께서 어찌 이러신단 말이오!!"

"못난 놈."

오대 독자만 아니었어도 저런 못난 놈일랑 치워 버렸을 터인
데. 저가 먼저 점찍은 여인을 어디로 빼돌릴 속셈이냐며, 눈치 없
는 아들놈은 제 여인을 데려가지 말라 성화를 부렸다. 방해를 모
두 물리고서 그는 사병들을 모았다.

"우리는 이제부터 사냥을 떠날 것이다. 귀한 손님들께서 오셨
으니 우리도 기꺼이 대접해야겠지."

호랑이 사냥을 핑계로 삼으니 의심조차 받지 않았다. 그는 백
이 넘는 병사를 이끌고 기꺼이 앞장서 병사들을 데리고 산으로
향했다.

'꽃향기.'

깊은 산중이라 드나드는 이들이 없으니 아무도 몰랐다는 것이
도리어 우스울 정도다. 그 아비가 사냥꾼이라 하였으니, 굳이 인

적이 없는 산 구석에 제 딸년을 처박아 둔 것도 이 때문이리라.

"나리. 이쪽입니다."

"시작하라."

여전히 호위하는 자들이 붙어 있다는 감시꾼의 말에 최 대감은 천천히 덫을 쳤다. 그들이 산을 내려가는 퇴로를 막아 두고서 무성한 수풀에 불을 놓았다. 화사하니 핀 꽃들이 장정들의 발에 짓밟히고 산기슭에 불길이 올랐다. 저편에서 소리 없이 지나는 인영들이 보일 즈음 최 대감의 부하들은 미리 준비해 온 그물을 펼쳐 숨어 있던 자들을 포획했다. 금세 그물을 베어 버리고 그림자 하나가 튀쳐나왔다. 숨어 있던 다른 하나가 반대 방향으로 달리자 집사가 그 뒤를 추적했다.

"쫓아라!"

태남산은 단월국 안에서도 산세가 험하기로 유명한 곳이다. 산길에 능통한 몇몇이 앞장을 서자 검은 옷을 입은 자들은 점점 궁지에 몰렸다.

제법 날랜 자들이라 하나 뒤를 쫓는 머릿수에는 역부족이었다. 잘 훈련된 병사 스물을 쓰러트리고, 그중 여섯의 숨이 끊어진 후에야 검은 옷 하나를 겨우 포박했다.

"네놈은 누가 보낸 자들이냐?"

대답 하나 남기지 않고서 그자는 그대로 혀를 깨물고 자진했다. 일말의 망설임도 없이 축 늘어진 시신에는 그 어떤 흔적도 남지 않았다. 대체 이런 자들을 보내는 이가 과연 누구란 말인지.

최 대감은 서둘러 병사들을 이끌고 산속 자그마한 집을 포위하고 나섰다. 분명 연락이 끊겼으니 저쪽도 서둘러 다른 이들을 보낼 터. 그렇게 따지면 시간이 얼마 남지 않은 게 분명했다.

"이게 무슨……. 뭐요? 당신들은."

"대감마님. 저놈입니다. 저놈이 우리 도련님을……."

곰 같은 외양을 보니 저것이 바로 그 계집의 아우인 모양이다. 소 태사의 지시가 내려오자 병사들이 그의 주변을 포위했다.

"뭐, 뭐야. 네놈들은 대체!"

무기도 없이 맨손이라, 주먹을 휘둘러 열댓 놈을 쓰러트려 본들 머릿수에는 이기지 못했다. 버티고 버티다 흠씬 두들겨 맞은 동이는 결국 최 대감의 앞에 무릎을 꿇었다.

"네놈의 누이는 어디 있느냐."

"대체, 윽!"

"어디 감히 눈을 부라리는 게냐!"

장정 열이 달라붙어 겨우 무릎을 꿇려 놓아도 동이가 작정하고 움직이니 바닥이 들썩였다. 이 상황이 되고도 대드는 기색이 역력하니 최 대감은 그런 동이를 앞에 두고 금방 결단을 내렸다.

"내 검을 다오."

"대감마님."

"달라 하였다."

본능적으로 느꼈다. 이것을 살려 두었다간 큰 해가 될 거라고. 보아하니 계집은 지금 집을 비운 모양인데 그렇다면 일찌감치 화근의 싹을 잘라 두는 것이 낫다. 시퍼렇게 날이 선 검을 들고서, 최 대감은 눈 하나 깜짝하지 않고 그대로 어깨를 베어 버렸다.

"으아아아아아아아아아악!!"

날이 선 비명이 산 전체에 울려 퍼졌다. 그 소리에 놀란 새들이 날아올랐다. 사방에 진동하는 피 냄새와 함께 최 대감은 찔러 넣은 검을 뽑아 핏방울을 털어 냈다. 후두둑, 흩어지는 붉은 잔해와 함께 동이의 몸이 바닥에 축 늘어졌다.

"서둘러 계집을 찾아라. 책봉식이 끝나기 전에 서둘러야 한다."

그의 명령과 함께 병사들은 여인을 찾기 위해 사방으로 흩어졌다.

✳ ❋ ✳

"산에 불경한 자들이 숨어들었습니다."

인기척 하나 없던 와중 검은 옷을 입은 이가 아리의 앞에 무릎을 꿇었다.

"뉘십니까?"

"그분께서 보내셨습니다."

그를 데려간 것도 같은 차림의 검은 복면이었으니, 아리는 그분이 누구를 말하는 건지는 굳이 듣지 않아도 알 수 있었다. 사냥을 나간 동이가 돌아올 즈음 요란한 소리와 함께 한 무리의 새들이 날아올랐다.

"이 일을 어찌한단 말입니까?"

"금방 그분께서 오실 것입니다. 그러니 두 분께서는 집 안에서 한 발짝도 나오지 마십시오."

동이가 아무리 강하다 한들 저들보다는 강하지 않을 것이다. 복면의 경고에 동이는 아리를 번쩍 안아 들고서 그대로 방에 들어가 문부터 걸어 잠갔다.

깊은 산중에 사는 남매라 만에 하나 산도적이나 짐승이 들이닥칠 때를 대비해 아버지는 집 안에 숨을 수 있는 비밀 장소를 마련해 두었다. 어릴 때는 남매가 나란히 들어가고도 남았지만, 다 자란 이제는 아리 혼자 들어가고도 버거운 곳이라 동이는 들어갈 자리가 없다.

"누이는 여기서 꼼짝도 하지 마시오."

"동이야."

"나는 강하니 괜찮소. 무슨 소리가 나도 절대 나오면 아니 되오."

이제 아버지 못지않게 자란 동이는 아리의 머리에 꿀밤을 한 대 먹이고서 입구를 단단히 봉했다.

볏짚을 잔뜩 깔아 뒀으니 안에서 일부러 열고 나오지만 않는다면 어지간한 짐승들도 낌새를 알아채기 쉽지 않다.

바닥이 움푹 파인 토굴에 웅크리고 앉아 아리는 눈을 감은 채 저 밖의 소리에 귀를 기울였다.

'땅이 울리고 있어.'

적지 않은 수의 무리가 다가오고 있다. 두려움이 밀려오지만 아리는 제 어깨를 감싼 채 두 눈을 꼭 감았다. 괜찮겠지. 동이는 사냥꾼들 사이에서도 눈에 띄게 강하니 어떻게든 넘어갈 수 있을 것이다. 그렇게 제 마음을 어떻게든 가라앉히던 중 저 너머에서 찢어지는 비명이 들려왔다.

"으아아아아아아악!"

귀에 익은 목소리였다. 산범에게 당한 아버지가 만신창이가 되어 돌아왔을 때 남매는 아버지의 시신 앞에서 한없이 울었다. 그날 통곡하던 동이의 목소리와 겹쳐지자 본능적으로 깨달았다.

"동이야."

문을 열고 나가려는 순간 멈칫하고 손이 멎었다. 동이는 그 어떤 소리가 나더라도 나오지 말라며 단단히 일러두고 저를 여기에 가둬 두었다.

'설마.'

만약 아리가 남았다 해도 둘이 들어오기에는 너무나 작은 공간이다. 만약 동이가 방에 남았더라도 결국은 발각되었을 터. 밖에서 낯선 남자의 고함과 함께 병사들이 움직이는 소리가 났다. 문이 열리고 수많은 사람이 집 안을 뒤지기 시작했다. 소리가 새어 나가면 들킬지도 모르니 아리는 반사적으로 제 입부터 막았다.

'저들은 여기를 찾을 수 없어.'

일부러 벽을 허물어 보지 않는 한 절대 찾을 수 없다. 그러니 이대로 숨을 죽이면 아리만은 목숨을 건질 수 있다. 저들이 포기하고 돌아가든, 어떻게 되든 시간만 벌면 그때는 도겸이 구하러 와 줄 테니까.

"네 누이를 대체 어디에 숨긴 것이냐!"

"윽!!"

사내의 호통과 함께 단말마의 비명이 공기를 갈라 아리의 귀를 때렸다. 저들은 자신을 찾아내기 위해 동이에게 해를 끼치고 있는 게 분명했다. 짐승이 할퀴기만 해도 아픈 것이 싫다며 투덜대던 동생이었다.

숨을 죽이고 있어야 한다는 걸 알면서도 머리로 생각하기도 전에 몸이 먼저 움직였다. 아리는 입구를 막아 둔 위장을 밀어내고서 제 동생을 향해 달렸다.

"동이야!"

갑자기 나타난 아리를 보고 병사들이 달려들었다. 동이에게 채 다가가기도 전에 아리는 병사들의 손에 잡혀 그대로 최 대감의 앞에 끌려갔다. 마당에 붉은 얼룩이 지고 아리는 참혹한 제 아우의 모습 앞에 경악했다. 어깨에서 끊임없이 피가 흘러나오는 것도 모자라 검으로 가슴팍을 난자해 놓아 선혈이 가득 배었다.

"옳지. 그래야지."

참혹하게 도륙된 아우의 상처는 한없이 깊었다. 아리는 제 팔을 잡은 병사들을 뿌리치고서 만신창이가 된 제 아우를 살폈다. 회심의 미소를 짓고 있는 검을 든 남자는 흡족한 미소를 띠었다.

"동이야, 동이야!"

이러다가는 정말로 동이가 죽을지도 모른다. 아리는 눈물을 흘리며 제 비단 치마를 찢어 동이의 상처를 감아 보려 애를 썼다.

"쓸데없는 짓을."

주변을 둘러싼 병사들이 그런 아리의 모습을 비웃었다. 정예병 백을 데리고 와서 포획한다는 것이 고작 저런 작은 계집이라니. 최 대감댁 도련님이 오줌을 지리고 달아났다는 덩치도 최 대감의 검 아래 숨이 끊어지기 직전이다.

그렇게 다들 비웃을 즈음 집사가 이상한 조짐을 포착했다.

"나리, 저것을 보십시오."

"호오."

동이가 흘린 피 냄새가 가득한데 어디에선가 달콤한 복사꽃 향기가 진동했다. 아리의 손길이 닿은 곳에 은은한 빛이 일고서 최 대감이 베어 놓은 상처가 조금씩 아물기 시작했다.

넘쳐흐르던 핏줄기가 서서히 멎어 가기 시작하지만, 그 조짐을 알아챈 것은 최 대감과 집사 정도였다. 아리는 두 눈을 꼭 감은 채 제 아우를 꼭 안고서 치유의 힘을 쏟아 넣었다.

"네년이로구나."

피가 완전히 멎는 것을 보고서 최 대감이 아리의 머리채를 잡았다.

동이의 옷자락마저 놓쳐 버린 아리는 그대로 바닥에 패대기쳐진 채 고개를 들어 비단옷을 입은 남자를 노려봤다. 차가운 목소리와 기세 높은 위압감에 겁이 나지만 아리는 이를 악물고 고개를 빳빳이 들었다.

"대체 뉘시기에 우리 남매에게 이런 짓을 한단 말이오!"

사내의 눈에 탐욕이 일었다. 그는 아리의 물음에 대답조차 하지 않고서 그대로 무릎을 꿇고 앉아 아리의 뺨에 손을 얹었다.

"이런 것이었단 말이지."

맑게 빛나는 눈동자. 짙은 꽃향기가 사방에 진동했다. 집을 둘러싼 모든 나무에 꽃이 만개했지만, 병사들은 누구도 그 상황을 인식하지 못했다. 아리는 최 대감의 손을 뿌리치고서 서둘러 기어가 동이에게 매달렸다. 의식이 흐려져 가는 동이는 축 늘어진 채 제 누이의 손을 꼭 잡았다.

"나오지…… 말……라니까……."

"동이야, 제발 정신 좀 차려 보아라. 제발!"

아리의 손이 닿을 때마다 동이의 상처가 점점 아물기 시작했다. 어떻게든 제 아우를 끌어안아 보려 하지만 상처가 겨우 아문 자리에 다시 최 대감의 검이 내리꽂혔다.

"으윽!"

"이게 무슨, 동이야! 동이야!!"

"옳지. 어디까지 하는지 내 보자꾸나!"

꽃향기가 자욱해지자 병사들이 하나둘 검을 떨궜다. 미혹된 눈동자가 최 대감의 광기를 일깨우고 그의 검이 동이의 왼팔에 꽂혔다.

짙어지는 향기는 본능을 깨우고 최 대감은 울부짖는 아리를 보며 비릿한 미소를 흘렸다.

이 좋은 것을 남의 손에 쥐여 주느니 차라리 제가 가지는 것이 낫다. 최 대감은 필사적으로 매달리는 아리를 내려다보며 경이에 찬 웃음을 터트렸다.

"이런 귀한 보물을 내 앞마당에 두고도 몰랐음이니!"

"동이야!"

"장난도 이쯤 해야지. 어디 이것도 살릴 수 있나 보자꾸나."

이 성가신 아우 놈이 살아 있어 봐야 아리를 다루는 데 방해만 될 뿐이다. 최 대감의 검이 동이의 복부에 내리꽂혔다. 달려드는 아리를 집사가 떼어 냈다.

최 대감의 검이 뽑히자 동이는 아리에게 손을 내뻗으며 피를 토했다. 제발, 제발 달아나라고. 피눈물을 흘리며 입에서 신음조차 내지 못한 채 동이의 손이 힘없이 떨궈졌다.

"동이야, 안 돼, 동이야!!!"

아리의 비명이 온 산에 메아리처럼 울렸다. 홀린 듯이 그 광경을 바라보던 이들이 겨우 정신을 차렸다. 바닥 가득 흘러넘친 핏줄기와 함께 동이의 몸이 차차 식어 갔다.

그때였다.

"저, 저게 뭐야."

뒷마당 인근에 있던 자들이 비명을 지르며 달아나기 시작했다. 수상한 낌새에 최 대감이 눈을 찌푸리며 저편을 바라보았다.

이곳에 오게 된 핑계가 그것이긴 했다. 태남산을 주름잡는 범을 잡아야 한다고. 그런 최 대감의 부름에 답하기라도 하듯 수풀 너머로 푸른 두 개의 안광이 빛났다.

저편에서 미치는 서늘한 기운과 함께 발걸음이 그대로 굳어 버렸다. 사방으로 흩어져 달아나는 수하들을 두고 최 대감은 주저앉은 아리의 손목부터 낚아챘다.

"말을 준비해라."

병사들이 뒤를 막는 동안 퇴로부터 마련해야 한다. 뒤편에 세워 놓은 말고삐를 잡는 순간 검은 그림자가 하늘을 가렸다.

히히힝!

말이 고삐를 벗어나려 안달을 쳤지만 이미 늦었다. 범의 날카로운 앞니가 빛나고, 날뛰던 말은 삽시간에 목덜미를 물려 그대로 바닥에 패대기쳐졌다.

고삐를 놓친 최 대감은 말의 모가지를 문 범과 눈이 마주쳤다. 눈앞에서 범의 형형한 안광을 마주하자 오금이 저렸다. 손목을 거머쥔 힘이 빠진 틈을 타 아리는 있는 힘껏 최 대감을 뿌리치고 서둘러 제 아우에게로 달려 나갔다.

"동이야!"

범에게 물려 가더라도 지금은 제 아우를 살펴야 한다. 아리는 뒤도 돌아보지 않고서 식어 가는 제 아우의 주검을 꼭 안았다.

"제발, 제발 눈을 떠 보거라!"

사방으로 도망치는 병사들 사이에서 오직 아리만이 범 앞에 놓였다. 저런 계집 따위는 범에게 물려 죽을 테니까. 범의 시선이 아리에게 쏠린 틈을 타 최 대감은 서둘러 뒷걸음쳐 시야를 벗어났다.

"빌어먹을."

아랫도리가 벌써 축축하니 젖어 들었다. 저 계집의 힘이 참으로 아까우나 최 대감은 제 목숨이 훨씬 더 소중했다. 한 발, 한 발 범이 다가가는 줄도 모르고 아리는 제 아우의 시신을 품고서 몸을 웅크렸다.

설령 저가 먹히더라도 제 아우만은 넘기지 않으리라. 발자국 소리가 가까워지자 아리는 입술을 꼭 깨문 채 범을 마주했다.

"뉘라 한들 내 아우에게는 손끝 하나 대지 못할 것이니."

"저년이……!"

아리의 호통에 대감이 숨을 삼켰다. 대체 무슨 배짱으로 저런 짓을 벌이는 건지.

저런 반토막만 한 계집 따위는 한입에 삼켜질 터. 한 걸음, 또 한 걸음. 산범은 연약한 먹잇감에게 겁이라도 주는 듯 천천히 아리에게 다가왔다.

범의 송곳니가 드러나는 순간, 아리는 겁에 질린 채 두 눈을 꼭 감고 마음의 준비를 했다. 이대로 죽는구나.

그렇게 각오한 순간 뺨에 까칠한 무언가가 닿았다. 뜨거운 살덩이가 눈물로 얼룩진 아리의 뺨을 핥았다. 한 번이 두 번이 되고 몇 번이 된 후에야 아리는 조심스레, 아주 조심스레 눈을 떴다.

"너는……."

제 머리통의 두 배나 되어 보이는 범이 얼굴을 들이대고서 제 뺨을 핥고 있다. 두렵기만 해야 할 눈빛이 어딘지 모르게 다정했다. 눈이 마주치자 범은 아리에게 앞발을 들이밀었다. 발톱을 세우지 않은 앞발은 살이 찢어져 붉은 살이 보였다.

이는 분명 사냥꾼들이 쳐 놓은 덫에 걸린 상처다. 눈을 껌뻑이며 기다리는 범을 두고 아리는 무엇을 해야 할지 망설였다. 살벌하게 말의 모가지를 물어 버린 범이 제 앞에서 왜 이러는 걸까.

설마하며 아리는 조심스럽게 범의 상처에 손을 얹었다. 은은한 빛과 함께 범의 상처가 아물기 시작했다. 처음에는 이게 뭔지 알지 못했던 아리도 이제야 점점 상황을 이해할 수 있었다. 산범의 상처가 모두 아물자 아리는 제 두 손을 마주했다.

저 낯선 이가 제 아우를 도륙한 것도, 그저 아리의 손이 닿은 순간 상처가 치유되는 것이 맞는지 확인한 것에 지나지 않았다. 대체 이 힘이 무엇이기에. 자각과 동시에 속에서 뜨거운 무언가가 피어올랐다.

각성이 시작됐다. 꽃망울이 움트듯 목을 쥐어짜는 고통과 함께 아리의 안에서 무언가가 눈을 떴다. 자욱한 향기가 사방으로 흩어지며 아리의 몸이 휘청였다.

"내 활을 가져와라!"

그 모습을 지켜보던 최 대감은 서둘러 활부터 찾았다. 휘청이는 계집이 쓰러지자 범이 머리를 들이밀어 몸을 받아 냈다. 이때가 기회다. 부하 하나가 네 발로 겨우 기어 와 활을 전하자 그는 화살을 끼워 힘껏 활시위를 당겼다.

반송장을 만들어서라도 어떻게든 산 아래로만 데려가면, 그때는 소 태사의 힘을 빌려서라도 어떻게든 살리면 된다. 화살을 놓으려는 순간 등줄기 너머로 뜨끈한 무언가가 그의 몸을 관통했다. 불같은 격통과 함께 그는 제 가슴을 비집고 나온 날카로운 촉을 마주했다.

"이……."

등 뒤에서 날아온 화살이 제 가슴을 관통했다. 불타는 격통에 최 대감의 화살이 손에서 미끄러져 아리를 향해 날아들었다.

일촉즉발의 상황이었다. 정신이 나간 아리의 앞을 산범이 막아서자 화살은 범의 가죽을 뚫고서 어깻죽지에 꽂혔다. 득달같이 달려든 범의 앞발이 최 대감의 머리통을 날리고, 저 너머에서 애타는 사내의 외침이 메아리가 되어 울려 퍼졌다.

"아리!!!"

그리운 그의 목소리에 아리는 번득 정신이 들었다. 자리를 딛고 일어서자 저 멀리서 그리운 님의 얼굴이 보였다. 범의 아가리가 코앞이라 도겸은 다급한 마음에 말에서 뛰어내려 곧장 검부터 뽑아 들었다.

"멈추십시오!"

이러다가는 도겸과 범이 맞설 상황이라 아리는 서둘러 자리에서 일어나 범의 앞을 막아섰다. 자그마한 체구로 집채만 한 범이 가려질 리 만무하건만 아리는 두 팔을 벌려 어떻게든 범의 앞을 막아섰다.

그런 아리의 모습을 본 후에야 도겸은 상황을 눈치챘다. 그가 검을 집어넣자 아리는 제 뒤에 선 범의 어깨를 살폈다. 깊이 꽂힌 화살을 뽑아 버리고서 상처를 어루만지자 짙은 향기와 함께 상처가 아물었다.

"네가 나를 살렸구나."

아리의 따스한 손길 아래 무시무시한 범조차 산고양이처럼 얌전해졌다. 범은 너덜너덜해진 채 바닥에 고꾸라진 최 대감을 내려다보며 상처가 아물기만을 기다렸다.

어느새 상처가 모두 아물자 범은 아리의 손을 한 번 핥고서 몸을 길게 뻗어 기지개를 켰다. 도겸은 서둘러 손을 뻗어서는 아리를 꼭 잡아 제 품에 숨겼다. 입막음을 위해 관군을 움직이는 사이, 숨이 끊어지기 직전인 최 대감은 어떻게든 기어 아리에게 손을 뻗었다.

"대감, 대감!"

"저……."

저것을 제게로 데려오라고. 도겸이 쏜 화살에 가슴이 뚫리고 범의 앞발에 목뼈가 부러졌다. 피거품을 물고 고꾸라진 상황에서도 그는 일말의 희망을 놓지 않았다.

저 계집의 힘만 있다면 살 수 있다. 어떻게든 목숨은 건져야 한다. 아리의 찢어진 치맛자락을 거머쥐려던 순간, 짐승의 그림자가 그의 머리 위에 드리웠다.

최 대감의 손길이 아리에게 채 닿기도 전에 산범의 송곳니가 그의 목덜미를 물었다. 제 상처가 다 나았음을 보여 주기라도 하듯 산범은 앞발을 힘껏 내디뎌 최 대감의 몸을 그대로 허공에 내던졌다.

"으아, 으아아아악!"

"살려 줘!!"

어떻게든 주인 곁을 지키던 집사도, 어쩔 줄을 모르던 병사들도 겁에 질려 서로 달아나기 바빴다. 저들 역시 같은 꼴이 될까 봐 사방으로 흩어지던 자들은 무하가 이끌고 온 관군의 손에 모조리 포박되었다.

"멈추어라."

도겸은 기진맥진한 아리를 안은 채 범에게 호통쳤다. 제아무리 산중호걸을 칭한다고 하나 그의 앞에서는 한낱 짐승일 뿐. 범은 아리를 품에 안은 도겸을 잠자코 마주했다.

사나운 둘의 눈빛에 지켜보는 이들조차 오금이 저릴 지경이건만 정작 그들은 아리를 가운데에 둔 채 미동도 없이 서로를 노려보기만 했다. 도겸은 만약을 대비해 아리를 안은 채 검에 손을 얹었다.

만약 제게 달려든다면 아리를 뒤에 숨기고 곧장 검을 뽑으리라. 그의 각오가 무색하게도 산범은 푸르르, 숨을 내쉬고서 앞발을 힘껏 내디뎠다.

"아이고, 대감마님!"

말려 볼 틈도 없이 범은 고꾸라진 최 대감을 문 채 그대로 저 깊은 숲 너머로 몸을 날렸다. 크나큰 풍채에 앞발로 머리통을 날려 버리는 모습까지 보았으니 기백이 넘는 이들 중 누구 하나 먼저 저것을 잡으리라 나서는 이가 없었다.

✻ ❊ ✻

호기롭게 산범을 잡으러 나선 최 대감이 정작 산범에게 물려 갔다. 도겸은 유유히 사라져 가는 모습을 마주한 후에야 겨우 안도의 한숨을 내쉬었다.

"은혜를 갚은 모양입니다."

제 곁에 다가선 무하의 말에 도겸은 고개를 끄덕였다. 아리에게 상처를 치료해 준 보답이라도 하는 것처럼 범은 기꺼이 가장 귀찮아질 뻔한 원인을 손수 치워 주었다. 덕분에 뒷수습이 훨씬 더 쉬워졌다. 한낱 짐승이라 보기에는 너무나 영리한 짐승인지라 도겸은 범이 떠난 자리를 물끄러미 바라보았다.

"뒷수습은 네게 맡기마."

아리가 일으킨 기적을 목도한 아랫것들을 처분하는 것도 무하의 일이다. 뒷일은 신임하는 수하에게 맡겨 두고서 도겸은 만신창이가 된 아리를 부축했다.

"동이야."

아리는 도겸에게 기댄 채 싸늘히 식어 버린 동이의 시신부터 추슬렀다. 아우의 상처를 어떻게든 보듬고서 아리는 피범벅이 된 제 두 손을 내려다보았다. 범까지 내려온 것을 보니 무언가 대단한 것이 있는 모양인데.

이젠 정말 이 모든 일의 원흉이 자신이라는 것을 부정할 수 없게 되어 버렸다. 눈물을 뚝뚝 흘리는 아리를 곁에 두고 도겸은 깊은 한숨을 내쉬었다.

"미안하오. 내가 조금만 더 서둘렀어도……."

자책하는 도겸을 두고 아리는 힘겹게 고개를 저었다. 그가 보낸 이들은 이미 남매에게 위험이 다가옴을 알려 주었다. 수습하는 와중에도 그들의 모습이 보이지 않으니 분명 그들 역시 이 세상 사람이 아닐 공산이 컸다. 아리는 소매로 눈물을 훔치고서 저를 안은 도겸을 물끄러미 올려다보았다.

"알고 계셨습니까. 이것에 대해서."

돌이켜보면 그리 쉽게 나을 상처가 아니었음에도 산송장이나 다름없던 도겸은 아리의 곁에서 금방 회복했다.

몸 안에서 소용돌이치는 괴이함에 눈앞이 어지럽지만, 아리는 끊어지기 직전의 의식을 부여잡고서 그에게 물었다. 당신은 모두 알고 있었느냐고.

아리의 물음에 도겸은 입술을 꽉 깨문 채 고개를 끄덕였다. 그의 답에 아리의 눈에 절망이 담겼다. 어쩌면 그가 저를 데려가려한 것도 그 비단옷 사내와 같은 뜻이었을지도 모른다.

제 손이 닿으면 상처가 아무니까. 거기까지 생각이 미치자 덜컥 겁이 나서 아리는 그대로 한 발짝 뒤로 물러났다.

"그대는 내 목숨을 구했거늘."

도겸은 손을 뻗어 멀어지려는 아리의 허리를 더욱 힘껏 끌어안았다.

겁에 질린 아리의 눈망울에 제 얼굴이 비쳤다. 피로 얼룩진 아리의 손을 제 옷소매로 닦으며 도겸은 옷이 엉망이 되는 것도 아랑곳하지 않고 눈물범벅이 된 아리를 제 품에 있는 힘껏 끌어안았다.

"차라리 나를 원망해. 이 모든 것은 그대를 지키지 못한 내 죄이니."

그러니 아리에게는 아무 잘못이 없다고. 몇 번이나 되뇌는 도겸의 품에 안긴 채 아리는 숨을 죽이고서 눈을 감았다.

제 눈에서 흐른 눈물과 손에 밴 피가 도겸의 옷마저 더럽히고 있건만, 그는 그런 것조차 아랑곳하지 않고 저를 꼭 안았다. 뜨거운 심장의 온기가 겁에 질린 아리를 다독였다.

괴로운 아리의 마음을 읽기라도 한 것처럼 그는 아리를 꼭 안은 채 몇 번이고 속삭였다.

"그대가 내 목숨을 구했으니 책임을 지라고 내 분명히 일렀거늘."

놓아줄 기미를 보이지 않는 도겸의 품에 안긴 채 아리는 돌아가신 아버지를 떠올렸다. 어찌하여 이 깊은 산골에서 어린 남매를 키워 온 건지, 어머니가 몇 번이고 속삭이던 말씀이 무슨 의미였는지 이제야 좀 알 것 같았다. 하나뿐인 아우마저 이런 꼴을 당했으니 참혹한 현실 앞에서 아리는 겁이 났다. 만약 저를 해하려는 자들이 또다시 달려든다면 그때는 어찌하면 좋을까.

"두렵습니다."

"그대는 내가 지킬 것이야."

"하오나……."

반박조차 하지 못하게 말을 끊어 버리고 도겸은 아리의 손을 꼭 잡았다. 그러고는 부하를 불러 지시를 내렸다.

"산 아래에 내려가 허웅이라는 자를 불러오거라. 뒷수습은 그 이에게 맡기면 될 터."

"말씀 받들겠나이다."

무하라 불린 사내를 비롯한 정예병들이 일사불란하게 움직였다. 말 한 마디에 저 많은 사람을 부리는 이 사내의 정체가 대체 무엇일까. 아리는 그런 도겸의 모습이 한없이 낯설기만 했다.

✳ ❋ ✳

예상치 못한 습격에 병사들이 서둘러 움직였다. 도겸은 무하를 불러 진척을 확인했다.

"아직도 도착하지 않았나."

"한 식경 내로 도착한다 하였습니다."

평화롭던 남매의 집은 병사들의 손에 엉망이 되었다. 다 깨진 장독이며 반쯤 열린 문 너머를 보니 대강의 속사정을 능히 짐작하게 했다. 본적이 없는 으슥한 자리의 크기를 보니 아리 혼자 숨었다면 감쪽같았을 터. 저 하나 살고자 하였으면 저기 숨어 그를 기다릴 수도 있었을 텐데. 그런 것이 가능한 이였다면 애초에 그의 목숨을 구하지도 않았을 것이다.

"전하."

"무슨 일이더냐."

생각에 잠긴 그를 방해한 것은 무하였다. 심기가 불편한 주인을 앞에 두고 그는 조심스레 말을 꺼냈다.

"고모라 칭하던 여인이 뵙기를 청하고 있습니다."

무하의 목소리에 잠든 아리의 몸이 파르르 떨렸다. 잠결에도 그 말만은 알아들은 건지 아리는 눈을 번쩍 뜨고서는 서둘러 자리에서 몸을 일으켰다. 어느새 손끝이 꽁꽁 얼어붙어서 도겸은 그런 아리의 손을 꼭 잡아 주었다.

"그대의 고모라 칭하던 이가 찾아온 모양인데, 어찌하면 좋을까."

도겸은 기꺼이 아리의 선택을 따르기로 했다. 그녀가 원한다면 이 자리에서 쫓아내는 것도, 그녀의 앞에 무릎을 꿇리는 것도 가능하다.

결정은 그녀의 몫이란 말에 아리는 도겸을 물끄러미 바라보며 고개를 끄덕였다.

아리의 허락이 떨어지니 그 이후로는 일사천리였다. 무하가 직접 나서자 병사들은 일렬로 서서 길을 열어 주었다.

"최 대감께서도 이 사람 말을 무시할 때 알아봤지."

그럴 줄 알았다고. 모두에게 들으라는 듯 혀를 차며 거드름을 피우는 행각이 사뭇 요란했다. 도겸은 그런 고모란 여인의 행색부터 살폈다.

지난번 문간 너머로 봤을 때보다 화려해진 옷차림부터 잔뜩 오만한 태도까지. 범이 사라지니 여우가 왕이라, 그간 눈엣가시 같던 최 대감의 눈치를 보다 범에게 물려 죽었다고 하니 뒤늦게라도 아리를 빼 가려는 기색이 역력했다.

도겸은 얌전히 앉아 아리의 모습을 그저 지켜보았다. 아리는 몸가짐을 단정히 하고 자리에서 일어나 고모를 맞이했다.

"아리 너도 참. 그렇게 진작에 내 말을 듣고 얌전히 따랐으면 이런 일은 없었을 것을."

"방금 뭐라 하셨습니까."

평소라면 대꾸조차 하지 않고 얌전했을 아리가 처음으로 말대답을 했다. 아직 사정을 모르는 고모는 기가 차다는 듯 헛웃음을 지으며 적반하장으로 아리를 꾸중했다.

"동이 그것만 해도 그래. 왜 객기를 부려서 명줄을 재촉하는지. 여기 이러고 있는 것은 이분들께도 실례이니 어서 따라오거라."

설명도 없이 고모는 다짜고짜 아리의 손목을 잡아챘다. 그런데 평소라면 분명 얌전히 따랐을 아리가 힘으로 버티기에 들어갔다. 잡아끄는 힘에도 당겨지지 않으니 고모는 미간을 찌푸린 채 질타를 퍼부었다.

"마님께서 홀로 남은 너를 가엾게 여겨 첩으로라도 거두어 주신다고 하셨음이니. 어서 따라오거라."

"첩이라고요?"

"감사한 줄 알아야지. 그 댁 도련님께서 너를 그리도 찾지만 않았더라면 어디 감히 너 같은 것이……."

말이 채 끝나기도 전에 아리가 고모를 있는 힘껏 밀쳤다. 울분에 찬 아리의 고함이 산 너머로 울렸다.

"동이를 그 꼴로 만든 게 누구인지 알고도 지금 그따위 망발을 지껄이는 겁니까!"

알아서 무덤을 파는 줄도 모르고 고모라는 작자는 적반하장으로 아리를 다그쳤다.

"기가 막혀서. 이 은혜도 모르는 년이!"

"은혜라? 인두겁을 쓰고도 그따위 소리가 나옵니까?"

매번 당하기만 하던 아리가 고모라는 작자의 손을 제 손으로 뿌리쳤다. 평소라면 윽박지르는 제 억지에 져 줄 법도 하건만, 아리는 한 마디도 져 주지 않고 여인의 말을 받아쳤다. 예상치 못한 반항에 여인이 손을 올렸다. 그제야 도겸은 자리에서 일어나 아리의 앞을 막아섰다.

"거기까지."

"댁은 뉘시기에 남의 일에 끼어든단 말이오?"

아리에게 묻은 피가 도겸에게도 가득 묻어 행색이 보잘것없어 보인 탓이었을까. 다짜고짜 달려드는 고모를 앞에 둔 도겸의 입가에 조소가 서렸다. 비웃는 그에게 깃든 불편한 기색을 읽은 호위가 대신 나서 호통쳤다.

"무엄하다. 이분이 뉘신 줄 알고!"

잠자코 있던 병사들의 분위기가 바뀌자 여인의 얼굴에 당혹감이 일었다. 호통과 함께 병사들이 달려들어 고모라 칭하던 여인을 그대로 바닥에 꿇렸다.

마음 같아서는 단칼에 베도 시원찮겠지만 선택은 아리의 몫이다. 도겸은 한 발짝 물러나 아리의 앞에 그 몰골을 들이밀었다.

"이자를 어찌하든 그건 그대의 선택이야."

차갑게 식은 아리의 눈동자가 도겸을 응시했다.

"모든 일의 시초는 저 세 치 혀에 있음이니. 혀로 지은 죄는 그 혀로 갚아야 마땅합니다."

"아, 아리 너!"

119

목숨을 빼앗아도 시원치 않겠지만 그나마 옛정을 생각해서 이 정도로 봐주는 것일 뿐.

도겸이 고개를 끄덕이자 병사들이 여인을 포박했다.

"이, 이거 놓으시오! 아리야! 아리야!!"

애타게 이름을 불러 본들 이미 늦었다. 제발 한 번만 살려 달라 애걸하는 울음을 앞에 두고도 아리의 표정에는 미동도 없었다.

끔찍한 광경을 앞에 두고 도겸은 기꺼이 제 손으로 아리의 눈을 가렸다. 찢어지는 비명이 울리는 동안에도 아리는 그저 얌전히 결과를 기다렸다. 그녀를 대신해 도겸이 그 모든 광경을 목도했다.

"치우거라."

보기 흉한 것을 눈앞에서 치워 버리고 도겸은 아리의 손을 잡았다. 마지막 미련 한 줄기조차 모조리 정리되었으니 이제 이곳에 아리를 잡아 둘 것은 아무것도 없다.

그토록 애지중지하던 아우마저 죽고 없으니 그녀는 완벽한 혼자가 되고 말았다.

보기 흉한 것이 사라진 후에도 도겸은 제 손에 눈이 가려진 아리를 물끄러미 바라보았다. 손 아래로 젖어 드는 물기가 사뭇 가엾다. 정이 많은 여인이기에 눈이 감겨도 귀로는 무슨 일이 일어났는지 모두 알고 있을 터.

"후회하는 건가."

"아닙니다."

제 손으로 마지막 미련을 끊어 내고서 아리는 도겸의 손을 꼭 잡았다. 그러고는 그를 올려다보며 애써 미소 지었다.

"약속을 지켜 주셔서 감사합니다."

이렇게 돌아와 줘서, 저를 잊지 않고 와 줘서 고맙다고. 저를 위해 억지로 웃는 입꼬리가 파르르 떨렸다. 촉촉이 젖어 든 저 눈망울을 삼키고 싶었다.

지금 이 순간을 기쁘게 여기는 제 모습을 알면 아리는 분명 그를 경멸할 테지만 도겸은 결코 이 마음은 내색할 생각이 없었다.

다정한 가면을 쓰고 그는 기꺼이 제 진심을 숨겼다. 애써 강한 척하는 아리를 두고 도겸은 애써 그녀의 어깨를 꼭 안았다.

"울고 싶으면 울어도 돼."

그가 황제를 아버지로 택하지 않았듯, 그녀 역시 향족의 어미를 고르지 않았을 것이다. 어찌 그런 힘을 타고나 이토록 가혹한 일을 겪어야만 한다는 말인지.

황제의 아들로 태어난 저만큼이나 그녀 역시도 가엾은 운명을 타고났다. 적어도 이 순간, 아리의 고통을 이해할 수 있는 건 자신뿐이다. 누구도 그녀의 눈물을 볼 수 없도록 도겸은 아리를 제 품에 꼭 안았다.

"도련님."

"그대 곁에는 내가 있을 테니까."

다정한 그의 위로에 아리가 울음을 터트렸다. 통곡하며 터트린 눈물이 그의 앞섶을 한없이 적셨다.

그녀가 이토록 서글프게 우는 것은 부디 오늘이 마지막이기를. 오롯이 혼자가 된 아리를 두고 제 안에 드는 배덕감을 애써 숨겼다.

그런 도겸의 속도 모르고 아리는 그의 옷자락을 꼭 거머쥔 채 서럽게 울었다. 방울방울 흘러넘치는 서러운 눈물과 함께 하염없이 피었던 꽃망울이 바람에 흩날려 갔다. 그렇게 긴 하루가 막을 내렸다.

* ❄ *

"황태제 전하의 모습이 보이지 않는군요."

축하연에 잠시 자리를 비운 것인가 했더니 그 이후로도 줄곧 도겸의 모습이 보이지 않았다. 소 태사는 기회를 놓치지 않고 일부러 들으라는 듯 말을 꺼냈다.

"원래도 그 자리를 버거워하시던 분이시니. 힘겨우셨던 모양이지요."

"하긴⋯⋯."

선황제가 살아 계실 시절부터 황위와는 담을 쌓겠노라 도망 다닌 전적이 있다.

"다 사정이 있으시겠지요. 어차피 등청을 하면 지겹게 볼 사이인데 뭘 그리 연연해하십니까."

"윤도 공."

너스레를 떠는 어린 목소리가 소 태사가 벌여 놓은 판을 깨버렸다. 화평공주의 아들인 윤도는 어린 나이에 급제해 당당히 제 힘으로 중책을 맡은 희대의 천재였다.

만약 어머니인 화평공주 쪽을 더 닮았더라면 곤란했겠지만, 어린 문관들 사이에서 단연 독보적인 솜씨를 지녔음에도 윤도는 제 아비를 닮아 정치에는 뜻이 없었다. 그래도 함께 자란 정이라며 그는 가끔 이리 끼어들어 소 태사의 판을 망치곤 했다.

"어쩌겠소이까. 황태제 전하께서 저희에게 행적마저 숨기시니, 이 단월국의 종사를 염려하는 충심에서 드리는 말씀이지요."

"그거야 모를 일이지요. 혹 폐하께서 밀명을 내리셨을지 누가 압니까?"

한없이 진지한 소 태사와 달리 뭐 그리 대단한 일이 있겠냐는 듯, 윤도는 일부러 황제를 들먹이며 약을 올리기까지 했다.

"밀명이라. 소신에게까지 숨기셔야 할 밀명이 대체 무엇일지 참으로 궁금합니다."

"황실의 안녕을 위한 것이니, 굳이 공께서 아셔야 할 이유는 없지요."

어차피 너는 외척일 뿐, 황실의 문제는 황실의 소관이라며 윤도는 단호하게 선을 그어 버렸다.

"괘씸한 놈 같으니라고."

아들뻘도 안 되는 놈에게 한 방 먹고서 소 태사는 서둘러 제 처소로 향했다. 여기까지 달려온 것은 이깟 책봉식 따위를 보기 위해서가 아니었다.

"그 일은 어찌 되었는가?"

태남산 구석에서 향족의 여인을 손에 넣었다는 소식이 들려왔다. 아직 확실히 밝혀진 건 아니라며 벽을 치는 조심스러움이 오히려 신빙성을 더했다. 선선대 황제의 일을 누이에게 전해 들었을 때만 해도 반신반의했었다.

정말로 그런 능력이 있다면 참으로 유용한 도구가 되어 줄 터. 그토록 애타게 찾아 헤매고 있다 하니 분명 어떻게든 쓰임이 있을 텐데. 하물며 그것이 여인이라는 말이 호색한인 소 태사의 속을 더욱 자극했다.

"그것이……."

그러나 수하가 물어 온 소식은 그의 예상을 무참히 깨트렸다.

"범에게 물려 갔다고?"

행여 다른 쪽에서 선수를 칠까 봐 계집의 행방에 대해서는 실마리 하나 흘린 것이 없거늘. 당사자인 최 대감이 그리 물려 가 버렸다 하니 일이 골치 아프게 되었다.

"어찌하다가?"

"그 집 아들이 반푼이라 제 아비가 나섰던 모양입니다."

사람도 여럿 죽어 나가는 바람에 관군마저 출동해 일이 복잡하게 꼬였다. 섣불리 나섰다가는 행여 흠이 잡힐지도 모르니 소 태사는 일단 연락을 끊고 흔적을 숨기기로 했다.

"혹시 모르니 후환이 없도록 뒤탈 없이 잘 처리하도록 하여라."

일이 파투가 난 이상 일가의 씨를 말려서라도 알아낼 것은 알아내고 연을 끊어야 한다. 소 태사의 성질을 아는 수하는 묵례를 올렸다. 차라리 잘못 안 것이라면 다행이겠지만, 만약 저쪽에서 참으로 향족의 여인을 손에 넣기라도 한다면 그때는 일이 골치 아파질 터.

"잠시만."

보고를 올리고 물러나려는 수하를 잡고서 소 태사는 잠시 망설였다. 분명 도겸이 중상을 입고 사라진 것도 이 태남산 인근이라 했었다. 산짐승에게 뜯어 먹혀 죽게 내버려 두고 온 것이 멀쩡히 살아 돌아오는 일은 애초에 산신령의 안배가 있는 게 아니고서야 불가능하다.

'만약 그놈들의 말이 사실이었다면.'

아니. 그럴 리가 없다. 만약 도겸이 정말로 향족의 계집을 먼저 손에 넣었다면 화평공주가 분명 어떻게든 먼저 손을 썼을 터. 소 태사는 애써 고개를 젓고서는 불 꺼진 황태제의 처소를 노려보았다.

* ＊ *

어머니와는 여덟 해를 함께 살았지만, 도겸이 기억하는 것은 오직 어머니의 쓸쓸한 미소였다. 나이가 찬 황자들은 경학에 나가 스스로의 재능을 선보여야 한다.

'배움은 즐겁습니다. 모든 것이 재밌습니다.'

그때는 몰랐다. 종이가 물을 빨아들이듯 새로운 것을 배우는 것이 즐거웠을 뿐. 그가 두각을 드러내기 시작하자 얼굴 몇 번 보기도 힘든 아버지 황제께서 친히 그의 궁을 찾는 일이 잦아졌다.

'네게 거는 기대가 크다. 너만 믿는다.'

그 말을 하고서 아버지는 병중이라 등청조차 하지 못한 텅 빈 황태자의 자리를 바라보았다. 배다른 형의 처지가 무엇인지도 모르고 어린 도겸은 이 순간이 마냥 즐겁기만 했었다. 관심을 받아 보는 것은 처음이라서. 그날도 밤늦게야 궁에 돌아왔었다.

'황자님, 이리 오십시오!'

궁녀들의 비명이 귓가에 울리고, 보모였던 영수가 도겸의 눈을 가렸다. 어찌하여 어머니가 돌아가신 건지, 그 경위는 결국 제대로 된 조사도 없이 의문으로 끝나 버렸다.

그때는 너무 어려서. 그것 역시 무슨 의미인지도 모르고 도겸은 주변의 어른들 사이에 홀로 남겨졌다.

언제나 저를 눈엣가시처럼 여기던 소 황후를 앞에 두고 도겸은 어머니가 보고 싶다는 우는소리조차 꺼내지 못했다.

혼자가 된 도겸을 거둔 것은 당시 태후궁에 자리를 잡은 화평공주였다. 아버지이신 황제 폐하의 동복누이이자 얼굴 한 번 뵈온 적 없는 선황제께서 가장 아끼신 따님, 화평공주는 연회 때 먼발치에서만 봐 왔던 어려운 분이었다.

그런 분이 졸지에 궁 안의 천덕꾸러기가 되었을 저를 거두어 주셨으니, 어린 도겸은 아무것도 모르고 그녀를 은인처럼 따랐다.

"그러지 말았어야 했는데."

아직 새벽이 오기도 전에 잠에서 깨어났다. 화평공주의 실체를 알았던 것도 이렇게 이른 잠이 깨었던 날이었다.

밤새도록 연회가 이어지니 일찍 잠들었다가 유난히 소란스러움에 발이 이끌려 다가갔을 즈음이었다.

'진작 이랬어야 했는데. 소씨 계집의 그 썩어 들어가는 꼴이 얼마나 우습던지.'

황실의 종친들 몇몇은 낯이 익었다. 모두 도겸에게 큰 기대를 걸고 있다며 덕담을 해 주던 어른들인데, 화평공주는 그들과 술잔을 기울이며 싸늘한 조소를 흘렸다.

'귀찮은 어미가 없어지니 일이 이렇게 수월해지는 것을.'

'형님?'

제 귀를 의심하려던 찰나 막 잠에서 깨어난 어린 윤도가 도겸을 찾았다. 서둘러 사촌 아우의 입을 막고서 침소로 돌아오는 길. 영특한 도겸은 금세 화평공주의 진의를 읽어 낼 수 있었다.

'주제도 모르는 것.'

소 황후라고 해서 피차 다를 것은 없었다. 황제의 총애가 도겸에게 쏠릴 때마다 그녀는 돌아가신 도겸의 모후를 욕보이곤 했다. 날이 갈수록 말라 가던 선대 황제는 도겸을 차기 황제로 세우고자 했다.

제각기 의도가 무엇이었든 진짜 도겸은 그곳에 없었다.

"그대가 처음이었지."

아무것도 모른 채 잠든 아리의 뺨을 어루만지며 도겸은 쓸쓸한 속을 달랬다. 고독한 이 황궁 안에 제 마음 기댈 곳 하나 없다는 것을 깨달았던 날, 인생을 헛산 것이 아닌가 자조하기도 했다.

차라리 세상에서 사라져 줘 버릴까. 소 태사의 함정이 기다린다는 걸 알면서도 무모한 사냥을 떠난 것도 실상 제게 돌아올 황제의 관을 피해 달아나고 싶어서였을지도 모른다. 아리를 만나고 그는 난생처음 누군가와 함께하는 것이 참으로 즐겁다는 사실을 배웠다.

별저에 도착할 즈음 아리는 또다시 잠이 들었다. 힘을 쏟아 낸 직후였지만 가까스로 억누른 덕분에 아직 힘이 완전히 개화되지 않았다.

　병사들마저 홀려 대던 달큰한 향기가 모두 사라져 버렸지만 그래도 좋았다. 도겸은 살며시 잠든 아리의 입술에 입을 맞췄다.

　"무하. 게 있느냐."

　"부르셨습니까."

　잠든 아리를 곁에 두고 도겸은 침상에서 현 상황을 보고받았다. 냄새를 맡고 찾아온 소 태사의 끄나풀을 적당히 속여 내고, 안달이 난 화평공주도 처리해야 한다.

　"윤도는?"

　"전하께서 돌아오시는 대로 뵈어야겠다며 성화를 부리셨다 합니다."

　"그럴 시간이 있거들랑 서둘러 공주를 모시고 수도로 돌아가라고 전해라."

　소 태사는 화평공주를 두고 수도를 비울 수 있는 위인이 아니다. 적의 눈길을 끌기 위해서는 그만한 미끼가 필요한 법. 허수아비 황제를 두고 종친들과 소 태사 일파가 서로를 견제하게 만든다면 시간을 벌 수 있다.

　"그리고 하나 더. 문 태사께 연락을 넣어다오."

　절차가 몇 남았다는 핑계로 도겸은 한동안 종묘 인근에 머물기로 했다. 오늘의 비극으로 향기도 한동안 사라졌으니 문 태사가 도착할 때까지는 시간을 벌 수 있을 터.

　만약 정말로 능력이 깨어나면 이제 더는 평범한 여인으로 살 수 없을 테니까. 셋이서 함께하던 그 가장 아름답던 시간이 그에게 추억으로 남은 것처럼, 도겸은 상처 입은 아리를 어미 새처럼 품기로 마음먹었다.

"아리의 능력은 영수에게도 기밀에 붙여야 한다."

"존명."

그리도 달아나고 싶던 이 자리에 제 발로 걸어 들어오게 될 줄은 몰랐다. 어느덧 동녘 하늘에서 동이 텄다. 이른 햇살이 비쳐 잠이 깬 건지 아리는 인상을 찌푸리며 도겸의 품에 몸을 웅크렸다.

"그대를 세상에서 가장 고귀한 여인으로 만들어 주겠다고 맹세하지."

기억도 하지 못할 맹세를 속삭이고서 도겸은 잠든 아리를 제 품에 꼭 껴안았다. 제 목숨을 구해 주고, 제 삶에 이유를 만들어 준 여인이다.

까만 눈동자. 부드러운 입술. 조금은 가는 목소리와 아담한 체구.

황궁 안의 화려한 여인들과 달리 풋풋한 은은함을 간직한 소녀. 남매와 함께 지낸 산속의 생활은 풍족하진 않아도 마냥 즐거웠건만 그들의 운명은 어떻게든 두 사람의 발목을 잡고 놓아주지 않았다.

"시간이 아직 이르니 좀 더 자도록 해."

뒤척이는 아리를 토닥이며 눈부신 햇살을 가려 주었다. 이대로 잠에서 깨어나면 감당하기 힘든 현실이 그녀를 짓누를 테니까. 그러니 지금은 부디 편안히 잠들기를. 도겸은 아리의 손을 꼭 잡고서 몇 번이고 잠든 귓가에 속삭여 주었다.

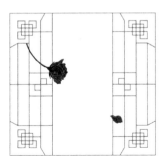

3.

아리는 불현듯 잠에서 깨어났다. 눈을 뜸과 동시에 제일 먼저 보이는 낯선 천장과 함께 묵직한 통증이 밀려왔다. 이 모든 건 다 꿈일까.

유난히 푹신한 침상에 누운 채 아리는 살짝이 몸을 틀어 제 곁에 누운 사내의 얼굴을 마주했다.

"꿈이 아니었구나."

반듯하니 잠든 도겸을 마주하고 나니 적어도 이것이 꿈이 아님을 실감할 수 있었다. 잠결에도 뒤척임을 눈치챈 듯 그는 손을 뻗어 아리의 옷자락을 꼭 잡았다. 뒤척이는 그를 다독여 주고서 아리는 살며시 몸을 일으켰다.

피범벅이 되었던 제 손에는 이제 혈흔 한 방울 남지 않았지만, 처참하기만 했던 아우의 모습이 여전히 뇌리에 남아 지워지지 않았다. 눈에 고인 눈물을 애써 삼켜 버렸다. 그래도 참지 못한 눈물을 닦으려 소매를 당기자 도겸이 잠에서 깨어났다.

"아리."

"괜찮습니다. 더 주무셔요."

아니라고 말해 본들 이미 늦었다. 어찌하여 제 눈은 이리도 말을 듣지 않는 건지. 방울방울 고인 눈물을 마주하고서 도겸은 제 손을 뻗어 아리의 눈물을 대신 닦아 줬다.

따스한 손길이 안타까워서 아리는 그런 그의 손에 제 손을 겹쳤다. 차갑게 식어 가던 제 아우와 달리 그의 손은 여전히 이리도 따뜻하기만 하다.

만약 이 사람이 와 주지 않았더라면 분명 제 목숨도 무사하지 않았으리라. 그러니 원망하면 아니 된다는 걸 알면서도 가슴 한편에는 야속함이 서렸다. 아니, 야속함보다는 서글픔에 가까울지도 모른다.

그 역시 편치 않아 보여서 아리는 줄곧 마음에 걸리던 문제를 물었다.

"그들이 오기 전, 저희 남매를 돌봐 주시던 분들은 어찌 되셨습니까?"

"모두 죽었지."

예상대로였다. 저 하나를 노리고자 그들은 살생조차 불사하는 자들이었다. 아리는 몸을 웅크리고서 주변을 살폈다. 밀려오던 병사들과 탐욕에 젖은 눈빛. 대체 이 몸에 깃든 것이 무엇이기에 그들을 그리 만든 것인지.

본능적인 공포가 밀려왔다. 아리는 거칠기만 한 제 두 손만 물끄러미 바라보았다.

"저 때문이지요."

제 탓에 아우가 죽고, 저를 지켜 주던 도겸의 부하도 죽어 버렸다. 자책하는 아리의 말에 도겸은 딱 잘라 부정했다.

"그대의 잘못이 아니야."

무언가 아는 기색이 역력한데 그는 추호도 말할 생각이 없어 보였다. 뭐라고 캐물어 보고 싶던 찰나, 문밖에서 인기척이 일었다.

"영수입니다."

낯선 여인의 목소리에 아리는 벌써 겁에 질려 달달 떨었다. 도겸은 움츠러든 아리를 꼭 안아 주고서 담담히 웃어 보였다.

"이제 더는 두려워할 필요 없어. 그대 곁엔 내가 있으니까."

"도련님. 저는…….."

"동이와 약속했으니 말이야."

앞으로는 그가 아리를 지켜 줄 거라고. 제 아우의 이름이 그의 입에서 나온 후에야 아리는 참담한 현실을 받아들였다. 하나뿐인 혈육이 이제 죽고 없다.

"들라."

도겸의 허락이 떨어지고 낯선 여인이 방으로 들어왔다. 단아하게 차려입은 여인은 아리의 어머니뻘보다 더 되어 보이는 중년의 여인이었다. 쉰 정도로 보이는 영수는 위엄 넘치면서도 고집스러운 눈매로 아리를 바라보았다.

값비싼 비단옷만 보고 문득 그의 어머니인가 싶은 생각이 들다 말았다. 이미 돌아가셨다는 말을 미리 듣지 않았더라면 분명 오해했을지도 모른다.

"앞으로 그대를 모시게 될 영수라고 해."

"저를 모신다고요?"

눈이 휘둥그레진 아리와 달리 영수는 도겸의 명에 머리를 조아리고서 아리에게 깍듯이 인사부터 올렸다.

"소인 영수, 인사 올립니다."

이것이 꿈인지 생시인지. 산자락의 촌것에게는 과분하기만 한데 불행히도 아리에게는 이제 아무것도 남지 않았다. 돌아갈 집은 더는 사람이 살기 힘든 꼴이 되어 버렸고, 하나 남은 아우는 더 이상 이 세상 사람이 아니다. 그러니 지금은 그의 호의에 기댈밖에.

"이 사람이 익숙지 않은 것이 많으니, 앞으로 잘 부탁합니다."

"그럼. 영수가 알아서 잘 돌봐 줄 테지."

얼떨결에 고른 말이 정답이었나 보다. 흐뭇해하던 도겸이 그런 아리를 기특하다는 듯 바라보며 환히 웃어 주었다. 적어도 그의 체면을 깎는 짓만은 하고 싶지 않아서 아리는 최대한 도도하게 표정을 고르며 말을 아꼈다.

"목욕물을 준비해 두었습니다."

어제는 밤늦게 도착해 정신없이 잠이 들었으니 찬물에라도 어서 몸을 씻고 싶었다. 반색하는 아리를 두고 보며 도겸은 엉뚱한 말을 꺼냈다.

"듣던 중 반가운 말이군. 기왕이면 함께하는 것도 좋겠지."

"예?"

선뜻 건넨 제안이 너무나 자연스러워서 깜빡 넘어갈 뻔했다. 토끼 눈을 한 아리를 두고 도겸은 너털웃음을 터뜨렸다. 그와 함께 목욕이라니. 산 아래에서는 그리도 남사스러운 일이 자연스러운 것인지.

"도련님!"

남사스럽게 이게 무슨 짓이냐고 화를 내려다 문득 영수와 눈이 마주쳤다.

"곤란하신 듯하니 그쯤 하십시오."

보다 못한 영수가 대신 나무라고 난 후에야 그도 호탕하게 웃음을 터트리고 농담이라 얼버무렸다.

"어쩔 수 없지. 목욕을 마치면 식사를 가져오도록 해. 피곤할 테니 오늘은 푹 쉬고."

"어디에 가시는 겁니까?"

"형님을 뵈어야 해서."

자세한 사정은 천천히 알려 주겠다며 도겸이 방을 나섰다.

그가 떠난 후 여인들이 아리의 몸을 씻겨 주었다.

"여기는 어디입니까?"

"이곳은……."

"그분의 허락 없이는 저희는 아무것도 말씀드릴 수 없습니다."

저들은 그저 시중을 드는 이들이라며, 속곳부터 입혀 주는 손길에 아리는 민망함을 애써 참았다.

못 먹는 음식이 있느냐는 물음에 가리는 것이 없다 답했고, 어떤 비단을 좋아하냐는 물음에 아는 것이 없다고 솔직히 답했다.

어머니가 돌아가신 이후로 뉘가 머리를 빗겨 준 것은 처음이라 아리는 화려한 면경 속에 곱게 단장한 제 모습을 빤히 바라만 보았다.

"글자를 읽으실 수 있다 하셨으니 예법에 대한 서책을 준비하도록 하겠습니다."

정든 옛집을 떠나오는 길에 챙겨 온 것은 어머니가 남겨 준 약에 대한 서책 정도. 산속에서는 그 정도로도 충분히 똑똑하단 소리를 들었건만 영수는 아직 배울 것이 많다며 대놓고 한숨을 쉬었다. 그래서인지 귀한 음식이 가득한 밥상을 받고도 도통 넘어가지 않았다.

"넘어가지 않아도 드셔야 합니다."

억지로 절반 정도 들고 난 후에야 해방이었다. 영수와 시녀들은 처음 들어올 때처럼 깍듯이 인사를 남기고서는 그림자도 남기지 않고 썰물처럼 방을 나서 버렸다. 멍하니 방에 홀로 앉은 아리는 침상에 누워 생각에 잠겼다.

"동이야. 나는 이제 어찌하면 좋으니."

하루아침에 천지가 개벽하듯 모든 것이 바뀌었다. 낯선 이들이 모두 물러간 후에야 아리는 몸을 웅크린 채 제 아우를 그렸다. 곱디고운 비단옷을 입고도, 맛좋은 음식을 앞에 두고도 아리는 행복하지 않았다. 아우를 떠올리며 눈시울을 적시다 깜빡 잠이 들었다.

어둠이 찾아온 방에 아른대는 촛불이 흔들리고 따스한 손이 아리의 머리를 쓰다듬었다. 저 산자락 너머로 짐승이 우는 소리가 들리는 밤이면 겁에 질린 남매는 아버지의 품에 안겨 달달 떨었다.

저런 것들 따위는 모두 물리쳐 주겠노라며 아버지는 큰 손으로 아리와 동이의 머리를 쓰다듬어 주시곤 했다.

꿈에 취해 고개를 들자 도겸이 아리를 보며 웃었다. 낯선 이들 사이에 두고 간 그가 야속해서 아리는 입술을 삐죽 내밀고서 그의 손을 애써 밀어내 버렸다.

"왜 이제 오셨습니까."

"그대가 보고 싶어 서둘러 온 것을."

토라진 아리의 응석을 받아 주며 도겸은 너털웃음을 지었다. 철없던 어린 시절로 돌아간 것처럼 아리는 길게 몸을 뻗어 도겸의 곁에 몸을 기댔다.

너울대는 등불에 의지해 그를 빤히 바라보았다. 얼핏 보이는 뺨 어귀가 어쩐지 평소와 달리 유독 붉었다.

"이것이 어찌 된 것입니까."

"아무것도 아니야."

도겸은 서둘러 고개를 틀어 뺨을 숨겨 버렸다. 하지만 그런다고 아리의 눈을 속일 수는 없다. 험하게 자란 아우 탓에 상처라면 이미 이골이 나게 봐 와서 그런지 아리는 한눈에 상흔의 정체를 알아냈다.

분명 매서운 손으로 따귀를 맞은 흔적이다. 손톱으로 긁힌 자국까지 선연한데 왜 이것을 진작 못 본 것인지. 습관처럼 손을 뻗다 문득 떠올랐다. 신비로운 힘이 여전히 남아 있다면 그의 상처 정도야 금방 낫게 해 줄 수 있을 터.

태남산의 호랑이조차 제게 낫게 해 달라 앞발을 내밀었으니, 그의 곁에서는 이런 것밖에 해 줄 게 없다. 그런데 도겸은 그렇게 내뻗은 손을 마다하고서는 고개를 저었다.

"나는 괜찮아."

"하지만."

"나는 그대에게 이런 것을 시키려고 데려온 게 아니야."

노골적인 거부감을 드러내는 그의 모습이 낯설었다. 어서 상처를 낫게 하라며 검을 내찌르던 탐욕스러운 눈빛이 아직도 생생하

137

건만, 아우의 원수와 달리 도겸은 그런 건 원치 않는다며 선을 그었다. 무정하기까지 한 단호함에 되레 속이 상했다.

"그러면요?"

토라진 아리를 마주하고 도겸은 수상스러운 미소를 흘렸다.

"그러게. 어째서일까."

뺨의 상처 정도는 별것 아니라면서도 도겸은 쉽사리 누구의 짓인지 알려 주지 않았다. 일부러 말해 주지 않는 그의 속내가 궁금하다. 아리는 똑바로 그의 눈을 마주하고 말해 달라 시위를 벌였다.

"누가 한 짓입니까."

어머니는 돌아가신 지 오래라 하였다. 흔들림 없는 추궁에 그는 슬픈 눈을 하고서 아리의 귀밑머리를 넘겨 주며 되물었다.

"그게 그렇게 중요한 문제인가."

"이리 잘난 얼굴에 흠집을 낸 자가 누구인지 정도는 알아야겠습니다."

잘난 얼굴이라니, 도겸이 폭소를 터트렸다. 뭐가 그리 좋은지 몇 번 기침까지 해 가며 그는 참으로 기쁘게 웃었다. 한참을 웃고 나서야 그는 흡족한 듯 말을 꺼냈다.

"내 아버님의 누이이시지."

어머니가 돌아가시고 고모에게 맡겨진 거라고. 배다른 형님과 본처를 견제하기 위한 도구에 지나지 않았노라고. 담담히 말하는 그의 말이 더욱 서글펐다.

"내가 자리를 비운 동안 아버님께서 돌아가셨어. 내가 없는 사이 형님께서 아버지의 뒤를 이으셨지."

"그런……."

"각오했던 일이니 아무렇지도 않아. 나는 괜찮아."

그 말은 꼭 스스로에게 하는 다짐 같았다. 잠시나마 빈틈이 생긴 틈을 타 아리는 손을 뻗어 도겸의 뺨에 손을 얹었다. 그날의 기적이 모두 환상이었던 것처럼 몇 번을 어루만져도 상처는 그대로였다.

고개를 갸우뚱하는 아리를 두고 도겸은 안심한 듯 아리의 손을 다시 떼어 버렸다.

"그 힘은 함부로 깨워서는 안 돼."

어쩐지 도겸은 아리의 힘을 오히려 원치 않는 듯 보였다. 아무리 그가 지체 높은 신분이라 하여도 제 능력은 도움이 될 터인데 도겸은 부디 그러지 말아 달라 아리를 달래며 몇 번이고 고개를 저었다.

"오늘은 바쁜 사안이 많아 참으로 피곤한 하루였어. 그러니 그대는 이렇게 피곤한 나를 칭찬해 주도록 해."

어깨를 으쓱하며 도겸은 무릎을 베고 벌렁 누워 버렸다. 일부러 손끝에 제 머리를 비비며 애교를 부리는 모습이 꼭 산고양이를 닮았다.

웅이 아저씨가 주워다가 건네준 고양이는 유독 아리만 졸졸 따라다니며 이리 애교를 부리곤 했었다. 동이가 워낙 재채기를 심하게 하여 결국 돌려보냈지만, 어머니가 돌아가시고 외로운 밤이면 아리는 제 곁을 떠돌던 그 작은 온기 하나가 뼈에 사무치듯 그립곤 했다.

"저를 데려오느라 이리 피곤하신 것이지요?"

"그럴 리가. 그분은 내가 하는 모든 일을 싫어하시는걸."

빈말은 아닌 건지 감정이 섞인 투덜거림에 아리도 웃음이 터졌다. 고모라 자칭하던 그이도 아리의 모든 것에 트집을 잡으며 시비를 걸어 대곤 했었으니 도겸이 어떤 심정일지 사뭇 짐작이 갔다.

어머니를 일찍 잃은 것도 그렇고, 하필이면 시달리게 된 것도 고모님이라는 것까지.

어쩜 이리도 제 처지와 닮았는지. 제 허물을 다 보여 민망하던 차였지만 그가 어째서 아무것도 묻지 않았는지 이제는 좀 알 것 같았다.

'그런 거였구나.'

제 슬픔이 그의 아픔에 맞닿아 있다는 걸 눈치 빠른 그가 먼저 알아차렸을 것이다. 기꺼이 저를 데려올 준비를 하며 홀로 동분서주했을 그를 보니 마음이 한결 무르익어서 아리는 도겸과 함께하는 이 시간이 더욱 애틋하기만 했다.

✳ ❀ ✳

"자세를 바로 하십시오."

그의 곁에 있기 위해서는 많은 것을 배워야 했다. 마냥 무심해 보이던 영수는 엄격한 스승이라 숨 돌릴 겨를도 없이 아리에게 수없이 많은 것들을 일러 주었다.

"글을 아시는 것만으로도 천만다행입니다."

처음에는 깍듯해 보이던 영수의 말에는 가시가 있었다. 아리가 아무리 뭘 모른다 해도 저것이 저를 비웃는 말이라는 걸 모를 정도로 어리석진 않았다. 다분히 고압적인 태도로 가르치려 하는 태도에서 느꼈다. 저들은 아무래도 아리를 고깝게 보는 기색이 역력하다.

"겸이 도련님은 언제쯤 돌아오십니까."

그의 이름을 부를 때마다 영수와 시녀들은 특히 불편한 기색을 내보였다.

깍듯이 주인님이라고 하더니 참으로 높으신 분인 모양이라서, 고귀한 신분인 그에게 한낱 사냥꾼의 딸인 저따위는 가당치도 않다는 모양이었다.

"그분을 기다리실 시간에 글이라도 한 자 더 외우십시오."

부족한 소양 탓에 이리 천대를 받고 있자니 아리는 울컥 억울해졌다. 처음에는 한없이 원망스러웠지만 아리는 제 두 손에 머금었던 그 신비한 능력이 다시 아쉬워졌다. 상처를 치유할 수 있는 능력이 생긴다면 이들도 저를 이리 함부로 무시하지 못할 터인데. 모든 것을 잃은 이 마당에 아리가 기댈 수 있는 건 그뿐이다.

"우선 귀한 분의 존함을 함부로 부르는 것부터 고치십시오. 예법에 어긋납니다."

매운 생강처럼 쏘아붙인 영수의 말에 아리는 꿀 먹은 벙어리가 되었다.

"그럼 뭐라 부르라는 말이오."

"그것은. 잠시, 잠시 실례하겠나이다."

말을 하다 말고 영수는 어딘지 모르게 조급한 얼굴로 방을 나섰다. 곧이어 준비라도 한 것처럼 시녀들은 곁방 문을 열어 거기에 아리를 숨겨 버렸다.

비스듬히 열린 창문 너머로 문밖이 보였다. 며칠 내내 꼼짝도 못 하고 그림자와 수풀만 보다가 처음으로 이 전각 밖의 모습을 훔쳐볼 수 있었다.

'여기는 대체 어디일까.'

저 하늘 상제님이 사시는 궁궐이 이렇게나 화려할까. 저 너머 오색영롱한 기왓장이 보이니 아리는 그마저도 신기하기만 했다. 살짝 엉덩이를 들썩이며 저 너머 풍경을 구경하고 있는데 갑자기 벽 너머 침실 쪽에서 요란한 외침이 들려왔다.

"대체 어디에 숨긴 것이야!"

앙칼진 목소리만 듣고도 누구인지 금방 알아챌 수 있었다. 저이가 바로 도겸의 고모인 모양이라서, 저런 성질이라면 그의 생채기가 어찌 난 것인지 충분히 납득하고도 남았다.

"여기에 무엇이 있다고 그러십니까."

방에 놓인 거라고는 서책 몇 권 정도. 여인의 물건이라고는 흔적도 없이 숨겨 놓았는지 영수는 담담히 아리의 존재를 숨기고 들었다.

딱 잡아떼는 말투를 보며 본능적으로 느꼈다. 지난번 동이 때처럼 괜히 나갔다가는 분명 사달이 날 터이니 아리는 숨을 죽이고서 두 손으로 제 입부터 막았다. 지금은 경거망동할 것이 아니라 어떻게든 이 상황을 모면해야 한다.

'드디어 끝난 것인가.'

점점 소리가 잦아든다 싶어 잠시 한숨을 돌리는데 비스듬히 열린 창문 너머로 시커먼 무언가가 모습을 드러냈다.

"읍!"

소리를 내려다 다시 삼켜 버렸다. 갑자기 웬 사내의 머리가 불쑥 나오자 아리는 물론 시녀 몇몇마저 깜짝 놀라 신음을 냈다. 다행히 침실 너머로는 소리가 번지지 않아 곁방의 문간 근처는 한

없이 잠잠하기만 했다.

"뭐야, 이 풋사과는."

어딘지 모르게 앳되어 보이는 곱상한 사내였다. 깔끔히 머리를 틀어 올린 도겸과 달리 사내는 긴 머리를 늘어트리고서 대뜸 담장을 넘어 방 안으로 들어왔다.

"윤도 공, 여기는 어쩐 일이십니까!"

다행히 시녀들은 그가 누군지 아는 기색이었다. 그러다 갑자기 저 멀리서 또 여인의 호통이 들리자 윤도와 시녀들은 모두 입을 틀어막고 어떻게든 숨을 죽였다.

창 너머로 여인의 금박이 잔뜩 박힌 붉은 옷이 보였다. 호사스러운 차림을 한 여인의 목소리가 들리자 아리는 고개까지 숙이고서 애써 몸을 숨겼다.

"영수 네가 내게 이럴 줄이야. 두고 보자."

악담을 잔뜩 퍼붓고서 여인은 뒤도 돌아보지 않고 자리를 떴다. 만약 저이가 한 번이라도 더 뒤를 돌아봤다면 아리를 찾아냈을지도 모를 위험한 상황이었다. 벌렁대는 가슴을 겨우 가라앉히고 보니 다들 어쩌 표정이 비슷했다.

"하루가 멀다고 저러시니. 체력도 좋으시지."

"저희도 참으로 괴롭습니다."

아무래도 다들 저 분노한 여인의 성화에 이미 이골이 난 모양이었다. 영문을 모르는 아리만 눈을 껌뻑껌뻑할 뿐. 그렇게 곁방에서 나온 아리는 얌전히 침실로 돌아오고, 윤도라 불린 사내는 너무나 당연하다는 듯 아리의 뒤를 따랐다.

무례한 사내다. 허락도 구하지 않고 방에 들어선 그는 제 안방을 노닐 듯 방 안을 훑어보았다.

"영수가 저리 고생을 하는데, 멀뚱히 보고만 있으니 마음이 편하오?"

구경을 마친 사내가 얌전히 선 아리를 찔러보기 시작했다.

대놓고 걸어오는 시비질에도 아리는 애써 평정을 지켰다. 아우의 일이 있은 지 며칠이나 되었다고, 상대가 칼을 물고 있을 때 함부로 나섰다가는 자칫 저는 물론 주변 사람마저 다치게 한다는 것만은 확실히 배웠다.

섣불리 나서 보아야 영수만 더 곤란했을 것이다. 독이 오른 여인의 목소리만 들려도 오금이 저렸으니.

아리는 일부러 저를 비겁하다 이르는 사내의 저의가 마냥 수상했다.

"제가 나가 본들 무엇이 달라졌을까요."

분명 아리를 숨긴 죄로 영수만 치도곤을 맞았을 것이다. 대놓고 건 시비를 차분히 물리치던 중, 한시름 돌리고 온 영수가 윤도를 발견했다.

"공께서 여기는 어쩐 일이십니까."

깍듯한 태도를 보니 일개 부하는 아닐 성싶었다. 애초에 건방진 태도부터가 예사롭지 않긴 했지만, 사내는 콧방귀를 뀌며 영수에게 불만을 토로했다.

"친애하는 우리 형님께서 이 아우에게 술 한 잔 올릴 시간도 주지 아니하시니 내 서운하여 그러지."

형님이라 하여도 얼굴이 닮지 않은 것을 보니 친형제는 아닌 듯한데 그런 것치고 유난히 친밀함을 드러내는 태도가 싫었다. 도겸이 저를 상대해 주지 않는 원흉이 모두 아리라고 원망이라도 하는 것처럼 사내는 다분히 적대적인 태도로 아리를 노려보았다.

"제가 따로 말씀 올리겠습니다."

그 상황을 보다 못한 영수가 나섰지만, 윤도는 대뜸 아리의 앞에 서서는 턱을 거머쥐었다.

"굳이 돌려 물을 필요가 있나? 네가 바로 형님의 시침녀구나."

무슨 의미인지는 몰라도 저속한 표현이라는 건 바로 알았다. 시녀들의 얼굴이 새하얗게 질리고 영수조차 당황한 걸 보니 모르고 싶어도 모를 수가 없다. 도겸과 유독 친한 티를 내는 이 사내조차도 아리를 견제하는 기색이 역력했다.

"윤도 공!"

"촌티 하나 못 벗은 박색에, 이 빈약한 몸뚱이로 수태라도 할 수 있을지. 형님께서는 대체 무슨 저의로……."

"어찌 이리 함부로 입을 대시는 겝니까."

말없이 당해 주기에는 도를 넘었다. 아리 저를 부족하다 탓하는 건 참아도 그를 헐뜯는 것만은 두고 볼 수 없다.

대뜸 말을 끊자 윤도는 잠시 멈칫하고서는 다시 장난스런 미소를 머금었다.

"꼴에 성질머리는 있어서는. 어디 해보잔 건가?"

"그만하십시오!"

이러다간 정말 싸움이 날 판이라 영수와 시녀들이 달려들어 두 사람 사이를 갈라 놓았다.

시녀들 앞에서 얌전하기만 하던 이가 언성을 높이니 다들 놀란 기색이 역력했지만, 이를 모르는 윤도는 뭐가 그리 즐거운지 키들키들 웃으며 아리를 위아래로 훑어봤다.

"수도의 여인들이 아무리 지켜우셨어도 그렇지. 별미도 결국은 한때인 것을."

"그분께서 아시면 어쩌려고 이러십니까!"

"그분이라?"

영수마저 말을 보태는데 윤도는 거기에 또 말꼬리를 잡고 약을 올렸다. 곱상하니 생긴 사내가 성질머리 하나는 참으로 고약하여서 다들 질렸다는 얼굴로 그를 노려봤다.

"흐응. 그렇단 말이지."

참으로 속 모를 사내였다. 역정을 내나 싶더니 한순간 웃음을 터트리고, 급기야 콧노래를 부르며 언제 시비가 걸렸냐는 것처럼 시치미를 뗐다.

"얼굴 한번 보러 온 게 뭐가 그리 문제라고."

남의 속을 다 뒤집어 놓고서 정작 그는 자기 할 말만 다 하고서는 그대로 방을 나서 버렸다.

반쯤 열린 창 너머로 보이던 너른 깃발, 오고 가는 사람들, 그리고 신분이 높아 보이는 귀부인과 윤도라 불린 사내까지.

귀족도 어지간한 귀족이 아니고서야 이럴 수는 없다. 폭풍이 스쳐 지나가고, 영수는 언제 그랬냐는 것처럼 아리를 잡고 다시 예법을 가르치기 시작했다.

"언젠가는 모두 알게 되실 겁니다."

어쩌면 여유를 피하려다 호랑이 아가리에 머리를 들이민 걸까. 속 모를 별세계에 올라온 꼴이 되었다. 대체 그가 뉘기에 다들 이러는 건지.

이런저런 단서는 던져 주어도 그는 끝내 제 신분을 알려 주지 않았다.

146

황자들의 스승이었던 문 태사는 조정을 떠나 은거한 지 오래였다. 책봉식이 끝나고 난 후 대뜸 가마꾼까지 보내온 옛 제자의 부름에 그는 노구를 이끌고 서둘러 별궁으로 달려왔다.

"지금 뭐라 하셨습니까?"

안부를 물으려고 부른 게 아닐 거라는 건 추측했지만 도겸의 물음에 문 태사는 제 귀를 의심했다. 도겸은 언제나 스승인 그를 놀라게 하는 유일한 제자였다. 그를 차기 황제감으로 추천한 것도 문 태사 본인이다. 선선대 황제인 도겸의 조부 시절부터 벌써 세 황제를 모셔 온 그였지만, 이 애제자의 속만은 도무지 유추할 길이 없었다.

"말 그대로, 여인에게는 손끝 하나 해를 입히지 않고 향족의 힘을 없애고 싶다 하였소."

향족의 힘에 대해 정확히 알게 되었다 해도 그들은 이미 단월국에 복속되어 멸망한 지 오래였다. 이제라도 그 피를 황실에 섞고자 하던 선선대 황제의 명에 따라 문 태사를 비롯한 몇몇 신하들은 향족에 대해 소상히 연구해 왔다. 여인의 능력이 어찌 개화하는지는 소상히 알고 있지만, 대뜸 없애는 법을 물으니 할 말이 없었다.

"송구하오나 전하, 연유를 여쭈어도 되겠습니까?"

만약 그 힘을 두려워하는 거라면 차라리 간단하겠지만, 그 유용한 힘을 두고도 없애고자 하는 뜻을 짐작조차 하지 못했다.

스승의 물음에 도겸은 숨을 삼키고서 깊은 한숨을 내쉬었다. 아리의 힘을 없애고자 하는 건 철저한 제 욕심이다. 그런 힘 따위를 노리는 속물로 보이고 싶지 않아서. 아리가 제 상처에 손도 대지 못하게 한 것도 그 때문이었다.

심각하게 사정을 털어놓는 도겸의 말에 문 태사는 무어라 말을 해야 할지 참으로 고뇌했다.

"물이 위에서 아래로 흐르듯, 모든 것은 자연의 섭리에 맡기셔야지요."

고상하니 돌려 말하는 스승을 앞에 두고 도겸은 참으로 속이 쓰렸다. 최 대감이 억지로 능력을 개화시키려 하니 폭주하던 아리의 향기는 태남산에 숨은 산범마저 홀려 버렸다. 만약 아리가 참으로 각성을 시작하게 된다면?

분명 황실은 어떻게든 그녀의 힘을 이용하려 애를 쓸 것이다.

"이미 한번 각성이 시작됐다면 막을 수 없습니다."

설령 초야를 치르지 않아도 각성의 때는 올 거라고, 그때 개화한 아리의 향기에 나비와 벌떼가 날아들 것은 자명했다. 이대로 시간을 끈다 한들 그녀의 각성은 막을 수 없다 단언하는 스승의 말이 야속하기만 하다.

취하면 아니 된다는 걸 알면서도 사실 그 누구보다 그녀의 향기에 빠져 버린 건 도겸 자신일지도 모른다. 기록을 좀 더 찾아보기 위해 문 태사가 물러난 틈을 타 내관이 도겸을 알현했다.

"전하. 준비하라 하신 것을 가져왔습니다."

"들거라."

해 줄 수 있는 것이라고는 이런 것밖에 없다. 애정은 없었지만 보고 배운 것은 결국 아버지인 황제라, 그는 끝없이 들어오는 궤짝을 보며 한숨을 쉬었다.

그런 속도 모르고 내관은 잔뜩 신이 나서는 그의 앞에 귀한 상자들을 열어 뽐내기 바빴다.

"남해에서 진상한 최상의 진주와 칠보로 장식한 비녀이옵니다."

"선물은 모두 별채에 보내거라. 뉘가 보지 않게 신중해야 할 것이다."

무하의 선별 아래 철저히 골라낸 내관과 시녀들은 아리의 존재가 새어 나가지 않게 철저히 입을 단속했다.

그렇게 선물을 보내고 도겸은 앓아누운 황제 대신 별궁에서 정무를 보아야만 했다. 어떻게든 황제를 돌려보내고 나면 그때는 조금 더 수월해질 터. 그러던 중 내관이 부리나케 달려와 도겸을 찾았다.

"전하, 화평공주께서 별채에 드셨다 하옵니다!"

"무어라?"

별채에 있는 아리와 화평공주가 맞닥뜨리기라도 한다면 곱게 넘어가지는 않을 것이었다. 도겸은 서둘러 자리를 박차고 일어나 곧장 별궁 동남쪽에 있는 제 거처로 향했다.

"대체 어디에 숨겨 놓은 건지."

"고정하십시오. 공주마마."

씩씩대는 화평공주의 이마에 주름이 졌다. 평소 화평공주의 측근이나 다름없는 상궁은 몇 번이나 뒤를 돌아보며 의구심을 숨기지 못했다.

"분명 밤사이 여인의 그림자를 보았다 하였습니다. 웃음소리 또한 들었다 하고요."

"설마 시녀에게 손을 댔을까? 밤에 찾아오는 것이 나을 뻔했구나."

엉뚱한 소리를 하는 것을 보아 말이 확실히 샌 것은 아닌 모양이었다. 그래도 제 별채 주변을 감시하는 자가 있는 모양이니 무하에게 일러 단단히 색출해 낼 뜻만 가득했다.

어쨌든 화평의 말투로 보아 영수가 잘 막아 낸 모양이었다. 그는 시치미를 뚝 떼고서 분노한 고모님 앞에 모습을 드러냈다.

"공주께서 주인도 없는 궁에는 어쩐 일이십니까."

"마침 잘 왔구나. 겸아, 너는 대체…….'

"겸이라니요?"

흥분한지라 그만 평소처럼 말이 나온 화평공주를 두고 도겸은 대뜸 꾸짖기에 들어갔다. 당연히 말대답 따위는 예상하지 못했던 화평은 미간을 찌푸리고서 제 조카를 향해 되물었다.

"뭐라?"

"폐하의 뒤를 이어 장차 보위에 올라야 할 몸 아니겠습니까. 그런 이 사람을 앞에 두고 함부로 이름을 부르시다니요."

"지금 네가 내게 훈계를 하는 것이냐?"

언행에 주의하라는 일갈에 화평의 얼굴에 당혹감이 어렸다.

평생 오냐오냐 자란 공주께서는 지금껏 단 한 번도 이런 충고를 들어 본 적이 없었건만. 대놓고 성질을 긁어 대는 도겸을 앞에 두고 불을 뿜으려던 찰나, 시녀 하나가 다급한 목소리로 공주를 찾았다.

"마마, 이만 가셔야 하옵니다."

이야기가 길어지기 전에 황제가 환궁 채비를 마쳤다는 전갈이 왔다. 이이제이以夷制夷라, 한동안 수도에서 또다시 화평과 소 태사의 기 싸움이 장할 터.

도겸이 황태제에 책봉되면서 황궁 내 판도가 바뀌었으니 한동안은 서로를 견제하느라 도리어 잠잠할 것이다.

"무슨 꿍꿍이인지는 몰라도 두고 보자꾸나."

악담을 퍼붓고 화평공주는 서둘러 자리를 떴다. 그렇게 한시름 돌리려던 찰나 별궁 입구에서 윤도가 도겸을 보고 달려왔다.

"형님!"

"네가 여기는 어쩐 일이더냐?"

언제나 저밖에 모르던 화평공주는 아들에게조차 살갑지 않았던 터라 윤도는 제 어머니보다 도겸을 훨씬 더 잘 따랐다. 지금도 그의 부탁이라면 뭐든 다 들어주지만 워낙에 제멋대로인지라 아리의 존재는 숨기려 했건만. 당당히 별궁에서 나오는 모습에 심기가 불편해졌다.

"어쩐 일이라니요. 이 아우가 어디 못 올 곳을 왔을까요."

아는 듯 모르는 듯 떠보는 말투로 윤도는 괜히 히죽거렸다. 평소라면 귀엽게 보았을 사촌 아우의 이런 행동도 오늘은 참으로 거슬리기만 했다.

"그래서?"

끝내 먼저 입을 열지 않은 도겸의 태도에 애가 달았다. 윤도는 이미 다 알고 있다는 듯 어깨를 툭 치며 투덜거렸다.

"제가 모를 줄 알았습니까? 형님께서 꼭꼭 숨겨 두신 종달새를 보고 오는 길입니다."

끝내 선을 넘는 아우의 오만함이 오늘따라 참으로 거슬렸다. 그의 심기가 불편해진 줄도 모르고 윤도는 흥에 겨워 멋대로 떠들어 대기 시작했다.

"대체 어디서 그런 것을 주워 오신 겁니까? 눈만 커다랗고 어리바리해서는, 촌것도 그런 촌것이……."

"감히 그이가 누구인 줄 알고 그리 경솔하게 입을 놀린단 말이더냐."

도겸이 차갑게 말을 끊고 난 후에야 윤도는 겨우 상황을 파악했다. 노기가 서린 그를 앞에 두고 애써 변명거리를 찾아보려 눈을 굴렸지만 도겸의 분노는 이미 하늘을 찔렀다.

평소에는 그 어떤 이야기도 받아 주던 마음 넓은 형님이었는데, 한없이 사나워진 눈매를 보니 꼭 다른 사람 같았다. 제 적에게는 한없이 잔인해질 수 있는 사내다.

윤도는 언제 그랬냐는 듯 낯빛을 바꾸고서는 서둘러 도겸에게 아첨을 늘어놓았다.

"형님도 참. 우리 형님 전하께서 이리도 귀애하시니 이 몸이 직접 어머님의 눈을 피해 지켜 드리러 온 것이지요."

화평공주가 끝내 아리를 찾아내지 못한 것이 다행이라고, 그것이 굳이 제 덕분이라 생색을 내지만 도겸은 그 말을 손톱만큼도 믿지 않았다.

"지키다니. 네가?"

저 성질머리에 제 발로 나서기는커녕 애초에 남을 지킨다는 말 자체가 어불성설이거늘.

"그럼 이만 실례하겠습니다!"

윤도는 부리나케 줄행랑을 쳐 버렸다. 저 경솔한 사촌 아우가 아리를 만났다면 어떤 식으로든 입질을 했을 터.

"전하. 이만 돌아가셔야 합니다."

"잠시만."

아무래도 눈에 밟혀서 발길이 떨어지지 않았다. 그의 도착을 알리려는 시녀를 말리고서 도겸은 성큼성큼 걸어가 아리가 있는 방을 바라보았다. 불청객들이 돌아간 후라 잠깐 열린 창문 너머로 근심 어린 아리의 모습이 보였다.

"어쩜 이리도 귀한 것을 챙겨 주셨을까요."

"참으로 아름답습니다."

시녀들은 그가 보낸 선물을 보며 감탄하고 있는데 정작 기뻐해 주었으면 했던 아리는 서책만 보며 영수에게 혼이 나는 중이었다.

"어려워도 이제는 익히셔야 합니다."

"하루아침에 될 일이 아닌 것을요."

잔뜩 풀이 죽은 채 투덜대면서도 무언가를 열심히 중얼거리고 있다. 웃게만 해 주려 데려온 것이 무색하리만치 서글퍼 보이는 모습이 속이 상했다. 인기척을 내며 그가 들어서자 시녀들이 서둘러 머리를 조아렸다.

"다들 물러가라."

그의 말 한마디에 영수를 비롯한 시녀들이 모두 자리를 떴다. 영수가 문을 닫는 소리가 난 후에야 아리가 살며시 자리에서 일어났다.

산골에 있을 때도 단아하였지만, 영수의 손을 타 비단옷을 곱게 차려입은 아리는 양갓집 규수 못지않게 단아했다. 맑은 눈망울과 앙다문 입술, 어여쁜 손끝과 봉긋한 가슴, 부드러운 둔부와 매끈한 발목까지.

어디 하나 미운 구석이 없는 고운 여인이 그를 똑바로 바라보고 있다. 개암 같은 까만 눈동자가 어여쁘기만 하건만. 함부로 입을 놀리는 화평공주의 무례함에 한없이 치가 떨렸다.

마냥 다정하던 눈길에 한 뼘의 원망이 섞인 것을 보고 알았다.

입에 칼을 물고 다니는 윤도가 입질을 하였을 터. 그녀를 위로하기 위해 손을 뻗는데 아리는 그의 손을 물렸다.

"잠시만."

저를 밀어내는 아리의 모습은 상상한 것 이상으로 쓰렸다. 망연자실한 그를 앞에 두고서 아리는 몇 번이나 눈을 피하며 입술만 달싹였다.

하고 싶은 말이 있는 것처럼 보이는데 좀처럼 입 밖에 내지 못하는 기색이 역력했다. 도겸은 다시금 손을 뻗어 아리의 어깨를 있는 힘껏 안았다.

"그대가 무슨 말을 하려는지 알아."

옷자락을 꼭 잡고 어쩔 줄 모르는 그를 앞에 두고서 아리는 아주 조심스레 입술을 달싹였다.

"어찌 아신 겝니까."

분명 제 곁을 떠나려고 하는 거겠지. 윤도 녀석이 무슨 소리를 지껄였는지는 몰라도 이대로 떠나게 내버려 둘 수는 없다. 놓아주고 싶지 않은데, 될성부른 독점욕이 그녀를 탐할 찰나 고운 목소리가 그의 귓가를 간질였다.

"버거운 일을 처리하신다 들었습니다. 오늘도 고생이 많으셨습니다."

차가운 냉대를 들을까 염려한 것과 달리 다정한 인사에 말문이 막혔다. 아리는 수줍은 미소와 함께 조심스레 손을 뻗어 그의 머리를 쓰다듬어 주었다.

"영수에게 들었습니다. 이럴 줄 알았으면 산에 계실 때 그리 타박하지 말 걸 그랬나 봅니다."

밥값을 하라며 얄밉게 굴던 처지가 반대가 됐다. 그래서 하는 말이라는 걸 알고 있지만 다정한 그 말에 도겸은 어쩐지 목이 메었다.

남매와 함께 지내던 산속의 생활은 더없이 즐거웠다. 초라한 밥술을 뜨면서도 참으로 신이 났고, 깊은 밤 가득하던 별빛조차 더없이 아름다웠다.

이제 더는 그때로 되돌아갈 수 없다 하나 아리는 여전히 제 곁에 있다.

도망칠 수 없는 제 운명 앞에 생각지도 못한 선물을 받아 버린 기분을 지울 수 없다. 이대로 입을 맞추려던 찰나 아리가 잠시 멈칫하며 그의 가슴을 밀어냈다.

"저, 부탁드릴 것이 있습니다."

이곳에 온 뒤로 무엇 하나 바라는 것이 없었는데. 도겸은 너그러운 미소를 머금고서 그녀의 손을 거머쥐었다.

"그럼. 그대가 바라는 것은 뭐든 다 들어 드려야지."

"진심이십니까?"

바라는 것이 있다면 뭐든 이뤄 주리라. 만약 이 단월국을 통째로 바치라 한다면 사랑에 눈이 먼 사내답게 기꺼이 여황제로 만들어 줄 생각에 들떴다.

하지만 아리는 그런 것 따위 바라지 않을 것이다. 몇 번이고 제 눈치를 살피는 그녀를 위해 도겸은 기꺼이 한발 먼저 운을 떼 주었다.

"내가 들어 드릴 수 있는 거라면야. 얼마든지 들어 드릴 것이니."

확답을 받아 낸 후에야 아리는 조심스레 입을 열었다.

"다름이 아니라, 이제 슬슬 방은 따로 쓰는 것이 어떨까 합니다."

아닌 밤중에 각방이라니. 생각지 못한 공격에 도겸은 그대로 굳어 버렸다.

✱ ❋ ✱

처음 정신이 들었을 때. 아리는 제 앞의 그가 무사하다는 것만으로도 깊이 안도했었다. 이 낯선 곳에서 의지할 곳은 그밖에 없으니까. 다정했던 제 아비의 품처럼 여기고 그의 가슴에 기꺼이 머리를 묻어 버렸지만, 그 이후로 줄곧 고민해 온 문제였다.

"이곳의 이들은 모두 제가 도련님의 안겯이라도 되는 줄 알고 오해한 듯합니다."

"오해라?"

도겸이 손을 뻗어 아리의 머리칼을 귀 뒤로 넘겨 주자 선뜻 입을 열었다 다시금 말문이 막혔다. 제 가엾은 처지를 동정해 데려온 것뿐인데, 김칫국부터 마신 것처럼 안겯 운운한 셈이다.

이런 임기응변에는 능숙치 않다. 아리는 제 곁에 다가온 손을 살포시 잡아 내리고서는 느릿하게 말을 이어 나갔다.

"남녀가 유별하다 하였는데. 매일 밤 이리 함께 잠이 드는 것은 도련님께도 폐가 되는 듯하여 드리는 말씀입니다."

"들어오는 길에 아무도 내 눈을 맞추지 못한다 싶더니, 윤도 녀석이 그대에게 뭐라 입질을 하기는 한 모양이로군."

아리가 굳이 설명을 더하지 않아도 도겸은 눈 깜짝할 사이에 뒤에 숨은 사정을 읽어 내렸다. 아쉽다는 듯 바라보는 그의 손은 갈 길을 잃고 힘없이 떨구어졌다.

갈망하는 그의 눈빛을 마주할 때마다 심장이 아릴 듯이 아파

오지만, 그렇다고 섣불리 받아들이기에는 감당해야 할 것들이 너무 많다. 잠시나마 발을 떼 본 이 별저는 드높은 담이 무색하리만치 자그마한 공간이었다.

곁방에 있는 것은 빼곡히 책이 쌓인 그의 집무실에 침상이 놓인 곳은 이곳 하나뿐이라 했다. 넓디넓은 집을 두고도 왜 굳이 이 불편한 곳에서 저와 함께 지내는 것인지 알 길이 없다.

은인에게 도움은 되지 못할망정 발목을 잡는 것은 예가 아니니 아리는 괜히 죄 없는 제 치맛자락만 꼭 거머쥐고서 입을 다물었다.

한참 시간이 흐른 후에야 도겸이 먼저 입을 열었다.

"그대도 알다시피 나도 그대도 누군가에게 목숨이 노려지는 처지지."

처음 그를 발견했던 날 처참히 몸에 새겨진 상처들을 아리도 여전히 기억하고 있다. 나란히 목숨을 위협받는 처지라는 말에 아리도 곧 그의 말뜻에 숨은 뼈를 읽어 냈다.

두 사람을 따로 지키는 데는 한계가 있으니 위험한 밤에는 결국 둘을 나란히 한곳에 넣어 두는 편이 안전하다는 결론이 났다.

"송구하옵니다. 그런 줄도 모르고서."

"상관없는 여인을 데려오면 저들도 영문을 모를 테니 내게는 참으로 소중한 분을 모셔 왔다 하였지. 물론 거짓은 말한 적이 없어. 그대는 내게 참으로 소중한 분이시니까."

잠시 떨어졌던 손이 다시금 제 손등을 덮고 살금살금 장난을 걸어온다. 이 당과처럼 달콤한 사내는 참으로 손쉽게 눈웃음을 흘리며 아리의 마음을 송두리째 휘두르곤 했다.

참으로 제멋대로인 사내이지만 그래도 마음이 흔들리는 것은 어찌할 수 없다. 마지 못하는 척 한 걸음 물러서기 무섭게 도겸은 슬그머니 한 걸음 더 다가서 아리의 곁에 제 몸을 뉘였다.

"물론 그것만은 아니지만은."

"예?"

아리가 방심한 사이, 그는 짓궂은 미소를 머금고서 떡하니 아리의 허벅지를 베고 드러누워 버렸다. 졸지에 이러지도 저러지도 못하는 터라 아리는 별수 없이 그의 응석을 받아 주었다.

큰 사냥감을 놓친 날이면 제 아우 녀석도 꼭 이런 식으로 매달려 누이에게 응석을 부리곤 했다.

저는 사냥에 소질이 없는 모양이라며 구시렁대던 아우의 모습이 떠올라서 아리는 살며시 손을 뻗어 그의 이마를 넘겨 주었다.

"힘든 일이 있으셨습니까."

아리의 손이 이마에 닿자 도겸은 그 위에 제 손을 포개고 눈을 가렸다. 소매에 두 눈이 가려지기는 했지만 어쩐지 그의 표정이 무척 울적해 보였다.

하루 종일 얼굴 한 번 보이지 못하고 바쁘게 움직인 것을 보아 여간 바쁜 것이 아닐 터. 거기다 저까지 투정을 부리고 말았으니 그가 서운한 기색을 보이는 것도 어쩌면 당연한 일이다.

그러니 다정하게 대해 드려야지. 일렁이는 마음을 가라앉히고서 아리는 무심한 척 손을 뻗어 과일 한 조각을 집었다. 살그머니 도겸의 입에 물리니 그는 사양도 않고 잘도 먹었다.

"그대가 먹여 주니 이것도 달아."

"제 손가락은 그리 깨물지 마십시오."

달달한 즙 한 방울마저 달게 맛보고서 도겸은 하나를 더 달라 입을 벌린 채 시위를 벌였다. 어느새 맛 한 번 못 보고 접시가 다

비어 버린 후에야 아리는 뾰로통하니 토라진 채 과즙으로 범벅이 된 그의 입술을 냅다 꼬집어 버렸다.

"참으로 욕심이 많은 분이십니다. 하나 먹어 보라 말씀도 안 하시고 혼자 다 해치워 버리시다니."

"그건……."

"됐습니다. 이만 잘 테니 어서 주무세요."

무어라 변명할 기회조차 주지 않고서 아리는 얼른 몸을 웅크리고 이불을 덮어 버렸다.

달달한 과일 향이 나는 제 손가락을 가져와 살짝 핥으니 옅은 단맛이 입안을 맴돌았다. 그런 줄도 모르고서 도겸은 어찌할 바를 모르며 등 돌린 아리의 등을 살살 두드리기 바빴다.

"내 그런 줄도 모르고. 어서 영수를 시켜 준비하라 이를 터이니."

"일없습니다. 내일은 배울 것이 더 많다 하였으니 어서 주무시어요."

냉정한 거절에 그는 한참을 안절부절못하다 다시 누워 버렸다. 열심히 눈을 감고 잠든 척을 하고 있는데 큰 팔 하나가 스르륵 아리의 배까지 넘어와 저를 껴안았다. 잠깐 잠이 들었다가 몸을 뒤척이고 보니 어느새 오늘도 아리는 도겸의 팔을 벤 채 그의 품에 안겨 있다.

사내의 너른 가슴에 얼굴을 묻고, 그의 팔은 아리의 허리에 단단히 감겼다. 행여 잠든 사이 달아나기라도 할까 경계하는 사내는 잠든 순간조차 그녀를 조금도 놓아줄 생각이 없어 보였다. 이리 정이 들었다가는 쉬이 보내 주시지 못할 터인데.

언제나 산짐승을 주워다 기르기만 했던 아리는 지금의 이 상황이 참으로 낯설었다.

새록새록 잠이 든 사내의 옷자락을 꼭 거머쥐고서 아리는 물끄러미 사내의 얼굴을 올려다보았다.

기르는 사람만큼이나 길러지는 것에게도 정이라는 것이 들었을 텐데, 몸이 다 나았다는 이유로 제 손에 내쫓긴 짐승들은 깊은 밤 얼마나 저를 원망했을까.

아리는 살그머니 손을 뻗어 잠든 그의 뺨을 만져 보았다. 그가 다치기 전에는 신비로운 힘도 지금은 쓸모가 없다. 속 편히 잠든 그가 얄미워져서 아리는 무방비한 그의 입술만 빤히 바라보았다.

"저라고 떨어지고 싶어 그런 말을 하였겠습니까."

행여나 그가 먼저 저를 떠나라 할까 봐 겁이 나서 한 말이었건만. 이토록 놓아주지 않으면 제 안에 자라나는 마음을 어찌 주체해야 할지 아리 자신도 알 길이 없다. 어차피 그의 귀에는 들리지 않을 테니까. 아리는 잠든 그의 입술을 어루만지며 몇 번이나 들리지 않을 고백을 속삭였다.

제 손을 놓지 마셔요. 아리의 속삭임을 듣기라도 한 것처럼 도겸은 긴 숨을 내쉬며 작은 어깨를 더욱 힘껏 끌어안았다. 따스한 온기가 좋아서 아리는 애써 숨을 죽인 채 그의 옷깃을 거머쥐었다.

온몸이 녹아드는 것처럼 행복하여서 아리는 두 눈을 감은 채 이 꿈에서 깨지 않기만을 간절히 빌었다.

* * *

아리와 도겸이 나란히 아침 식사를 드는 사이, 영수는 문 앞에서 대기 중이던 무하를 잡고 냅다 후원까지 끌고 왔다.

"제게 무슨 볼일이라도 있으십니까."

"볼일이고 자시고. 이 일을 대체 어찌 수습하려고 이러는 게요."

황태제 자리에 오르신 지 며칠이나 되었다고. 환궁할 생각 하나 없어 보이는 도겸은 오늘도 낯선 여인을 품에 안고 잠에서 깨어났다.

진작 일어났음에도 불구하고 제 품에 잠든 여인을 지그시 바라보는 모습을 보고 영수는 그야말로 수명이 줄어드는 심정이었다.

만약 화평공주가 이 사실을 알게 된다면 그때는 저는 물론 아리의 목숨까지 무사할 리 없다. 그렇게 말이 새는 것을 숨기려 애를 썼건만, 입궁과 동시에 기어코 아리의 존재가 새어 나갔다.

"윤도 공 쪽은 염려치 않아도 괜찮을 테니 너무 염려치 마십시오."

"그분을 어찌 믿습니까. 어제도 경을 칠 말씀을 하시어 이 사람이 얼마나 속을 졸였는데."

무하는 잠자코 영수가 하는 신세 한탄을 잠자코 들었다. 만약 지금 이 말이 모두 사실이라면 제 주인은 진작 저를 불러다가 경을 치라 일렀을 텐데.

별다른 호출은 둘째 치고 오늘 아침 도겸은 몹시 기분이 좋아 보였다.

방 안에서 들리는 호쾌한 웃음소리에 영수조차 말을 멈췄다. 평생을 두고 보며 도겸은 살아생전 저리 즐겁게 웃는 모습을 그 누구에게도 보여 준 적이 없었다.

하물며 여인이라니. 황제의 총애가 극진할 무렵, 장차 황태자를 밀어내고 황제 자리에 오를 거라 확신한 여인네들이 어찌 한 번 그의 마음을 빼앗아 보려 안간힘을 썼지만, 도겸은 눈길 하나 주지 않고 모두 외면하기 일쑤였다.

"어디서 왔냐고 물어보아도 산에서 왔다고만 하고. 참으로 산신령에게라도 주워 온 것이오?"

"그리 해 두는 것이 영수 님께서도 편하실 성싶습니다."

"지금 그걸 말이라고. 아이고. 아이고, 내 속이야."

몇 번을 다그쳐도 무하는 끝내 영수에게조차 아리의 힘을 숨겼다. 지난번 일 이후 가까스로 잠재운 다음 도겸은 좀처럼 그 힘을 깨울 생각이 없어 보였다.

참으로 죽은 줄만 알았던 주인을 살린 것도 모자라 장차 그가 황제 자리에 오른 이후로도 두고두고 쓰일 능력이다. 무하가 아리의 문제를 반대하고 나서지 않은 것은 오로지 제 주인의 이득만을 보고 내린 결론이었다.

"깍듯이 모시는 것이 좋을 것입니다. 누가 뭐라 해도 첫정이시니까요."

"그거야 그렇다지만."

"전하의 목숨을 구한 은인입니다."

몇 번이고 이유를 덧댄 후에도 영수는 여전히 못마땅한 얼굴을 하고서 자리를 물렀다. 가르쳐야 할 것이 너무 많아 곤란한 모양이지만 그 까다로운 영수가 흠을 잡지 않는 것을 보니 그래도 가르침은 썩 잘 따라가고 있는 모양이었다.

이야기를 마치고 돌아와 보니 도겸은 식사를 마친 후에도 아리를 곁에 두고 놓을 줄을 몰랐다. 지켜보는 이들을 모두 물리고서 그는 괜히 아리를 무릎에 앉힌 채 애먼 희롱을 시도하고 나섰다.

"대체 무엇이 묻은 것입니까."

"가만히. 곧 떼어 줄 테니까."

은애하는 여인의 관심을 끌고자 아무것도 없는 곳을 괜히 만지작대는 못난 주인을 차마 더는 두고 볼 수 없다.

몇 번의 헛기침 끝에 도겸은 무하의 존재를 알아차렸다. 물론 그렇다고 해서 곱게 물러날 만한 성미가 아니라는 건 평생을 모셔 온 무하가 제일 잘 안다.

일부러 서두르라 신호를 보냄에도 불구하고 도겸은 제 앞에 앉은 아리를 등 뒤에서 꼭 안고서 제 귀에 들리지 않을 소리로 무언가를 속삭였다.

"예? 어찌, 어찌 그런…….."

"진짜야. 그러니 조심하도록 해. 알았지?"

간밤에 아리가 입을 다물어 준 덕분에 윤도는 화평공주와 함께 한발 먼저 수도로 돌아가게 됐다. 화평이 먼저 떠난다는 소식이 전해진 후에야 황제궁에서도 소 태사를 수도로 데려갈 거라는 전갈이 떨어졌다.

이들이 모두 떠나고 소 태사의 행적을 추적하는 것은 물론 산재한 일거리들을 처리할 것이 한가득이다. 바삐 움직여야 할 도겸을 대신해 무하는 별채에 남아 아리의 행적을 지켜보기로 했다.

도겸이 별채를 나선 후 아리는 잠시 무하를 신기한 듯 바라보았다.

"왜 그리 보십니까?"

"아니, 아무것도 아닙니다."

163

"자, 욕간을 하시고 오늘도 수업을 들으셔야 합니다. 서두르세요."

영수는 아리를 채근하며 침상 위부터 살폈다. 매일 밤 나란히 잠들면서도 정사의 흔적이 없으니 영수는 더욱 난감한 얼굴로 원망하듯 무하를 바라보았다.

마음에 둔 여인을 곁에 두고도 도겸은 절대 그녀를 안지 않으리라 무하에게 선포한 지 오래였다.

이런 곳에서 함부로 그녀의 힘을 일깨웠다가는 자칫 소 태사의 농간이 어디까지 뻗어 올지 모른다. 단 한 번의 위태로운 실수가 주인을 죽음으로 몰고 갈 뻔했으니, 그리 경계하는 것도 어쩌면 당연하리라.

무하 역시 그의 의견에 일말의 토도 달지 않았다. 어제의 혼란이 무색하리만치 오늘은 대체로 평화로웠다.

윤도도 화평공주도 모두 자리를 비운 덕분에 무하도 오랜만에 휴식을 겸해 아리가 공부하는 모습을 지켜보았다. 시문과 예법조차 엄두를 내지 못하니 그림이나 악기 연주 같은 것은 어불성설이었다.

"오늘까지는 이 대목을 모조리 외우셔야 합니다."

"하지만, 너무 어려운걸."

"그래도 외우셔야 합니다."

무조건 암기하라 엄히 이르는 통에 아리의 표정에도 어느새 그늘이 졌다. 마냥 즐거운 도겸과 달리 그녀는 산 아래 생활이 별로 즐겁지 않아 보였다.

이럴 거라면 차라리 그늘에 숨겨 둔 채 그저 사랑만 주시면 좋으련만. 제 주인은 기어코 저 부족한 여인의 머리 위에 황금관을 씌워 주리라 단단히 벼르는 기색이 역력했다.

타고난 이능을 빼고서는 별 볼 일 없는 소녀다. 대단한 미색도 없는 여인이 어찌하여 제 주인의 마음을 사로잡은 것인지 무하는 그녀의 행적 하나하나를 유심히 바라보았다.

그러던 중, 곁에서 접시를 치우던 시녀 하나가 실수로 접시를 떨어트려 깨트렸다.

"유리가 날카로우니 조심하거라."

영수의 경고도 이미 늦었다. 손가락을 감싸고 피를 흘리는 시녀를 보고 무하는 자리에서 일어나 상황을 지켜봤다. 만약 이런 곳에서 갑자기 숨겨진 힘을 쓰기라도 한다면 어디서 말이 샐지 모르니 곤란해진다.

"손을 이리 줘."

아리가 다친 시녀의 손을 거머쥐는 걸 보고 방으로 뛰어들 참이었다. 하지만 그녀는 제힘을 쓰는 대신 손에 묻은 유리를 잘 치우고서는 시녀를 시켜 약초를 가져오라 일렀다.

깨끗한 천과 함께 시녀들은 영문도 모른 채 아리가 일러 준 잎사귀를 가져왔다. 제법 많이 베어 선혈이 뚝뚝 흘러내리는 곳에 아리는 잎사귀 몇몇을 넉넉히 바르고서 깨끗한 천을 단단히 동여맸다.

"물이 닿지 않게 이틀만 내버려 두면 흔적도 없이 나을 테니 걱정하지 마."

"이것이 다 무엇입니까?"

"이 잎을 쓰면 손에 흉이 남지 않아. 예쁜 손이니까 깨끗하게 나아야지."

반푼이처럼 시문 하나 제대로 외우지 못하던 아리의 역습에 다들 놀란 기색이 역력했다. 상처 난 자리를 거머쥔 시녀보다도 방금 전까지 아리를 타박하던 영수가 더 놀란 눈빛을 감추지 못했다.

그런다고 봐주는 사람은 아니니 다시 혹독한 수업이 시작되었다. 그래도 그 잠깐 사이, 어느샌가 안타깝게만 보던 영수의 눈빛이 조금은 달라진 것이 보였다.

"주군께서 찾으십니다."

부하를 통해 도겸이 그를 찾았다. 만에 하나를 대비해 몇 배의 경계를 쳐 두고서 무하는 별궁에서 서류와 전투 중인 제 주인을 찾았다.

"아리는?"

"그걸 묻기 위해 부르신 겁니까."

"소 태사 건이야 네가 어련히 알아서 할 테니 내가 궁금한 건 그것뿐이지."

신뢰가 가득하다고 기뻐해야 할지 잠깐 고민했지만 결국 귀찮은 일은 모두 제게 넘겨 두는 셈이다. 주인에 대한 원망을 가득 삼키며 무하는 오전부터의 일을 낱낱이 고해 바쳤다.

별다른 사안이 없음에도 불구하고 도겸은 또 무엇이 그리 못마땅한지 미간을 찌푸리고서 그를 향해 불만을 털어놓았다.

"상처 따위 그냥 내버려 두면 좋을 텐데."

그 오지랖이 자신을 살린 줄도 모르고서. 은혜도 모르는 주인을 앞에 두고 무하는 불만 가득한 주인의 심기를 살피기 바빴다.

어딘지 모르게 행복해 보이는 그의 미소 뒤에는 아주 옅은 씁쓸함이 남아 있었다. 어쩐지 오늘따라 기분이 좋아 보이나 싶더니, 막상 집무실에 들어선 그는 무슨 연유에서인지 유독 기분이

나빠 보였다. 굳이 자신을 불러 여인의 심기를 살피는 것만 봐도 무언가 마음에 걸리는 문제가 있는 모양이었다.

"이대로 낙양에 돌아가게 된다면 어떻게 될까."

영수 정도에게는 얼렁뚱땅 넘어간다 해도 황태제 자리에 오른 이상, 아리를 그냥 데려가 본들 윤도의 말대로 시침녀 취급이나 받기 일쑤다.

도겸이 쉽게 그녀를 각성시키지 못하는 것 역시 같은 연유였다. 귀하디귀한 향족의 여인이라 이름을 달아 보아도 결국에는 측비 정도. 정식으로 비 자리에 오르게 하기 위해서는 아무리 그라 한들 복잡한 과정을 거쳐야만 한다.

물론 명석한 제 주인은 이미 답을 알고 있다. 도겸이 두려워하는 것은 아마도 여인 쪽이리라. 정체조차 고하지 않고 이렇게 숨은 그림 찾기처럼 제 신분을 숨기고 있다.

"모든 것은 전하의 뜻대로."

거미집에 걸려든 나비라. 달아나기에는 이미 늦어 버렸다. 줄곧 황위를 회피하던 주인이 제 발로 황제 자리를 물려받겠노라 순순히 돌아온 연유는 뻔했다.

잠시도 마음이 놓이지 않는 탓인지, 도겸은 보고를 들은 후에도 못마땅한 얼굴로 제 침소 쪽을 연신 돌아보았다.

"내 뜻대로 될 수 있다면 오죽 쉬울까."

뒤늦게 배운 연심이라 밀고 당기기 따위는 어림도 없다. 마냥 좋아서 달라붙는 제 주인과 달리 아리는 내외하며 도겸과의 사이에 거리를 두려 애를 쓰고 있다.

"어찌하여 나를 그리도 밀어내는 건지. 나는 이제 도통 그이의 마음을 모르겠어."

눈빛만은 그리도 따스하건만, 좀처럼 틈을 주지 않는다고. 모든 것이 쉽기만 하던 주인도 사랑 앞에서는 마냥 서툴기만 했다. 곤란한 도겸을 앞에 앉혀 두고서 무하는 슬그머니 속을 떠봤다.

"그리도 그분을 가지고 싶으십니까."

고개를 끄덕이는 주인의 눈망울이 소년처럼 빛났다.

어린 시절에도 응석 한 번 부리지 않았건만. 모쪼록 달콤한 과실을 얻기 위해서는 인내가 필요한 법이다. 무하는 제 주인을 앞에 앉혀 두고서 나름의 비책을 찬찬히 일러 주었다.

✻ ❀ ✻

"오늘도 늦으신다 하옵니다."

한바탕 난리가 난 이후로 모두 끝난 줄 알았건만, 달이 중천에 뜨도록 도겸은 돌아올 줄을 몰랐다.

방을 따로 쓰자고 말한 그날부터였을 것이다. 괜히 불편한 티를 낸 탓인지 그는 일이 많아 그렇다며 끝내 침소에 한 발짝도 들이지 않았다.

하루에도 몇 번씩 물어보던 안부 인사가 끊겨 버렸다. 무슨 일이 있나 물어보아도 다들 놀랍지도 않은 듯 평소와 같이 그녀를 대해 주었다.

"미뤄 둔 일을 처리하느라 바쁘신 것이니 너무 심려치 마소서."

이들은 아리가 간밤에 한 말을 모른다. 뜬눈으로 밤을 지새우도록 끝내 얼굴 한 번 비추지 않은 탓에 아리는 야속함을 애써 삼키고서 묵묵히 영수의 수업을 따랐다.

168

전날 밤을 꼬박 새운 탓에 다음 날은 해가 떨어지기 무섭게 일찍 잠이 들었다. 아침에 번뜩 눈을 떠 보니 이미 늦었다. 볼일이 있다며 새벽같이 나간 통에 아리는 또다시 도겸과 얼굴을 마주할 기회를 놓쳐 버렸다.

　"오늘부터는 화용무를 연습하셔야 하옵니다."

　"화용무?"

　"춤입니다. 수도에 가시면 반드시 선보이셔야 하니 지금부터 열심히 연습하셔야 하옵니다."

　지겨운 예법과 시문도 모자라 손끝을 여미고 몸을 쓰니 산속에서 단련된 아리도 한없이 지쳐 갔다.

　피로를 풀기 위해 달달한 차 한 잔을 머금고 눈을 감으니 어느샌가 또 아침이라, 그러기를 수차례. 정신을 차리고 보니 아리는 벌써 한 주가 꼬박 지나도록 도겸의 머리카락 한 올 보지 못했다.

　"야속한 사람 같으니라고."

　서찰 하나 남겨 주지 않고서. 구겨진 베개만 한 대 치고서 아리는 이를 악물었다. 일부러 얼굴을 보지 않을 요량으로 이러는 거라면 오히려 오기가 샘솟는다.

　그날 밤, 피곤함에 지친 아리의 앞에 여느 때처럼 찻잔이 올라왔다. 평소라면 단숨에 마셨겠지만 오늘은 그저 입술만 살짝 축이고서 시중드는 이들을 먼저 물려 버렸다.

　어차피 억지로 먹이는 것도 아니니까. 찻잔을 머리맡에 두고서 아리는 이불 아래 웅크린 채 그가 돌아오기만을 손꼽아 기다렸다.

　피로가 밀려와 잠시 잠깐 고개를 꾸벅하던 즈음, 커다란 손이

다가와 그녀의 허리를 감싸 안았다. 익숙한 향기와 함께 침상 위로 사내가 다가오는 것이 절로 느껴졌다.

곤히 잠든 모양새를 한 그녀를 두고 무엄한 손길은 슬금슬금 다가와 치맛자락 새를 더듬었다. 대체 저가 잠든 사이 무슨 일을 하시려고 이러는 것일까.

아리는 긴장한 티를 내지 않으려 애써 눈을 감고 숨을 죽였다. 사내의 큰 손이 침의 아래로 들어와서는 굳어 버린 종아리를 주물렀다.

"오늘도 이리 고생하시니. 이 일을 어쩌면 좋을지."

돌아가신 아버지가 그러신 것처럼 그는 꼼꼼히 아리의 두 다리를 잘 주물러 주고서는 잠이 든 뺨을 슬쩍 꼬집기까지 했다.

저가 잠든 새에, 행여 무엄한 짓이라도 할 줄 알았던 상상이 오히려 무색해졌다. 그는 살그머니 이마를 맞대고서 몇 번이고 잠든 아리를 향해 속삭였다.

"은애하오. 참으로 은애하오. 나의 아리."

힘없이 늘어진 손등을 들어 입을 맞추고서 그는 잠든 아리를 껴안은 채 몇 번이고 되뇌었다. 더는 가만히 듣고 있을 수 없어서 아리는 따스한 손을 꼭 마주 잡은 채 살그머니 실눈을 뜨고 그를 마주했다.

"아리?"

"대체……."

무어라 말을 해야 할지 말문이 떨어지지 않았다. 야속함을 토로할까 하다가도 이리 나와 버리면 결국에는 쓴소리 하나 하지 못하고서 다시 삼키게 되고 만다.

낯 뜨거운 사랑 고백을 면전에서 듣기고 말았건만, 그는 싱긋 웃으며 또다시 허락도 구하지 않고 아리의 입술을 훔쳤다.

촉촉하니 다가선 입술이 그녀의 입술을 머금고 따스한 숨결을 불어넣었다. 무엄한 침입자를 내치기에는 너무나 목이 말랐다. 벌써 며칠째일까. 얼굴 한 번 보지 못한 시간이 아까워서 아리는 새초롬히 눈을 흘긴 채 그의 입맞춤을 받아들였다.

"나를 싫어하는 줄 알았는데."

"싫어하다니요. 제가 언제!"

"그럼 그대도 나를 은애하는 것이라, 그리 여겨도 좋을까?"

함정에 빠져 버린 기분이 들었다. 장난기 섞인 그의 미소와 함께 아리는 눈을 감고서 그의 너른 품에 얼굴을 묻었다.

하나뿐인 혈육조차 잃은 아리에게 남은 것이라고는 오직 이 사내뿐이다.

일부러 대답하지 않았지만 그는 벌써 아리의 속내를 읽어 낸 듯 보였다. 혼인 전에 벌써 이리하면 아니 된다 하였는데. 이제는 저가 먼저 목이 말라 도통 그를 놓을 수가 없게 되어 버렸다.

그가 제 몸에 손을 얹을 때마다 간질간질 소름이 돋았다. 더욱 가까이 다가서는 아리의 몸짓에 도겸은 흐뭇함을 감추지 못했다.

"이렇게 좋아해 주실 줄은 몰랐는데."

"아침에는 깨워 주세요. 입맞춤도 아니 하시고 가 버리시면 서운한 것을요."

은애한다는 고백을 들은 후에야 어렵게나마 제 속을 털어놓았다. 몇 번이나 망설이다 꺼낸 그 말에 도겸은 기쁘게 웃으며 그러겠노라 약조해 주었다.

"암. 내 안곁이 되어 주실 분께서 그리 말씀하시니, 어찌 거스를 수 있을까."

지난번에 했던 말이 떠올라 얼굴이 붉어졌다. 마냥 밀어내려던 아리와 달리 그는 떠나기 전부터 이미 마음을 정한 듯했다.

작디작은 아리의 손을 꼭 거머쥐고서 도겸은 나지막한 목소리로 몇 번이고 같은 말을 속삭여 줬다.

"형님을 만나고 낙양에 가 있는 동안에도 줄곧 그대가 그리웠어. 잠든 그대의 얼굴을 마주하는 것만으로도 행복한 내 마음을 그대는 모르겠지."

"도련님."

"나는 그대를 내 평생의 짝으로 맞이하고 싶어."

마치 큰 대가를 치른 사람처럼 그는 아리의 손을 꼭 잡고 힘겹게 속사정을 털어놓았다. 대체 무슨 사연을 품은 것인지는 알 길이 없으나 아리는 애타게 거머쥔 그의 손을 쉽사리 놓을 수 없다.

"저를 데려가 주신다고 약조하셨지요."

산 아래 마을을 동경하는 아리에게 그는 그리 약속했었다. 반드시, 반드시 돌아와 아리에게 더 넓은 세상을 보여 주겠노라고.

"암. 내가 그대를 데려가 주어야지."

더는 지킬 수 없는 어머니와의 약속을 뒤로한 채 아리는 사내의 목덜미를 힘껏 끌어안았다. 그저 아주 문득, 제 아우가 그리워졌다. 든든하던 아우라도 곁에 있어 주었다면 이리 두렵지는 않았을 테지만 아리는 기꺼이 그의 손을 잡기로 마음먹었다.

아리의 허락이 떨어지고, 도겸은 단단히 여며 놓은 그녀의 옷자락에 손을 뻗었다.

"어찌 이리 어여쁘실까."

"주무십시오. 이러다가 날이 샐 것 같습니다."

핀잔을 줘 보기에는 이미 늦어 버렸다. 만연한 그의 미소를 마주하고서 아리는 무어라 입을 떼려다 다시 삼켜 냈다.

대체 여기는 어디인지, 그는 누구인지. 한 침상에 몸을 뉘인 이 순간조차도 그는 제 자신에 대해 그 어느 것도 알려 주지 않았다는 사실을 깨달았지만.

'안다 한들 어찌할까.'

이제 와 물어볼 용기가 없다. 괜히 알려 했다가는 이 순간조차 깨져 버릴 것만 같아서 아리는 끝내 그에게 속사정에 대해 무엇 하나 묻지 못했다.

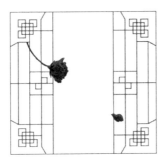

4.

　달리는 마차 안에서 여인의 신음 소리가 울렸다. 수도에 근접할 무렵 평탄해진 길 위를 달리는 마차가 속도를 낼 때마다 아리는 아릿하니 밀려드는 황홀경에 애가 달았다.

　"달콤하군."

　도겸의 입술이 아리의 목덜미를 훑어 내렸다. 그의 혀끝이 마른 살갗을 스치자 아리의 등줄기로 오소소 소름이 돋았다.

　촉촉이 젖은 눈망울은 진주알 같아서 도겸은 뺨에 슬그머니 입을 맞추곤 비틀대는 아리를 제 무릎 위에 앉혔다.

　"도련님."

　"그대의 향기는 참으로 달콤해."

　여름 내내 별궁에 머물며 그는 아리에게 많은 것을 가르쳤다. 엄격한 영수의 손에 궁중 예법을 배우는 것도 모자라 아리는 밤마다 도겸의 침상에 누워 남녀의 교접에 대해 배웠다.

매일 밤 같은 이불을 덮으며 아리는 사내의 손길이 이리도 따스할 수 있다는 것을 처음 배웠다. 한여름의 더위가 밀려들 때에도 아리는 도겸의 더운 가슴께에 머리를 기대고 떨어질 줄을 몰랐다.

　돌아가신 아버지의 품처럼 너른 그의 품에 먼저 안겨 드는 것도 이제 더는 부끄럽지 않았다. 그는 오랜 시간 공을 들여 아리의 반응을 살폈다.

　"그곳을 그러시면……."

　아련한 애원에 도겸의 입가에 미소가 걸렸다. 영수가 곱게 매어 준 치마의 매듭 아래를 훑을 때마다 선홍빛 뺨이 더욱 붉어졌다.

　여기까지 오는 길이 참으로 쉽지 않았다. 고이 숨겨진 밀구에 손을 뻗으면서도 그는 끝내 마지막 선 하나만은 넘지 않았다.

　달뜬 아리의 눈에 애달음이 밀려들어도 정식으로 혼례를 치르기 전까지는 참아야 하는 법이니까. 섣불리 각성을 서두를 이유가 없다며 도겸은 끝내 인내하는 길을 택했다.

　"넘어지지 않게 나를 꼭 안도록 해."

　아리의 엉덩이가 도겸의 허벅지 위에 얹히자 두 사람 사이의 거리가 더욱 가까워졌다. 쿵, 하고 돌부리를 건널 때마다 아리는 도겸을 꼭 안고서 그의 어깨에 얼굴을 묻었다.

　자유로운 두 손으로 기꺼이 아리의 둔부를 안는 것도 이제는 일상이 되었다. 노력이 결실을 맺은 것인지 아리는 이제 밀어내는 기색 하나 없이 그에게 안겨 숨을 골랐다.

　"그대를 즐거워 보여서 기뻐."

　"도련님이 더 즐거워 보이는 것을요."

"들켰군."

장난기 섞인 그의 미소가 얄미워서 아리는 괜히 그의 가슴을 토닥였다. 처음 그가 은밀한 곳에 손을 얹을 때만 해도 어찌할 바를 몰랐지만 매일 밤 이어지는 둘만의 유희에 아리도 이제는 제법 익숙해졌다.

저릿저릿한 허벅지에 힘이 풀리고 도겸은 녹아내린 아리의 귓불을 잘근잘근 씹었다.

"곧 도성에 도착할 테니 곤하면 눈을 붙이도록 해."

산 아래 마을 한 번 내려가 본 적이 없는 아리는 도성에 가게 될 거라는 이야기를 듣고 들뜬 기색이 역력했다. 쏟아지는 졸음을 애써 참으면서도 아리는 비스듬히 열린 마차의 창 너머의 풍경을 보려 애썼다.

"그대의 마음에 들면 좋을 텐데."

높은 언덕을 넘자 저 멀리 수도의 풍경이 펼쳐졌다. 황궁을 중심으로 구획이 나눠진 정돈된 거리를 본 아리의 입에서 절로 탄성이 터져 나왔다.

하지만 그것도 잠시, 긴장이 풀린 건지 아리는 다 풀린 앞섶을 채 여미지도 못한 채 잠이 들었다.

"좋……습니……."

말을 채 잇지 못하고 잠이 든 아리의 옷깃을 여미고 도겸은 홀로 긴 한숨을 쉬었다. 어차피 없앨 수 없는 힘이라면 정식으로 혼례를 치르고 모두의 앞에서 아리의 능력을 내보이는 것이 앞으로의 일에 수월할 테니까.

"쉽지 않군."

본인이 이리도 인내심이 깊은 줄은 처음 알았다. 요동치는 사

177

내의 본능을 애써 억누르며 그는 다음을 기약했다.

❋ ❋ ❋

늦은 밤이 된 후에야 황궁에 도착했다. 호위하던 병사들을 모두 물리고 도겸은 기꺼이 새로 단장한 동궁에 발을 들였다.

"준비는?"

"분부하신 대로 준비했나이다."

책봉식 이전부터 궁을 새로이 단장하느라 제법 오랜 시간이 걸렸다. 새로이 올린 튼튼한 기둥을 보며 도겸은 흡족한 미소를 머금었다.

돌아갈 곳을 잃은 아리가 안심하게 제 곁에 머물 수 있도록 그는 목재 하나도 까다롭게 직접 확인했다.

"문을 열어라."

깊이 잠든 아리를 안고서 도겸이 손수 침상에 눕혔다. 오랜만에 복귀한 영수는 동궁에 배치된 시녀 목록을 살피고서 보고를 올렸다.

"수상한 자는 없는 듯하옵니다."

"뒷일을 부탁하마."

소 태사가 심은 자가 없는지 거듭 확인하고서야 도겸은 겨우 안도의 한숨을 내쉴 수 있었다. 손수 잠든 아리에게 이불을 덮어 준 뒤 그는 무하를 불러 미뤄 둔 보고를 받았다.

"추적자들은 어찌 되었느냐."

"모두 따돌렸습니다."

소 태사의 추적은 제법 집요했다. 최 대감이 범에게 물려 가고 흉흉해진 중에도 줄을 대고 있는 자들은 질기게도 달라붙어 아리의 행적을 찾아내려 애썼다.

만약 별궁에 머무는 동안 아리가 각성하기라도 했다면 확신을 가진 소 태사는 사병을 동원해서라도 아리를 빼내려 애썼을 것이다.

비단 향족이 아니라 해도 도겸이 마음에 둔 여인이라는 점에서 소 태사가 아리를 탐낼 이유는 충분하다.

"수도 분위기는 어떤가."

"전하께서 궁을 비운 사이 세력을 제법 키웠습니다."

도겸이 황태제에 즉위하며 잠시나마 흔들렸던 자들은 그가 별궁에 틀어박히기 무섭게 소 태사에게 붙어 버렸다. 일부러 빈틈을 주자 도리어 옥석이 쉽게 가려지니 도겸은 흡족한 미소를 띠고서 고개를 끄덕였다.

"공주께서 단단히 독이 오르셨겠군."

"어찌할까요."

"내버려 두어라. 괜히 기세등등해져 봐야 좋을 게 없으니까."

별궁에 찾아와 아리의 침소를 들쑤셔 놓은 것만으로도 이미 봐줄 여지는 사라진 지 오래다.

차갑게 결론을 내릴 즈음 동궁 저편의 어둠 속에서 그림자 하나가 모습을 드러냈다. 무하는 습관적으로 검에 손을 얹으며 도겸의 앞을 막아섰다.

"윤도로구나."

"참 빨리도 오셨습니다."

그림자의 정체를 확인한 후에야 무하는 검에서 손을 뗐다. 도겸이 돌아온다는 소식에 윤도는 일찌감치 동궁에 들어 그가 돌아오기만을 손꼽아 기다린 모양이었다. 생색이라도 낼 모양인 건지 윤도는 일부러 기지개를 켜며 밤하늘을 가리켰다.

"이 늦은 밤에 왜 밤도둑처럼 입궁하신 겁니까?"

글줄이나 읽는 서귀라 밤이슬을 맞고 다니는 일과는 담을 쌓은 사촌 아우의 빈정거림에 도겸은 일부러 아무 대답도 하지 않았다.

어차피 저리 단단히 골이 나 있을 때는 무슨 말을 해도 곱게 보지 않을 테니 그는 곧장 화평공주의 근황부터 물었다.

"공주께서는 어떠시냐?"

"어련히 아시는 대로입니다. 별궁에서 재미를 보고 계시느라 수도에 돌아오지 않는 거라며 하루바삐 황태제비감이 될 여인을 물색하라 난리시지요."

"쓸데없는 짓을."

윤도가 직접 쓴, 소 태사에게 붙은 자들의 명단은 도겸에게 넘겨졌다. 눈에 익은 이름들을 확인하고서 도겸은 황제의 침소를 바라봤다. 제법 굵직한 직책의 자들인 것을 보니 황제와 미리 말을 맞춰 두는 것이 안전할 터.

"폐하를 뵈어야겠구나."

무하에게 뒤를 맡기고서 도겸은 곧장 황제의 침소로 향했다. 늦은 시간임에도 불구하고 침전에는 여전히 불이 켜져 있었다.

그가 돌아온다는 소식에 병약한 황제는 이 늦은 시간에도 잠을 청하지 못하고 기다리고 있는 게 분명했다. 도겸이 걸어오는 모습을 본 내관은 서둘러 그의 도착 소식을 알렸다.

"황태제께서 드셨습니다."

"어서 모시거라."

문이 열리고 영 황후가 손수 그의 마중을 나왔다.

늦은 시간에도 불구하고 황제를 간병하던 중이었던 건지 황후는 손에 든 젖은 수건을 시녀에게 넘기고서는 도겸을 맞이했다.

고작 두 달 사이에 고단한 기색이 역력한 황후는 유독 밝은 미소로 그를 반겨 주었다.

"오셨습니까."

"오랜만에 인사 올립니다, 황후마마."

살가운 그녀의 환대가 무색하리만치 도겸은 깍듯하게 예를 갖췄다. 선뜻 내뻗은 손을 피하고서 도겸은 황제의 방 안을 힐끔 바라보았다.

"폐하께서는 어떠십니까."

도겸의 물음에 영 황후는 힘겹게 고개 저었다. 별궁을 떠날 때보다 병색이 더 짙어진 건 기분 탓이 아닌지 시녀의 손에 들린 젖은 수건에는 언뜻언뜻 붉은 피가 번진 흔적이 보였다.

"어서 드시지요. 폐하께서 오래 기다리셨습니다."

황후의 안내를 받아 도겸은 황제의 침전에 들었다. 방 안 가득 피워 놓은 향냄새와 함께 핏기 없는 황제는 침상에서 일어나지도 못한 채 제 아우를 맞이했다.

뼈가 도드라지는 가는 손을 내밀고서 황제는 도겸을 더 가까이 오라 손짓했다.

"어찌 이리 야위셨습니까."

"나야 늘 그렇지 않으냐. 새삼스럽게."

기침을 쏟을 때마다 붉은 선혈이 묻어 나왔다. 병색이 더욱 짙어져 토혈이 시작되고 황제의 눈 아래에는 거뭇한 그림자가 가득 비쳤다.

독한 약 향을 가득 피운 방 안의 공기가 참으로 지독하건만 황제에게는 이조차도 일상이었다.

말이 좋아 황후일 뿐 실상은 간병과 수발을 드는 몸종에 지나지 않으니 이 순간조차 문가를 서성이는 황후의 그림자가 창 너머로 비쳤다. 황제는 그런 제 아내의 잔상을 바라보며 애써 미소를 머금었다.

"내가 이러니 황후가 고생이 많단다."

"매일 밤 이러셨던 겁니까."

"사내구실도 못 하는 이를 지아비로 두었으니 어찌할까."

황제가 황후를 바라보는 눈빛이 유독 남달랐다. 애틋함이 가득 담아 그는 몇 번이고 도겸에게 말했다.

"내가 줄 수 있는 것은 태후라는 감투뿐이지. 그러니 겸아. 부디 저이를 무사히 지켜다오."

황제는 도겸과 황후 사이에 혼담이 오갔던 사실을 모른다. 아니, 알면서도 모르는 척하는 것일지도 모르지만 도겸은 굳이 제 입으로 언급하지 않았다.

자신이 죽고 난 후의 미래를 걱정하며 황제는 배다른 아우의 비위를 맞추기 바빴다.

"조정의 상황은 들었습니다."

"때가 된 모양이로구나."

몇 마디 대화만으로도 지쳐 버린 황제를 침상에 눕혀 주고서 자리에서 일어났다. 그의 발걸음 소리만 듣고도 영 황후는 기다렸다는 듯 문을 열어 주기 바빴다. 소리를 죽여 이야기를 나누었으니 밀담을 엿듣지는 못했겠지만, 이번 기회에 도겸은 일부러 걸음을 멈추고서 황제에게 한마디를 덧붙였다.

"곧 초야를 보낼 참입니다. 측비 책봉에 대해서는 폐하께서 손수 명을 내려 주셔야 합니다."

"내가 어찌 잊을까."

이미 몇 번이고 나눴던 이야기를 거듭 확인하는 아우의 성화에 황제는 실없는 웃음을 보였다.

굳이 유난을 떠는 듯 말 한마디를 보태고 방을 나서자 문간에선 황후의 동공이 유난히 흔들렸다.

"초야를 보내신다는 말씀은 듣지 못했습니다만."

"장차 대통을 이을 황손이니 응당 후사를 이을 준비를 해야 하지요."

교본에나 나올 듯한 무심한 답을 늘어놓는 도겸을 앞에 두고 황후가 고운 입술을 깨물었다.

그간 화평공주가 들이밀었던 무수히 많은 여인들에게 눈길 한번 주지 않았던 그가 여인을 들이다니. 오죽하면 언제나 그림자처럼 도겸의 곁을 지키는 무사, 무하와 비역질을 한다는 소문이 있을 만큼 여인을 곁에 두지 않는 사내였는데.

그런 이의 입에서 후사에 대한 언급이 나오리라고는 예상조차하지 못했다.

"제가 먼저 마음에 두고 데려온 사람입니다. 그이에 대해서는 제가 알아서 할 터이니 황후께서는 폐하의 안위를 살펴 주소서."

"저는……."

바늘 하나 끼워 넣을 틈조차 주지 않고서 도겸은 딱 잘라 선을 그어 버렸다. 황제와 연분을 맺기 전이었다면 몰라도 이미 황후에 오른 후에도 그녀는 여전히 미련이 가득 남은 눈으로 도겸을 바라보곤 했다.

"이만 실례하겠습니다."

일말의 여지조차 남기지 않고 도겸은 몸을 돌려 그대로 황제의 침전을 나섰다. 제 몸에 남은 황제의 약 향이 여전히 자욱하게 그의 옷자락을 잠식한 것만 같았다.

"아리."

그래서 돌아오고 싶지 않았다. 무더운 여름을 보내는 동안 창밖의 매미 소리가 유난히 울리던 별궁에서 도겸은 아리의 손을 잡고 마냥 행복했다. 저를 둘러싼 이 모든 문제와 마주하고 싶지 않았고, 아리에게 이런 제 모습을 내보이고 싶지 않았다.

"그대가 이 사실을 알게 된다면 내게 실망하겠지."

아리는 아직 도겸의 정체를 모른다. 만약 아리에게 그런 힘이 존재하지 않았더라면 도겸은 절대 아리를 궁에 데려오지 않았을 것이다.

아리의 곁에 선 범의 금빛 눈동자를 마주한 순간 깨달았다. 제 마음을 훔쳐간 소녀는 이 세상에 이제 거의 남지 않은 참으로 특별한 존재라는 것을. 그토록 벗어나고 싶었던 황궁에 돌아오게 된 것도 온전히 아리 하나 때문이었다.

마음을 다잡고서 도겸은 중신들 앞에 나서기 위해 미뤄 둔 상소를 읽어 내렸다. 타들어 가는 촛불이 흔들릴 즈음 저 멀리 문간에 사람의 그림자가 비쳤다. 아담한 체구만 보고도 도겸은 금세 그림자의 주인이 누구인지 알아챘다. 상소문을 내려놓고 문을 열자 문간에 선 아리가 무하와 함께 서 있었다.

"왔으면 들어오지 않고."

"바쁘신 듯하여서……."

무하에게 눈을 한 번 흘기고서 도겸은 아리의 손을 잡았다. 주춤하는 아리를 제 안에 꼭 담아 두고서 그는 딱 잘라 문을 닫아 버렸다.

"무하가 뭐라 했기에 그대가 눈치를 보는 거지."

"그것이……."

"그대를 혼자 둔 내가 나빴군."

답을 할 여지를 주지 않고 도겸은 아리의 허벅지를 덥석 안아 올렸다. 두 다리가 허공 위로 붕 뜨자 겁이 난 아리는 습관처럼 도겸에게 매달렸다.

"그러지 마시어요!"

"이리도 가벼워서야. 슬슬 배가 고플 텐데. 식사를 가져오라 이를까?"

말이 끝나기 무섭게 아리의 배에서 꼬르륵 소리가 절로 났다. 당황한 아리의 코끝을 깨물어 주고서 도겸은 폭소를 터트렸다. 늦은 시간이니 영수에게 가벼운 식사를 들이라 이르고서 도겸은 상소문을 밀어내고 집무실 탁상 위에 아리를 앉혔다.

"마침 잘됐군."

영수가 가져온 죽은 제법 뜨거워 보였다. 뽀얀 김이 모락모락 올라오는 죽을 떠 도겸은 보란 듯이 제 입김을 후 불었다. 제 숨결을 온전히 담은 말간 죽을 내밀자 아리는 고개를 저으며 이리 달라 손을 뻗었다.

"아, 해야지."

"제가 먹겠습니다."

"어서, 아."

도겸의 고집에 아리는 마지못해 입을 벌렸다. 앙증맞은 입술이

185

벌어지고 하얀 잇새로 붉디붉은 혀가 보였다. 죽을 한술 넣어 주고서 도겸은 곧장 아리의 입술을 훔쳤다.

"으…… 우…….."

죽 한 사발을 다 비우는 동안 아리는 몇 번이고 그에게 입맞춤을 당했다. 채 몇 입 맛보지도 못하고 그에게 홀랑 빼앗기고 말았으니, 아리는 주린 배를 움켜쥐고서 도겸에게 못마땅한 듯 눈을 흘겼다.

"너무하십니다."

"그러니 이번에는 그대의 차례지."

장난 섞인 미소를 머금고 도겸은 기꺼이 아리에게 죽사발을 넘겼다. 제가 한 짓을 그대로 해 달라 성화를 부리는 사내의 재롱에 아리는 마지못한 척 죽을 떠 도겸의 입에 넣어 주었다.

맛보고 싶으면 먼저 다가오라는 무언의 성화에 아리는 잠시 눈동자를 굴리다 살그머니 그의 뺨에 손을 얹었다.

외간 사내와는 눈 한 번 맞춰 보지 아니했던 아리도 그와 시간을 보내며 이리도 대담해졌다. 조심조심 입을 맞추자 어느새 도겸의 큰 손이 아리의 뒷목을 움켜쥐고 잡아먹힐 듯 혀를 빨았다. 부드러운 듯하다가도 삽시간에 파고드는 그의 혀가 아리의 혼을 모조리 빼먹듯 하여서 아리는 서툴게나마 혀끝으로 그의 숨을 삼켜 보려 애를 썼다.

"이리도 입맞춤을 잘하니. 영수의 말대로 그대는 훌륭한 학생이군."

"농도 참."

더운 숨을 덥석 삼킬 즈음 달콤한 방향이 코끝을 간지럽혔다. 말간 타액이 아리의 연분홍색 입술 가득 묻어나고 아리의 눈동자의 색이 점점 옅어졌다.

무하가 궁을 지키고 있다 안도한 탓인지 점점 욕심이 났다. 풍성한 치마를 걷어 버리고서 도겸은 매끈하게 뻗은 아리의 허벅지에 마지막 죽 한술을 떨궈 버렸다.

"이런 아까운 짓을."

명백한 고의임이 분명함에도 도겸은 뻔뻔스레 시치미를 떼고서 기꺼이 탁상 아래에 무릎을 꿇었다. 죽을 닦아 주리라는 명분을 세우고서 도겸의 못된 장난질이 시작됐다.

"기분이…… 이상합니다……."

처음 그가 제 치마 아래 손을 넣었을 때도 꼭 이런 기분이 들었다. 아랫배가 간질간질하고 무엇인가 달뜨는데, 어디인지 허전하여 저도 모르게 다리를 오므리고 만다.

분명 처음에도 실수로 흘린 무언가를 입으로 닦아 준다 하고 시작했었는데, 그때는 참으로 민망하였으나 그래도 이제는 아리도 제법 익숙해졌다.

여인의 몸에는 은밀한 입구가 있다고. 솥을 달구는 것처럼 정성 들여 몸을 데워 주지 않으면 여인의 문은 쉬이 열리지 않는다 하였다. 억지로 그 문을 비집고 들어가면 생살을 찢는 듯이 아플 거라며 도겸은 이 모든 것이 저를 위한 것이라 했다. 남녀의 관계에 한없이 무지한 저를 위해 그는 이리도 다정히 많은 것을 알려 주었다.

제 아우가 웃통을 벗고 돌아다닐 때는 아무렇지도 않았건만, 우락부락하던 제 아우와 달리 도겸의 몸은 사내에 무지한 아리가 보기에도 무척이나 아름답게만 보였다. 그래서인지 잠든 그를 몰래 훔쳐보는 것도 이제는 일상이 되었다.

"좋은 거겠지."

어렵기만 하던 이 시간을 기다리게 된 게 언제부터였을까. 그의 머리를 쓰다듬으며 아리는 기꺼이 사내를 품어 주었다. 평소처럼 으레 또 시작이려니 생각이 미칠 즈음 아리는 저가 아직 욕간조차 하지 않았다는 사실을 깨달았다.

"자, 잠깐만!"

그가 더 가까이 다가오기 전 아리는 고개를 저으며 그의 어깨를 잡았다. 정신이 번쩍 들 즈음 아리의 코끝에 짙은 꽃향기가 느껴졌다. 동이 몰래 홀짝였던 술을 한 모금 들이켰을 때처럼 열이 후끈 올랐다. 문득 그와 눈이 마주치자 무서우리만치 정신이 돌아오기 시작했다.

"어째서?"

"더러울 겁니다. 그러니 욕간이라도……. 훗……."

아리의 변명이 무색하게 도겸은 히죽 웃었다.

"그럴 리가. 이리 당과처럼 달콤한 것을."

밀려드는 쾌감이 한없이 생경했다. 제 몸뚱이가 제 것이 아닌 낯선 기분. 몸이 기울지 않게 도겸이 손을 뻗어 아리의 허리를 안아 주었다. 저를 집어삼키는 도겸의 모습은 산중의 포식자처럼 망설임이 없다. 농밀한 장난이 더해질수록 민망함에 얼굴이 절로 붉어졌다.

"그대도 드셔 보시겠어? 참으로 달콤한데."

"겸이 도련님!"

"이젠 슬슬 가군이라 불러 주세요, 부인."

뭉근한 농탕질이 밀려들 때마다 아리의 마음도 덩달아 흔들렸다. 마지못해 밀어내는 척을 하다 말고서 아리는 살포시 손을 내

188

밀어 그의 목덜미를 껴안았다.

"참으로 너무하십니다."

"역시 그대는 내 이름이 무척 마음에 드나 보군."

꿈보다 해석이 더 좋은 그의 말에 고개를 끄덕였다. 아직은 가군이라는 호칭보다는 편히 부르던 이름 쪽이 좋으니 아리는 슬쩍 눈웃음을 치며 그에게 애교도 부려 보았다.

"멋진 이름인 것을요."

"멋지다 해 주셨으니 상을 드려야지."

아리의 대답이 흡족한 건지 도겸은 함박웃음을 지으며 아리를 탁상에 눕혀 버렸다.

히죽 웃는 그의 손에 아리의 앞섶이 풀리고 단단히 매어 둔 가슴 위로 흔들리는 촛불이 비쳤다. 간지럽다 까르르 웃는 아리의 가슴을 맛보며 도겸은 천천히 제 앞섶을 풀었다.

"겸."

수줍은 그녀의 미소가 그를 미치게 한다. 여인에게서 피어나는 자욱한 단내가 그의 이성을 갉아먹었다.

"아주 좋은 상을 가득 안겨 드려야지."

이대로 안아 버리고 싶은 충동에 사로잡혀 바지춤에 손을 올릴 즈음, 집무실 옆에 둔 화분이 눈에 들어왔다.

"가군?"

"아, 아니. 아무것도 아니야."

아까 들어올 때만 해도 막 봉오리 정도를 머금었던 화분의 꽃이 만개했다. 흐트러진 아리의 뽀얀 살 곳곳에 제 입술이 남긴 흔적이 어지러이 수놓인 모습을 보며 도겸은 애써 아쉬움을 삼켜 냈다.

"시간이 늦었어. 이만 침소로 가지."

"예? 예……."

여전히 손길은 상냥하건만, 도겸은 깊은 한숨을 쉬고서 차곡차곡 제 손으로 벗긴 옷가지를 겹쳐 입혔다. 욕간을 하고 오라며 아리를 영수에게 맡기고 도겸은 홀로 덩그러니 침소에 남았다.

벌써 금이야 옥이야 제 곁에 두고도 채 품을 수 없는 것은 생고문에 가까운 일이라 그는 아리의 향내가 남은 이부자리에 머리를 박고 차마 품지 못한 그녀의 체취를 좇았다.

"아리……."

군자의 도 따위는 개나 줘야 할 것을. 긴 신음과 함께 도겸은 오늘도 홀로 스스로를 달래며 아쉬운 마음을 애써 삼켜야만 했다. 사랑하는 정인을 곁에 두고도 차마 품을 수 없는 제 처지가 한스러웠다.

등줄기로 흐르는 땀조차도 무더워 도겸은 제 윗도리를 벗어 던지고 긴 숨을 내쉬었다. 그래도 며칠 후면 이 방 입구에 붉은 등을 내걸고 아리의 머리에 붉은 너울을 씌우게 될 것이다.

그 아래에 숨은 앙증맞은 눈동자와 오똑한 코, 촉촉한 입술까지. 분명 아름다울 것이다. 아무리 봐도 질리지 않을 제 여인의 화려한 대례복을 벗길 상상을 하니 웃음이 절로 났다.

"나의 그대는 어찌나 요염하게 나를 홀려 놓으실지."

참으로 고된 기다림의 너머에는 달콤한 열매가 기다리는 법. 무뚝뚝한 아우와 평생을 산 아리는 그의 이런 희롱질을 마주할 때마다 어찌할 바를 모르지만, 도겸은 그런 그녀의 모습이 오히려 마음에 들었다.

천천히 느긋하게 하나씩 공을 들이면 수줍은 봉오리인 그녀 역시 제 안에서 **활짝** 피어날 것이다. 그러니 지금은 참아야 한다.

　가장 본능적인 욕망이 오히려 그의 적들과 맞설 원동력이 되어 줄 줄 누가 알았을까. 이리 유치한 속내를 알면 무하도 윤도도 혀를 찰 테지만 도겸의 오랜 고민은 아리를 향한 마음 하나로 쉬이 결론이 났다.

　"그대는 참으로 신기한 여인이야."

　아리를 만나기 전의 생은 이제 상상조차 할 수 없다. 이제 머지않았다 속으로 칼을 갈며 도겸은 아침 해가 뜨기만을 손꼽아 기다렸다.

✽　✽　✽

　다음 날 아침. 애첩을 품느라 밤을 지새운 태사는 밤사이 돌아온 황태자의 환궁 소식에 인상을 찌푸렸다. 미약을 쓴 탓에 널브러진 계집들을 내버려 두고 그는 홀로 의관을 정제해 방을 나섰다.

　"그것을 왜 이제야 말하는 게냐."

　"송구하옵니다."

　대체 안에서 무얼 하는 건지 자지러지는 비명이 요란히 울려 문밖을 지키던 이들 모두 뜬눈으로 밤을 지새웠다. 말은 저렇게 하지만, 눈치도 없이 소식을 알리러 들어갔던 자가 목이 베인 이후로 소 태사의 부하 중 누구도 그의 밤놀이를 방해하지 않았다.

　"향족의 계집은 어찌 되었느냐."

　"그 역시……."

　"**쓸모없는 놈들.**"

소 태사는 눈살을 찌푸리고서 혀를 찼다. 한심하다 탓해 봐도 고르고 골라 뽑은 제 수하들은 제법 유능한 편이었다. 그런 그들이 흔적조차 찾을 수 없을 만큼 향족의 계집은 어디로 솟은 것인지 흔적조차 찾을 수 없었다. 산속에 살던 사냥꾼의 딸은 관군에 끌려가 그대로 소식이 끊겼고, 추적 끝에 소 태사의 부하들은 혀가 잘린 여인의 사체 하나를 발견했다.

나이가 마흔은 넘었다 하니 최 대감이 말한 향족의 계집은 아닌 모양인데 그곳에서 무슨 일이 있었던 건지는 아무리 파 보아도 실마리 하나 나오지 않았다. 어지간한 솜씨가 아니다. 하필이면 즉위식과 겹치는 통에 소 태사는 직접 움직이지 못한 것을 후회했다.

갓 책봉을 마치고 황태제가 또 훌쩍 자취를 감춰 준 덕분에 일은 수월했다지만 어딘지 모르게 찝찝한 기분은 영 지울 수가 없었다.

궁 밖으로 나오지도 않고 틀어박혀 무슨 꿍꿍이였는지는 모르지만 덕분에 화평공주의 세는 단단히 눌러놓았다. 틈만 나면 바락바락 대들던 전적이 있던 만큼 긴장의 끈을 놓지 않은 채 소 태사는 곧장 황궁으로 걸음을 옮겼다.

"태사 어르신."

간밤에 황제궁을 감시하던 내관 하나가 서둘러 소 태사에게 어젯밤 일을 전했다. 황태제가 황제의 침소에 들어 밀담을 나누었다는 소식에 소 태사도 덩달아 미간을 찌푸렸다.

고분고분 말 잘 듣던 황제의 반항이 시작된 것도 도겸을 황태제로 삼은 이후부터였다. 야밤을 틈타 환궁한 것도 모자라다는 듯 내관은 한 가지 사실을 덧붙였다.

"여인을 들였다고?"

"그렇다 하옵니다."

그러면 그렇지. 볼 것 하나 없는 별궁에서 여름 내내 머물렀던 이유가 무엇이었는지 이제야 알았다.

화평이 아무리 내로라하는 집안의 여인들을 내밀어도 눈길 하나 주지 않던 도겸은 환궁한 이후로 유독 수상한 행적을 보이곤 했다. 모로 봐도 풋내기는 결국 풋내기일 뿐이라며 웃어 버렸다.

"어떤 여인이라더냐."

"측비로 삼겠다 한 것을 보면 변변하지는 않아 보입니다."

환궁 전후로 동궁의 경계가 유독 삼엄해져 사람 하나 심는 것조차 어려워졌다. 속내를 감추는 낌새를 보니 꿍꿍이가 있겠다 싶던 찰나 불길한 생각이 소 태사의 뇌리에 스쳤다.

"측비라."

분명 향족의 계집아이가 자취를 감춘 시기는 도겸의 즉위식과 동일했다. 평소에는 황위에 흥미조차 보이지 않던 도겸이 유독 황제와 친밀하게 굴던 것도 환궁 이후 시기긴 했다.

설마 그가 보낸 암살자들을 피해 태남산 안에 숨어든 도겸이 향족 계집의 힘을 빌려 살아 돌아온 것도 모자라 황태제 책봉을 핑계로 틀어박혀 그 여인을 손에 넣은 거라면.

"그럴 리가 없지."

기우일 것이다. 만약 정말로 향족의 힘이 개화되었다면 궁을 포위하고 있던 그의 수하들이 유난한 징조를 보았을 터.

"황제 폐하 납시오."

말이 끝나기도 전에 쏟아지는 약 향이 코를 찌르자 중신 몇몇은 독한 내음을 못 이기고 고개를 틀어 버렸다.

황제의 병이 날로 심각해진 것을 이제는 숨기지도 못할 지경에 이르렀지만 그 누구도 양위 문제에 대해서는 언급조차 하지 않았다. 허울 좋은 황제도 황제니까.

걷는 것조차 힘겨운 황제는 도겸의 부축을 받고 느릿하게 옥좌에 올랐다. 도겸은 마치 무슨 일이라도 있었냐는 듯 자연스레 황제의 곁에 자리했다.

"황태제 전하, 참으로 오랜만에 뵙사옵니다. 별궁은 편안하셨나이까."

소 태사가 먼저 인사를 올렸다. 책봉식 이후로 코빼기도 보이지 않는 그를 두고 온갖 추측이 분분했으니 그 문제를 비꼬는 것이지만, 정작 당사자인 도겸은 눈 하나 까딱하지 않고서 그의 말을 맞받아쳤다.

"앞으로 평생을 이 궁에서 떠나지 못할 터인데. 폐하께 윤허를 얻어 마지막 외유를 즐긴 것이니 공들께서 이해해 주시오."

사전에 허락을 얻었으니 무엇이 문제냐고, 도겸은 기꺼이 병든 황제를 방패막이로 내세웠다. 어찌 그러셨느냐고 따져 묻기에는 황제의 비쩍 마른 몸은 앉아 있는 것조차 버거워 보이니 소 태사는 못마땅한 얼굴로 더는 물을 수 없었다.

오랜만에 돌아왔다는 것이 무색할 정도로 도겸은 황제의 곁에 앉아 손수 조회를 진행했다.

"곧 수확 철이니 올해는 중앙에서 각 관에 감사를 파견해 누락되는 세수가 없도록 직접 관리할 것이오."

"바쁜 시기에 번거로울 듯하옵니다."

"중앙으로 올라오는 과정에 유실되는 양과 지방관의 손에 착복되는 양만 합쳐도 그 양이 적지 않으니, 연고자가 없는 이들로 선

발하는 것은 물론 구획을 중첩해 이중으로 검수해야 할 것입니다."

"황태제의 말이 옳다 여겨지는데. 공들의 생각은 어떠하오."

청산유수로 읊어 대는 도겸의 말에 꼬투리를 잡으려 할 때마다 황제가 굳이 끼어들어 추임새를 넣으니 반대할 여지를 내비치기도 곤란했다.

그간 올라온 상소들을 내보이며 도겸은 황제에게 손수 지방관들의 비리를 정리해 올렸다.

"백성들이 바친 세를 착복하는 것은 물론, 구휼미마저 빼돌리는 자들조차 적지 않다고 하옵니다. 올해가 가기 전에 제대로 기틀을 잡아 두고 연고자들을 색출해 내 엄히 벌해야 함으로 사료되옵니다."

"세법 자체를 손보는 것도 좋겠지. 네가 한번 방안을 마련해 보려무나."

"받들겠나이다."

"하오나, 폐하!"

순식간에 이야기가 진척되자 당황한 것은 소 태사 휘하의 신하들이었다. 미리 짜기라도 한 것처럼 이야기가 진척되는 것도 모자라 황제는 소 태사와 원래 논의하던 안건들마저 모두 도겸의 손에 실권을 쥐여 주었다.

"이재민 건에 대해서도 한 말씀 올리겠나이다."

열흘 전 쏟아진 비에 강물이 불어나는 바람에 수백이 넘는 백성들이 하루아침에 집을 잃었다. 오갈 데 없는 백성들은 발이 묶여 있지만 제대로 된 대책도 없이 벌써 제법 시간이 흘렀다.

앓아누운 탓에 황제는 제대로 정사를 돌볼 수 없고, 그 핑계를 대며 고관들이 차일피일 미뤄 온 것을 도겸이 먼저 발견해 안건으로 올렸다.

"가여운 백성들이 머물 곳을 잃었으니 우선은 적당한 거처부터 마련해 주어야 할 것이다."

"거처라 하나 집을 잃은 자들은 수백이 넘습니다. 그들을 모두 수용할 곳이 마땅치 않으리라고 아뢰옵니다."

어떻게든 시비를 걸어 보려는 중신의 물음에 도겸은 싱긋 웃었다. 병색이 완연한 황제와 달리 한없이 청량한 미소를 머금고서 도겸은 소 태사의 옆에 선 황후의 아비를 바라보았다.

"그러고 보니 국구께서 최근에 도성 북쪽의 임야를 매입하셨다는 소문을 들었사옵니다만."

"예? 그, 그것이……."

녹봉만으로는 마련할 수 없는 재산을 어떤 방법으로 마련했을지는 능히 짐작하고도 남는다. 지방관들은 저들이 세수를 착복한 사실을 숨기기 위해 낙양의 고관들에게 줄을 대곤 했다.

설령 고발이 들어오더라도 수도의 권력자가 헛기침을 한 번만 하면 몇 단계를 거쳐 올라오던 상소문은 어디론가 흔적도 없이 사라지는 법이다.

도겸은 별궁에 머무르는 동안 지방 곳곳에서 수집한 비리의 증거들을 속속들이 정리했다.

"소 태사께서도 그 근처에 애용하는 사냥터가 있으시다 들었습니다. 맞사옵니까?"

"선황께서 내려 주신 것이옵니다만."

이 지경이 되도록 너희는 무엇을 했느냐는 물음에 대신들은 시선을 피하기 바빴다. 모든 것은 황실의 책임으로 미뤄 두고서 뒷구멍으로 제 배만 불리고 있는 것이 아니냐 눈치를 주자 황제가 먼저 제 장인에게 말을 건넸다.

"가여운 백성들이 굶주리고 있다 하니, 국구께서는 산나물이라도 캐먹을 수 있게 도와주실 수 있겠나이까."

"어, 어흠. 그것, 참."

황제가 친히 하는 부탁을 거절할 수 있을 리 없다. 결국 황후의 아비가 앞장을 서고 부유하기로 소문난 이들이 울며 겨자 먹기로 한 발씩 보탰다.

그 와중에도 끝내 입도 떼지 않는 소 태사를 두고 도겸은 일부러 한 마디를 보탰다.

"공들께서 이리 십시일반 나서시니 얼마나 반가운 일인지, 소 태사께서도 기꺼이 도와주시리라 믿습니다."

말이 좋아 협조지 사실상 차출이나 다름없다. 도겸의 발언에 힘입어 친황실파의 몇몇 역시 찬성의 뜻을 내보였다.

"곧 수확철이니 묵은 쌀을 모으면 가여운 백성들에게 풀죽이라도 쑤어 줄 수 있을 듯합니다."

"소 태사께서도 사냥터로 땅을 놀리시는 것보다야 백성들의 구휼에 힘쓰시는 것이 나은 법도 한데. 어찌 생각하십니까."

돌아오자마자 내던지는 도발에 소 태사는 주먹을 불끈 쥐었다. 기껏해야 몇 마디 덤터기를 씌울 줄 알았더니 이리 제 주머니를 본격적으로 털어 가려 도발할 줄은 꿈에도 생각지 못했다.

명분을 벌써 확보한 데다 황제의 태도로 보니 이미 사전에 말을 단단히 맞춘 모양이라 소 태사는 순순히 한 보 물러나 찬동의 뜻을 표했다.

"안 그래도 개간을 할 차였는데, 이재민은 소씨 가문에서 기꺼이 거두겠나이다."

임야를 내놓지 않게 된 황후의 아비가 제일 먼저 눈치도 없이 안도의 한숨을 내쉬었다. 기왕 이렇게 된 것, 먹이고 재우는 값으로 노예로 삼으면 되리라 애써 감내하려던 찰나 도겸은 싱긋 웃으며 소 태사의 말에 꼬리를 잡았다.

"어찌 백성들의 일을 태사께 온전히 떠맡기겠습니까. 조만간 그들이 터 잡을 곳을 찾아볼 터이니, 올해 겨울을 넘길 때까지만 수고해 주십시오."

잠시 맡기는 것뿐이라고 여지를 남기자 소 태사는 섣불리 대답한 것을 후회했다. 추후에 또 무슨 소리를 할지 모르니 잘해 봐야 본전에, 무엇으로 꼬투리를 잡힐지 모른다. 졸지에 덤터기를 쓴 셈인데 능구렁이처럼 구휼을 핑계로 제 주머니를 터는 솜씨를 보니 상대를 너무나 얕본 기분을 지울 수 없다.

'고얀 것.'

그 화평공주가 차기 황제로 만들리라 끼고 키웠다 하더니. 새끼 범이라 무시하지 말았어야 했다. 안건이 몇몇 지나가고 잠시 숨을 돌릴 즈음 소 태사는 곧장 역공에 들어갔다.

"그리고 보니 화평공주께서 황태제 전하의 혼사 문제로 고심이 깊으시다 들었습니다만."

"연치로 보아 혼사가 늦으시긴 했습니다."

일개 황자 시절이라면 피할 수 있을지 몰라도 정식으로 황태제에 책봉된 이상 혼사 문제는 피할 길이 없다.

평소라면 굳이 황태제의 지지 기반만 늘려 주는 짓이라 저어했을 테지만 오늘내일하는 황제의 꼴을 보니 소 태사도 생각이 바뀌었다.

"태사께서 내 걱정을 이리 해 주시는 줄은 참으로 몰랐습니다."

"국본을 바로 세우는 일인 것을요. 전하께서도 어서 좋은 가문의 훌륭한 여인을 들이셔야지요."

훈훈하게 오가는 말 사이에 가시가 가득했다. 굳이 처음부터 정비로 삼지 않고 측비로 삼겠다 이른 것을 보니 여인의 신분은 변변찮을 터.

소 태사의 도발에 도겸은 여전히 표정 하나 흐트러트리지 않고 황제에게 슬쩍 말을 건넸다.

"태사께서 저리 국본을 세우는 일이라 하시니. 폐하, 이 아우도 어서 서두를까 하옵니다."

"……다른 이도 아니고 네 목숨을 구한 여인이니 오죽하겠느냐."

황제의 입에서 여인이란 말이 나오자 중신들이 서로 눈빛을 교환했다. 간택이 아니라 이미 염두에 둔 여인이 있다고 암암리에 말이 오가니 중신 하나가 도겸에게 물었다.

"전하. 외람되오나 목숨을 구하였다는 것이 무슨 말씀이옵니까."

"공들도 기억하실 겁니다. 선황께서 훙하신 때에 이 사람이 어찌하여 환궁하지 못하였는지 말입니다."

도겸은 그 말과 함께 소 태사 쪽을 바라보았다. 당시에도 사고를 당했다고 적당히 얼버무렸을 뿐, 정확하게 무슨 일이 있었는지에 대해 아는 이는 없었다. 그는 마치 들으라는 듯 소 태사를 바라보며 당시의 상황을 늘어놓았다.

"숨이 끊어질 뻔한 내 목숨을 구해 준 은인이라, 폐하께 주청을 올려 내 궁에 들이게 되었으니 공들께서도 이 일은 너그러이 넘겨 주시오."

"아무렴. 그이가 아니었다면 지금쯤 황태제는 이 자리에 있을 수 없었을 터이니. 내 친히 명을 내려 그 여인에게 측비의 첩지를 내려야겠구나."

"하오나 폐하!"

"황은이 망극하옵나이다."

얼굴 한 번 내보이지 않은 여인에게 측비를 내리는 경우는 전무후무하다 하나, 도겸이 직접 목숨을 구해 준 여인이라 이르니 반대할 명분이 사라졌다. 한동안 자리를 비운 것에 대해 타박하며 이번 기회에 콧대를 단단히 눌러 주리라 다짐했건만, 말을 꺼내는 족족 결국은 도겸이 바라는 방향으로 끌려가고 만다.

"고작해야 측비 아닙니까."

도겸의 빈 곁을 노리던 고관들은 어차피 정비 자리가 남아 있으니 괜찮지 않겠느냐 애써 넘기는 모양이었지만 소 태사는 어딘지 모르게 찝찝한 기분을 지울 수 없었다. 특히나 언제부터 그렇게 친했다고, 사내구실도 못 하시는 제 조카님께서 유독 배다른 아우를 싸고도는 꼴이 달갑지 않았다. 이대로 넘겨줄 수는 없다.

소 태사는 안건이 넘어가기 전 굳이 한마디를 보태 도겸의 발목을 잡고 늘어졌다.

"전하의 목숨을 구하다니. 그런 공을 세운 것은 응당 가문의 영광이니 상급을 내려 치하하심이 옳은 줄로 아뢰옵니다."

어느 가문 출신이냐를 돌려 묻자 황제의 얼굴에 당황한 기색이 비쳤다. 만약 정말로 소 태사의 추측이 사실이라면 저 발칙한 황태제는 한발 앞서 향족의 여인을 제 침상에 끌어들인 것일지도 모른다.

애초에 영악한 화평의 꼭두각시라면 몰라도 황제는 이런 일을 꾸밀 만한 배짱이 없다. 어찌할 바를 모르는 황제와 달리 도겸은 표정 하나 바꾸지 않고 답했다.

"조만간 알게 되실 것이니 너무 서두르지 마십시오."

"참으로 대단한 분이신가 봅니다."

"암. 태사께서 사람 보는 눈이 있으신 모양입니다."

사정을 모르는 이들은 도겸이 껄껄 웃는 이유를 몰랐지만, 오직 소 태사만이 저 말에 숨은 참뜻을 읽었다. 행적이 묘연해진 향족의 계집을 빼돌린 건 역시나 도겸인 모양인데, 한 마디도 물러서려는 조짐조차 없다.

어떻게든 실마리를 잡기 위해 조회가 끝나자마자 소 태사는 사람을 불러 명을 내렸다.

"동궁에 끈을 넣어라. 어떻게든 그 계집에 대해 알아보아야 한다."

영문 모를 자신감이 가득한 도겸의 행적이 유독 거슬려서 불길한 조짐은 쉽사리 가시지 않았다.

✲ ✲ ✲

까마득한 밤이 된 후에야 도겸이 돌아왔다. 미리 연락을 받고 단장한 아리를 앞에 두고서 그는 해맑게 웃어 보였다.

"좋은 소식이 있어."

유난히 밝아 보이는 그는 아리의 옷매무새를 단정히 살펴 주었다. 이 밤에 어디를 가는 것인지, 입술에 연지를 고이 바르고 머

리까지 단단히 땋아 내린 아리는 고운 노리개까지 달고서 영문을
모른 채 그를 마주했다.

"좋은 소식이요?"

"혼인을 허락받았어. 지금부터 형님을 뵈러 갈 거야."

부족한 것 하나 없도록 손수 확인을 하고서 도겸은 아리와 함
께 침전을 나섰다. 낮에는 내내 침소에 머문 탓에 아리는 처음으
로 바깥의 풍경을 제대로 볼 수 있었다.

끝없이 펼쳐진 외벽의 향연과 함께 앞마당에는 마차가 놓여 있
었다. 도겸의 형님이라는 분이 바로 이곳의 주인이라고 했다.

끝이 보이지 않는 대저택을 보니 참으로 대단한 가문에 시집을
오게 생겼다. 아리는 마차 밖의 풍경을 바라보며 도겸에게 물었
다.

"형님은 어떤 분이신가요?"

"병약하신 분이야. 많이 편찮으신 탓에 길게 이야기를 나누는
건 힘들 테지."

아리는 반사적으로 제 두 손을 내려다보았다. 도겸을 낫게 한
이 힘이라면 그의 형님도 낫게 할 수 있지 않을까. 아리의 마음을
읽기라도 한 것처럼 도겸은 고개를 젓고서 아리의 손을 꼭 잡았
다.

"내 상처와 달리 오래된 지병이야. 아마 그대의 힘으로도 어려
울 테니 너무 개의치 마."

무심한 듯 정면을 바라보는 그에게서 어느새 미소가 사라졌다.
마치 남 일을 대하듯 잘라 말하는 모습이 낯설어서 아리는 창을
내리고 물끄러미 그의 옆얼굴을 바라보았다.

"나와 형님은 그대와 동이처럼 애틋한 사이가 아니야. 혈육이

라 해서 모두가 살가울 수는 없는 법이니까."

무심하니 말을 던지고서 도겸은 아리의 어깨를 꼭 껴안았다. 수발드는 자만 해도 수십에, 오고 가는 병사들을 헤아리면 기백이 넘어 보이는데. 이리도 북적이는 넓은 저택에서도 도겸은 유독 외로움이 가득해 보였다.

아리는 그런 그의 곁에 머리를 기대고서 살며시 손끝을 거머쥐었다. 차갑게 식어 버린 손을 제 손으로 데우며 아리는 기꺼이 그의 응석을 받아 주기로 마음먹었다.

"긴장하셨습니까."

"들켜 버렸군."

애써 미소를 짓고 있지만 어쩐지 오히려 울고 싶어 보이는 건 제 착각일까. 슬퍼 보이는 그가 안타까워 손등을 쓱쓱 쓸어 주니 도겸은 아리의 어깨에 머리를 기대고서 기꺼이 뺨을 비볐다.

세상 부족한 것 하나 없어 보이는 사람인데 정작 제집에서는 이리도 편치 않아 보인다. 무엇이 그를 이토록 고독하게 만든 것인지는 알 수 없지만 그래도 한 가지만은 여실히 느꼈다. 지금 그는 그 어느 때보다도 아리를 필요로 하고 있다.

"잘 이겨 내셔야지요. 이리 약한 모습을 보이시면 도련님만 믿고 여기까지 온 저는 어찌합니까?"

아리의 너스레에 도겸은 겨우 미소를 되찾았다. 언제 그랬냐는 것처럼 긴장을 풀고서 그는 미리 준비한 장포로 아리의 얼굴을 가렸다.

유난히 조심하는 도겸의 태도를 보고 알았다. 이곳에는 아리를 탐탁지 않게 여기는 이도 적지 않을 터. 느닷없이 굴러 들어온 돌을 달갑게 여길 이가 누가 있을까.

마차가 멈추고 도겸은 기꺼이 한 발 먼저 내려 장포를 쓴 아리의 손을 잡아 주었다. 반투명한 면사의 틈새로 웅장하게 선 전각이 위용을 드러냈다. 풀빛의 옷을 입은 자들이 두 사람을 향해 나란히 인사를 올렸다.

"도착하시기를 줄곧 기다리고 계셨습니다."

행여나 발이라도 헛디딜 새라 도겸은 손수 아리의 걸음걸음을 하나하나 챙기기 바빴다. 장포를 써서 천만다행이었지, 이마저도 없었더라면 쏟아지는 시선에 깔려 죽었을지도 모른다. 수십 개의 눈동자가 저를 향하니 아리는 고개를 숙인 채 그의 손을 꼭 잡고서 조심조심 걸음을 옮겼다.

어렴풋이 비치는 전경과 바닥의 섬세한 조각이 참으로 화려했다. 도겸의 처소도 별저보다 훨씬 더 웅장했건만 이곳은 과연 한 가문의 주인의 몫답게 돌계단 하나마저도 화려한 용이 새겨져 있다.

이런 곳에서 행여나 넘어지기라도 하면 그것조차 도겸에게 오욕으로 남으리라. 망신살이 뻗지 않도록 아리는 살얼음판 위를 걷듯 계단을 올랐다.

"이 냄새는……."

문간에 다가갈 즈음 익숙한 약 향이 코를 찔렀다. 무심결에 나온 말에 도겸은 걸음을 멈추고서 아리에게 물었다.

"아는 향인가?"

"찾는 이가 많다 하여 저도 자주 만져 본 기억이 납니다."

낙양에서 비싸게 구하는 것들이라 하여 아리도 제법 팔았던 기억이 났다. 고작 그 한마디를 한 것뿐임에도 아리를 지켜보던 풀빛 옷의 사내의 시선이 사뭇 달라졌다.

대체 얼마나 병색이 깊기에 이 귀한 약초를 이리도 달고 사는 것인지. 아리는 환자의 병색이 도통 가늠이 되지 않았다.

　침상 위의 사내가 손을 까딱이자 두 사람을 인도한 자들은 말 한 마디 남기지 않고 모두 방 밖으로 물러났다.

　보는 이가 하나도 없다는 것을 확인한 후에야 도겸이 장포를 벗겨 주었다. 시야가 트이며 훅 하고 들어오는 약 향이 독하여 아리는 후 하고 숨을 내쉬었다. 으레 익숙한 반응이었던 건지 도겸의 형님은 화려한 금포를 걸치고서는 아주 엷은 미소를 머금었다.

　"향내가 독하기는 한가 보군."

　"귀하신 분께 인사 올립니다. 소녀, 태남산에서 온 아리라 하옵니다."

　영수의 엄한 교육 덕에 여기까지는 어떻게든 넘겼다. 한쪽 무릎을 살짝 꿇고서 아리는 배운 대로 가문의 주인에게 깍듯이 예를 차렸다. 혹여나 실수라도 할까 싶어서 찰나의 순간이 참으로 길게만 느껴지는지라 아리의 작은 심장은 잠시도 쉴 틈이 없었다.

　"일어나게."

　허락이 떨어진 후에야 아리는 겨우 자리에서 일어나 침상 앞에 놓인 의자에 앉았다. 겨우 마주한 도겸의 형은 그의 말처럼 병색이 완연했다. 피부가 나무껍질처럼 마르고, 눈 아래는 거뭇한 것도 모자라 말을 할 때마다 쇳소리가 섞였다. 숨을 쉬는 것도 힘겨워 보이는 그는 애써 미소를 지으며 기꺼이 아리를 반겨 주었다.

　"사정은 대강 들었네. 내 아우님의 목숨을 구해 주셨다지."

"마, 망극하옵니다. 소녀야말로 목숨을 구명받았을 따름입니다."

어디까지 이야기가 전해진 건지 모르니 아리는 배운 대로 머리를 조아릴 따름이었다. 마냥 깍듯한 태도가 어색했는지 그의 형은 너털웃음을 지으며 도겸에게 핀잔을 줬다.

"대체 무어라 전했기에 이리도 겁에 질린 것이야."

"혼인을 허락해 주셨다 하였지요. 제게는 하나뿐인 정인이니 모쪼록 다른 말이 나오지 않도록 든든한 뒷배가 되어 주십시오."

"암. 그래야 하고말고."

도겸의 성화에 그의 형은 기꺼이 고개를 끄덕였다. 확신에 찬 두 형제의 말을 듣고 난 후에야 아리도 겨우 마음을 놓을 수 있었다.

분명 쉽지 않은 여정이리라 여기긴 했지만 그래도 가문의 주인이 저를 받아 준다면 그때 그 매서운 고모님께서도 더는 저를 내치지 못할 터.

"편찮으시다고 들었습니다만."

"날 때부터 병약하였으니. 향족의 힘으로도 어찌할 수 없으리라 들었네."

도겸의 형은 이미 아리의 정체를 알고 있었다. 이미 달관한 듯한 그는 더운 차를 몇 모금 마시고서 여전히 독한 향에 기대 겨우 숨을 쉬었다. 몰랐으면 몰라도 알고 난 이후에는 모르는 척할 수 없어서 아리는 무례를 무릅쓰고서 조심스레 물었다.

"약 향은 어찌하여 피우게 되신 겁니까?"

"이것이 무엇인지 아는가?"

숨이 가쁜 탓에 잠시도 떼 놓지 않고 이리 피워 놓는다는데. 이리도 독한 내음을 달고 살다가는 있던 병도 더욱 악화될 터였다.

"이 풀은 일시적으로 가빠진 호흡을 가라앉히나, 오래 피우게 된다면 각혈이 더욱 심해진다고요."

"그런가?"

침상의 옆을 보니 이미 토혈의 증세가 보였다. 아리는 잠시 자리에서 일어나 곁에 놓인 약재들을 하나하나 살펴보았다. 질만은 최상이지만 어쩐지 조합은 어머니가 만든 것만 못해 보여서 아리는 향로를 열어 몇 가지 잎들을 아예 빼 버렸다.

"과한 것은 오히려 모자란 것만 못하다 하였습니다. 그리고 이 풀은 저리 쓰시는 것보다는 다른 형태로 쓰시는 것이 나은 줄로 아옵니다."

"어찌하면 좋겠는가?"

"그것이……."

잠시 도겸의 눈치를 보니 그는 어디 한번 뜻대로 해 보라며 기꺼이 고개를 끄덕였다. 예법에는 자신이 없지만, 약초라면 제 손바닥 보듯 훤히 알고 있으니 아리는 죄송하다 절을 한 번 하고서 마른 잎사귀 하나를 조심스레 집어 도겸의 형님의 손에 쥐여 주었다.

"황공하오나, 그것을 그대로 입에 물고 백 번을 씹은 후 덩어리째 삼켜 주십시오."

달이지도 않은 마른 잎을 입안에 넣으라는 말에 당황한 기색이 역력했다. 산 아래에서는 쓰지 않는 방법인 모양이지만 아리는 어머니가 가르쳐 주신 것들은 무엇 하나 잊지 않았다.

분명 차도가 있으리라. 아리는 흔들림 하나 없는 눈으로 기꺼이 고개를 끄덕였다.

"재미있는 신부를 데려왔구나."

아리의 제안에 황제는 도겸의 눈치를 살폈다. 설마 제 아우가 이리 뻔히 보이는 방식으로 제 목숨을 노리지는 않을 터.

"뭐 어떻습니까. 솜씨가 좋은 이인 것을요."

도겸마저 저리 말하니 속는 셈 치고 황제는 기꺼이 옆에 놓인 잎사귀를 손수 집어 입에 물었다. 매번 태워 연기만 쐬던 잎을 잘근잘근 씹을 때마다 청량함이 배어 나왔다.

한참을 우물댄 후에야 그는 입안에 남은 풀잎을 힘겹게 삼켰다. 처음에는 씁쓸함에 그대로 뱉어 내고 싶었지만, 시원한 것이 목을 타고 내려가며 거짓말처럼 올라오던 기침이 잦아들었다. 그렇게 몇 번을 반복하자 어느새 훨씬 더 편안하게 숨을 고르게 되었다.

어의조차도 방도가 없다 두 손을 든 병세가 이리 쉽게 가라앉을 줄이야. 황제는 도무지 믿기지 않아 신기한 듯 아리를 마주했다.

"내로라하는 이들조차 차도가 없다 하였건만, 대체 무슨 수를 쓴 것인가?"

"제 어미가 남겨 준 비책입니다."

말살된 것이나 다름없는 향족에게 이런 비법이 전해 내려올 줄이야. 이 여인의 이용 가치는 비단 신비로운 치유 능력에 한하지 않는 모양이었다. 숨 쉬기가 한결 편해진 김에 황제는 아리를 잡고 그간의 사정을 물었다.

"그래서, 겸이 저 녀석이 나무를 가득 해 왔다고?"

"어지간히도 지기 싫은 모양인지라. 저도 단단히 고집을 부렸지요."

"적당히 하십시오. 시간이 많이 늦었습니다."

어느샌가 의기투합한 두 사람이 제 허물을 들추자 도겸은 못마땅한 얼굴로 그를 바라보았다. 평생을 제게 싫은 소리 한 번 아니 했던 녀석이 이리도 티가 나게 독점욕을 부리는 모습은 처음 보았다.

"그리도 좋은 것이냐?"

"그러니 여기까지 데려왔지요."

영문을 모르는 아리와 달리 도겸의 말에는 뼈가 있었다. 어느샌가 자욱하던 약 향이 걷히고 방 안에 은은한 꽃향기가 피어날 만큼 강력한 힘을 지닌 여인. 화평공주의 등쌀을 피해 어떻게든 이 황궁을 벗어나고자 했던 아우가 제 발로 궁에 돌아온 것도 이 여인을 지키기 위해서라 했다.

향족을 노린 자들에게 하나 남은 아우를 잃고 홀로 남은 여인은 도겸의 손을 꼭 잡고 있었다. 서로를 마주하는 눈빛이 참으로 애가 달아서, 황제는 입가에 맴도는 씁쓸함을 지울 수 없었다.

"초야는 언제 치를 셈이더냐?"

"준비는 모두 끝났으니 내일이라도 당장 치를 것입니다."

"녀석 참, 저리도 급해서야. 내 아우의 성미가 매우 급하니 그대가 앞으로 고생이 많을 것이오."

황제의 핀잔에도 아리는 수줍게 미소 지었다. 굳이 입을 떼지 않을 뿐 안달이 난 건 비단 제 아우만이 아닌 것이 눈에 선했다.

"이만 쉬십시오. 시간이 늦었습니다."

남은 이야기는 다음으로 미루고 두 사람은 나란히 자리에서 일어났다. 몸이 한결 나아진 답례라 핑계를 대고서 황제는 내관을 불러 미리 준비한 패물을 가득 내놓았다. 산에서만 살았다기에 산호를 깎아 만든 비녀며 진주를 꿰어 만든 목걸이까지. 화려한 금붙이를 본 아리의 눈이 휘둥그레 커졌다.

"어찌 이리 귀한 것을. 받을 수 없습니다."

"내 아버님을 대신해 주는 것이니 받아 두게나. 집안에 새 식구를 들이는 일은 응당 내 몫인 것을."

어찌할 바를 모르는 아리는 도겸의 눈치만 살폈다. 아직 이곳이 황궁인 줄도 모른다고 하여서 황제도 최대한 말을 골라 가며 아리의 품에 기꺼이 패물들을 안겨 주었다. 그렇게 정식으로 혼인 허락이 떨어지고 두 사람은 나란히 자리에서 일어나 인사를 올렸다.

"편히 쉬십시오."

행여나 뉘가 업어라도 갈까, 도겸은 다시 제 신부의 머리에 장포를 씌웠다. 멀어져 가는 두 사람은 나란히 손을 잡고 서로를 마주했다.

✱ ❊ ✱

동궁의 시녀 애영은 입에 고인 핏물을 애써 삼키며 겁에 질렸다. 손발이 묶인 채 무서운 상궁들의 앞에 무릎을 꿇고서 저를 내려다보는 상전 앞에 기꺼이 머리를 조아렸다.

"마마, 제발 이러지 마시옵소서."

"동궁 밥을 먹다 보니 이제는 네 주인이 누구인지 잊어버린 모양이로구나."

두 달 만에 돌아온 황태제가 측비를 들이겠노라고, 황제조차 기꺼이 허락했다 하나 정작 제게는 일언반구조차 없다. 노여움이 극에 달한 화평공주는 결국 인내심의 한계를 느끼며 기꺼이 실력 행사에 나섰다.

한 무리의 시녀들이 구깃구깃한 여인 하나를 주워다가 바닥에 꿇렸다. 낯익은 여인의 모습에 애영은 저를 부여잡은 손길조차 뿌리치고 자리에서 일어나 보려 안달이 났다.

"어머니!"

"애영아! 이것이 대체 무슨 일이더냐!"

병이 나 몸져누웠다는 노모는 매서운 상궁들의 손에 잡힌 채 주변을 둘러보며 달달 떨었다.

"조용히 하지 못할까!"

화평의 미간이 찌푸려지자 상궁들의 발길질이 시작됐다.

겁에 질린 애영의 노모는 제발 살려 달라 빌며 흙바닥에 몸을 웅크렸다.

그렇게 한참을 두드리고서 화평의 눈짓에 시녀 둘이 붙어 왜소한 노인의 두 팔을 잡아 쥐었다. 곧이어 상궁 하나가 숯불을 머금고 이글이글 익은 불도장을 쥐어 들었다. 이거 놓으라 발버둥 치는 애영의 앞에 벌겋게 달군 쇳덩이를 들이밀고서 상궁은 화평공주에게 물었다.

"어찌하오리까."

"너처럼 돼먹지 못한 것을 낳은 것도 죄이니, 자식의 죄는 응당 그 부모가 받아야 할 것이 아니더냐?"

"차라리 소녀를 벌하소서! 마마, 마마!!!"

"시끄럽구나."

도리질 치는 애영의 입에 재갈이 물리고, 축 늘어진 노모의 앞에 벌겋게 달아오른 불도장이 들이밀어졌다. 잔뜩 우그러진 머리

211

카락이 타는 냄새가 진동할 즈음 화평은 눈살을 찌푸리고서 만신 창이가 된 애영의 몰골을 바라보았다.

"이제는 기억이 나느냐?"

입이 틀어막힌 채 애영은 열심히 고개를 끄덕였다.

불도장이 다시 화로로 돌아가고 애영의 노모는 오줌을 지린 채 그대로 바닥에 고꾸라졌다. 묶어 놓은 재갈이 풀리자 애영은 손 발이 묶인 채 어떻게든 기어가 혼절한 제 노모를 살피기에 여념 이 없었다.

나머지 두 팔을 풀어 주자 애영은 쓰러진 제 어미를 잡고서 서 러운 통곡을 쏟아 냈다. 제 어미의 목숨을 볼모로 잡히고 말았으 니 애영은 그간 동궁에서 보고 들은 것을 모두 고변했다.

"그 여인은 이곳이 궁인 줄도 모른다고 하여 언행을 주의하도 록 단단히 언질을 받았습니다."

"그게 무슨 해괴망측한 말이더냐?"

별궁에서 함께 머물던 여인은 동궁에 온 뒤로도 죽 침소에 머 물며 발길 한 번 내보인 적이 없었다. 그 아이를 들인 것도 벌써 두 달이 훌쩍 넘어가건만 동침조차 하지 않았다는 말에 어이가 없다.

"쓸모없는 것들 같으니라고!"

어떻게 하나같이 이리도 말을 잘도 맞추는 것인지. 이조차도 뒤를 캐고 다니는 저를 노린 영수의 농간이리라. 제 편일 때는 한 없이 든든하던 이가 도겸의 편에 붙고 나니 이리도 얄미울 수 없 다.

차라리 제 성질대로 쳐들어가기라도 하면 참으로 좋겠지만 황 궁에는 소 태후가 있다. 괜히 잘못 성질을 건드렸다가 도겸마저

적으로 돌렸다가는 자칫 태황태후전을 비우라며 불벼락을 맞을지도 모르는지라 화평공주는 바닥난 인내심을 긁어모아 이를 갈았다.

"그래서, 무얼 어찌한다더냐?"

"어젯밤, 황후가 태후전에 든 사이 전하께서 그 여인을 손수 데리고 폐하의 침전에 드셨다 하옵니다."

"키워 준 은혜도 모르고서는. 이제는 아예 황제에게 붙었다 이거지."

빠드득, 이를 갈아 대는 공주의 분노에 오래 모신 상궁들마저 몸을 사렸다. 어디서 굴러 들어온 줄도 모르는 여인을 데려다가 측비로 삼는 것도 모자라 황제는 그런 둘을 독려라도 하듯 제 침소까지 불러다 첩지까지 내린단다.

저쪽이야 그것조차 도겸의 허물을 삼아 추후에 황태제 자리에서 끌어내릴 미끼로 쓸 모양이지만 여인 문제에 유독 신중하던 제 조카가 이런 일을 벌이게 될 거라고는 꿈에도 생각지 못했다.

"폐하의 허락이 떨어졌으니, 조만간 정식으로 초야를 치른다고 하옵니다."

"참으로 대단한 순정이 납셨구나. 별궁에서는 손끝 하나 아니 대다가 정식으로 궁에 들어 첩지까지 바치며 초야를 치르시겠다?"

대체 그 여인이 무엇이기에 이 모든 일을 이리도 경우 없이 처리하는 것인지. 참으로 호랑이 새끼를 키운 기분을 지울 수 없다.

"그깟 측비 하나 따위가 뭐가 대수라고."

어차피 미천한 신분의 여인은 어차피 죽었다 깨어나지 않고서야 황후는 될 수 없다. 고작해야 측비로 삼을지언정 정비로 만들

속셈은 없다는 것이니 조카님께서 즉위하실 때를 대비해 황후감만은 기꺼이 제 손으로 기꺼이 찾아 주어야 한다.

"네 아들은 그리 키우지 않아야 하니 말이다."

제 오라비의 아들들은 어찌하여 모두 다 이 모양인지. 차라리 저가 사내였더라면 진즉 황위를 찬탈하고도 남았을 터인데. 화평공주는 동궁 쪽을 매섭게 노려보았다.

"기회를 봐 그것을 당장 내 앞에 끌고 오라 이르거라. 그렇지 않으면 너는 물론 네 어미도 목숨을 부지하기 어려울 것이다."

눈물을 머금은 애영이 정신없이 고개를 끄덕였다. 살 타는 냄새가 진동하는 꼴을 앞에 두고도 화평공주는 눈 하나 깜짝하지 않았다.

✱ ❀ ✱

그의 형님이신 가주 어르신께 인사를 무사히 올리고 드디어 초야를 치르기로 했다. 꽃물을 가득 우린 물에 욕간을 하고 일어나 보니 오늘따라 시녀 애영의 표정이 영 좋지 않았다.

"어찌하여 그러고 있는 게냐."

"소, 송구하옵니다."

며칠 새 야윈 그녀를 보다 못한 아리는 다정히 말을 걸었다.

"몸이 아픈 거라면 말해 주렴. 내 기꺼이 도와줄 터이니."

"그것이……."

몇 번이고 말을 하려다 마는 것을 반복할 즈음, 애영이 어렵게 입을 열었다.

"실은 주인 어르신의 명이 있으셨습니다."

초야를 앞두고 저택 안은 온통 혼란이 가득했다. 그 와중에 갑자기 밀명이라니. 영문을 모르는 아리를 앞에 두고 애영은 찬찬히 사정을 설명했다.

"영수 님께서 반대하신 탓에 은밀히 저를 시키셨습니다. 그러니 잠시 이리 와 주십시오."

사람을 모두 물리고서 애영은 아리에게 준비된 예복 대신 시녀복을 내주었다. 언제나 짓궂은 그이가 또 이번에는 무슨 장난을 치려는 것일까. 피곤을 핑계로 제 단장은 마지막으로 미루고서 그녀는 기꺼이 도겸의 장난에 맞장구를 치기로 마음먹었다.

"이리 입으니 뉘가 나를 알아볼까."

"그러니 어서 서두르십시오."

들뜬 아리와 달리 애영은 영 마음이 급해 보였다. 행여 뉘가 보기라도 할까 몇 번이나 주변을 살피고서 그녀는 아리의 손을 잡고 방을 나섰다.

"여기는……."

별세계가 펼쳐졌다. 밤의 어둠 아래 숨어 제대로 보지 못했던 후원에는 마치 신선이 사는 것처럼 아름다운 정원이 꾸며져 있다.

"이런."

낯선 여인의 등장에 애영은 걸음을 멈추고 구석으로 몸을 숨겼다. 대체 뉘이기에 이러는 걸까. 나이는 기껏해야 제 또래일 성싶은데. 무거워 보이는 황금관을 쓰고서 여인은 무거운 걸음을 걸으며 두 사람이 나온 저택 쪽을 쓸쓸히 바라보았다.

"저이가 뉘시기에?"

"저분은……."

"어째서 이런 곳에 계시는 겁니까."

무하의 등장에 희비가 교차했다. 그의 뒤에 선 시녀들이 달려와 애영을 포박하고 입을 틀어막았다. 무어라 비명조차 내지르지 못하고 그녀는 어디론가 끌려갔다. 덜덜 떨리는 손을 거머쥐고서 아리는 어찌할 바를 모른 채 무하의 눈치를 살폈다.

"그것이⋯⋯."

"아무 말씀도 하지 마십시오."

일을 크게 만들지 말라는 무언의 협박처럼 들렸다. 주변을 돌아볼 새도 없이 무하는 가볍게 아리를 안아 들었다. 한참 걸어온 거리가 무색하리만치 몸이 허공에 떠오르고 그는 순식간에 담을 넘어 본래 지내던 저택으로 되돌아왔다.

"대체 어딜 가셨던 겁니까!"

이게 어찌 된 일이냐 물을 새도 없이, 머리끝까지 화가 난 영수에게 잡혀 싫은 소리를 가득 들어야 했다. 준비가 끝나 가도록 애영은 돌아오지 않았다.

벌써 그의 곁에 머물게 된 지도 제법 시간이 흘렀건만 어찌 그리 숨길 것이 많은 것인지. 내심 슬며시 말을 걸기라도 하면 시녀들은 제 윗사람의 눈치만 살필 뿐이다.

분을 발라 주는 동안에도 아리는 눈을 감은 채 줄곧 생각에 잠겨 있었다. 신방을 차리는 모습을 바라보던 그 화려한 여인은 대체 누구였을까.

"참으로 곱습니다."

곱게 치장을 받으며 백치 노릇이나 하며 주변을 살피고 있자니 좀이 쑤셨다. 물론 아무리 무지하다 한들 보석함에 든 보물들은 어리숙한 아리의 눈에도 참으로 귀하기만 한 것들이 가득했다.

이곳은 참으로 저가 이해할 수 없는 세상이다.

산 아래는 모두 이런 것일까 싶지만 지금은 입을 다물라고. 무하가 했던 말을 떠올리며 아리는 거울 속에 선 제 모습을 물끄러미 바라보았다.

"정녕 내가 이런 것들을 받아도 되는가?"

차라리 재산을 노린 것이라 비웃기라도 하면 좋으련만 아리의 물음에 영수도 시녀들도 잠시 멈칫하고서는 깍듯이 허리를 조아렸다.

"어찌 그리도 망극한 말씀을 하십니까."

아리는 더 말을 잇지 않고 얌전히 시녀에게 머리를 맡겼다.

고운 비단 속곳을 입고 동백기름을 먹인 빗으로 머리를 단단히 빗어 틀어 올렸다. 면경 속에 화려하게 꾸민 여인의 모습이 낯설었다. 눈가와 입술에 붉은 연지를 칠하고 영수는 손수 나비와 새가 세공된 머리 장식을 꽂았다. 묵직해진 머리의 무게만큼이나 어깨가 무거워질 즈음 마지막으로 영수가 아리의 옷 매듭을 하나하나 여며 주었다.

"행여 그분의 용체를 상처를 내시면 절대 아니 되옵니다. 명심하소서."

"상처라니? 내가 그분을 할퀴기라도 한단 말인가?"

"……손을 이리 주십시오."

저가 무슨 독이 오른 살쾡이도 아니고, 이리 취급할 줄이야. 손톱마저 한참을 공을 들이고서야 겨우 혼례 준비가 마무리되었다. 머리 장식에 걸리지 않도록 붉은 너울을 뒤집어쓰고서 아리는 금포를 깔아놓은 침상에 얌전히 자리했다.

"지루하오."

"기다리셔야 하옵니다."

대체 무슨 절차가 그리도 많은지. 한참을 기다린 후에야 풍악 소리가 점점 가까워졌다. 신랑의 도착을 알리는 외침에 시녀들은 기다렸다는 듯 우르르 방을 나섰다. 방을 나서기 전 영수는 마지막으로 아리에게 당부를 남겼다.

"아무리 힘들어도 강건히 버텨 내셔야 합니다."

"설마 그분께서 나를 잡아먹기라도 하시겠나."

너울에 가려져 영수의 얼굴이 보이지 않지만, 이제는 어떤 얼굴을 하고 있을지 눈앞에 훤히 그려졌다. 긴 한숨과 함께 그녀가 방을 나섰다. 그렇게 방에 홀로 남으니 비로소 실감이 나서 아리는 콩닥대는 심장을 부여잡고 제 손바닥만 바라보았다.

옥반지에 칠보를 새겨 넣은 팔찌까지, 보석들을 주렁주렁 달고 있어도 그의 어머니가 쥐어 주었다는 가락지보다 마음에 들지는 않았다. 괜히 제 손을 쥐었다 펴며 반지를 바라볼 즈음 음악이 멎고 문 열리는 소리가 들려왔다.

드디어 때가 온 모양이다. 숨을 꼴깍 쉬고서 아리는 얌전히 숨을 죽인 채 고개를 숙였다. 신랑이 너울을 벗겨 주기 전까지는 아무 말도 하지 말아야 한다던 영수의 말처럼 잠자코 숨을 죽이고 있는데, 한참을 기다려보아도 아무런 소식이 없다.

정말로 잠시만, 살짝만 고개를 들고 엿보아야지 싶어서 아리는 조심스레 제 손을 들어 너울의 끝자락을 살폈다. 그는 대체 어디에 간 것일까. 붉은 비단 포가 드리웠나 싶어 너울 끝을 점점 들던 즈음 낯익은 눈동자가 혹하고 너울 안으로 파고들었다.

"가군!"

장난스러운 미소를 머금은 도겸의 콧날이 아리의 콧날에 부딪

218

혔다. 어찌할 바를 모르는 그녀를 마주하고서 도겸은 기꺼이 손을 뻗어 너울부터 벗겨 버렸다.

이리도 요란하게 꾸민 제 모습이 행여나 어색하지는 않을까. 마주 선 그를 앞에 두고서 아리는 두근대는 심장을 달래 보려 숨을 삼켰다. 저와 매한가지로 붉은 옷을 입은 그는 단정한 차림새를 하고 있다.

별궁에 머물 때는 태남산에 머물 때나 매한가지로 느슨하던 모습이 익숙했건만 오늘은 두 사람 다 참으로 평소답지 않은 기색이 역력했다. 과연 혼례라, 아리는 괜히 웃음이 터져 버렸다.

"어찌 그리 웃으시오."

"그러는 가군께서는 어찌 그리 보십니까."

평소라면 진즉 굼실굼실 손이 들어와야 옳건만, 그는 아리의 앞에 서서는 관찰이라도 하듯 손끝 발끝 하나마저 여물게 살피기 바빴다. 단정히 정리해 둔 손톱도 들어 보고, 매듭을 잘 여며둔 신을 보며 미간을 찌푸리기도 했다. 그렇게 한참을 뜸을 들이고 나서야 그는 아쉬운 듯 한숨을 쉬었다.

"너무 고우니 벗기기 아쉽지 않소. 이 밤이 지나고 나면 더는 못 볼 터인데. 이럴 줄 알았더라면 진즉 화공을 불러 그대의 모습을 담아 둘 것을."

"뭐라고요?"

난데없는 말에 입이 딱 벌어지자 도겸은 피식 웃으며 기꺼이 무릎을 꿇었다. 발끝부터 한 올 한 올 매듭을 풀어 가며 그는 단단히 여며 둔 아리의 발을 들어 보았다.

"이 발을 단단히 묶어 볼까. 그리 생각한 적도 있기는 했었지."

"발을 묶다니요?"

"내가 잠든 사이 그대가 나를 떠나면 곤란하니 말입니다."

그리 말을 하고서 도겸은 제 붉은 혀를 내밀어 아리의 엄지발가락을 핥았다. 다소곳이 비단에 매여 있던 앙증맞은 발톱을 혀끝으로 살살 어를 때마다 곁에 놓인 자그마한 발가락이 움찔거렸다. 어찌하여 저리도 망측한 행동을 하시는지. 간질이는 그의 혀를 피해 보려 꼼지락대 보지만 도통 달아날 틈이 보이지 않는다.

"그러지 마시어요."

"쉬이. 천천히, 아주 천천히 그대를 맛보려 함이니."

입술을 슬쩍 핥고서 도겸은 상냥한 미소를 지었다. 하지만 요즘 들어 그와 함께 밤을 보내며 아리는 저런 미소를 비출 때 가장 겁이 났다.

화려하게 단장해 둔 옷자락이라지만 벗기기는 제법 쉬운 줄 알았는데, 소매가 넓은 장포를 벗기자 속에 입혀 둔 활옷이 나오고, 그것을 마저 벗기니 단단히 여며둔 속치마가 나왔다.

벗겨도 벗겨도 계속 옷가지라 마냥 즐겁던 그의 입꼬리가 점점 내려오기 시작했다.

"호언장담하시더니. 뭐가 또 그리 마음에 들지 않아 울상을 지으십니까."

"울상은 무슨. 보기에는 참으로 곱긴 한데 벗기기는 이토록 번거로워 그러는 것이지."

그 모습을 마주하고서 아리는 그만 웃음을 터트렸다. 가슴이 두근거리는 것은 저 혼자만이 아닌지 도겸은 애써 여유로운 체하며 단단히 여며 놓은 매듭을 열심히 풀기 바빴다.

매사에 어른스러운 듯하면서도 참으로 귀여운 지아비라 형님의 앞에서는 질투까지 해 대며 눈을 부라리는 것도 서슴지 않는

다. 그 점이 참 좋아서 아리는 도겸의 손에 손을 마주 얹고서 배시시 웃었다.

"이리 오시어요. 혼자만 그리 단단히 여미고 계시면 제가 부끄럽지 않습니까."

제 가슴을 동여맨 매듭이 모두 풀리기 전에 아리가 손을 뻗어 그의 장포를 벗겼다. 화려하게 옷을 수놓았다 하나 사내의 옷은 여인의 것보다 복잡하지 않으니 아리는 제법 손쉽게 그의 옷을 한 겹 한 겹 벗겨 냈다.

마지막 한 겹이 바닥에 떨어질 즈음 타오르던 호롱불이 아른거렸다. 도겸은 괜히 느긋하게 시간을 끌며 아리의 머리에 가득 꽂힌 머리 꽂이마저 세심히 살폈다.

"어찌 이리 뒤통수마저 고우신지. 하늘 위의 저 달도 부인의 앞에서는 면목이 없다 물러날 성싶소이다."

"뉘가 들으면 참으로 농이 과하다 하겠습니다."

말이 떨어지기 무섭게 밖에서 들려오는 헛기침 소리에 도겸은 아쉬운 듯 곁에 놓인 합환주를 내려다보았다.

"절차와 법도는 지키라고 있는 것이라며 저리들 소란이니 어쩔 수 없지. 안 그렇소, 부인?"

잉꼬가 그려진 술잔을 받아 들자 도겸이 난향이 듬뿍 배인 술을 따라 주었다. 꼴깍, 숨을 삼키고서 아리는 참으로 오랜만에 술 맛을 볼 생각에 들떴다.

산자락에서는 오는 이가 없으니 동이 몰래 한 모금 두 모금 맛보는 낙이라도 있었건만. 이곳에 온 뒤로는 먹는 것 하나 제 마음대로 택할 수가 없으니 새삼 갑갑했다.

"그러고 보니 그대는 술을 참 좋아하셨지."

모로 봐도 비꼬는 말이지만 아리는 슬쩍 웃으며 달게 잔을 받았다.

"아무렴요. 이 맛난 것을 왜 이제야 챙겨 주십니까."

　지지 않고 더 내놓으라 도발하는 아리를 보며 도겸은 즐거움을 감출 길이 없었다.

"그렇다면야 오늘 한 번 진탕 취해 보는 것도 나쁘지 않지."

　아리가 한 모금을 머금기 무섭게 도겸은 제 입술을 뻗어 스며든 액체를 한껏 빨아들였다. 어느새 몸이 뒤로 기울 즈음 장난기가 동하였는지 도겸은 잘 여며 놓은 아리의 쇄골 아래로 차갑게 식힌 술을 흠뻑 부었다.

"흘러내릴 곳도 없이 단단히 고여 있음이니 내 한 방울도 남기지 않고 모두 닦아 드리리다."

　목 너머로 스며든 취기가 한껏 달아올랐다. 질척하니 파고든 그의 장난질에 아리는 간지럽다며 애써 몸을 비틀었다. 한 방울도 허투루 흘리지 않도록 남김없이 삼킨 후에야 그는 느긋하니 여며 둔 매듭을 풀었다. 달콤하게 흘러내린 한 방울마저도 담뿍 스며들었다.

"그대의 향이 이리도 가득 배어 있으니. 오늘따라 이 술이 참으로 답니다."

"너무하십니다. 혼자서만 이리 드시다니요."

"그대도 드시고 싶으시다면 어디 이리 와 드셔 보십시오."

　도겸은 기꺼이 잔에 남은 술을 따르고서 단숨에 제 입안에 털어 넣었다. 바란다면 어디 가져가 보라는 농간에 아리는 마지못한 척 살며시 다가가 그의 입술에 제 입술을 포개었다. 단단히 닫힌 잇새를 파고드는 것조차 쉽지 않았다.

온 신경이 쏠려 있는 사이 어느덧 제 몸을 감싼 마지막 속치마한 장마저 힘없이 침상 위에 놓였다. 한 모금이라도 어떻게든 빼앗아 보려 드는 발칙한 혀의 농간질을 즐기며 도겸은 늘씬하게 뻗은 아리의 두 다리를 제 허리에 감아올렸다.

　"이리도 보채시니. 참으로 어여쁘기도 하시지."

　머금고 있던 독한 난향주를 넘겨주니 아리는 꼴깍꼴깍 잘도 마셨다. 취기가 오르자 팔다리에 힘이 풀리고 말아서 아리는 침상위에 누운 채 제 위에 선 도겸을 나른하니 바라보았다. 드디어 그와 맺어지는 순간이다. 어느덧 긴장이 풀리고 그가 바지춤을 풀던 찰나 저 문 너머로 누군가의 그림자가 비쳤다.

　"저것은……."

　분명 무하일 것이다. 다른 이들은 애써 물러갔다 해도 그는 언제 어디서나 도겸이 머무는 곳이라면 어디든 따르는 충성스러운 신하라 했다. 아리는 본능적으로 제 입부터 막았다. 분명 매일 밤 침전을 지키는 것도 그의 임무였을 터. 만일 초야를 치르던 중 교성이라도 내지르게 되면 다른 이는 몰라도 무하의 귀에는 선명하게 남을 것이 분명하다.

　"무엇이 그리 수줍으십니까."

　"그, 그것이……."

　새빨개진 뺨을 애써 가리며 아리는 문간 너머에 선 무하의 그림자를 가렸다.

　"혹여 저이가 듣기라도 할까 걱정되시는 겁니까?"

　망측함에 고개도 들 수 없건만 그는 그런 것 따위 애초에 개의치 않는 기색이 역력했다. 뭐가 그리도 마음에 드는 것인지 흡족한 미소를 머금고서 도겸은 귀걸이가 걸린 아리의 귓불을 엄지로 훑었다.

"신혼 초야에 신랑이 신부를 탐하는 것이 뭐 그리 흠이기에."

"하지만!"

"이리도 부끄러워하시는 건지."

마지막 남은 속곳이 벗겨질 즈음 나른함이 밀려들었다. 이제는 익숙해진 손길이 닿는 곳마다 설탕에 꿀을 부은 듯 녹진녹진 녹아내렸다.

"그만할까요?"

"제발 그마안⋯⋯."

"암. 이리 좋아하시니 어찌 멈출까요. 아내를 기쁘게 하는 것이 남편의 도리인 것을."

다정한 듯하면서도 언뜻 잔혹하기까지 한 농탕질이다. 멈추지 않는 애무에 이를 악물고 어떻게든 소리를 참아보려 애를 쓰지만 지금은 그조차도 부질없다. 제 몸이 아닌 것처럼 낯선 감각이 이성을 잠식하고, 아리는 온전히 그에게 모든 주도권을 넘겨주었다.

"그대가 아니었으면 절대 돌아오지 않았을 텐데."

어렴풋이 들려오는 중얼거림에 아리는 숨을 할딱였다. 처음 도착할 때부터 느낀 거지만 그는 제집을 좋아하지 않는 기색이 역력했다. 제법 살갑게 대해 주는 형님과도 어딘지 모르게 서먹한 기색이 보였다. 제 아우와도 스스럼없이 지내던 붙임성 좋던 모습은 온데간데없이 사라지고 이곳의 모든 이들은 다들 그를 향해 머리를 조아리기 바빠 보였다.

"제가 원망스러우십니까."

"원망이라니. 이 자리에 있기에 그대를 지킬 수 있음에 감사한 것을."

유난히 공을 들이는 도겸의 이마에서 땀방울이 흘러내렸다. 그런 그의 모습을 마주하고서 아리는 태남산 자락에서 본 새를 떠올렸다. 유례없는 폭우에 텃밭이 모조리 쓸려 나가고 산사태가 날 뻔한 적이 있었다.

매서운 비가 쏟아지던 중 어미 새는 반쯤 무너진 둥지에 앉아 식어 가는 알을 하나라도 더 살려 보려 발버둥 쳤다. 제 몸이 덩달아 차가워지는 줄도 모르고서 알을 품던 새는 결국 매서운 비를 피하지 못한 채 죽어 버렸다.

깨진 알과 죽은 어미 새를 내려다보며 아리는 영문 모를 먹먹함에 마음이 아팠다.

"무리는 하지 마십시오."

"암. 그대는 내게 큰 도움이 되어 줄 것을."

정말로 상처를 치유하는 힘만을 바라며 데려온 거라면 이리도 상냥하지는 않았으리라. 말은 그리해도 도움받을 생각은 추호도 없어 보이는 그의 모습이 꼭 제 몸을 해쳐 가며 알을 품던 어미 새를 떠올리게 했다.

이번에는 절대 그리 내버려 두지 않을 것이다.

아리는 제 손을 뻗어 그의 몸을 훑었다. 부디 이 힘이 상처받은 그의 마음마저 낫게 해 주기를. 금방이라도 울 것 같은 그를 바라보며 아리는 애써 미소를 머금었다.

"뭐 어떻습니까. 누가 뭐라 하면 우리 둘이 손을 잡고 저 멀리 산자락으로 도망가면 될 것을요."

"도망이라?"

예상치 못한 아리의 말에 그는 놀란 기색이 역력했다.

"제 부모님께서도 하신 일을 저라고 못 할 게 뭐가 있단 말이니까. 미숙한 가군께서는 사냥만 열심히 해 오십시오. 나머지는 이 사람이 야무지게 살림을 꾸려 나갈 테니까요."

당찬 아리의 말에 도겸마저 덩달아 웃음이 터져 나왔다. 이리 귀한 대접을 받는다 한들 마음이 편치 않으면 다 무슨 소용이란 말인가. 그럴 바에야 차라리 함께 지내던 태남산, 그 산자락으로 돌아가는 편이 낫다. 그리 생각했건만 도겸은 그런 아리의 말을 딱 잘라 끊어 버렸다.

"근데 이 일을 어쩌지. 나는 그대의 손끝에 물 한 방울 묻히게 할 생각이 없는데."

"예?"

"세상 가장 귀한 대접 받게 해 줘도 시원찮을 텐데. 그래야 나중에 동이를 만나도 미안하지 않을 테니 말입니다."

방심한 사이 그는 거추장스러운 옷자락을 침상 아래로 내던졌다. 평소에는 보지 못한 그의 이면이 드러나자 덜컥 겁이 났다. 정말로 그를 온전히 감당할 수 있을까 싶은 의구심이 들었다.

분명 그가 그리 말했었다. 여인의 처음은 아픈 법이라고. 이젠 제법 익숙해졌다 여겼으나 그것은 아리의 오산이었을 뿐. 참아 내지 못한 교성이 터져 나오며 아리의 눈동자에 덩달아 눈물이 고였다.

온몸의 감각이 예민해지고 밀려드는 아픔에 아리는 저도 모르게 그의 등에 손톱을 박아 넣었다.

그제야 영수의 말뜻을 이해했다. 아직 사랑에 익숙지 않아서, 그의 들뜬 호흡에 맞춰 흐트러진 아리의 머리카락이 침상 위에 가득 흩어졌다. 자욱하니 피어나는 짙은 향기와 함께 도겸 역시

긴 숨을 내쉬었다.

발버둥 치는 팔과 다리를 한데 얽고서 도겸은 아리의 여린 살을 슬쩍 맛보았다. 온몸에 꿀이라도 발라 놓은 것처럼 달콤한 내음이 진동하고 한없이 열어진 아리의 금빛 눈동자가 도겸의 이성을 어지럽혔다.

"가군, 제발, 제바알……."

망울 튼 꽃잎에 쐐기를 박아 넣을 때마다 도겸의 숨소리도 더욱 거칠어졌다. 흩어진 아리의 머리카락에 얼굴을 묻고 그는 몇 번이고 속삭였다.

"그대가 나빠. 어찌 이리 달아 이 사람의 마음을 뒤흔드는 것인지."

물고 핥고 빨린 덕분에 아리의 몸에 붉은 상처가 한가득 남았다. 쉴 새 없이 밀려드는 통에 흠뻑 젖은 물소리가 신방 안을 가득 메우고, 어느새 도겸의 등에 남은 손톱자국이 사라져 갔다.

막 깨어난 이능이 찬연히 빛나며 아리의 눈동자가 황금빛으로 물들어 갔다. 각성과 함께 이미 시든 잎사귀조차 새 생명을 얻어 화려한 꽃을 피워 냈다. 짙어진 향기가 방 안을 가득 메우고 두 사람은 서로의 몸을 얽고 사랑을 나누기에 여념이 없었다.

단꿀에 젖어 버린 초야가 그렇게 저물어 갔다.

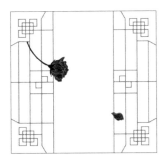

5.

간밤에 한숨도 못 잔 영 황후는 여느 때처럼 황제의 처소에 발을 들였다. 잘 다듬어진 손톱을 연신 깨물며 그녀는 초조한 마음을 애써 삼키기에 여념이 없었다.

일찌감치 잠에 든다 이르더니, 깊은 밤 황제는 그녀 몰래 도겸이 숨겨 둔 여인을 침소까지 불러들여 이야기를 나누었다 했단다.

따돌림을 당한 기분을 지울 수 없어 황후는 아프다는 핑계를 대고 침전에 누워 그 여인에 대해 알아보기에 여념이 없었다.

머리에 너울을 씌워 얼굴을 보지 못하였다 하나 황태제가 여인에게 그리도 극진하더라는 시녀들의 말이 황후의 심기를 더욱 불편하게 했다. 그렇게 며칠을 버티다 결국 그녀는 쳇바퀴처럼 돌아가는 제자리로 돌아가야만 했다.

고작 며칠, 며칠을 쉬었을 뿐인데 태후궁에서는 벌써 게으름을 부리느냐고 불호령이 떨어졌다. 실권은 모두 태후에게 있으니 황후가 할 일이라고는 그저 병든 황제의 뒤치다꺼리를 하는 것뿐. 모두가 우러르는 만인의 어미라는 이름이 무색할 만큼 그녀는 참으로 보잘것없는 제 처지가 야속하기만 했다.

"무언가 이상한데."

오늘따라 침전에 들어서기 무섭게 평소와 향기부터 달랐다. 화단 주변에는 이미 지고 없을 꽃들이 만개한 것도 모자라 평소 자욱해야 할 약 향이 모조리 사그라들었다.

"그것이, 밤사이 온 황궁의 정원에 꽃들이 만개하였다 하옵니다."

상궁의 말을 듣고 난 후에야 황후는 이변을 알아차렸다. 한시라도 빨리 황제에게 따져 물어야 한다는 생각에 미처 보지 못하였건만, 황후궁에서 여기까지 걸어오는 길에만 벌써 희고 붉은 꽃들이 봄날의 정원처럼 곱게 피어 있었다. 제법 서늘해진 날씨와 전혀 맞지 않는 공기의 흐름이 수상쩍었다.

"벌써 가을이거늘. 그게 대체 무슨 조화란 말이더냐."

무수한 꽃향기에 묻힌 것인지 황제의 침전에서 약 향이 나지 않았다. 영 황후가 설마 하며 문을 열자 벌써 의관까지 갖춰 입은 황제가 일찌감치 아침 수라를 들고 있었다.

"폐하?"

"오셨소, 황후."

약 향을 피워 놓고도 피를 토하며 침전에 누워 숨 쉬는 것조차 고역이던 이였다. 묵었던 약 향이 모두 빠지고 황제는 머리맡에 놓인 화분에서 만개한 모란 한 송이를 꺾어 황후에게 손수 건네주었다.

"이게 어찌 된 일입니까. 약 향은 어쩌시고요."

"도겸의 측비는 참으로 대단한 여인이더군. 그 풀은 그리 쓰는 것이 아니라며 처방을 바꾸었더니, 보시오. 이리도 몸이 한결 나아졌습니다."

"측비라니⋯⋯."

황궁의 어의들이 손수 만든 처방을 고작 측비 따위가 뒤집었다는 사실이 납득이 가지 않건만, 황제는 자리에서 일어나 편안하게 옷가짐을 바로하기까지 했다.

평생을 앓느라 여념이 없던 이가 이리 건강해지는 날이 올 줄이야. 고작 하룻밤 사이에 대체 무슨 일이 일어난 것인지 황후는 도통 알 길이 없었다.

"향족의 힘이 대단하긴 한 모양입니다. 황궁의 모든 이가 이 놀라운 기적을 보았으니, 그 여인을 정비에 책봉하는 것도 그리 불가능한 일은 아닐 듯싶으니 말이오."

"향족이라니요? 그건 그저 아이들이나 믿는 전설이 아닙니까?"

정색하는 황후를 앞에 두고 황제는 고개를 저었다. 선선대 황제가 손수 향족의 여인을 손에 넣으라 칙명을 내렸다고. 손이 닿는 것만으로도 상처를 치료하는 것도 모자라 주변의 모든 생명을 살리는 기적 같은 힘.

오늘내일하던 산송장 같던 황제의 모습을 똑똑히 보고서도 황후는 제 앞에 놓인 정황을 쉽사리 받아들이지 못했다.

"지금 저더러 그걸 믿으란 말씀이십니까. 농이 과하십니다."

"농인지 아닌지는 보면 알게 되겠지. 황후께서 보시기에 대체 어느 누가 이런 조화를 부릴 수 있단 말이오?"

황제는 손수 창을 열어 침전 너머로 보이는 풍경을 마주했다. 온 궁에 만발한 꽃을 보며 내관과 시녀들은 물론 상궁들마저도 유례없는 일이라 어찌할 바를 몰랐다.

"폐하. 보고를 드리겠나이다."

온 화단의 꽃들은 물론 등창이 나도록 앓아누운 환자마저 벌떡 일어났다는 소식에 모두 경악을 금치 못하건만, 정작 덩달아 건강을 되찾은 황제는 놀란 기색조차 없다.

"측비의 일은 내가 직접 말할 터이니 동궁에는 따로 기별을 넣지 말라 이르거라."

"하오나 폐하, 법도에는 엄연히!"

"고작 측비라 한 것은 황후 아니십니까."

정식으로 국혼을 올린 정비라면 지금쯤 부부가 나란히 인사를 올리는 것은 물론 끝도 없는 절차에 시달려야 하겠지만 측비는 예외다. 어차피 정궁 대접도 받지 못하니 태후의 수발을 들어야 할 의무도 없다.

정궁이 따로 있었다면야 한없이 초라하기 그지없는 자리였을 테지만 황후는 본능적으로 알아차렸다.

이 자리가 어떤 자리인가. 허울 좋은 국모의 이름을 뒤집어썼다 하나 황제의 병수발을 들다 태후의 잔소리에 시달리고 수도의 귀부인들에게 어찌하여 후사를 보지 못하냐는 조롱질에까지 시달려야 한다.

그러나 그 여인은 도겸의 사랑만 받으며 안온한 동궁에 틀어박혀 있어도 충분하다. 분명 경을 칠 노릇이건만 고고하신 자존심이라 소 태후는 절대 제 발로 황태제궁에 발을 들일 위인이 아니다.

물론 화평공주라면 들어가서 뒤엎고도 남았을 테지만 세력을 잃은 덕분에 요즘은 그쪽도 한풀 꺾여 무어라 입을 떼지 못할 터. 그러니 저가 나설 수밖에.

　황후는 참으로 어렵게 입을 뗐다.

　"폐하. 아무리 측비라 하여도 황실의 일원이 되었으면 인사라도 올리는 것이 관례인 것을요."

　"……요즘 태후마마 곁에 계시더니 꼭 모후 같은 말씀을 하십니다."

　황제의 한마디가 유독 아팠다. 이 자리에서 쫓겨나지 않기 위해 발버둥을 치고 있는데, 속 편히 저런 말을 할 줄이야.

　"이만 조회에 참석해야 하니 황후께서도 이만 쉬세요. 몸도 좋지 않으시다 하셨으니 무리하지 않으시는 것이 좋을 겁니다."

　"그건……."

　애초에 없던 병을 지어낸 것이니 간밤에 무슨 일이 일어난 것인지 가늠조차 되지 않는다. 꾀병인 것을 알아챈 것인지 황후를 내버려 두고서 태연히 침전을 나섰다.

　"이게 대체 어찌 된 일이랍니까."

　"그러게 말입니다."

　"황제 폐하 납시오."

　여느 때처럼 고약해야 할 약 향이 사라졌다. 비틀거림 하나 없이 혈색을 되찾은 황제는 부축 하나 없이 옥좌에 올랐다. 요란스레 떠들던 이들의 입이 절로 다물어졌다.

　"간밤 편히 침수 드신 모양이십니다. 폐하."

　"암. 참으로 편안한 밤이었소이다."

　황제가 자리에 앉기 무섭게 소 태사가 말을 건넸다. 평생을 병마에 시달린 터라 여전히 파리하긴 하지만 그래도 제법 나아진 황제의 모습을 보며 다들 반기는 기색이 역력했다. 단 한 사람만 빼고.

"간밤에 궁에 변고가 있었다 하던데. 짚이는 바가 있으십니까?"

다 알면서 하는 물음이니 뭘 더 숨길까. 잔뜩 독이 오른 소 태사를 바라보며 황제는 순순히 사실을 인정했다.

"과연 향족은 다르더군. 황태제가 향족의 여인을 측비로 들인다 하여 반신반의했건만, 이럴 줄 알았으면 진작 들라 할 것을."

중신들의 웅성임이 더욱 요란해졌다. 이제는 실체조차 흐릿해져 오랜 전설로 여기는 일도 적지 않지만, 선선대 황제가 직접 칙명을 내렸던 일을 기억하는 노신들은 감격을 숨기지 못한 채 기꺼이 머리를 조아렸다.

"그것이 참이시옵니까? 이리 혈색이 좋아지셨으니 참으로 경하드리옵니다, 폐하."

"과인이 무얼 했다고. 지금쯤 황태제는 초야의 단꿈에 젖어 있을 터이니 공들께서도 한동안은 아무 말 말고 그저 기다려 주시오."

멸문했다 알려진 신비로운 힘이 황가의 핏줄에 섞이게 된다면. 황제가 손수 나서 후사를 보겠노라 애타게 염원했던 전적이 있었던지라 뒤늦게 측비의 일에 대해 시비를 건다 한들 한발 늦어 버렸다.

두 형제가 나란히 숨어 무슨 말을 그리도 숙덕이나 하면서도 애써 별일 아니리라 여겼던 소 태사의 발등에도 덩달아 불이 떨어졌다.

발 없는 말은 천리를 달리고, 두 달이 넘게 숨을 죽이고 있던 황태제의 진상이 뒤늦게 밝혀졌다.

경위조차 모르는 이들을 모아 놓고서 늙은 재상은 자신이 어릴 적에나 들었던 황제 폐하의 말씀을 그대로 읊어 냈다.

"비록 이제는 멸망했다 하나 그들에게는 신비로운 힘이 있으니, 어떻게든 다시 찾아내라는 폐하의 염원이셨소이다."

"아무리 신비롭다 해도 이것은……."

부정하려 해 보아도 온 궁 안에 꽃이 만개한 데다, 무엇보다 황제의 쾌유가 명백한 증거였다. 즉위 이후로. 아니, 태어나 처음으로 황제는 가장 강건한 모습으로 미뤄 놓은 정사를 보며 평생 누려 본 적 없는 건강을 마음껏 맛보았다.

"황태제 전하께서도 너무하십니다. 그런 이가 있다 하면 응당 폐하께 바치는 것이 도리 아닙니까."

"아무렴요. 얼굴 하나 내비치지 않고 궁에 틀어박히시는 것도 모자라 그걸 모두 내버려 두시는 폐하도 참으로 너무하십니다."

그런 여인이 있다면 응당 제 형인 황제에게 바쳐야 했을 터인데. 수군대는 대신들을 두고 황후의 아비가 애써 헛기침했다.

만약 정말로 그런 일이 벌어졌더라면 후사 하나 보지 못하는 쓸모없는 제 딸은 졸지에 자리에서 밀려나는 것도 모자라 꿔다 놓은 보릿자루만도 못한 신세가 되었을 터.

"어찌 압니까. 보아하니 요상한 재주는 있는 모양이지만 이것이 얼마나 더 가겠습니까."

제아무리 대단한 힘이라 하나 제 것이 아니면 의미가 없다. 하필이면 허수아비 황제도 아니고 속 모를 황태제의 손아귀에 들어간 이상 이는 적에게 날개를 달아 준 것일 뿐, 득 될 것이라곤 하나도 없는 셈이다.

쾌차한 나머지 따박따박 말대꾸를 하는 황제의 모습에 고관들은 불편한 심기를 드러냈다. 어떻게든 말이 새지 않게 눈치를 주고 있지만, 이리 선명하게 보이는 기적과도 같은 조화에 목격자가 너무 많아 쉬쉬하고 넘어갈 수도 없게 되어 버렸다.

매사에 방탕한 줄만 알았던 황태제가 소문만 돌던 향족의 여인을 손에 넣었다는 소식은 삽시간에 도성 전체로 퍼져 나갔다.

�֍ ❄ �֍

아주 오래된 꿈을 꾸었다. 어린 도겸은 여느 때와 마찬가지로 수발드는 시종을 따돌리고서는 드높은 궁의 담 너머 하늘을 바라보곤 했다.

그를 앞세워 권력을 키워 나가던 화평공주는 세력을 키우기 위해 끝도 없이 여인들의 화첩을 들이밀었다.

우연을 가장해 만남을 종용하고, 어떻게든 침소에 밀어 넣고. 짐승을 접붙이는 것처럼 독이 오른 화평공주를 피해 도겸은 기꺼이 사냥터를 전전하고 나섰다.

"처음이었지. 내 정체도 모르고서 이 몸을 그리도 막 대한 것은."

기진맥진해 잠든 아리를 쓰다듬으며 도겸은 서글픈 미소를 애써 삼켰다. 만약 그때, 사냥을 나서지 않았으면 어찌 되었을까. 자객의 칼에 숨이 끊어질 무렵 우습게도 도겸은 태어나 처음으로 살고 싶다는 생각을 했다.

사실은 죽고 싶지 않았다. 아직 그 담 너머의 무언가를 보지 못

하였는데. 저승의 문턱에 아슬아슬하게 발을 걸친 그의 목숨을 살린 것도 모자라 밥값을 하라며 핀잔까지 준 발칙한 여인을 만난 후에야 도겸은 처음으로 진심 어린 미소를 지을 수 있었다.

누구인지도 모르고서 살려 놓은 것도 모자라 제법 나았다 싶으니 일손 삼아 부려 먹지를 않나. 그렇게 제 앞에서는 잘도 떠들더니 고모란 여인 앞에서는 쉬이 주눅이 들고, 하고 싶은 말은 다 하는 듯하면서도 좋아한다는 말 한마디 못 한 채 고작 감자 한 알을 제 밥에 숨겨 놓는 수줍은 여인.

속이 훤히 들여다보이는 여인이라서, 이토록 한없이 서투른 그녀는 속세의 오욕을 견딜 수 있을 만큼 강하지 않다. 하물며 자칫 소 태사의 손에 떨어지기라도 했다면.

"분명 무사하지 못했겠지."

순진하기 짝이 없어서 마치 화평공주에게 농락당하던 제 모습을 보는 것 같아 속이 아렸다. 제 수하인 무하마저도 아리를 그저 도겸을 낫게 할 수단 정도로만 여겼거늘. 그런 줄도 모르고서 수줍게 뺨을 붉히는 그녀의 모습에서 철없던 제 어린 시절이 보였다.

그렇게 자신이 무슨 힘을 가진 줄도 모르고 아리는 너무나 쉽게 제 유혹에 빠져들었다.

귀찮은 일에 얽히지 말자 다짐했건만 그대로 두고 가기에는 그녀의 말간 눈빛이 제 발목을 잡고 말았으니까. 결국, 아리를 위해 이 지긋지긋한 궁에 제 발로 돌아오기까지 했다.

"그러니 어찌하겠어. 그대가 끝까지 이 사람을 책임져 주셔야지."

의도했든, 의도치 않았든 아리는 이제 정말 이 세상에 외톨이가 되었다. 매사에 야무진 그녀라지만 '생명의 은인'이라는 허울 좋은 명목 덕분인지 제게만은 쉬이 마음을 열어 주었다.

나만은 절대 너를 배신하지 않을 거라고. 네가 내게 그러하듯 나 역시 그러할 테니까. 대가 하나 바라지 않고 저를 구해 준 따스한 여인. 평생을 차가운 궁에서만 살던 도겸에게는 그 사소한 친절마저도 참으로 생경하기 짝이 없었다.

받은 것이 있으니 응당 보답해야 하는 법. 도겸은 잠에 취한 아리의 다리를 활짝 열고서 나긋나긋한 살 내음을 가득 삼켰다.

"다행히 밖은 별문제가 없는 모양이야."

만약 일이 뜻대로 진행되지 않았다면 무하가 진즉 이 순간을 방해했을 테지만, 잠잠한 것을 보니 그런 걱정은 하지 않아도 될 성싶었다. 도겸의 혀 놀림이 농밀해질 때마다 아리는 깔개를 쥐어뜯으며 소리를 내지 않기 위해 애썼다.

고양이처럼 울어 대는 아리는 꿈인지 생시인지도 모르는 채 그가 주는 쾌감에 취해 버렸다. 어찌하여 굳이 황족에 편입시키리라 이를 갈았던 건지, 그동안은 그저 신비로운 치유 능력만이 다인 줄 알았건만 도겸은 아리를 안은 후에야 비로소 그 뜻을 이해했다.

본래 꽃은 향기를 뿌려 벌과 나비를 불러들인다. 달콤한 향내로 짐승을 유혹해야 후사를 남길 가능성이 커지니 꽃은 제 씨가 더욱 널리 퍼지도록 고통을 무릅쓰고 열매를 맺어 내는 법이다. 아리가 꼭 그러했다.

한없이 순진무구한 얼굴을 하고서 그녀는 도겸이 뿌려 낸 용종을 탐욕적으로 집어삼켰다. 제게 완전히 몸을 맡긴 채 뜨거운 꿀을 뚝뚝 흘리며 아리는 도겸의 이성을 단번에 마비시켰다.

"가, 가군⋯⋯."

"예. 이 사람이 그대의 가군이지요."

잠에서 막 깨어난 아리가 짐승처럼 덮쳐드는 제 아래에서 몸을 떨었다. 벌써 몇 번을 덮쳤으니 이리 나오는 것도 무리는 아니다. 쉴 새 없이 달려드는 그의 품에서 아리는 몇 번이고 빠져나오려 애를 썼다.

"욕간만이라도⋯⋯."

"그럼요. 얼른 욕조를 들이라 이르겠습니다."

잠시도 눈을 뗄 수가 없다며 도겸은 아리를 제 위에 앉혀 살살 달랬다. 잘 먹이고, 잘 재우고, 잘 안아 주기까지 하니 아리도 이제는 제법 이래라저래라 요구할 줄도 알았다.

"왼쪽이 좋으십니까, 아니면 오른쪽이 좋으십니까."

"오른⋯⋯. 오른쪽⋯⋯."

"언제는 왼쪽이 좋다 하시더니. 참으로 변덕스러운 분이십니다."

짓궂은 농담이 이어질수록 아리의 얼굴이 발갛게 달아올랐다.

안으면 안을수록 힘이 솟는 도겸과 달리 아리는 그야말로 만신창이가 된 채 도겸의 품에 그대로 고꾸라졌다. 그리 쓰러진 아리를 돌보는 것은 모두 도겸의 몫이었다.

더운 욕조에 몸을 담그고서 그는 축 늘어진 제 여인의 몸을 손수 꼼꼼하게 닦아 주었다. 온몸에 제 입술로 남긴 흔적이 가득했다.

더는 새어 나오지 않도록 아리의 안에 정을 가득 쏟아 낸 후에야 도겸은 겨우 의관을 정제하고 방을 나섰다.

열리지 않는 문 앞에서 얼마나 기다린 것인지 눈 아래가 까맣

게 변한 영수와 달리 무하는 목석처럼 태연한 얼굴을 하고서 제 주인을 마주했다.

"그리 틀어박히신 것 치고는 좋아 보이셔서 다행입니다."

"아무렴. 좋고말고."

"좋기는 뭐가 좋단 말입니까. 전하께서도 참으로 너무하십니다."

녹초가 된 아리의 꼴을 보고 영수는 역정까지 냈다. 초야를 보낸 사이 도성이 왈칵 뒤집힌 후에야 영수는 자신이 모시던 이가 누구인지 뒤늦게 알게 된 모양이었다.

"신경통과 어깨 저림이 심하다더니. 모두 나은 모양이지?"

"말씀도 마십시오. 어찌 말씀 하나 아니해 주시고서는……."

대체 어디에서 온 촌것인지, 배운 것이 없다며 박정하게 범한 무례만 하여도 수십이다. 지은 죄가 있는 탓에 영수는 더욱 깍듯한 태도로 아리를 모시는 데 여념이 없었다.

"대단하긴 대단했나 보군."

"성 밖에서는 향족을 찾아내리라 수소문하는 이들이 연일 넘쳐 난다고 하옵니다."

정원 너머 만개한 꽃들은 도겸이 자리를 비운 동안에도 여전히 피어 있었다. 며칠을 틀어박힌 사이 벌써 혼인을 축하하는 공물이 끊이지 않으니 그는 못마땅한 듯 미간을 찌푸렸다.

"노사께서는 뭐라 하시더냐."

"안 그래도 전갈을 받았습니다."

초야 다음 날에 받아 놓았다는 서한을 펼쳐 보니 경탄을 금치 못한 노대신의 문장 문장에 감탄이 서려 있었다. 황실에서 조사해 온 그간의 보고들과 달리 아리가 보여 준 능력은 사뭇 격이 달랐다.

"순혈이라."

향족의 마을이 멸망한 것은 벌써 백 년이 넘었다. 그렇게 뿔뿔이 흩어진 향족의 생존자들은 이제는 명맥조차 이어지지 못한 채 씨가 끊어졌다. 인간 사냥에 가까운 참극이 일어난 것도 모두 향족이 가진 막대한 힘 때문이었으니까. 그 힘을 두려워했던 황제는 그들이 살던 마을을 불태웠고, 그 힘을 탐내던 황제는 어떻게든 생존자를 찾아내려 애를 썼다.

참으로 모순이 아닐 수 없다. 그렇게 유린당하는 와중에도 향족의 생존자였던 아리의 부모는 연을 맺어 아리와 동이 남매를 낳은 모양이라 했다.

유난히 기골이 장대하고 용맹하던 동이와 똑 닮은 아비라 하였으니, 일당백을 해낸다던 향족의 사내들을 어찌 두려워한 건지도 능히 짐작은 갔다.

첫 각성과 함께 가장 강력한 능력을 발휘한다 해도 황제의 병은 고칠 수 없으리라 단언한 자신이 어리석었다며 충성스러운 노대신은 몇 번이고 자책의 말을 더해 놓았다.

[이 모든 것은 소신의 불찰이옵니다. 향비를 찾아내신 것은 곧 단월국의 홍복이니 부디 전하께서도 영민한 판단을 하시기를 바라옵니다.]

만약에. 만약에 황제가 아리를 각성시켰더라면. 아무 욕심도 없던 그를 황태제 자리에 억지로 올려놓은 것처럼 이제는 아리를 제물로 삼으려는 속내가 눈에 선했다.

"이제 와 형님의 품에 내 아내를 안기기라도 하란 것인가."

도겸은 주먹을 거머쥐고서 있는 힘껏 벽을 내리쳤다. 흘러내린 핏방울과 함께 살갗이 벗겨진 채 그는 곧장 침전에 들어가 그녀의 입술에 제 상처를 가까이 댔다.

순간 거짓말처럼 상처가 아물기 시작했다. 영수는 물론 지켜보는 이들조차 말로만 듣던 기적 같은 힘에 경악을 금치 못했다. 비릿한 피 냄새를 맡은 것인지 잠든 아리가 눈을 떴다. 선연히 빛나는 금빛 눈동자와 함께 아리는 혀끝으로 그의 상처를 핥았다.

"어찌 이리 다치셨습니까."

"아니, 아무것도 아니야."

완전히 나아 버린 자리를 확인하고서 도겸은 영문도 모르는 아리의 머리를 쓰다듬었다. 초야를 치르고 겨우 자유의 몸이 된 덕분인지 아리는 두 뺨에 홍조를 띄우고서 수줍게 그의 소매를 꼭 거머쥐었다.

"이럴 줄 알았으면 진작 초야를 지낼 것을 그랬나 봅니다. 상처도 이리 낫게 해 드릴 수 있으니까요."

활짝 웃는 아리의 농에 도겸은 애써 웃었다. 등 뒤로 범이 따라오는 줄도 모르고 이리 해맑아서야. 만약 황제마저 아리를 노리기 시작한다면 일이 더 곤란해질 공산이 크다. 여전히 피곤해 보이는 아리를 침상에 눕혀 놓고서 도겸은 곁에 선 영수에게 단단히 당부했다.

"침소에는 그 누구도 들이지 말아야 할 것이다. 얼굴도 내보이지 말고, 오가는 아이들에게도 각별히 입조심을 시켜야 한다."

"명심하겠나이다."

고작 사랑하는 이와 하룻밤을 보낸 것뿐인데 두 사람을 둘러싼 공기의 흐름조차 순탄치 않으리라는 것이 여실히 느껴졌다. 저를 노리던 짐승의 송곳니가 아리를 물어뜯기라도 하게 된다면 그때는 참으로 곤란하니까.

✹ ❄ ✹

요즘 들어 윤도는 자신이 인생을 잘못 산 것이 아닌가에 대한 심각한 고민이 들었다.

"대체 나더러 어쩌라는 건지."

묵묵부답으로 동궁에 들어앉은 사촌 형님께오서 주워 오신 그 촌것이 하필이면 향족이란다. 그런 중요한 사실을 제게만 숨긴 것도 서러워 죽겠는데, 정작 세상 사람들은 어찌 그리 다 알면서 감쪽같이 속인 것이냐며 만만한 윤도에게 화살을 돌렸다.

그리 서러우면 직접 가서 따지면 될 것을. 온 사방에 진동하는 꽃향기가 거슬려서 그는 휘휘 소매를 저으며 청명한 가을 하늘을 바라보았다.

군자는 괴력난신을 논하지 않는다 하여 본래 이런 도술 같은 것은 응당 부정하여야 마땅하다지만. 제 눈앞에 일어난 이 기적과도 같은 일은 천재라 불리는 윤도조차 들어 본 바가 없었다.

기껏해야 늙은이들이나 하는 몽상 정도로만 치부했었는데. 낙마하여 중상을 입었던 병사조차 다음 날 멀쩡히 걸어 다니는 건 물론 오늘내일하던 황제마저 언제 그랬냐는 것처럼 건강을 회복했다. 모두가 황제의 쾌유에 기뻐하는 사이 하루아침에 날벼락을 맞은 것은 다름 아닌 윤도의 모친인 화평공주였다.

"지금 나더러 그 말을 믿으라는 것이냐!"

"믿으시든 아니 믿으시든 어찌하겠습니까. 이미 일어난 일인 것을요."

숨을 거두신 지 벌써 몇 달이라 이젠 점점 밀랍이 되어 가는 제 어머니를 쉬쉬하는 것만으로도 화평에게는 버겁기만 하다. 그런데 황제의 쾌유 소식에 기분이 좋은 소 태후가 그만 그리도 사이가 나빴던 시어머니의 처소에까지 발을 들였다.

우리 폐하조차 이렇게 멀쩡히 나아지셨으니 태황태후는 좀 어떠시냐고. 오만 가지 핑계를 대며 겨우 돌려보내기는 했다지만 졸지에 화평의 거짓말이 만천하에 드러나게 생겼다.

"정말로 그 계집의 힘이 진짜라면 태황태후께도 차도가 있으셨어야지. 도겸이 그놈이 무슨 수작을 부린 것인지는 몰라도 분명 가짜일 게다."

"하긴. 아무리 향족의 힘이라 해도 노환을 어찌할 수는 없을 테니까요."

철통같은 보안 덕분에 비밀을 아는 건 제 측근 정도. 도겸은 이미 눈치챘을지 몰라도 윤도는 아직 모른다. 그러니 화평은 일부러 더욱 열불을 내며 어떻게든 이 일을 묻기 위해 애를 썼다.

"향족은 무슨! 보나마나 제 계집에게 향낭이나 몇 채워 주고는 제 수하들을 동원해 수작을 부린 거겠지."

실제로 눈앞에 보이는 것을 놓고도 황궁 안의 반응은 제법 엇갈렸다. 황궁 안에 일하는 자들 중에서도 밤사이 동궁에서 나온 자들이 나무를 바꿔 심는 것을 목격했다는 소문이 암암리에 퍼졌다.

이 모든 논란 중에도 도겸은 끝내 자신의 측비를 내보이지 않았다.

"회임을 준비하고 있는 귀한 몸이오. 황궁의 탁한 공기가 자칫 그이의 건강을 해칠까 염려되니 공들께서도 이 점은 이해해 주시오."

"그런……."

"황제 폐하께서 허락하신 일이십니다. 아니 그렇습니까?"

도겸의 되물음에 황제는 떨떠름하게 고개를 끄덕였다. 초야 전까지만 해도 더없이 사이가 좋던 두 형제 사이에 미묘한 기류가 흐르기 시작하자 오히려 소 태사의 기세가 등등해졌다. 한결같이 도겸을 지지하는 줄 알았던 노신들의 세력도 사뭇 의견이 갈리기 시작했다.

"정통 후계자이신 황제 폐하가 엄연히 계시는데, 지금이라도 그 향족의 여인을 폐하께 바치는 것이 신하 된 자의 도리인 줄 아뢰옵니다."

"하오나 황태제 전하께서는……."

"적자이신 황제께서 강건하시다면 어찌하여 굳이 아우님께 황위를 물려주어야 하시겠습니까. 이 단월국의 전통은 언제나 적장자 계승이 원칙이었나이다."

대놓고 말은 하지 못하나 모두가 알고 있다. 실제로 선대 황제는 향족의 여인을 비로 들인 후, 초야부터 시작해 합방 하나하나에 상세한 기록을 남겨 놓았다. 하물며 초야에 보인 기적 같은 조화로 보아 순혈의 여인이라면 응당 황제의 고질적인 지병도 쉬이 낫게 할 터. 내부에서 의견이 합치를 이루지 못하니 그들은 결국 소 태후를 찾아가 시위를 벌였다.

평생 앓던 아드님을 낮게 할 유일한 존재라며 피를 토하는 모습을 앞에 두고 소 태후는 제 옆에 앉은 영 황후를 힐끔 바라보았다고 했다. 황후가 몇 마디를 속삭인 후 소 태후는 그들의 제안을 딱 잘라 거절했다.

"공들께서는 지금 우리 폐하더러 황태제의 측비를 빼앗은 폭군이 되란 말씀입니까?"

소 태사라면 그러고도 남을 위인이라지만 이미 뼛속까지 황가의 여인이 된 소 태후가 그런 수모를 용납할 리 없다. 조정 안의 돌아가는 분위기가 그러하니 윤도는 애써 말을 아끼며 정황을 살피기에 여념이 없었다.

혼인은 도겸이 했건만 왜 고생은 저가 해야 하는 것인지. 이게 다 사촌 형님을 잘못 둔 탓이다. 뻐꾸기가 되어 이곳저곳을 기웃거리며 정보를 수집하면서도 그는 입이 댓 발로 나온 채 투덜거리기 바쁘던 차였다.

"이게 뉘십니까. 윤도 공 아니십니까."

"소 태사께서 서관에는 어인 일이십니까."

원수는 외나무다리에서 만난다더니. 줄곧 피해 다니던 이와 그만 정면에서 마주했다. 모르는 척 좀 지나가 주면 좋을 테지만 저쪽 역시 윤도에게 물어보고 싶은 것이 많아 보였다.

"오랜만에 서책이나 살피러 들렀습니다. 마침 이리 윤도 공을 뵈오니 참으로 반갑기 그지없습니다."

사람 좋은 듯이 웃고 있다지만 뱀처럼 뜬 눈만은 여전히 차갑다. 제 속내를 쉬이 내보이지 않는 저 능구렁이 같은 사내를 앞에 두고서 윤도는 괜히 껄껄 웃으며 부채로 입을 가렸다. 잡다한 신상을 털다 결국 이야기는 도겸의 혼인 이야기로 넘어갔다.

"공께서 많이 서운하셨을 듯합니다. 듣자 하니 황태제 전하께서는 윤도 공께도 신부의 얼굴 한 번 아니 보여 주셨다지요."

넌지시 건네는 말에 숨은 의도가 쉬이 보였다. 일부러 약이라도 단단히 올려 줄 겸 윤도는 대놓고 소 태사의 성질 긁기에 나섰다.

"어찌 그런 서운한 말씀을. 별궁에 계실 적에 당연히 뵈었습니다만?"

어차피 황궁에 들어오게 된 이상 내내 꽁꽁 숨겨 둘 수만은 없는 노릇이다. 이번 기회에 소 태사의 콧대를 단단히 눌러놓을 겸 윤도는 그날 보았던 그 촌티 나는 계집의 얼굴을 애써 열심히 떠올려 보았다.

"세상 물정 모르고 고이 자란 귀한 분이어서 그런지 전하께서도 신중에 신중을 거듭하시는 것이 매우 인상 깊었습니다. 누가 뭐라 하여도 두 분은 참으로 연분이라 서로를 귀애하는 마음이 참으로 큰 듯했지요."

"허허. 황궁에만 계시던 전하께오서 어느 와중에 그런 연분을 구하게 되오신 것인지 참으로 신기할 따름이외다."

"사냥을 다니다 자객을 만나셨다더군요. 자객만 아니 만났더라면 두 분의 연도 맺지 못하였을 터. 인생만사 새옹지마라는 말을 이럴 때 쓰는 법인가 봅니다."

부채를 펄럭이며 코웃음을 치는 윤도를 앞에 두고 소 태사의 입꼬리가 파르르 떨렸다. 네가 자객을 보내 준 덕분에 형님께서 그 여인을 줍게 된 것이니 오히려 이제는 고맙기까지 하다는 너스레에 소 태사도 내심 빈정이 상한 기색이 역력했다.

"화무십일홍이라. 제아무리 귀한 분이라 한들 황실의 법도는 갖추셔야 할 터인데. 지금이야 태후께서 눈감아 주신다 하더라도 그것이 며칠이나 가겠습니까."

"후사 준비로 여념이 없다 하시지 않습니까. 폐하께서도 어서 좋은 소식이 있으셔야 할 텐데 말입니다."

제아무리 향족의 힘이라 한들 씨 없는 수박을 무슨 수로 구원할까. 제 아들보다 어린놈에게 몇 번이나 무안을 당하고도 소 태사는 끝내 쓴소리 한 번 내뱉지 않았다.

아무리 소씨의 권력이 강건하다 한들 황제의 성씨를 바꾸는 일은 쉬운 일이 아니다. 하나 당장 저들의 수중에는 도겸에게 맞설 패가 없다.

"어서 좋은 소식이 들렸으면 좋겠습니다. 아이 울음이 들릴 때쯤이면 분열된 조정도 모두 하나가 될 수 있을 터이니 이 얼마나 큰 경사가 아니겠습니까."

정작 본인은 종마 취급이나 당한다 싫은 기색이 역력했지만, 이 구도에서 후사는 더할 나위 없는 무기가 된다.

입단속을 그리도 철저히 했다 하나 매일 밤 방아 찧는 소리에 동궁 시녀들이 밤잠을 설친다는 말만은 온 궁 안에 파다하게 번진 지 오래다.

그 소식을 소 태사가 듣지 못했을 리 없다. 하물며 색사가 문란하기로 소문난 그라면 도겸을 어떻게든 실각시키고서 그 여인을 제 손에 넣으려는 짓도 서슴지 않을 터. 평소 부하의 아내를 눈여겨보았다가 남편 쪽에 누명을 씌우고서 그 부인을 농락한 일도 있었다.

선황은 그 일로 몹시 분노했지만 황태자의 외숙이란 이유로 어떻게든 넘어가긴 했다. 제 어머니만큼이나 소 태사 역시 죄가 많

은 이지만, 그들은 이 황궁을 양분하는 주축이 되어 지금도 한없
는 권세를 누리고 있다.

"그리 대단한 분이라 하니 추후 뵐 날이 참으로 기대가 되옵니
다. 그럼 이만 실례하지요."

성공의 척도는 뻔뻔함이라더니. 만약 도겸에게 정말로 무슨 일
이 생기기라도 한다면 소 태사가 그 여인을 절대 그냥 둘 리 없
다.

멀어져 가는 뒷모습을 보며 윤도 역시 불퉁하니 독이 올랐다.
여인에게 눈길조차 주지 않던 형님께오서 이리 싸고도는 것도 분
명 향족이 가진 힘 때문일 것이다. 그게 아니고서야 그리도 별 볼
일 없던 촌것을 그리 애지중지할 리 없으니까.

동궁의 삼엄한 경비를 보니 입구에선 막힐 게 뻔하다 싶어 윤
도는 슬그머니 담을 돌아 동궁 어귀의 개구멍을 찾았다.

"여기로군."

예전 도겸에게 한 번 들은 것만으로도 그는 무사히 동궁으로
숨어드는 길을 찾아냈다. 바닥을 기는 것도 마다않고 기꺼이 안
으로 들어서서 몸에 묻은 흙먼지부터 털어 냈다. 수풀 어귀에 숨
어 궁 안의 기류를 살피니 별다른 징조는 없어 보였다. 몇 걸음
더 다가가려 할 즈음 나무 위에서 검은 그림자 하나가 떨어져 내
렸다.

"여기서 뭘 하시는 겁니까."

"난 또 누구라고."

언제나 도겸의 곁에서 떨어진 적이 없던 무하가 이곳에 있는
건 예상 밖이다. 뭐라고 실랑이를 시작하려 할 즈음 저쪽에서 여
인의 웃음소리가 들려왔다.

소리와 함께 번져 나가는 아련한 꽃향기가 두 사내의 코끝을 스쳤다. 윤도는 무언가에 홀린 것처럼 소리가 들리는 방향으로 고개를 돌렸다.

"마님. 이제 그만 들어가 공부하실 시간이십니다."

"이번에는 내가 술래를 할 차례인걸."

"나리께서 일찍 돌아오시겠노라 하셨습니다."

"그래? 가군께서 그러신 거라면 어쩔 수 없지."

여인이 시녀들과 함께 술래잡기를 하고 있었다. 지금도 동궁 밖에서 무슨 이야기가 오가는 줄도 모르고서 속 편히 저리 놀고 있는 모습이 기가 막혔다.

그런데 문득, 오고 가는 대화의 논조가 무언가 이상하다. 저 배운 것 없는 촌것이라면 몰라도 평생을 황궁에서 보낸 영수가 기본적인 예의조차 무시하고서 엉뚱한 호칭을 쓰고 있는 것이 수상쩍었다.

"어흠."

무하를 밀쳐 내고서 윤도는 애써 헛기침을 하며 제 존재를 드러냈다. 경악한 영수와 함께 무하가 서둘러 그에게 경고했다.

"저분께서는 이곳이 황궁이라는 사실을 모르십니다."

"내 그럴 줄 알았지."

"무하. 곁에 계신 그분은……."

별궁에서 안면이 있었던 터라 여인은 으레 만만한 무하에게 먼저 말을 걸었다. 오만상을 쓴 영수에게 한 번 고개를 저어 버리고서 윤도는 껄껄 웃으며 깍듯하게 인사부터 올렸다.

"지난번의 무례를 용서하십시오, 형수님. 이 사람, 형님의 사촌 아우인 윤도입니다."

"……아리라 하옵니다."

첫인상이 최악이라 그런지 여인의 얼굴에는 경계하는 기색이 역력했다.

한껏 짙으면서도 어딘지 모르게 거슬리지 않는 아련한 꽃향기. 정말로 상처를 치유하는 힘이 있는 것인지, 막상 마주하고 나니 제 코끝을 간지럽히는 이 향기가 심히 간지러웠다.

대체 이 향의 정체는 뭘까. 홀린 듯이 다가서는 윤도의 앞을 무하가 막아섰다.

"잠시 서한을 가져다주러 오신 차에 인사나 드릴 참이셨나 봅니다. 마님께서도 이만 들어가십시오."

"하지만……."

"추후에 다시 말씀을 나누실 기회가 있으실 테니 오늘은 이만 돌아가 주십시오."

영수가 나서 아리의 등을 떠밀었다. 이게 무슨 촌극인지. 졸지에 텅 빈 마당 아래에서 무하는 곤란한 듯 윤도가 들어온 개구멍 쪽을 바라보았다.

"대체 어쩌자고 이러시는 겁니까."

"그건 내가 하고 싶은 말이야. 초야를 치르고도 두문불출이다 싶더니, 여기가 궁인 줄도 모른다고? 지금 그걸 말이라고 해?"

언성을 높이는 윤도의 입을 막고서 무하는 뉘가 들을까 주변을 살폈다.

언젠가 밝히겠노라 언질을 주긴 했지만 벌써 초야를 치르고 제법 시간이 지났음에도 도겸은 끝내 아리에게 제 정체를 고하지 않았다. 덕분에 뒤치다꺼리를 하는 무하와 영수만 곤란해졌다.

다행히 노신들의 헛발질에 노여워진 소 태후는 행여 제 아들과 얽기라도 할까 잠잠해지긴 했다지만, 엉뚱하게도 이번에는 황후 궁에서 벌써 어떻게든 문안 인사를 올리러 오라 재촉이 시작되었 다.

제아무리 허수아비라 해도 황후는 황후인 데다 언제 불이 붙어 뒤집어 놓을지 모르는 화평공주까지. 다들 신경이 곤두서 있던 차에 윤도까지 이 난리이니 무하는 윤도를 가볍게 집어 들고서는 그대로 담을 넘어 동궁 밖에 내려 주었다.

"이게 무슨 짓이야!"

"전하의 윤허가 있기 전까지는 그 누구도 들이지 말라는 명이 셨습니다. 당분간은 부디 자중해 주십시오."

"자중하라니. 지금 내가 못 할 말이라도 했단 거야?"

혼사 문제로 속을 썩인 것도 모자라 뒷감당까지 죄다 떠넘겨 놓고서, 고작 신부의 얼굴 한번 구경하자는 것인데 그마저도 거 절당했다.

물론 그렇다고 형님에게 직접 찾아가 신부를 한번 보여 달라 청할 수 있을 만큼 간이 크진 않다. 이리도 철통처럼 지키고 있 는 것을 보면 발을 들인 것만으로도 단단히 혼쭐이 날 테지만, 그렇다고 빈손으로 돌아가기에는 제 어머니의 후환이 너무나 두 렵다.

"내 입장도 좀 생각을 해 줘야 할 거 아니야. 하루가 멀다고 다 들 나만 물고 늘어지는데. 형님이 날 이렇게 홀대하시니 소 태사 도 날 우습게 보는 것을."

"그게 무슨 말씀입니까?"

너도 결국은 숨겨 둔 여인을 보지 못한 것 아니냐 조롱하는 말 에 발끈하여 한 마디도 져 주지 않았노라고 투덜대는 윤도를 앞에 두고 무하가 머리를 짚었다. 어떻게든 태남산과 연결고리를 지우려 애를 썼건만, 윤도가 함부로 입을 연 탓에 그간 교란해 온 정보들이 모조리 수포로 돌아갔다.

"대체 내가 뭘 그렇게 잘못했다고 나만 따돌리는 건데?"

바락바락 대드는 윤도를 앞에 두고 무하는 고뇌에 빠졌다. 차마 주군의 사촌 아우를 한 대 패 버릴 수도 없고. 일단은 돌아가라 등을 떠밀면서도 이 일을 어찌 보고해야 할지 무하는 한숨이 절로 앞섰다.

✻ ❊ ✻

"윤도가 찾아왔었다고?"

"예. 서한을 전해 주러 잠시 오셨다 들었습니다."

저녁 식사를 마칠 즈음 아리가 먼저 도겸에게 물었다. 혼인을 했다고 하나 달라질 것은 그다지 없었다. 여느 때처럼 영수를 비롯한 선생들에게 수업을 듣고, 밤에는 그의 품에 안겨 잠드는 평범한 나날. 그 와중에 난데없이 쳐들어온 시동생은 무료한 아리의 일상에 유일한 자극이었다.

"내 고모님의 아들이지. 어머님이 돌아가시고 형제처럼 자랐어."

그의 고모라고 했던 화려한 장식을 두른 여인은 아직도 기억하고 있다. 성가신 듯 말을 하지만 나름 편하게 대하는 것을 보면 제법 친하기는 한 모양인데. 그래도 쉬이 마음을 내어 주지 않는 도겸과 달리 저쪽은 형님, 형님 하며 잘 따르는 듯 보였다.

"불편하십니까?"

"그 애는 아무 잘못이 없다지만, 고모님은 여전히 불편하니까."

제아무리 사촌지간이라 한들 부모가 척을 지게 되면 껄끄럽게 마련이라서 쉬이 받아 주지 못하는 그의 마음도 이해가 갔다. 정말로 모르는 것이든, 아니면 알면서도 매달리는 것이든 말끝마다 형님을 찾던 이의 눈에 아리는 말 그대로 굴러 들어온 돌일 터.

"난데없이 나타난 이이니 미움받을 법도 하지요. 저라도 싫었을 겁니다."

덤덤한 아리와 달리 도겸은 퍽 서운한 티를 내며 아리를 꼭 끌어안았다. 혼인을 치른 이후로는 부인, 부인 해 주며 예를 차렸지만 오늘은 꼭 태남산에 함께 머물던 그때처럼 격 없이 굴었다.

"나는 못 해. 그대에게 무례하게 구는 건 절대로 용서할 수 없어."

"박힌 돌이 굴러 들어온 돌을 미워하는 건 당연한 겁니다. 그러니 너무 미워하지 마셔요."

그의 뺨에 살짝 입을 맞추고 마음을 풀어 주려 애를 써 봤다. 일부러 동글동글 눈을 굴리며 잔망스러운 짓을 해 보지만 그는 여전히 노기를 풀지 않고 아리의 머리를 쓰다듬었다.

"세상에 이리 어여쁘신 돌이 어디 있다고. 그대는 잎사귀 하나 다쳐서는 아니 될 내 귀한 꽃이신 것을."

낯 뜨거운 말을 잘도 하는 걸 보니 조금은 마음이 풀린 모양이다. 매일같이 듣는 말이 이제는 익숙해져서 아리는 일부러 도겸의 팔을 꼭 안고서 고양이처럼 뺨을 비볐다.

그가 무엇을 염려하는 것인지는 이해한다. 영수마저 밀치고 단단히 화가 나서는 저를 어디에 숨겼느냐 역정을 냈던 사람. 아들까지 보내 저를 찾아온 것을 보면 이 혼인을 분명 **탐탁지 않게** 여기는 이가 적지 않다는 것인데. 그래서인지 도겸은 **혼사**를 치른 이후에도 쉽사리 그녀를 밖으로 내보일 뜻이 전혀 없어 보였다.

아직도 저가 부족한 탓일까. 식사를 물리고 욕간을 하는 **와중**에도 아리는 좀처럼 마음이 편치 않았다. 지금이 싫은 것은 아니다. 추운 겨울, 얼음을 깨 가며 개울물을 떠나르던 처지에 비하면 호사스러운 고민이다. 다만 귀부인의 소양이라는 이유로 악기를 다루는 법을 익히느라 손가락에는 온통 긁힌 상처가 가득한 정도.

제게 생긴 치유의 힘은 정작 자신에게는 전혀 들지 않는 데다, 도겸 역시 밤마다 상처에 입을 맞춰 줄지언정 아프면 그만하라는 말은 하지 않았다. 필요하니 하는 것이겠지. 그러니 지금은 좀 힘들다 해도 견뎌 내고 싶었다.

욕간을 마치고 돌아가니 도겸은 여전히 호롱불 아래에서 어려운 서류를 읽고 있었다. **빼곡하게** 적힌 것들을 **슬쩍** 곁에서 들여다보자 그는 반사적으로 치워 버리고서 아리의 허리를 번쩍 안아 올렸다.

"함께했다면 좋았을 터인데. 급히 보고 넘겨주어야 하는 건이니 먼저 잠자리에 드셔야 할 것을."

"저는 보면 아니 되는 것입니까?"

"하나도 재미없는 내용이긴 하지만 그대가 보지 말아야 할 이유는 아니지."

아리가 호기심을 보이자 도겸은 기꺼이 그녀를 제 무릎에 앉히고서 **빼곡한** 서한을 보여 주었다. 글줄이나마 뗀 아리가 읽어 나

255

가기에는 너무나 어려운 내용이 많아서 드문드문 그의 도움을 받아 겨우 알아들었다.

"홍수의 구휼도 가군께서 처리하시는 일이십니까?"

"뚜렷한 방안을 바치는 것이 신하의 도리니까."

강물이 범람하여 이재민이 발생하고 오갈 데 없는 백성들은 손만 놓고 있는 데다, 엎친 데 덮친 격으로 전염병까지 돌며 배앓이를 하는 환자들이 속출한다는 내용이었다. 아리는 환자들의 증상을 읽어 보고서는 무언가 이상한 점을 발견해 냈다.

"약탕을 끓여 나누어 주었는데도 쉽사리 낫지 않는다니. 이것이 어찌 된 일입니까?"

"그러니 내게 도움을 청하게 된 것이겠지만. 아무리 약을 풀어도 낫지 않으니 새로운 병인가 싶긴 한데, 혹시 짚이는 게 있을까?"

지난번 황제에게 치료법을 주었던 만큼 아리는 도겸에게 몇 가지 사안을 물어보았다. 그는 지도를 펴 놓고서 근방의 지형과 대강의 사정을 아리가 이해하기 쉽도록 풀어서 설명해 주었다.

"예전, 태남산을 오르던 사냥꾼들 사이에 꼭 이런 병이 돈 적이 있었습니다."

"사냥꾼들 사이에서?"

"예. 그때 분명 어머니께서 무언가 손을 쓰시긴 했었는데……."

아리는 가물가물한 옛 기억을 열심히 되짚어 보았다. 어머니를 도와 가죽을 다듬던 저와 달리 철없던 동이는 개울에서 장난질을 치고 있었다. 얼마 후 알고 지내던 사냥꾼 하나가 급히 남매의 집에 실려 오고 아버지와 어머니가 심각하니 무언가 이야기를 나누었다.

"아버지가 유독 바쁘셨던 기억이 납니다. 어머니께서도 한동안 개울 근처에는 가지 말라 신신당부를 하셨고요."

분명 큰 비가 온 뒤였던 터라 어찌 그 더러운 물에 들어가 노느냐며 동이에게 핀잔을 줬다. 헤엄을 잘 못 치는 제 아우는 분명 그 물을 제법 삼켰을 터. 흙탕물이 가라앉았다 해도 물에는 여전히 몹쓸 것들이 살고 있을 터인데. 하물며 난민이라 하면 장작을 구할 만한 처지는 더욱 아니 되었을 것이다.

"분명 물이 문제라 하였습니다."

"강물이?"

"집 하나 번듯이 없는 이들이 물이라고 제대로 끓여 마셨겠습니까. 약탕 한 사발을 먹고 낫는다 한들 폭우에 쓸려 내려온 물에는 나쁜 것이 가득 섞여 있을 것입니다. 그런 물로 밥을 지으면 당연히 배앓이가 끊이지 않지요."

으레 먹던 개울물이었으니까. 아리 역시 어머니에게 혼이 나지 않았더라면 동이와 같이 나란히 누워 배앓이를 했을 터였다.

나쁜 것들을 걸러 내기 위해 어머니께서는 가는 자갈과 종이를 겹친 것을 만들었다. 드문드문 떠오르는 기억을 그려 내자 도겸은 아리의 조잡한 그림을 보며 고개를 끄덕였다.

"무슨 원리인지는 알겠군. 이번 기회에 내가 한번 직접 시찰을 나가 보는 것도 좋을 것 같아."

"가군께서요?"

"아니면 함께 나가는 것도 방법이고. 우리가 난민촌에서 사랑을 나누면 혹시 알까. 그 많은 환자가 모두 벌떡 일어나기라도 할지."

음흉한 농과 함께 그의 큰 손이 아리의 가슴께로 파고들었다.

외출 한 번 엄두도 내지 않으시던 분께서 이리 말씀을 하시니, 아리는 애써 기대하며 그에게 물었다.

"드디어 바깥 구경을 해 볼 수 있는 것입니까?"

"우리 부인께서는 바깥 구경이 하고 싶으셨나 봅니다."

아리는 대놓고 고개를 끄덕였다. 음탕한 질문은 곤란하지만, 오늘 윤도를 보고 난 이후로 아리도 슬슬 욕심이 나기 시작했다. 다소곳한 요조숙녀 노릇은 아무래도 좀이 쑤셔서 살그머니 그에게 기대 졸라 보기로 마음먹었다.

"가군과 함께 시장 구경도 하고, 맛난 것도 먹고. 그리 해 보고 싶은 것이 제 작은 욕심인 것을요."

"나야 좋다지만 호위하는 이들은 영 편치 않을 성싶습니다만."

치사하게도 부하들을 들먹이는 그의 거절이 미워졌다. 온실 속 화초처럼 가둬 두는 그의 속내를 알 길이 없어서 오늘 밤은 아리가 먼저 그의 위에 올라타 한 번 더 졸라 보기로 마음먹었다.

"그러면 난민들을 도우러 가는 것도 좋지요. 제가 다친 이들을 돌보는 데는 제법 재주가 있으니 말입니다."

만약 저가 공이라도 세우게 된다면 나라님께서 그를 더욱 어여삐 여기실 터이니, 있는 힘을 그렇게라도 써 보자 싶어 건넨 말이었다. 그런데 어쩐지 그는 손에 든 서한을 내려놓고서 제 위에 올라탄 아리를 탁상 위에 눕혀 버렸다.

"지금 제가 아닌 다른 이를 돌보겠노라, 그리 말씀하신 겝니까?"

때아닌 질투에 아리는 애써 몸을 뒤척여 보지만 사내의 강인한 힘을 이기기에는 한없이 역부족이다. 고운 뺨을 여며 주고서 도겸은 아리의 입술을 훑었다. 가볍게 한 번 빨아들이고서 아주 느굿하게 혀로 훑어 내리며 그는 숨 쉴 틈도 주지 않고 아리의 혼을 빼놓았다.

"내일 아침 해가 밝자마자 내가 직접 가 보도록 하지요. 대신 그대는 이곳에서 한 걸음도 나서서는 아니 됩니다."

"어째서요?"

"뭐, 나가실 수 있으시면 나가 보십시오."

분명 저가 가면 도움이 될 터인데. 되묻는 아리를 마주 보고서 도겸은 또다시 짓궂은 미소를 머금었다. 어디 해 볼 테면 해 보라며 그는 아리의 허리를 잡았다. 깨달은 시점에서는 이미 늦었다. 짐승처럼 달려드는 그의 재간에 달아날 곳이 없어 아리는 오늘도 숨이 깔딱깔딱 넘어갈 지경에 이르러서야 겨우 항복을 선언했다.

침상 밖에서는 그리도 다정하시던 분이 유독 저를 품을 때는 이토록 독불장군이라서. 몸에 남은 붉디붉은 그의 잇자국이 민망하건만, 도겸은 잠시도 아리를 놓지 않고 쉴 새 없이 그녀의 여린 살결을 헤집기 바빴다.

"말동무가 필요한 거라면 윤도에게 일러두지요. 물론 그대가 내일 걸음이나 제대로 걸을 수 있을지는 모르겠지만."

찬란히 드리운 달빛 아래 탄탄한 사내의 나신이 오롯이 드러났다. 매끈하게 뻗은 쇄골 아래로 단단히 갈라진 가슴과 배의 근육이 선연히 비쳤다. 한없이 말랑거리기만 하는 제 몸과는 사뭇 다른 사내의 몸과 우뚝 선 남근을 마주하고서 아리는 애써 숨을 삼켰다.

"참으로 너무하십니다."

"그것을 이제야 아시다니."

벌써 수차례 몸을 섞어도 도통 적응이 아니 되어서 아리는 허리를 뒤틀며 가는 울음을 내내 삼켰다. 이제 그만 좀 쉬게 해 주셔도 될 터인데, 그는 기진맥진한 아리의 몸을 일으키고서 짓궂게도 앙증맞은 손을 가져다 제 것에 얹어 두었다.

"어째서 눈을 피하십니까?"

흥건히 젖어 버린 것의 정체는 익히 알고 있지만, 이리도 노골적으로 물어보면 무어라 대답하여야 할지 곤란하기만 한데. 망측한 희롱질에 애가 달을 즈음 그가 아리의 손을 꼭 움켜쥐었다. 두터운 그의 존재감이 꺼떡일 때마다 수치심이 배가되었다.

평소에는 보지 못할 그의 모습을 보고 있으니 심장이 요란히도 뛰어 주체할 길이 없다. 날로 욕심이 늘어만 가는 제 모습이 더더욱 낯설지만 아리도 더는 참을 수 없다.

"안아 주세요."

이런 말을 제 입으로 하게 될 줄은 꿈에도 몰랐다. 거추장스럽게 흘러내린 머리를 넘기고서 아리는 잔뜩 달아오른 그의 위에 올라탔다.

오늘따라 적극적인 제 모습이 맘에 든 건지 도겸은 흐뭇하게 웃으며 아리의 손등에 입을 맞췄다.

"이리도 요염하시니 다른 이가 훔쳐갈까 두렵습니다."

세상 무서울 것 하나 없어 보이던 그의 눈가가 촉촉이 젖어 들어 보이는 건 기분 탓일까. 마치 겁에 질린 아이처럼 도겸은 아리를 부둥켜안고서 거친 몸짓을 이어 나갔다. 어찌 오늘따라 여유가 없는 건지 아리는 등을 토닥이며 그를 달랬다.

"제가 은애하는 것은 가군뿐입니다."

"아리."

"혈육 하나 남지 않은 제게는 오직 가군뿐이신 것을요. 우리 겸이 도련님께서 저랑 하신 약속을 저버리셨다면 저는 지금쯤 끔찍한 꼴을 당했을 것입니다."

악몽 같은 그날의 일은 여전히 아리의 기억 속에 선명하게 남아 있다. 여전히 실감이 나지 않는 일상 속에서 이미 죽어 버린 제 아우를 가슴에 묻고 아리는 기꺼이 도겸을 보듬어 주었다.

"그대도 알다시피 내 아버님은 참으로 대단한 분이라서."

이 거대한 저택만 보아도 그것은 능히 짐작하고도 남았다. 아리가 고개를 끄덕이자 그는 어렵사리 말을 고르며 제 속내를 털어놓았다. 한껏 예를 차리던 그가 웬일로 편안하게 말문을 터서 아리는 그런 도겸을 지그시 바라보았다.

"지금은 형님께서 물려받긴 했지만 아마 다음은 내 차례가 되겠지."

"가업입니까?"

"뭐, 비슷하려나."

말을 이으면서도 가업 이야기가 나오니 달갑지 않은 기색이 역력했다. 도겸은 뽀얀 아리의 가슴에 얼굴을 묻고 어린아이처럼 제 어려운 속내를 한껏 털어놓았다.

"아버지가 나를 편애하니 형님께서도 나를 싫어하셨어. 고모님께서도 실상 형님을 견제할 명목으로 나를 데려다 키우신 거였고."

"어찌 그런……."

"어머님께서 돌아가신 것도 고모님 탓이지만, 내 아버님은 그마저도 방관하셨다고 해."

형님의 외가가 대단한 가문이라서 사이가 좋지 않다 하여 서자인 그를 방패로 삼아 권력을 노린다는 말에 쉬이 입이 다물어지지 않았다. 참으로 이곳이 싫다던 그의 말이 점점 이해가 갔다.

'이곳에는 내 편이 없어.'

나지막이 읊조리는 그의 눈에 외로움이 짙게 드리웠다. 처음 본 순간부터 잔뜩 경계하는 것도 모자라 사람 좋아 보이던 형님을 편치 않게 여기던 그의 속이 이제야 이해는 갔다. 저가 모르는 복잡한 사연이 가득 얽혀 있는 모양이나 무력한 아리는 그를 위해 해 줄 것이 없다. 그러니 지금은 그저 식어 가는 그의 손끝을 제 온기로 녹여 줄밖에.

제게는 유독 살갑던 사내지만 아랫사람들이 유독 깍듯이 구는 것만 보아도 쉬운 윗전은 아닐 것이다. 제아무리 생명의 은인이라 해도, 아무리 치유의 능력이 탐나더라도 이러할 수는 없다.

처음 만난 날, 상처투성이였던 그의 몸에 난 상처는 분명 검으로 벤 흔적이었다. 누군가가 그의 목숨을 노리고 있고, 그 누구도 믿을 수 없는 이곳에서 그는 분명 아리를 만나기 이전에도 수없이 죽을 고비를 넘겼을 터.

동이가 그랬다. 짐승을 사냥할 때는 절대 빈틈을 보여서는 아니 된다고. 조금이라도 약점을 보이는 순간 맹수는 득달같이 달려들어 날카로운 송곳니를 박아 넣는다. 금수의 탈을 쓴 친족들 사이에서 그는 분명 이리 맘 편히 속내 한 번 털어놓지 못했을 터.

"뭐 어떻습니까. 이제는 이렇게 어여쁜 제가 있는 것을요."

일부러 해맑게 웃어 버리는 것도 모자라 두 손을 턱에 대고 애교를 부렸다. 다른 사내의 앞에서라면 죽었다 깨어나도 안 할 짓이라지만 그를 웃게 해 주고 싶어 이런 짓도 마다하지 않게 되는 제 모습이 마냥 낯설다.

누군가를 좋아한다는 건 이런 것이었구나. 날이 갈수록 익숙지 않은 것들에 익숙해지고, 저 자신보다 상대의 마음을 더 살뜰히 살피게 된다.

제법 효과가 좋았던 것인지 아리가 보란 듯이 눈을 깜빡이자 굳어 있던 도겸의 표정이 한껏 풀렸다. 제대로 먹힌 모양이라며 아리는 일부러 더욱 너스레를 떨었다.

"다른 이들이 저리 깍듯이 대하여도 제게 가군은 그저 겸이 도련님이십니다. 잠에서 막 깨어나신 얼굴이 어찌나 한심하시던지……."

"무어라?"

그때는 참으로 죽는 줄만 알았거늘. 굳이 옛일을 들먹이자 도겸은 아리의 허리를 안고서 역공에 들어갔다. 참으로 저를 잡으려고 이러는 것인지. 허리가 부러질 것 같다며 아우성을 쳐도 도겸은 쉽사리 아리를 놓아주지 않았다.

이러다가는 참으로 신방의 침상 다리가 부러졌다는 소문이 장하겠구나. 가물가물 끊어져 가는 의식 속에서 지치지도 않는 그의 거친 숨만이 아리의 시야에 잔상처럼 남았다.

✽ ❋ ✽

"아이고 허리야."

잠에서 깨어 보니 해가 중천에 떴다. 오늘은 꼼짝 말고 아무것도 하지 말라 이르고 나간 덕분에 아리는 새로 간 침상에 누워 유유자적 늦잠에 빠졌다. 햇빛 냄새가 나는 빳빳한 이불에 누워 아리는 베개를 꼭 안고 그를 떠올렸다.

"내가 왜 이러지."

얼굴만 떠올려도 너무 좋아서 웃음이 멈추지 않았다. 언제 오시려나. 오늘은 또 무슨 말씀을 해 주시려나. 오는 길에 생각이 났다며 풀꽃 한 송이라도 꺾어다 주시면 내내 기쁠 터인데. 무뚝뚝하고 눈치 없던 제 아우와 달리 매사 다정한 수도의 사내인지라 잠시도 설렘이 멈추지 않았다.

"마님. 손님께서 오셨습니다."

"드시라 이르게."

말동무를 보내 주신다 하더니 참으로 그의 사촌 아우라 하던 윤도가 아리를 찾아왔다. 체구 좋은 사냥꾼들만 보던 아리의 눈에는 한없이 여윈 데다 지게 하나 제대로 못 질 약골이라 그런지 무하처럼 어렵지는 않았다.

"오셨습니까."

"어제는 냅다 쫓아내시더니 오늘은 대뜸 형수의 말동무를 하라 하시고. 이 사람은 도통 형님의 속내를 모르겠습니다."

말은 그리 하면서도 손에 든 것은 찬합이라, 열어 보니 달달한 색색의 정과가 가득 들어 있었다. 아리가 손을 뻗기도 전에 영수는 냉큼 찬합을 받아다가 손수 다과상을 차려 내어 주었다.

"의심하고는. 내가 설마 이리 뻔히 보이는 수법을 쓸까 봐서?"

"그게 무슨 말씀이십니까?"

의심 하나 없는 아리를 마주하고 윤도는 뒤틀린 속내를 지울 길이 없었다. 어젯밤까지만 해도 무슨 방도를 마련하라며 길길이 날뛰는 어머니에게 시달리느라 한숨도 못 잤건만, 아리는 얼굴에

264

화색이 선연한 채 반가이 그를 맞이했다.

가뜩이나 바쁜 저를 찾는다는 얘기에 서둘러 다른 안건도 마다하고 달려왔더니 정작 저를 부른 도겸 대신 말동무 노릇이나 해 주라는 서한만이 덩그러니 그를 반겼다.

"형님께서는 어디에 가신 겝니까?"

"가군께서는 홍수가 난 곳을 직접 둘러보러 일찍 나가셨습니다."

괜히 번거로운 부인을 들인 탓에 안 해도 될 일까지 떠맡아서는. 하고 싶은 말이 목구멍까지 차오르건만 아리는 그마저도 자랑스러운 듯 묻지도 않은 말을 주절주절 늘어놓았다.

"피난민들을 생각하는 마음씨가 어찌나 갸륵하신지."

뭐가 그리 즐거운지 가군, 가군. 저와 몸을 섞는 형님의 정체도 모르는 주제에 가군을 찾으며 엉뚱한 소리나 하는 모습이 괘씸했다.

"아직 집안 어른들께 인사도 못 올리는 처지면서 잘도 웃음이 나오시나 봅니다."

윤도가 노골적인 적의를 드러내기 무섭게 아리의 말이 끊겼다. 잘 알지도 못하는 주제에. 언제부터 그리도 서로를 애틋하게 여겼다고 도겸에 대해 이러쿵저러쿵 말을 늘어놓는 모습이 그의 심기를 건드렸다.

도겸의 모친이 돌아가시고 윤도는 화평공주의 아래에서 도겸과 친형제처럼 함께 자랐다. 매사에 서먹한 황제보다, 고작 부하인 무하보다도 응당 저가 더 가까운 처지라 여겼건만. 이번 일에서는 어쩐지 혼자 따돌려졌다.

제아무리 신혼놀이에 취했다 한들 상황은 알아야 한다. 여전히

265

분수도 모르고 철없이 구는 모습이 미워서 윤도는 보란 듯이 과도를 집어 들고서 제 손에 기꺼이 상처를 냈다.

"형님께서 그 무수한 반대를 무릅쓰고 형수를 모신 것도 신비로운 능력 탓이라 하니 어디 한번 보여 주십시오. 내 얼마나 대단한지 구경이라도 좀 해 보아야겠습니다."

"윤도 공, 이게 대체 무슨 일이십니까!"

놀란 영수가 말릴 새도 없이 붉은 피가 방울방울 흘러내렸다. 명백한 도발을 앞에 두고 과연 이 여자는 어떻게 나올까. 분명 눈물방울이나 쏟으며 형님에게 고자질해 댈 테지.

제 경험상 형님은 그런 어리광일랑 일절 받아 주는 법이 없었다. 한 번 아니면 아닌 사람이니 행여 눈 밖에 나기라도 하면 상대가 누구든 쉬이 용서하시는 법이 없다. 어차피 듣기 좋은 꽃노래도 일 절까지니 이번 기회에 환영받지 못하는 그녀의 처지를 똑똑히 알려 주고 싶었다.

궁중에 화려한 여인들이 넘쳐나거늘. 제게 힘이 되어 줄 권세가의 여인을 모두 마다하고서 고작 이따위 잔재주로 도겸의 비호를 받게 된 것이 싫었다.

대놓고 몽니를 부리는 윤도를 앞에 두고서 아리는 안색 하나 바꾸지 않고서 태연히 되물었다.

"제가 왜 그래야 합니까?"

순간 귀를 의심했다. 벌레 하나 못 잡을 것처럼 유약해 보이니 금세 주눅이 들 줄 알았건만, 아리는 제 눈을 똑바로 보며 조목조목 그의 말에 반박하고 나섰다.

"이 힘을 어찌 쓸지는 애초에 제 마음입니다. 하물며 다친 사람을 낫게 해 주어도 부족할 판국에 부모님께서 주신 몸에 함부로 상처를 내고서 이 사람에게 낫게 하라니요? 어린애도 아니고 이게 무슨 짓입니까?"

예상치 못한 아리의 반격에 천재라 불리는 윤도조차 반박할 말을 잃었다. 드센 사냥꾼은 물론 말 안 듣는 아우와 지독히도 싸우며 자란 터라 아리는 애초에 남에게 쉬이 져 주는 법이 없었다.

"가군의 속뜻을 이제야 알겠습니다. 믿고 맡긴 사촌 아우님마저도 이 사람을 함부로 대하고 모욕하시니 밖에서는 얼마나 더 많은 이들이 저를 조롱하겠습니까."

"지금 그걸 말이라고!"

"자고로 도와주는 호의도 제 마음이 동해야 하는 법입니다. 어디 맡겨 놓은 것도 아니면서 제게 이래라저래라 하지 마십시오."

단호한 아리의 말에 나서려던 영수도 차분히 물러나 버렸다. 고작해야 천것 주제에, 도겸의 뒷배를 믿고 기고만장한 꼴이 가당찮다며 윤도는 자리를 박차고 일어났다.

그때였다. 갑자기 문밖에서 꿍음과 함께 시녀들의 비명이 들려왔다. 놀란 영수가 먼저 방을 나서고, 두 사람은 서로를 마주한 채 잠시 침묵을 지켰다.

"내 이럴 줄 알았지."

덜컹, 문이 열리고 머리채를 잡힌 영수의 몸이 내던져졌다. 붉은 장포를 입은 화려한 여인이 방에 들어서자마자 윤도는 이를 악물고 머리를 짚었다.

"어머니."

"하나 있는 아들놈이 내 통수를 칠 줄이야. 내 꼴이 아주 우습게 되었구나."

한동안 잠잠하다 싶더니 하필이면 도겸이 자리를 비운 사이 일이 터졌다. 괜히 어설프게 편을 들다가는 정말로 짜고서 저를 우롱했다 난리를 칠 어머니를 알기에 윤도는 일단 한 보 물러나 상황을 보기로 했다.

"갑자기 왜 이러십니까. 여기는 어쩐 일이시고요."

"그래. 지금은 네가 문제가 아니지."

한 번 화가 난 화평공주는 제아무리 황제라 해도 쉬이 말릴 수 없다. 그간 쌓인 분을 모조리 털어 낸 건지 뺨이 통통 부은 영수의 몰골은 참혹하기 그지없었다. 얻어맞고 걷어차여 상처가 가득한 와중에도 영수는 어떻게든 몸을 던져 아리의 앞을 막아 냈다.

"이러시면 참으로 곤란하옵니다."

"영수!"

엉망이 된 꼴을 보다 못한 아리가 손을 건네자 붓기가 씻은 듯이 사라져 갔다. 눈앞에서 일어나는 이 기적 같은 조화를 앞에 두고도 화평공주는 여전히 불신만이 가득했다.

"그래. 네가 바로 도겸이 데려왔다던 그 계집이로구나. 어디서 잔재주만 배워 와서는."

화평공주의 매서운 눈이 아리를 내려다보았다. 날카롭게 꼬리를 올려 그린 눈매와 잡아먹을 듯한 눈빛까지. 분에 차면 손에 잡히는 대로 잡아 대는 탓에 몇몇 시녀들은 화평과 눈이 마주치기만 해도 울음을 터트리기 일쑤였다.

제 어머니에게 이미 익숙한 윤도라면 몰라도 분명 화평공주의 앞에서는 으레 울음을 터트리리라, 그리 여겼으나 이 정체 모를 형수님은 화평공주의 손을 뿌리치고서는 깍듯한 자세로 인사부터 올렸다.

"소녀, 아리라 하옵니다. 늦게나마 고모님께 인사 올리옵니……."

말이 다 끝나기도 전에 화평의 손날이 아리에게 그대로 내리꽂혔다. 한없이 여린 몸이 바닥에 고꾸라지자 영수와 시녀들이 서둘러 아리를 향해 몸을 던졌다. 이러다가는 정말로 사람을 잡을 판이라 잠자코 지켜보던 윤도마저 제 어머니를 막아섰다.

"할 말이 있으시면 말로 하십시오!"

"고모님이라? 감히 단월국의 공주인 내게 저 미천한 것이 뭐라 지껄이는 것이냐. 고작해야 측비 주제에 어디 예의도 없이!"

화평의 말이 떨어진 후에야 영수와 윤도는 겨우 사태를 파악했다. 그리도 급급하며 숨겼던 사실이 입을 여는 족족 터져 나오니 계속 이 둘을 함께 뒀다가는 어느 쪽에서든 난리가 날 징조가 눈에 선했다.

그야말로 사면초가라 윤도가 어떻게든 어머니 입을 막아 보려 했지만 아리가 한발 먼저 공주에게 물었다.

"지금 뭐라고 하셨습니까?"

"배워먹지도 못한 것이 어디서 말대답을 하는 게냐. 한낱 사냥꾼의 딸 주제에 어디 감히 황가의 일원이라도 된 줄 알고 입을 놀리는 게야!"

분노에 차 날뛰는 제 어머니를 말리며 윤도는 뒤에 선 시녀에게 자초지종을 살폈다. 잠깐 자리를 비운 사이에 소 태사가 그만 사고를 쳤다.

'태남산에서 밀회를 즐기느라 선황제 폐하의 장례조차 미루신 모양입니다. 안타까운 노릇이지요.'

어제 경솔하게 놀린 제 말이 도리어 화근이 되었다. 그것도 모자라 소 태사는 도겸이 자리를 비운 사이 하필이면 제 어머니가 그리도 숨기려 들었던 태황태후의 일까지 걸고 넘어졌다.

'이리도 걸출한 능력이거늘 어찌하여 태황태후께서는 이토록 차도가 없으신 것인지 참으로 이상하지 않습니까.'

제 오라비의 말을 들은 소 태후는 화평공주가 잠시 자리를 비운 사이 태황태후의 침소에 기꺼이 발을 들였다.

진즉 밀랍으로 변해 버린 태황태후의 시신을 놓고 궁이 발칵 뒤집히고 간호를 명목으로 심어 놓은 시녀들이 모조리 끌려갔다. 도겸이 궁을 떠나 있는 반나절도 안 되는 사이에 이 모든 일이 일어나 버렸다.

"지금 그걸 말이라고……. 대체 언제부터!"

"지금 그게 중요한 것이 아니옵니다!"

허수아비 같은 황제라 해도 이번 일만은 결코 묵과할 수 없는 패륜의 죄다. 모든 정황상 화평공주가 조장한 것이 자명하나 그녀는 끝까지 자신은 모르는 일이라 함구하고 나섰다.

황제는 자택에 돌아가 근신을 명했지만, 화평공주는 평생을 살아온 궁에서 이렇게 내쫓기는 제 처지를 받아들이지 못했다.

굳이 남편을 사가에 두고 태황태후전에 들어앉은 것도 저 소씨들이 황실을 위협하기 때문이건만, 소 태사의 꼭두각시나 다름없는 황제가 감히 저를 쫓아낸다는 사실 자체가 그녀를 한없이 분노케 했다.

모든 것은 황실을 지키기 위해서이거늘. 자신이 하는 모든 일이 한없이 옳은 일인데 저들이 사사건건 방해하는 게 끔찍하기만 했다.

저 계집이 나타나지만 않았어도. 이 모든 사달의 원흉은 이 천한 계집 때문이다.

제 어머니가 왜 굳이 여기까지 찾아온 건지 평생을 봐 온 윤도는 능히 짐작하고도 남았다. 체통조차 마다하고서 공주는 손수소매를 걷어붙이고 아리의 머리채를 잡았다.

"여기가 어떤 곳인데. 너처럼 천한 것이 발을 들이다니 택도 없는 소리. 내가 두 눈 시퍼렇게 뜨고 있는 한 꿈도 꾸지 못할 것이다."

"그만 좀 하세요! 이러다 형님이 아시면 어쩌려고 이러십니까!"

괜한 곳에서 뺨을 맞고 와 분풀이를 해 대는 제 어머니를 보며 윤도는 참으로 죽을 맛이었다. 한 번 머리에 불이 일면 참으로 눈에 뵈는 게 없는 분이라 윤도의 몸에도 화평공주가 낸 생채기 자국이 하나둘 늘어났다.

"애초에 도겸 그놈이 제일 문제인 것을. 소씨들에게 밉보여 독을 먹고 죽어도 진작 죽었을 것이 내 덕에 황태제까지 오른 줄도 모르고서."

"마마!"

"근본도 모르는 것을 데려다가 재미를 볼 거면 밖에서 볼 것이지, 왜 황궁까지 데려와서 이 난리를 만드는 게야!"

듣는 사람조차 뼈가 아픈 모진 말이 쏟아져 내렸다. 윤도가 있는 힘껏 제 어머니를 떼어 내긴 했다지만 화평의 화는 좀처럼 식지 않았다. 금방이라도 달려들 것 같은 그의 고모를 마주하고서 아리는 영수에게 물었다.

"자네가 그랬었지. 가군의 형님께서 아직 자식이 없으셔서 아

271

우님인 가군이 다음 대통을 이으실 자리에 오르셨다고."

차분한 어조에 영수는 차마 대답조차 하지 못하고 고개를 끄덕였다. 몇 번이고 배운 내용이라 똑똑히 기억하고 있다. 유난히 까다롭게 배웠던 예법과 외워야 하는 수많은 절차. 상상조차 하지 못한 폭로에 말문이 막힌 사이 반쯤 열린 문 너머로 말발굽 소리가 들려왔다.

"이게 대체 무슨 소란입니까!"

분노한 도겸의 호통이 들린 후에야 한없이 올라간 화평의 손이 바닥을 향했다. 씩씩대며 주변을 살피던 화평은 제 앞에 주저앉은 아리를 가리키며 더 크게 호통을 내질렀다.

"경우가 없어도 유분수가 있지. 별궁에서 잠시 가지고 놀다 내다 버릴 계집을 어디 궁에 들여서는……!"

모든 것은 아리의 탓이라고. 끝내 한 발도 물러서지 않는 화평 공주를 앞에 두고 윤도는 수치심에 고개를 숙였다.

차마 입 밖에 낸 적은 없다지만 그도 잠시나마 그런 생각을 하긴 했었는데. 제 어머니의 저런 행동이 그를 더욱 부끄럽게 만들었다.

"윤도, 공주를 모시고 가서 근신하라. 태황태후마마의 문제가 정리된 후에 폐하께서 직접 처벌을 결정하실 터이니."

"처벌이라? 너희들이 감히 태상황의 유언을 저버릴 셈이더냐."

이리도 지독한 성미의 따님인지라 돌아가신 태상황께서는 하나뿐인 귀동딸의 앞날을 염려하였다.

무슨 죄를 지어도 용서해 주라고. 그 유언 탓에 돌아가신 선황조차 차마 제 누이에게는 꼼짝도 하지 못한 채 당하고만 살았다.

하지만 황제가 바뀌었고, 그 무엇보다 딸을 싸고돌던 태황태후마저 돌아가셨으니 이제 더는 누구도 화평공주를 도와줄 수 없을 터인데.

"윤도!"

어머니만큼이나 단호한 사촌 형님의 눈에 노기가 서려 있었다. 이대로 있다가는 참으로 경을 칠지도 모를 일이라 그는 고함치는 어머니를 끌고서 겨우 동궁을 빠져나갔다.

폭풍이 지나간 후에야 적막이 찾아왔다. 시녀들이 산산이 조각 난 찻잔과 정과가 흩어져 엉망이 된 바닥을 치워 나가고, 도겸은 말없이 주저앉은 아리를 일으켜 침실로 향했다.

두 사람 다 누가 먼저 쉽사리 입을 열지 못했다. 영수가 지금껏 가르친 게 있다 보니 화평공주의 말만으로도 아리는 그간 느낀 위화감의 정체를 쉬이 추측했다.

도겸 역시 그 사실을 눈치챈 것인지 이렇다 할 변명 하나 늘어 놓지 못한 채 그녀의 앞에 묵묵히 서 있을 뿐이었다.

"무어라 변명이라도 해 주십시오."

"아리."

"제가 지금 들은 것이 모두 사실입니까?"

도겸의 고개가 끄덕여지고 아리의 고개도 덩달아 떨궈졌다. 밀려오는 허탈감과 함께 그녀는 엉망이 된 제 손을 빤히 바라보았다.

가시처럼 쏘아 대던 말보다 한없는 경멸을 더한 눈초리가 더욱 아팠다. 차라리 맞서 대들기라도 하면 좋았을 터인데, 그 말에 일언반구 반박조차 할 수 없는 초라하기 짝이 없는 제 모습이 더욱 서러웠다.

무어라 말을 하려 고개를 드는 순간 아리는 제 눈앞에 선 그를 마주하고 다시 입을 다물었다. 침상에 아리를 앉히고서 그는 기꺼이 바닥에 무릎을 꿇고 눈을 맞췄다. 행여나 피가 묻은 손에 상처라도 났을까 살피자 그녀는 치맛자락에 남은 핏물을 애써 닦아 버렸다.

"제가 흘린 것이 아닙니다."

몇 대 맞긴 했다지만 제 고모에게 시달리던 때에 비하면 약과다. 한번 당해 본 것도 경험이라 그런지 아리는 매섭게 손을 올리던 화평을 앞에 두고도 딱히 두려움에 질리거나 하진 않았다. 다만 예상치 못한 사실에 놀라 버렸을 뿐.

한참 입술을 달싹이던 도겸은 무척이나 어렵사리 입을 열었다.

"이제 와 뒤늦은 변명이라는 건 알고 있지만 그대를 속일 생각은 없었어."

뚜렷이 알려 주지 않았을 뿐, 그가 제게 거짓을 말한 적은 없었다. 행여 달아나기라도 할까 봐 아리의 손을 꼭 부여잡고서 도겸은 몇 번이고 멈추었다 다시 말을 이어 나갔다.

"향족을 멸망시킨 건 황실이었으니까. 행여 그대가 그 사실을 알게 된다면 나를 미워할지도 모른다는 생각에 겁이 났어."

그의 손이 떨리고 있다. 만약 처음 만났을 때 그가 제 신분을 솔직하게 털어놓았더라면 아리 자신은 과연 어찌 답했을까. 저를 가진 지아비께서는 태어나 얼굴 한 번 뵐 일 없었던, 모두가 그 앞에 머리를 조아리는 고귀한 분이시란다.

말은 그리하여도 어젯밤 제 품에 안겨 울먹이던 그의 모습은 지금도 선연히 남아 아리의 가슴을 적셔 놓았다. 이곳에는 그 누구도 제 편이 없노라고. 말동무를 해 주라 보내 놓은 사촌 아우마저 아리를 탐탁지 않은 기색이 역력했으니 그의 말대로 믿을 사람 하나 없는 이 궁은 복마전일지도 모른다.

어느새 방울진 눈물이 그의 뺨을 타고 흘러내렸다. 미처 사실을 고백하지 못하였다 하나 그는 애처롭게나마 제 속내를 모두 털어놓고서 아리의 품에 안겨 숨죽여 울었다. 그런 이를 어찌 매몰차게 밀어낼 수 있을까.

"일은 잘 보고 오셨습니까."

서둘러 돌아온 것을 보니 분명 무언가 변고가 생긴 모양이라 아리는 주저앉은 그를 일으켜 제 옆에 앉혔다. 아우를 달래던 버릇대로 먼저 말을 꺼내니 도겸은 어렵사리 돌아온 사정을 알려 주었다.

"궁에 변고가 생겼다 해서 급히 입궁하는 길에 고모님께서 그대를 만나러 나섰다는 이야기를 들었어."

"그건……."

태황태후라 하면 그의 조모님일까. 어딘지 모르게 서글퍼 보이는 그가 안타까워서 아리는 허겁지겁 달려오느라 헝클어진 그의 머리를 쓰다듬어 주었다. 지금은 이대로도 충분하니까.

빠져 버린 톱니바퀴 하나를 맞춘 후에야 지금 제가 서 있는 곳이 얼마나 높은 곳인지를 알아차렸다.

'동이야. 나는 이제 어찌하면 좋을까.'

코를 골던 네 옆에서 힘겹게 주무시던 이분이 장차 이 나라의 주인이 되실 분이었단다. 제 아우가 만약 살아 있었다면 분명 까무러치게 놀라 어찌할 바를 몰랐을 터인데. 이제 와 다시 내리기에는 너무 높은 하늘에 발을 들였다.

"절대 용서하지 않을 거야. 절대로."

그간 쌓인 원한에 제게 한 짓마저 쌓였으니 분노한 그를 앞에 두고도 차마 그러지 말라 쉬이 말도 꺼낼 수 없다. 하고 싶은 말이 목 끝까지 치밀지만 애써 삼켜 버린 것은 원망보다 그를 향한 애정이 더욱 커진 탓일지도 모른다.

✳ ❄ ✳

그렇게 난리고 나고 사흘이 지날 즈음, 태황태후의 서거가 공식적으로 알려졌다. 일부러 은폐했음이 자명함에도 황제는 끝내 제 조부의 유언을 뒤엎지 않았다. 그 누구보다 앞장서 무안을 주고도 남았을 소 태후가 이번 일을 그냥 넘긴 덕분이었다.

"그리도 이 사람을 면박 주시더니. 참으로 꼴좋게 되셨습니다."

애지중지하던 딸의 손에 죽고 난 후에도 차마 제대로 눈조차 감지 못했으니 이것도 실로 비참한 최후다.

장례를 준비함과 동시에 소 태후는 태황태후궁을 단번에 정리하는 것으로 제 복수를 마무리했다. 화평공주는 간호를 소홀히 한 죄로 당분간 입궁조차 자제하고 근신하라 명을 받았다.

황실파의 주축이던 공주가 모두를 기만한 사실이 알려지자 소 씨 일파의 기세가 더욱 등등해졌다.

태황태후의 장례에서 아리는 처음으로 도겸과 함께 모두의 앞에 모습을 드러냈다. 비단도 실도 모두 검은 것만을 사용해 만든 상복은 사가의 것과는 전혀 달랐다. 까마득히 선 문무백관을 뒤로하고 둘은 나란히 함께 서 얼굴 한 번 본 적 없는 태황태후께 예를 올렸다.

참석을 금지당한 화평공주를 제외하고서 아리는 처음으로 그

276

의 의붓어머니와 형수를 소개받았다.

'이 여인은.'

분명 낯이 익었다. 초야를 보내던 날 동궁 주변을 맴돌던 여인은 병약하던 황제의 아내이자 도겸의 형수라 했다.

뭐가 그리도 마음에 들지 않는 것인지 황후는 노골적으로 못마땅한 기색을 내보이며 위아래로 훑어보는 것도 서슴지 않았다.

"품위를 지키세요, 황후."

곧장 시어머니인 태후에게 핀잔을 듣긴 했지만, 굳이 두 번 보고 싶은 이들은 더더욱 아니었다. 그리고 소 태후를 보았다.

천상의 선녀처럼 아름다운 분들이긴 했으나 유독 저를 보는 눈빛이 고깝지 않았다. 황궁의 가장 큰 어른이라 하여 허리를 숙이려 했건만 도겸은 적당히 묵례만 하라며 고개를 저었다.

"굳이 말을 섞을 필요는 없어."

장례를 치르는 내내 도겸은 유달리 날이 선 채 주변을 경계하고 나섰다.

엄중하게 긴장을 늦추지 않는 것도 모자라 그는 장례 내내 제게 다가온 윤도의 존재를 차갑게 무시하고 나섰다. 지난번 화평 공주가 난동을 부린 이후 두 사람의 사이가 틀어진 것이 확연했다.

큰 호수에 홀로 뜬 낙엽처럼 마음 둘 곳 없는 도겸은 오직 아리의 손만을 꼭 잡고 있었다.

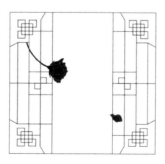

6.

어느새 낙엽이 지고 진눈깨비가 떨어질 계절이 왔다. 방 안을 데울 화로를 들이며 영수는 그간 아리에게 알려 주지 못한 궁 안의 해묵은 속사정을 하나둘 알려 주었다.

"그런 일이 있었단 말이지."

"미리 말씀드리지 못해 송구할 따름이옵니다, 마마."

"마마란 말을 들어도 아직은 실감이 나지 않는걸."

속절없이 시간이 흐르고 잠시나마 완치되었던 황제의 병세도 재발했다는 소식이 들려왔다. 제법 차도가 있던 아리의 처방도 황제의 지병 앞에서는 무용지물이었다.

조용히 넘어갔으니 망정이지, 시간이 흐른 후에야 제가 저지른 어처구니없는 짓들이 하나둘 눈에 들어왔다. 만약 조금이라도 잘못되었다면. 여태껏 목숨이 용케 붙어 있는 것만으로도 용한 셈이다.

"쉽지 않구나."

황제가 드러누우며 그이는 더욱 바빠졌고, 아리 혼자 동궁에 머무는 시기가 날로 늘어 갔다. 온종일 귀부인의 소양만 쌓으며 시간을 보내는 데다 어쩐지 적적함을 지울 길이 없었다.

편한 말벗이라도 하나라도 있으면 참 좋을 터인데. 그렇게 무료한 시기를 보내던 중 뜻밖의 손님이 아리를 찾아왔다.

"여기는 어쩐 일이십니까."

한동안 제 어머니와 함께 덩달아 시달린 탓인지 윤도는 지난번 장례 때보다 한결 수척해졌다. 피죽 한 그릇도 못 얻어먹은 얼굴을 하고서 그는 아리에게 대뜸 상자 하나를 건넸다.

"이것을 받으시고 이제 그만 용서해 주십시오."

"이게 다 무엇입니까?"

처음에는 상자 하나인가 싶었는데, 뒤에 선 시녀들이 줄줄이 무언가를 들고 들어오는 통에 방 안이 가득 차 버렸다. 자개농은 물론 금강석을 갈아 만든 비녀에 서역에서 건너왔다는 아기 새까지.

흰 털을 가진 자그마한 새는 아름다운 목소리로 아리의 눈길을 사로잡았다. 새장 문을 열기가 무섭게 아기 새는 종종걸음으로 빠져나와서는 날개를 파닥이며 아리의 어깨에 앉았다.

"마마가 주인이심을 알아본 모양입니다."

영수가 건네준 먹이를 들이밀자 새는 낯가림도 하지 않고서 나무 열매를 달게 쪼아 먹었다.

하나를 금세 해치우고 기분이 좋아진 새는 고운 노래를 부르며 아리의 귀를 즐겁게 했다.

"이리 귀한 것을 다 어디서 구하신 겝니까."

"형님께서 역정을 내시니 어쩌겠습니까. 형수님께. 아니, 마마께 용서를 받아 오기 전까지는 얼씬도 하지 말라 하시니 이렇게라도 할 수밖에요."

지난번에 단단히 무안을 당하고 갔으면 한 번 숙일 법도 하건만, 선물을 가득 안겨 주면서도 끝내 고개 한 번 숙이지 않는 것을 보면 제 어머니와 별반 다를 바가 없기는 하다.

그래도 모질게 머리채를 잡힐 때 손에 피를 뚝뚝 흘리면서도 막아 준 것은 고마우니까. 아리는 마지 못하는 척 손을 내밀어 어깨에 앉은 아기 새를 제 손에 데려왔다.

"아가야, 너는 내가 이분을 어찌하면 좋겠니?"

사람의 말을 알아들을 길이 없는 새는 고개를 갸우뚱하며 먹이를 달라 조르기만 했다. 대놓고 던지는 말에 윤도는 어찌할 바를 모르고서 얼굴만 벌겋게 달아올랐다.

속을 긁는 것은 동이에게 많이 해 보아서 익숙하니까 대놓고 못 본 척하며 아리는 애교를 부리는 아기 새의 머리를 쓰다듬어 주었다.

"네 이름은 이제부터 동이란다. 이리도 귀여운 너를 내게 데려다주셨으니 그래도 이번 한 번은 그냥 넘어가 드리는 것이 좋겠지?"

사람 말을 알아들은 것도 아닐 터인데, 찌르르 우는 새소리와 함께 윤도에게도 덩달아 화색이 돌았다. 속내를 알기 쉬운 점마저도 어쩜 이렇게 제 아우를 닮은 것인지 용서를 받아 줄 겸 아리는 윤도에게 조건을 걸었다.

"대신 내기를 하나 했으면 합니다."

이기시면 상대가 원하는 것을 들어주겠노라고. 아직 종목도 말하지 않았건만 벌써 윤도의 눈동자가 뱅뱅 돌았다. 저를 통해서라면 머리끝까지 분노한 도겸도 마지못해 화가 풀릴 테니 내심 희망을 거는 걸 확인하고서 아리는 대뜸 소매를 걷었다.

"지금 뭐 하시는 겁니까?"

"말 그대로. 팔씨름에서 저를 이기시면 기꺼이 바라시는 것을 들어 드리지요."

당사자인 윤도는 물론 지켜보던 영수와 시녀들마저 할 말을 잃었다. 남녀가 유별하다 호들갑을 떠는 영수를 물리고서 그는 코웃음을 치며 기꺼이 제 소매를 걷어붙였다.

"그냥 봐주실 거라면 말로 하면 되실 것을."

이미 다 이겼다 자부하고 있다지만 아리도 질 생각으로 승부를 건 것은 아니었다. 다과상이 치워지고 시녀들이 지켜보는 가운데 두 사람의 팔씨름 판이 벌어졌다.

"마마! 꼭 이기셔야 하옵니다."

"절대 지시면 아니 되옵니다!"

누가 봐도 윤도가 이긴 승부라지만 아리도 쉽게 져 주지 않을 자신이 있었다. 여기 와서 한동안 밥숟갈보다 무거운 것은 들어 본 적이 없다지만 왕년에 물도 긷고 가죽도 말리며 험하게 산 아리가 고작 저런 백면서생 따위에게 질 거란 생각이 들지 않았다.

"두 분 다 준비하십시오."

말리다 지친 영수가 심판을 봤다. 준비할 때에는 마냥 쉽게 이기리라 여기던 윤도도 막상 경기가 시작되니 웃음기를 지워 버렸다. 가느다란 손목이라 우습게 보았는데, 손에 들어가는 힘이 장난이 아닌지라 버텨 보려 했지만 속수무책이었다.

'저 작은 체구의 어디에서 이런 힘이 나오는 건지.'

자존심이 걸린 문제니 타협할 수도 없건만.

끄응, 하는 소리와 함께 윤도의 손이 힘없이 꺾였다. 젖 먹던 힘마저 끌어내 어떻게든 버텨 보려 애를 써보지만 낑낑대며 넘어간 손은 버티다 버티다 결국 바닥에 닿았다.

"제가 이겼습니다."

환호하는 시녀들을 등지고 선 아리의 입가에 의기양양한 미소가 번졌다.

윤도는 제 손을 한 번 내려다보고서 다시 한번 승부를 청했다.

"한 번 더!"

"암. 얼마든지 더 붙어 보시지요."

몇 번을 해 보아도 결과는 같은 법. 연달아 스무 판을 내리 지고도 쉽사리 결과에 승복하지 못했다.

잔뜩 독이 오른 윤도는 어떻게든 이겨 보겠다고 매달리느라 퇴청한 도겸이 온 줄도 모르고 아리에게 어서 손을 내놓으라 시비를 걸었다.

"한 판 더, 한 판 더 하자니까요."

"오셨습니까, 가군."

한참 승부에 재미가 들린 아리도 뒤늦게야 도겸이 돌아온 것을 알아차렸다. 화들짝 놀란 윤도는 서둘러 손부터 숨기고서 오랜만에 보는 제 사촌 형의 심기를 살피기 바빴다.

눈을 마주치기 무섭게 못마땅한 그의 시선이 참으로 두려웠다. 도겸은 아무 말도 하지 않고서 제일 먼저 아리의 손목부터 살폈다.

남녀가 유별함에도 서로 마주 보고 앉은 것도 모자라 손을 마주 잡은 것조차 심히 수상하거늘. 윤도는 그가 들어서기 무섭게 화들짝 놀라 뒷걸음질부터 치기 바빴다.

대체 둘이 저리 앉아 뭘 하는 건지. 방 안 가득 놓인 선물도 선물이지만 새장 안에 놓인 아기 새가 제일 먼저 그의 시선을 사로잡았다.

"저건 뭐지?"

"윤도 공께서 선물로 주신 아이랍니다. 어찌나 저를 잘 따르는지 동이라 이름을 붙였지요."

밝게 웃는 아리의 한마디에 굳었던 그의 표정이 눈 녹듯 녹아내렸다. 어린 새가 지저귀듯이 그녀는 해맑은 미소와 함께 윤도와의 승부 결과를 알려 주었다. 모두 다 이겼노라고.

요즘 들어 무료하기 짝이 없던 그녀가 오랜만에 참으로 행복한 미소를 짓는 터라 도겸은 여전히 제 눈치만 살피는 사촌 동생에게 제안을 건넸다.

"저녁이라도 먹고 가렴."

예상치 못한 결과에 윤도의 눈이 커졌다. 비록 승부에는 처절히 패배했지만 아리가 나서 주니 형님과의 대화가 한결 수월해졌다. 존재조차 무시당하고서 얼음장처럼 여지조차 주지 않던 형님께서 정말로 화를 풀고 제게 말을 걸어 줄 줄은 몰랐다.

"그럼요. 이렇게 선물을 가져다주셨으니 답례를 해야지요."

윤도는 하늘 같은 형수를 앞에 두고서 꾸역꾸역 밥술을 떴다. 처음 식사를 권해 주었을 때만 해도 참으로 기뻐 하늘을 날 것처럼 즐거웠다지만, 윤도는 곧 꿔다 놓은 보릿자루가 된 신세를 면할 길이 없었다.

눈앞에 윤도를 빤히 앉혀 두고서 두 사람은 정답게 서로의 술

갈에 찬을 놓아 주기 바빴다.

"가군께서 먼저 드셔야 저도 한술 들지요."

"어허. 부인께서 드시는 모습 보아야 내 마음이 편한 것을요."

제게는 한없이 차갑기만 하던 도겸의 눈빛이 아리를 볼 때는 참으로 다정하기 짝이 없다. 생전 처음 보는 풍경에 윤도는 첫술만 뜬 채 되새김만 수없이 반복했다.

"정리는 잘되어 가십니까."

"그럼. 그대가 낸 방안 덕에 모든 것이 수월하게 진행된 것을요."

어디서 용한 방책을 주워 왔다 했더니 그것도 아리가 낸 것이라 했다.

도겸이 들리고 얼마 후 곧 번져 나가던 배앓이가 언제 그랬냐는 듯이 잦아든 덕에 조정에서는 그마저도 향족의 이능이 아니냐는 소문이 제법 돌았다.

추운 겨울이 오기 전, 난민들이 무사히 터전을 찾았다는 소식에 아리는 유독 화색을 띠며 기뻐했다.

"산속의 겨울은 정말 춥습니다. 그러니 모쪼록 세심히 신경 써 주세요."

"얼마나 추웠기에?"

도겸이 살뜰하게 비위를 맞춰 주니 아리도 조곤조곤 이야기를 이어 나갔다.

평생 수도를 벗어나 본 적도 없고, 생전 경험해 본 적도 없는 산골의 생활은 윤도에게 참으로 생경한 풍경이었다.

소복이 쌓이는 눈이 길을 막아 버리면 아리 남매는 다정한 부모님과 즐거운 시기를 보내곤 했다. 겨울잠을 자던 다람쥐를 보기도 하고, 눈밭을 구르며 싸움도 했다고. 그리운 추억담을 들으며 윤도는 가볍게 추임새를 넣었다.

"동생분과 사이가 좋으셨던 모양입니다."

무심결에 건넨 그 말에 두 사람 다 멈칫하며 손이 멎었다. 어쩐지 묻지 말아야 할 질문을 던져 버린 것 같아서 윤도는 이 상황을 어찌 수습해야 할지 머리를 굴렸다. 차라리 뻔뻔하게 구는 것이 나을 것이다.

"이것이 참 맛있습니다. 드셔 보십시오."

"그, 우읍……."

육전을 입가에 댄 순간 갑자기 아리가 헛구역질을 하며 입을 막았다. 새하얗게 질린 도겸이 비틀대는 그녀를 안아 올리고, 당황한 영수가 태의를 찾았다.

삽시간에 아수라장이 되어 버린 밥상 앞에 멀뚱히 서서 윤도는 대체 자신이 무엇을 잘못했는지 번민했다. 저는 그저 육전을 권하려던 것뿐이었는데 바닥에 떨어진 전 조각만큼이나 제 마음도 덩달아 떨어졌다.

"윤도 공!"

"내가 뭘!"

영수의 원망이 제게 쏟아지자 윤도도 버럭 소리를 질렀다. 저는 그저 잘 보이려고 한 것뿐이었는데 입도 대지 않은 육전 조각에 독이라도 탄 취급을 당하는 것이 참으로 억울하기만 했다.

"윤도 공의 잘못이 아니옵니다. 그만하십시오."

당장에라도 저를 죽일 것처럼 다가서는 형님에게서 제 목숨을 구원해 준 것 역시 아리다. 몇 번의 헛구역질이 겨우 멎은 후에야 아리는 도겸의 소매를 부여잡고 그러지 말라 말려 주었다. 천상

286

의 선녀님께서 꼭 이러하실까. 참으로 울고만 싶어져서 윤도는 그런 아리의 곁에 서서 제 억울함을 호소하기 바빴다.

"그거 보십시오. 마마께서 제 잘못이 아니라 하지 않으십니까!!"

어느새 제법 친해진 두 사람을 앞에 두고 도겸은 더욱 곤란해졌다. 동궁에 날아든 비보에 태의는 죽을힘을 다해 달려와 맥부터 잡았다. 다급한 두 남자와 달리 아리는 애써 태연히 앉아 영수와 눈빛을 나누었다.

"대체 왜, 무슨 병이기에 갑자기 이 난리가 난단 말인가!"

"아뢰옵기 송구하오나……."

몇 번을 주저하던 태의는 결국 아리 대신 영수를 불러다 무언가를 물었다. 한참을 수군대며 뜸을 들이니 피가 마른 도겸의 입에서 한숨이 나왔다. 이러다가 모든 것이 제 잘못이라 덮어쓰게 될지도 모른다.

"어서 말하지 못할까!"

"회, 회임을! 회임을 하신 듯하여……."

멱살을 털리던 태의가 어렵게 입을 열었다. 자리에서 벌떡 일어난 도겸이 침상에 앉은 아리 곁에 앉아 손을 잡았다. 다들 놀란 와중에도 유독 놀란 기색이 없던 그녀는 살포시 미소를 지으며 도겸의 가슴에 머리를 기댔다.

"달 손님이 아니 오셔서 혹시나 하였던걸요."

"아리."

"전부 가군께서 잘못하신 것이니 윤도 공께도 미안하다 하셔요."

저지른 것은 모두 도겸이니 책임을 지는 것도 응당 그의 몫이다. 참으로 합리적인 아리의 말 한마디에 그는 억울함을 호소하는 아우에게 기꺼이 사과의 한마디를 건넸다.

"미안하구나. 태의에게도 못 볼 꼴을 보인 셈이니."

"어찌 그런 망극한 말씀을. 당치도 않사옵니다."

절을 하는 태의가 물러가고 윤도도 이만 가 보라 그대로 동궁에서 쫓겨났다. 뭐가 그리도 즐거운지 문 너머로 들려오는 목소리가 참으로 달아서 오늘따라 처량한 귀갓길이 더욱 서러워졌다.

회임이라. 남녀상열지사가 어찌 이루어지는 것인지는 익히 알고 있으나 육친의 일이 되고 나면 어쩐지 마음이 불편해지곤 한다.

'그러니까 형님이 그런…….'

너무 아는 것은 때로는 독이 되는 법. 머리를 휘휘 저으며 윤도는 밤길에 홀로 외마디 비명을 내질렀다.

✳ ❀ ✳

"회임이라니!"

향비라 불리는 도겸의 측비가 회임했다는 소식이 기어코 소 태후의 귀에 들어갔다. 분노한 제 모후의 외침에 황제는 애써 고개를 숙였다. 눈물을 뿌리는 늙은 스승은 모든 것이 자신의 죄라며 몇 번이고 머리를 조아렸다.

돌이킬 기회가 있었노라 말을 하지만 아우의 여인에게 손을 대는 것 따위 죽었다 깨나도 상상조차 해 보지 않았다. 하지만 한번 건강을 맛보고 나니 천근만근 무거워진 몸이 스스로를 더욱 비참하게 만들었다.

"그러게 진작 좀, 뭐든 좀 해 보시지 그러셨습니까!"

태후를 앞에 두고 황제와 황후는 나란히 앉아 죄인이 되었다. 아무리 황제가 노력해 본다 한들 솥에 볶은 씨앗을 밭에 뿌린다 하여 싹이 날 리가 없다. 처음 황태제의 측비에게 인사를 받던 날, 황후는 태후의 곁에 앉아 그리 말했었다.

이것조차 함정이라고. 건강에 눈이 먼 황제가 이제는 아우의 여인마저 탐내려 한다는 저들의 술책이라고. 그 말에 속아 기회를 잃어버렸다.

"쓸모없는 것 같으니라고!"

체통을 지켜야 하니 망정이었지, 그마저도 없었더라면 참으로 끔찍했으리라. 오늘도 소 태후의 손에 잡혀 황후는 모든 수모를 고스란히 견뎌 내야만 했다. 방울방울 여울진 눈물이 안타까워서 황제는 가엾은 아내의 눈물을 애써 닦아 주었다.

"미안하오."

"폐하."

정말로 향족의 여인을 취해 건강을 되찾을 가망이 있었더라면 그 역시 수단도 방법도 가리지 않았을 터였다. 그러나 건강한 몸을 되찾는다 한들 사내의 기능마저 멀쩡해진 것과는 한없이 거리가 멀었다.

"이만 쉬십시오. 황후마저 앓아누우시면 어찌합니까."

"……편히 쉬소서."

사실상 남보다 못한 부부지간이 아닐 수 없다. 시녀에게 부축을 받으며 황후는 힘겹게 황제의 침전을 빠져나왔다.

태황태후의 장례식까지만 해도 자신이 우위에 있다 믿어 의심치 않았건만, 겨울에 접어들며 황궁은 또다시 격변기에 접어들었다.

정사에 집중하면서도 황제는 끝내 황후를 안지 않았다. 귀족의 여인으로 태어나 일국의 지존인 황제의 비가 되었음에도 옷고름 하나 풀어 주지 않는 이 서러운 사정은 제 아버지에게도 말할 수 없다.

아니, 이미 모든 이가 누가 원인인지 알고 있음에도 불구하고 피붙이인 아버지조차 후사를 보지 못하는 것이 그녀의 잘못이라 쪼아 댔다.

심지어 황제를 그리 낳은 태후마저도 저 모양이다. 소매로 쏟아지는 눈물을 훔치며 황후는 동궁을 바라보았다.

그때, 도겸이 저와의 혼인을 받아 주기만 했어도 일이 이리되지는 않았을 것이다.

화려한 궁중의 여인들을 모두 마다하고서 꽃 같은 정인 하나만 보는 순정파라, 처음 측비를 궁에 들였을 때의 그 난리도 저 정도 마음이라면 오죽했겠냐는 말도 적지 않았다.

그래서 더 서러워졌다. 아주 먼 풍경도 아니고 바로 담 몇 개만 넘으면 금방 닿을 곳이건만, 같은 궁에 살고 있음에도 불구하고 황후는 도겸과 얼굴 한 번 마주하기조차 쉽지 않았다.

부모님께서 정해 주신 자리니 으레 연분을 맺을 줄 알았으나 도겸은 곤란하다는 듯 그녀에게 거절의 뜻을 전했다. 선황제께서 직접 언질을 건넨 것이라 했음에도 불구하고 그는 혼사에는 흥미가 없다 훌훌 털고 떠나 버렸다.

"황후마마."

"혼자 있고 싶구나."

뒤따르는 시녀들을 뿌리치고서 황후는 뉘가 볼까 애써 눈물을 닦고 후원으로 나섰다. 대체 그 여인이 무엇이기에. 지엄한 국모의 자리에 올라 있음에도 불구하고 그녀는 조금도 행복하지 않았다.

'그대는 내 아우가 지켜 줄 것이니. 못난 지아비를 너무 원망하지 마시오.'

책봉식을 서두르는 사이 황제는 그녀의 손을 잡고 희망을 심어 주었다.

오직 그 말만 믿고 하루 빨리 병든 남편이 죽기만을 바라던 차였다. 그런데 어디서 굴러먹다 온 것인지도 모를 천한 계집이 그의 침소에 든 것도 모자라 향비라는 별칭까지 얻으며 그의 씨를 배었다.

"어째서."

제 안에 품은 덧없는 희망이 한 조각, 한 조각 부스러지는 소리가 들려왔다.

정신이 나간 사람처럼 황후는 저도 모르게 동궁을 향해 걷고 또 걸었다. 정원을 지날 즈음 낯익은 얼굴이 그녀에게 다가오지 않았더라면 그녀는 분명 동궁의 문을 두드리며 원망을 쏟아 냈을지도 모른다.

"소 태사."

"이런. 황후 폐하께서 이곳에는 어인 일이십니까."

처음 본 날부터 유독 탐욕스러운 저 눈빛을 마주할 때마다 구렁이 앞에 선 쥐새끼가 된 기분이 들었다. 지켜보는 이 하나 없는 정원에서 그는 기꺼이 황후의 손을 잡아 수풀 너머로 끌어당겼다.

"태사 어른, 어찌하여 이러십니까."

"그러면 이대로 동궁에라도 들이닥치실 셈이셨습니까."

정곡이 찔리는 바람에 무어라 말 한마디 이을 수 없다. 덜덜 떨리는 그녀의 손을 바라보며 소 태사는 교활한 웃음을 머금었다.

"제 누이께서 그런 며느님을 잘도 내버려 두시겠습니다. 황손 하나 제대로 품지 못하는 주제에 황후랍시고 자리를 차지하고 있으니 이 얼마나 뻔뻔한 일입니까."

툭, 툭. 제 뺨을 두드리는 소 태사의 손길을 앞에 두고도 황후는 차마 그 말을 부정할 수 없다.

황후 자리까지 오른 것은 어디까지나 제 아비의 욕심 때문이라 믿어 의심치 않지만, 그렇다고 해서 지금 거머쥔 자리를 놓을 생각 따위는 추호도 없다.

그러니 지금이라도 그의 마음을 돌릴 수만 있다면. 덧없는 희망을 안고서 불길 속에 뛰어드는 나방처럼 어떻게든 매달리고 싶은 마음이 간절해졌다.

"저는, 저는 단지……."

"설마 폐하의 아우님께 가서 씨를 달라 구걸하실 작정이셨습니까?"

차마 드러내지 못한 제 속내조차 소 태사의 눈에는 이미 낱낱이 읽힌 모양이었다. 갈기갈기 찢어진 영 황후의 자존심을 지르밟고서 소 태사는 입꼬리를 올린 채 그녀의 손목을 거머쥐었다.

"이 일을 어찌합니까. 마마께서 그토록 연모하시는 황제의 아우께서는 이미 다른 계집을 품에 안고서 죽고 못 사는 처지인 것을요."

"제가 언제, 언제 그런 말을 하였다고."

"그런 얼굴을 하시고서 그리 말씀을 하셔도 뉘가 믿겠습니까. 뭐, 심정은 충분히 이해하옵니다."

눈물을 가득 머금은 황후를 벽으로 몰아넣고서 소 태사는 제 안에 품은 검은 탐욕을 드러냈다. 누이의 분노에 기름을 부어 놓은 채 그는 황후가 이리 홀로 폭주할 날만을 손꼽아 기다려 왔다.

제아무리 종이호랑이라 한들 정식으로 책봉된 황후의 몸이다. 그런 여인의 배를 타고 태어난 아이가 황제의 씨가 아니라 누가 의심할 수 있을까.

"이, 이러지 마십시오!"

"그 계집이 황후 자리에 오르는 꼴을 두고 보실 참이십니까?"

질투에 눈이 먼 황후의 두 팔을 단단히 쥐고서 소 태사는 간악한 귀엣말을 흘려 넣었다.

"지금쯤 세상 모든 것이 제 발아래 무릎 꿇었다 기뻐할 그 계집이 밉지 않으시냐 묻는 겁니다."

황후의 눈에 고인 눈물이 흘러내려 뺨을 적셨다. 처음 이 궁에 들어오기 전까지만 해도 그녀가 바란 것은 오직 하나였다. 은애하는 이를 만나 사랑받고 싶었다.

하지만 문무백관이 제 앞에 머리를 조아리는 순간 그녀의 안에서 무언가가 속삭였다.

장차 소 태후가 죽고, 황제가 죽고, 저들이 모두 죽고 나면 그때부터는 네 세상이 펼쳐질 거란다. 그 어떤 굴욕조차 견뎌 낼 수 있도록 지탱해 준 것은 오직 황후라는 자리가 주는 권세 하나뿐이었다.

"물론 그것도 자식을 낳으신 후에나 가능한 얘기지만 말입니다."

사악한 뱀이 황후의 목덜미를 물어뜯었다. 제 자리를 부지하기 위해서는 이제 더는 다른 선택의 여지가 없다.

사실은 알고 있었다. 도겸은 그녀에게 아무런 감정도 가지지 않았다는 걸. 태황태후의 장례식 날, 애틋하게 바라보는 저를 외면하고서 도겸은 오직 측비라 불린 미천한 여인을 챙기기에 바빠 보였다.

"어째서……."

나는 아니 되는 거냐고. 애타는 물음을 전할 새도 없이 교활한 뱀이 그녀를 집어삼켰다.

아마 낯선 사내의 흔적을 달고 들어간다 한들 그 누구도 의심하지 않을 것이다. 황후궁의 시녀 대부분은 소씨 가문의 입김이 닿은 자들이니까.

함정에 빠진 것은 언제부터였을까. 똬리를 튼 뱀이 들썩이자 황후의 치맛자락에 붉은 선혈이 동백처럼 물들어 갔다.

싸늘한 풀숲에 몸을 누인 채 황후는 터져 나오는 울음을 삼키려 제 옷소매를 쥐어뜯었다.

✳ ❄ ✳

동궁의 욕탕, 붉은 꽃잎을 가득 띄운 더운물에 몸을 담근 채 아리는 도겸을 물끄러미 바라보았다.

"너무 뜨겁진 않고?"

"딱 좋습니다."

가슴께에 밀려드는 동백의 붉은 잎이 가득 흐드러졌다. 노곤한 몸을 달래기 위해서라 핑계를 대며 도겸은 기꺼이 아리와 함께 욕간을 즐겼다.

쌓여 가는 새하얀 눈을 바라보며 이런 호사를 누리는 것도 처음이건만 도겸에게는 이조차도 너무나 자연스러웠다.

"날이 차니 걱정이 되어서 말이지. 감기에 걸리지 않게 조심해야지."

험준하기로 소문난 태남산의 겨울에 비하면 이 정도는 아무것도 아니건만, 마치 어린 새를 돌보듯 잔소리를 늘어놓는 모습에 웃음이 절로 났다.

아리는 더운물을 적신 꽃잎을 들어다가 그의 코에 슬쩍 엎어 놓았다.

"추운 겨울에 이러는 것조차 호강인 것을요."

얼음을 깨어 가며 물을 긷던 날이 엊그제 같은데. 이곳에 온 뒤로 거칠던 손도 제법 고와졌다.

시중드는 이들이 정성스레 차려 주는 식사며 한 번 입은 옷은 두 번 입는 법이 없다.

어색하여 마다했으니 망정이지, 산호와 칠보로 장식한 비녀와 굵은 황금 가락지, 금강석을 쪼개어 만들었다는 목걸이는 거는 것만으로도 뒷목이 뻣뻣할 지경이다.

이 추운 겨울에도 제 방에는 어디서 키운 것인지도 모를 향기로운 꽃이 장식되고, 회임 소식이 전해진 이후로 영수는 버겁던 수업조차 멈추고 아리의 심기를 살피는 데 애썼다.

굳이 말해 주지 않아도 알 수 있다. 무엇 하나 심기를 거스르지 않도록 도겸은 회임한 아리를 손수 보살폈다. 매일 아침 정성스레 눈을 맞출 때마다 저를 보는 눈빛이 마냥 다정하여서 돌아가신 어머니에 대한 죄책감도 조금은 덜었다.

어머니께서 그토록 저어하시던 산 아래의 세상은 아리가 꿈꾸던 것보다 훨씬 더 달콤했다.

"태의가 자중하라 일러서 아쉬울 뿐이야."

복중의 귀한 황손을 생각해서라도 당분간은 자중하시라며 태의는 몇 번이고 도겸에게 당부했다.

그러니 결국 늘게 되는 것은 희롱뿐이라, 도겸의 손길이 거닐 때마다 아리의 입에서 참지 못한 달콤한 신음이 새어 나왔다.

저를 탐내는 자들에게 매섭게 이를 드러내면서도 정작 도겸은 제 욕망을 숨길 생각이 조금도 없어 보였다. 흠뻑 젖은 열기에 가득 젖은 채 아리가 먼저 그의 목을 감싸 안았다.

"짓궂으시긴."

아리의 핀잔에 그의 입가에도 미소가 번졌다. 사내에게 안긴 채 점점 변해 가는 제 모습이 한없이 낯설었다. 흠뻑 젖어 버린 물기가 번져 나가고 도겸은 잘 익은 아리를 정복해 나갔다.

"점점 이리 탐스러워지시니. 삼켜도 삼켜도 달콤한 이 맛을 어찌할까."

"그러지, 그러지 마……. 흑!"

말을 다 잇기도 전에 아리는 두 눈을 질끈 감았다. 손목 끝부터 찬찬히 맛을 보던 그가 잘 익은 선단을 한껏 베어 물었다.

그야말로 짓궂은 농간에 헤어 나올 길이 없어서 아리는 두 눈을 꼭 감은 채 몇 번이고 허리를 들썩이기 바빴다.

몇 번이고 입을 맞춰도 목이 말랐다. 열이라도 오를까 싶어 도겸은 손수 아리를 안아다 침상에 옮겨 주었다. 창밖에 매서운 바람이 불어도 방 안에는 한없이 뜨거운 열기만이 가득했다.

달아오른 그에게 몸을 맡긴 채 아리는 오늘 밤도 손 하나 까딱하지 못하고 까무룩 잠이 들었다.

✳ ❄ ✳

"그래서, 그런 이야기를 왜 굳이 제 앞에서 하시는 겝니까."

부부가 다정히 욕간을 했다는, 거꾸로 서서 들어도 자랑 섞인 아리의 이야기를 들어 주던 윤도는 못마땅한 기색을 숨기지 않고 대놓고 시비를 걸었다.

"말동무가 되어 주시기로 한 건 윤도 공이셨으면서."

어디에서 무슨 위험이 다가올지 모른다며 도겸은 윤도를 불러다 친히 부탁했다. 회임한 아리의 말동무가 되어 달라는 형님의 부탁에 내용도 듣지 않고 승낙해 버린 것이 화를 불렀다.

날이 갈수록 깨가 쏟아지는 아리를 앞에 두고서 그는 깊은 한숨만 내쉬었다.

'정말로 아무것도 모를 줄이야.'

마냥 들뜬 그녀와 달리 황실이 돌아가는 사정은 좋지 않았다. 황태제의 측비가 회임했다는 사실이 알려지면서 소 태후는 태후궁의 문을 걸어 잠그고 앓아눕기에 이르렀다. 처음 황태제 책봉 때부터 반대가 극심했던 터라 매번 숨만 죽이던 영 황후가 소매를 걷고 나섰다.

"윤도 공."

오늘도 영수가 슬쩍 눈짓을 주자 윤도는 다 식은 차를 실수인 척 아리의 치마에 쏟아 버렸다.

"이런. 여봐라, 어서 마마께서 옷을 갈아입으실 수 있게 준비해 드려라."

"또 손이 떨리신 겝니까? 참으로 약이라도 한번 지어 드려야겠 습니다."

매번 이런 식이라며 아리는 시녀와 함께 옷을 갈아입을 채비에 나섰다. 그사이 슬그머니 방을 나온 윤도는 동궁 문 너머 한 발자 국도 들이지 못한 황후의 시녀를 만나기 위해 직접 걸음 했다.

"오늘도 참 부지런하십니다."

소 태후 밑에서 오래 있었던 수석 시녀가 황후를 대신해 동궁 을 찾았다. 이유는 언제나 같았다. 내궁에 있는 여인은 몇 되지 않으니 황궁을 방문한 귀부인들과 친목을 도모하자는 빌미였 다.

아직 준비도 다 되지 않은, 거기다 회임까지 한 여인을 승냥이 같은 무리 사이에 던져 넣으면 무슨 사달이 날지 눈에 선하다.

그 사실을 아는 도겸은 일찌감치 윤도를 불러다 어울리지도 않 는 파수견 노릇을 시키기에 이르렀다.

"제가 먼저 선약을 청한 것을요. 황후께서도 미리 연락을 주시 면 얼마든지 형님께서 허락하실 터인데, 매번 이렇게 어긋나니 참으로 안타까울 밖에요."

"측비께서 혹 마음이 있으시거들랑 오시라는 것이지, 강요 같 은 것은 절대 아니옵니다."

황후 쪽에서는 언제나 곧 죽어도 억지로 불러내는 것은 아니라 선을 그었다. 차라리 제 어머니인 화평공주처럼 권위를 내세운다면 이쪽도 회피할 수 없을 터인데, 저들은 곧 죽어도 아리가 '직접 찾아오는' 형태를 취하도록 매사에 여지를 남겼다.

'교활하기는.'

병든 황제는 황후를 제법 가엾게 여기는 모양이지만 윤도는 손톱만큼도 동의한 적이 없다. 황태자비에 간택되기 전부터 어떻게든 도겸의 눈에 들고자 애를 썼던 주제에.

결국은 소 태사 쪽에 붙은 것까지야 그럴 수 있다 여겼다. 하지만 엄연히 황후 자리에 오른 지금조차 그녀는 여전히 도겸에 대한 미련을 버리지 못했다.

태황태후의 장례 때만 해도 그랬다. 물론 저가 따라가면 조금은 낫긴 할 테지만, 여인들만 가득한 자리에 굳이 가고 싶지 않으니 윤도는 아리 몰래 이렇게 쫓아내는 쪽을 택했다.

"무슨 일이십니까?"

"마마. 그것이…….."

오늘따라 이야기가 길어진 탓에 그만 아리가 윤도를 찾아 마당까지 나왔다. 금세 수습해 보려 애를 썼지만 문간에 선 황후의 시녀 쪽이 한 발 더 빨랐다.

"측비마마께 인사 올리옵니다. 황후마마께서 다과를 함께하자 청하셨습니다."

"황후마마께서?"

아리는 반사적으로 영수부터 바라보았다. 궁중의 법도에 따라 응당 황후의 부름에는 따르는 것이 도리다.

정비의 신분이었다면 매일 문안을 드려야 했을 테지만 측비의 신분이 미천하다는 이유로 그것만은 면할 수 있었다. 본인이 직접 듣지 않았다면 몰라도 일단 들은 이상 물리기는 곤란해졌다.

언제 그랬냐는 것처럼 시녀는 아리의 앞에 기꺼이 무릎을 꿇고서 황후의 말을 전했다.

“다과 모임이라 하셨지요.”

“동궁에 홀로 계시는 측비마마를 염려하시어 저희 황후마마께서 건네신 다정한 말씀이옵니다. 굳이 저어하지 않으신다면야 꼭 걸음 해 주시기를 기꺼이 바라옵나이다.”

이런 말까지 듣고 거절했다가는 졸지에 아리만 곤란한 처지에 빠지게 된다. 아리는 결국 마지못해 고개를 끄덕였다.

막 옷을 갈아입고 나온 처지라 단장조차 하지 못한 채 황후궁에 불려 가게 되었다. 영수가 가마를 준비하는 사이 윤도는 시녀를 불러다가 귀엣말을 남겼다.

“서둘러야 한다.”

그 음흉하기 짝이 없는 황후가 작정하고 부른 것이니 분명 어떤 형태로든 사달이 날 게 분명하다. 윤도는 결국 저가 쓸 수 있는 가장 강력한 패를 써먹기 위해 마지못해 아리의 뒤를 따라나섰다.

✽ ✽ ✽

시녀를 따라 황후궁에 도착한 후에야 아리는 윤도의 표정이 썩어 들어가던 이유를 알아차렸다.

찻물을 흘린 탓에 급히 옷만 갈아입고 나온 저와 달리 나란히 자리한 귀부인들은 화려한 차림을 뽐내고 있었다.

그중에서도 가장 상석에 앉은 황후의 모습이 제일 눈에 띄었다. 나이는 제 또래지만 이 자리에서 가장 상석에 앉은 것만 보아도 암묵적으로 나뉜 서열이 눈에 들어왔다.

'어째서일까.'

저를 보는 눈빛이 유독 석연치 않다. 지난번 초야 때 동궁을 보며 한숨짓던 모습을 본 탓일까. 태황태후의 장례 날에도 줄곧 저를 보는 시선이 따갑기 그지없었다.

"황후 폐하를 뵈옵니다."

"오늘은 참 뵙기 어려운 분께서 와 주셨습니다. 이리 오셔요."

영수에게 배운 대로 인사를 올리자 황후는 활짝 웃으며 아리를 제 옆자리로 손수 안내했다. 지난번에는 분명 위아래로 저를 훑어보며 못마땅한 기색이 역력했건만, 오늘따라 황후는 선해 보이는 미소를 띠고 먼저 손을 내밀기까지 했다.

"회임을 진심으로 축하합니다. 손이 귀한 황실에 기쁜 소식을 전해 주셨으니 참으로 감사할 따름입니다."

"황공하옵니다, 마마."

"말동무도 없이 동궁에 계신다고 하니 얼마나 쓸쓸하실까 걱정했답니다. 마침 이 사람과 연배도 비슷하시니 오며 가며 좋은 말벗이 되어 주셨으면 합니다."

분명 저를 싫어하는 줄만 알았는데. 상냥하게 먼저 말을 건네니 아리도 순순히 그녀의 뒤를 따랐다. 황후가 먼저 그렇게 나선 탓인지 나란히 선 귀부인들도 덩달아 한마디씩을 보탰다.

"황태제 전하께서 귀애하시는 측비마마를 이렇게 뵙게 될 줄이야. 저희가 참으로 운이 좋사옵니다."

"그러게 말입니다. 어머, 저 눈은…….."

옅어진 눈동자의 색을 발견한 여인 하나가 제 곁에 선 여인에게 귀엣말을 속삭였다. 각성이 시작된 이후 눈에 띄게 변한 눈동자의 색이 기이해 보인 모양이었다. 어쩐지 구경거리가 되어 버린 기분을 지울 수 없을 즈음 잠자코 지켜보던 윤도가 입을 열었다.

"말씀이 나온 김에 제 자리도 하나 내주시지요."

여인들만 가득한 자리에 꿋꿋이 따라온 그는 다른 자리를 모두 마다하고서 아리의 옆자리를 차지했다. 졸지에 황후와 윤도 사이에 앉은 채 아리는 저를 보는 수많은 눈동자를 마주했다. 기어이 고집을 부리는 그를 두고 부인 하나가 말을 보냈다.

"분주하신 윤도 공을 이런 자리에서 뵙게 될 줄은 몰랐습니다."

호의적이지 않은 이 여인들 사이에 내버려 뒀다가는 분명 도겸에게 한 소리를 들을 게 분명하다. 그가 오고 싶어 온 게 아니라는 것은 아리 본인이 제일 잘 안다. 평소 툴툴대던 그의 말버릇을 아는 터라 아리는 조마조마한 심정으로 그의 눈치를 살폈다.

그런데 어쩐지 윤도는 대놓고 거는 도발에도 내심 평정을 지켰다. 평소의 괴팍함 따위는 어디다 내다 버린 것인지, 그는 태연한 미소와 함께 귀부인의 말을 받아쳤다.

"사내로 태어나 낙양의 귀부인들을 독점할 수 있는 자리를 어찌 마다할까요. 황후 폐하께서 이 사람을 마다하시지만 않는다면야 언제든 불러만 주십시오."

"이 사람이야 언제든 환영입니다. 윤도 공께서 그리 말씀해 주시니 참으로 영광이 아니겠습니까."

나란히 웃고 있는 윤도와 황후, 그리고 부인들 사이에서 아리는 홀로 식은땀을 흘렸다. 분명 오는 길에서만 해도 그리 경계를 하던 이가 지금은 언제 그랬냐는 듯 자연스레 미소를 흘리고 있다.

"황후께서 이렇게 너그러이 배려해 주신 덕분에 측비께서도 오랜만에 마실을 나오셨습니다. 물론 귀한 용종을 품고 계시니 무리는 삼가셔야 하겠지만요."

윤도가 굳이 한마디를 보탠 후에야 웃음소리가 잦아들었다. 곁에 앉은 황후의 입꼬리가 파르르 떨렸다.

병든 황제 부부에게는 아직 자식이 없다 하였다. 그 사실을 뻔히 알며 일부러 속을 긁어 대니 보다 못한 아리는 슬쩍 손을 뻗어 윤도의 옆구리를 힘껏 찔러 버렸다.

"윽!"

"차가 너무 뜨거우셨던 모양입니다. 이것으로 닦으십시오."

"천천히 식혀서 드셔야지요."

허를 찔린 윤도가 차를 내뿜고 아리가 서둘러 수습에 나섰다. 그 난리를 겪고 난 후에야 분위기가 조금은 가라앉았다. 화로를 피워 놓은 정원에서 귀부인들은 아리가 알아듣지 못할 이야기들을 나누기 바빴다.

"그러고 보니 소첩은 측비마마를 뵈오면 줄곧 궁금한 점이 있었답니다."

황후 쪽에 가까이 앉은 귀부인 하나가 말을 꺼냈다. 윤도 쪽을 힐끔 바라보고서 부인은 아리에게 대놓고 말을 꺼냈다.

"향비께서 일으키신 신묘한 조화는 제 눈으로 보고도 쉬이 믿기지가 않아서요. 이번 기회에 견문을 넓히고 싶은 간절한 바람이 있사옵니다."

제 능력을 보여 달라는 청에 아리는 윤도의 눈치를 살폈다. 미동도 없는 것을 보고서 아리는 겸손한 말로 상황을 피하기로 마음먹었다.

"신묘한 조화라 하시니 부끄러울 따름입니다. 그저 배운 것이 있다면 돌아가신 어머니께 의술을 조금 익힌 정도라 여러분의 앞에 뽐낼 만한 것은 아니옵니다."

"의술이라?"

다른 부인들에 앞서 황후가 먼저 그 말에 반응하고 나섰다. 아무래도 그냥 넘어가기에는 어려워 보이던 찰나 저 반대편 너머에 앉은 푸른 옷의 부인이 눈에 띄었다.

저마다 대화를 나누며 분주한 여인들 사이에서 홀로 말이 없다. 유달리 창백해 보이는 그녀의 모습을 잠시 보고서 아리가 먼저 말을 걸었다.

"석 부인이라고 하셨지요."

"예? 예, 그렇사옵니다."

갑자기 이름을 불린 탓에 모두의 시선이 그녀에게 쏠렸다. 화장을 했음에도 차를 마시며 흐려진 연지 사이로 보이는 입술의 색이 여느 것보다 훨씬 더 푸르다. 손이 잦게 떨리고 숨도 힘겹게 쉬는 기색이 역력한데 지켜보는 눈이 많아 내색조차 하지 못하고 애써 참고 있었다.

급한 마음에 아리는 자리에서 일어나 그녀의 손을 꼭 잡았다.

"이건……."

"무슨 일이십니까?"

"태의를 불러 주십시오."

눈에 띄는 외상이 보이지 않지만 아리는 비슷한 증상을 본 기억이 있었다. 태의가 달려올 즈음 식은땀을 흘리던 석 부인은 결국 의식을 놓고 아리의 품에 쓰러졌다.

"이게 무슨 일입니까?"

"중독입니다."

"중독?"

아리는 급하게나마 태의를 불러 몇 가지 약재를 챙겨 오라 일렀다. 급한 대로 약초를 빻아 쓰러진 석 부인의 입에 흘려 넣을 즈음 지켜보던 황후가 슬며시 입을 열었다.

"어째서 갑자기 이런 일이 벌어진 겝니까?"

"아무래도 전날 식사를 잘못하신 듯싶습니다."

"식사를 잘못하다니?"

"버섯입니다."

버섯을 잘못 먹어 이리되었다는 말에 부인 몇몇이 코웃음을 쳤다. 황후 역시 가소롭다는 얼굴로 석 부인을 돌보는 아리에게 코웃음 쳤다.

"석 부인은 태정태부댁의 며느님이십니다. 그런 분의 식사에 뉘가 감히 독버섯을 넣는단 말입니까."

"하지만 이 증상은 분명……."

"향비께서 능력을 뽐내시고 싶은 것은 익히 알겠으니 이후는 태의에게 맡기도록 하세요."

황후가 그리 말하자 곁에 선 태의가 곤란한 듯 눈을 굴렸다. 딱 잘라 버섯에 의한 중독이라 답을 내린 아리와 달리 태의는 아직 원인조차 파악하지 못한 기색이 역력했다. 보다 못한 윤도가 나서려던 찰나였다.

"무엇이 이리 소란합니까."

한동안 궁에서 들리지 않던 표독스러운 음성에 부인들 모두가 자리에서 일어났다. 근신을 마치고 홍사 비단을 걸친 화평공주의 등장에 황후는 그만 손에 쥔 찻잔을 떨어트렸다.

근신을 명받은 화평공주가 소식도 없이 황후궁에 들어서자 제일로 겁을 먹은 것은 다름 아닌 아리였다. 죽일 듯이 저를 노려보며 미천하다 쏘아붙이던 모습이 여전히 눈에 선해서 아리는 석부인의 손을 꼭 잡은 채 겁을 먹었다.

"공주께서 여기는 어인 일이십니까."

"그야 물론 우리 측비마마의 회임을 축하드리러 왔지요. 황태제 전하께도 진즉 윤허를 받은 처지랍니다."

황제가 직접 근신을 내렸다고 해도 지금 국정을 주도하는 것은 황태제이니 그의 허락이 떨어진 이상 화평공주는 언제든 다시 궁에 드나들 수 있게 된 셈이다. 서둘러 소 태후에게 전갈을 보내고 싶은 기색이 역력한 영 황후를 앞에 두고서 화평공주는 차분히 걸어와 조소를 띠었다.

"우리 향비께서는 초야를 치르신 지 얼마나 되었다고 덩실하니 황실에 기쁨을 안겨 주셨거늘. 황후께서는 좋은 소식이 없으십니까?"

"그건⋯⋯."

팽팽하니 긴장된 분위기 속에 석 부인이 요란한 기침을 쏟아 냈다. 시선이 화평공주에게 쏠린 사이 아리는 급한 대로 치유의 힘까지 쏟아 넣었다. 쓰디쓴 약초를 제법 게워 낸 후에야 석 부인은 겨우 정신을 차리고서 힘겹게 눈을 떴다.

"석 부인, 어제 무엇을 드셨습니까?"

아리의 물음에 석 부인은 잠시 기억을 더듬으며 천천히 말을 이어 나갔다.

"유모가 회임에 좋은 것이라 하여 버섯 우린 물을 조금 마시고 말았습니다."

그 외에는 아무것도 먹지 않았다는 말에 부인들마저 놀라움을 감추지 못했다. 쓰러진 석 부인을 시녀들이 데려가고 태의가 문제의 버섯을 찾기 위해 뒤를 따랐다.

"괜찮으십니까."

긴장이 풀린 탓에 아리도 그만 다리에 힘이 풀렸다. 급한 대로 윤도가 부축에 나서고서는 황후와 맞선 제 어머니 쪽을 빤히 바라보았다.

이제나저제나 입궁만을 기다리던 화평공주에게 있어 아리의 회임은 궁정에 복귀할 유일한 동아줄이다. 그러니 윤도는 기꺼이 아리를 데리고서 제 어머니의 등 뒤에 숨는 길을 택했다.

"비께서도 많이 놀라신 듯하니 오늘의 여흥은 이쯤 마무리하는 것이 좋을 성싶습니다."

"나는 이제 겨우 자리했거늘. 가려거든 너나 가거라. 황후께서도 이런 즐거운 자리를 여실 거면 이 사람을 제일 먼저 부르셨어야지요."

화평공주가 앞을 가로막으니 황후도 입을 꾹 다문 채 원망 어린 시선을 보냈다. 잠시나마 다정한 태도를 보여 준 그녀의 본색에 아리는 얌전히 물러나는 길을 택했다.

'어머니. 저는 이제 어찌하면 좋을까요.'

아리는 제 옷소매를 꼭 쥐고서 배를 감쌌다. 화평공주의 뒤에 숨은 후에야 꾸미지 않은 황후의 속내가 보였다.

가시 돋친 말. 경멸하는 눈빛. 잠깐 제게 상냥하게 굴었다 해도 이 자리를 떠나고 나면 저들은 얼마든지 낯빛을 바꿔 저를 조롱하고도 남았다. 이곳에서는 누구도 믿을 수 없다던 도겸의 중얼거림이 뇌리를 스쳤다.

그런 것이었구나. 이 황궁 안에서 믿을 수 있는 이는 오직 자신뿐. 줄곧 날을 세우던 그의 심중이 이제야 조금은 이해가 갔다.

윤도와 함께 동궁으로 돌아가는 길. 아리는 처음으로 이 아름다운 궁이 두렵다는 생각이 들었다.

✳ ❄ ✳

잠든 아리를 두고 보며 윤도는 조마조마한 심정을 감출 길이 없었다. 다행히 태의의 진맥으로는 이상이 없다 하지만 그래도 쉬이 마음이 놓이지 않았다.

"이 일을 어쩐다."

제 할 도리는 다했다지만 형님의 분노는 결국 또 저를 향할 터. 이러지도 못하고 저러지도 못하고서 안절부절못하던 중 동궁의 입구가 절로 소란스러워졌다.

"전하께서 돌아오셨습니다."

여전히 잠든 아리를 두고서 윤도는 죽을죄를 지었노라 먼저 무릎이라도 꿇을 참이었다. 그런데 도겸은 침상에 아리가 얌전히 잠든 것을 확인하고서는 윤도의 어깨를 두드려 주었다.

"고생이 많았다."

"형님?"

"자칫 큰일이 날 뻔했다 들었음이니. 네가 있어 주어 참으로 다행이었다. 고맙구나."

제 입으로 공치사를 늘어놓을지언정 도겸은 결코 칭찬이 후한 이가 아니었다. 그런 이의 입에서 고맙다는 말을 듣게 될 줄이야. 윤도는 도겸의 뒤에 선 무하를 보고 눈치를 살폈다. 노여워하실 거라는 제 염려와 달리 형님의 심기는 제법 나쁘지 않아 보였다.

어찌 됐든 오래 있어 좋을 것이 없으니 윤도는 오늘도 삼십육계 줄행랑을 택했다. 그가 떠나고 도겸은 침상 곁에 앉아 고이 잠든 아리의 모습을 묵묵히 바라보았다.

"태의는 뭐라 하더냐."

"잠시 놀라신 것뿐, 마마께서도 복중에 계신 황손께서도 모두 평안하시다 하옵니다."

그런 것 치고는 쉬이 깨어나지 못하는 모습이 마음에 걸렸다. 숨소리가 평안한 것을 확인할 즈음 시종이 도겸을 찾았다.

"태정태부가 전하를 뵙고자 하옵니다."

"들라 하라."

침소의 경계를 더욱 철저히 하라 이르고서 도겸은 침소 너머 외궁을 통해 동궁의 집무실로 나섰다.

굳이 따지자면 소 태사 측에 가까운 이라지만 적으로 둘 이유는 없다. 제법 오래 기다렸다는 그는 도겸이 자리하는 것을 기다려 깍듯이 인사를 올렸다.

"긴히 보자 한 연유가 무엇인가."

"향비께서 소신의 며늘아기를 구해 주셨다 들었사옵니다."

황후와 소란이 있었다는 이야기만 들었을 뿐 도겸은 아직 자세한 사정에 대해서는 보고받지 못했다. 태정태부는 고개를 떨구고 기꺼이 감사의 뜻을 표했다.

"늘그막에 본 소신의 아들이 처를 들였사온데, 회임을 돕고자 요란을 떨다 그만 독이 든 버섯을 약재로 오인하여 먹였다 하옵니다."

"동충하초라면 그런 경우가 있다 들었네."

그마저도 아리에게 들은 것이지만. 워낙 귀한 것이다 보니 자칫 함부로 먹었다가는 큰일이 날 수도 있다 하며 아리는 몇 번이고 도겸에게 단단히 일렀다.

산속에서나 있을 법한 일이라 여겼건만. 그녀의 지혜는 이곳에서도 충분히 사람을 살리고도 남았다. 참으로 뿌듯하면서도 한편으로는 조금은 아쉽기도 했다.

"소신의 가솔들의 무지로 하마터면 큰일이 날 뻔하였습니다. 이 은혜를 어찌 갚아야 할지 참으로 천부당만부당하옵나이다."

태의조차 원인을 알지 못하는 증상을 오직 아리만이 알아차렸다고. 평생 모시던 아씨를 죽일 뻔한 것을 안 유모가 스스로 목숨을 끊겠다 나서 온 집안이 뒤집어졌다고 한다.

입에 대고 나면 사흘을 넘기기도 전에 목숨이 끊어지는 둥근머리버섯을 먹었으니 이 댁 작은 마님도 곧 죽은 목숨이라 그러던 참이었으나 아리의 품에서 잠시 혼절했던 석 부인은 저택에 도착할 즈음 겨우 의식을 차려서는 배가 고프다며 밥을 달라 청하기까지 했다.

"두 번은 없을 것이니 추후에는 주의하라 이르게."

"은덕이 망극할 따름이옵니다."

아리가 일으킨 기적조차도 항간에서는 신분이 천한 측비를 들이기 위한 황태자의 수작질이라는 평이 적지 않았던 터였다. 차라리 그리 여기기를 바라 왔건만. 이번 일이 괜히 구설을 타지 않도록 도겸은 태정태부에게 단단히 입을 다물게 했다.

"비의 뛰어난 '의술'이 한 생명을 살린 것은 참으로 다행인 일이나, 그이 역시 귀한 황손을 품은 몸임을 잊지 말아야 할 터."

"명심하겠나이다, 전하."

천금을 주고서라도 향족을 사고파는 데에는 그만한 이유가 있는 법이다. 응당 죽었어야 할 석 부인을 살려 놓을 정도이니 분명 다음에 또 이런 일이 벌어진다면 분명 누구든 아리를 찾게 될 것이다.

"무하야."

"예, 전하."

"내 **뺨**을 한 대만 때려 다오."

난데없는 주인의 명에 무하도 선뜻 명을 받들기가 어려워졌다. 어서 하라 재촉하는 주인을 앞에 두고서 무하는 별수 없이 감정을 담아 제 주인의 **뺨**을 내리쳤다. 사내의 거센 손자국이 남고 천하의 도겸도 잠시나마 비틀거렸다.

"네놈이 평소에 내게 쌓인 게 많았던 모양이로구나."

"어찌하여 이런 명을 내리신 것입니까."

"그게 정말로 궁금했으면 나를 치기 전에 물어봤어야지."

다시금 침소에 들기 전 도겸은 얼얼하게 부은 제 **뺨**을 보고 씨익 웃었다. 문을 열고 들어가니 겨우 정신을 차린 아리가 힘겹게 자리에서 일어났다.

"가군, 어찌하여 **뺨**이……."

"그대야말로 어찌하여 쓰러진 것이야."

꼬리가 아홉 개 달린 불여우보다 가증스러운 주군의 내숭에 무하는 기꺼이 영수와 함께 방을 나서 버렸다. 도겸은 기꺼이 침상 옆에 털썩 자리하고서는 막 깨어난 아리를 제 곁에 앉혀 놓았다.

"뉘가 이런 몹쓸 짓을 한 것입니까."

"그러는 그대야말로 대체 무슨 연유로 황후의 부름에 응한 것이야.”

“제가 먼저 여쭈었습니다.”

눈을 부라리는 아리를 앞에 두고서 도겸은 일부러 앓는 시늉을 하고서 벌렁 누워 버렸다.

“황후가 자꾸 그대를 불러낸다 하여 폐하께 대들었지. 다시는 이런 일이 없게 해 달라 부탁하고 오는 길이야.”

“폐하께서 가군에게 손을 올리셨다는 말입니까?”

“폐하께서 어찌 이런 짓을 하시겠어.”

무엇 하나 거짓은 없다 하나 도겸은 일부러 의심 한 자락을 그녀의 마음속에 심어 주었다. 병든 황제에게 행여 동정심을 품기라도 한다면 곤란하다. 만에 하나라도 여지를 남겨서는 곤란하니까.

아리는 다친 도겸의 뺨을 쓰다듬고서는 울적한 얼굴로 오늘 일어난 일들을 소상히 들려주었다.

“그래도 제가 자리했으니 다행이었습니다. 아니었다면 그 부인은 지금쯤 큰일쯤 났을 것입니다.”

“안 그래도 태정태부가 내게 찾아왔더군. 그대가 아니었다면 며느리를 잃을 뻔했다며 몇 번이나 고맙다고 인사를 올렸지.”

무사히 살아났다고, 그 덕에 도겸이 대신 감사 인사까지 받았다는 말을 듣고 난 후에야 아리의 입가에도 미소가 번졌다. 참으로 잘되었다고 몇 번이나 고개를 끄덕이고서 아리는 눈을 감고 그의 뺨에 난 상처를 보듬었다.

“이런 것쯤이야 얼마든지 나을 테니 굳이 그대의 힘을 쓰지 마.”

“가군이 아프실까 걱정해서 이러는 줄 아십니까. 이 어여쁜 얼굴에 생채기가 났으니 속이 상해 그러는 것이지요."

"무어라?"

화평공주를 보고 적잖이 겁을 먹었을까 싶었던 염려와 달리 아리는 태연히 도겸의 뺨을 몇 번이고 어루만졌다. 어린 아우를 달래듯이, 어린 짐승을 보살피듯이 다정한 손길이 마냥 즐거워서 도겸은 아예 눈까지 감고 이 순간을 즐겼다.

"이런 자들 속에서 대체 어찌 지내 오신 겁니까."

"그래서 그대를 모셔 온 것을."

사방이 적으로 둘러싸인 그가 유일하게 마음을 놓을 곳은 오직 아리의 품뿐이다. 그 무엇도 바라지 않고 제 상처를 어루만지며 아리는 그가 차마 꺼내지 못한 원망을 대신 쏟아 내 주었다.

"제게 그리 모진 말을 쏟아 내실 때는 언제고. 보나마나 황후마마에게 면박을 주실 모양으로 제 편을 드신 거겠지요."

"그런 셈이지."

"황후마마는 아무래도 가군에게 연심을 품으신 듯했습니다. 솔직히 말씀하십시오. 혹 두 분 사이에 무언가 있는 것은 아니옵니까?"

예리한 아리의 지적에 도겸은 뜨끔하여 숨을 삼켰다. 목숨이 아깝지 않고서야 그녀에게 황후와의 일을 떠벌인 이는 없을 터인데. 아리는 눈치만 보고도 벌써 황후의 수상한 낌새를 알아차린 모양이었다.

"내게는 오직 그대밖에 없었던 것을. 온 수도의 여인들이 나를 탐낸 것은 사실이지만, 내 씨를 잉태하신 분은 오직 그대뿐이야."

더 말을 이었다가는 본전도 차리지 못할 것이 뻔하니 도겸은 슬그머니 옷고름을 풀어 내리며 입막음에 나섰다. 오늘 한번 따져 물어보겠다며 성화를 부리는지라 도겸은 결국 제 허리끈을 풀어다가 아리의 고운 손목을 묶었다.

"이게 무슨 짓입니까!"

"오늘은 모두 내가 잘못하였어. 그러니 기꺼이 그대를 기쁘게 해 드려야지."

"하오나 이것은, 가군, 도련님!"

아니 하던 도련님 소리까지 하는 아리를 눕히고서 도겸은 즐겁게 입맛을 다셨다. 황홀경에 젖은 그녀의 모습을 보는 것만으로도 도겸은 몇 번이고 절정에 오를 수 있다. 흐트러진 금비녀를 저 멀리 치워 버리고서 도겸은 제 씨를 품은 뽀얀 배를 느긋하게 어루만졌다.

"어서 제 아이를 낳아 주세요. 그렇게만 해 주신다면……."

이 단월국을 통째로 그대의 발아래 꿇려 드릴 터이니. 젖과 꿀이 흐르는 극락보다도 더한 즐거움을 그대에게 바칠 터이니 지금은 부디 이 사람을 뜻을 따라 주시기를.

이마에 맺힌 굵은 땀방울을 훑으며 도겸은 제 아래 신음하는 아리의 모습을 즐겁게 바라보았다.

✻ ✻ ✻

매서운 겨울이 지나고 봄이 찾아왔건만, 날이 풀리자 이제는 북쪽의 오랑캐들이 강을 넘는 일이 빈번해졌다.

"북성으로 시찰을 떠나신다면서요."

도겸은 아리의 머리를 쓰다듬고서 고운 손을 꼭 여며 쥐었다.

"함께 가시겠습니까?"

굳이 저가 따라간다 한들 일만 더 번거로워질 뿐. 몸을 풀기 전에는 발걸음 하나조차 자중하라는 당부를 들었다. 아쉬움이 가득 담긴 그의 손을 꼭 잡고서 아리는 덩실하니 부푼 제 배를 어루만졌다.

"허구한 날 붙어 계시면서 고작 그 며칠을 못 견디십니까."

도겸이 시찰을 나선 날, 화평공주는 마차를 넉 대나 끌고 와서는 동궁에 제 침소를 차려 놓았다. 유난을 떠는 화평공주를 바라보며 윤도는 지끈대는 머리를 짚었다.

한껏 들뜬 제 어미가 무슨 짓을 또 벌이려는 건지. 이러다 아리에게 무슨 일이라도 벌어진다면 그 감당은 모두 제 차지가 된다.

"황손께서만 세상에 나오신다면야 그때는 미천한 소가 놈들도 제 주제를 알게 되겠지요."

완연한 적의를 품은 화평은 환희에 젖은 채 몇 번이고 아리의 배를 쓰다듬었다. 어찌하여 이 아이를 이토록 탐내는 것인지 아리는 그런 화평이 조금은 두렵기까지 했다.

도겸이 없으니 화평공주는 동궁을 제집처럼 둘러보았다. 오랜만에 맡아 보는 황궁 공기가 좋은 건지 그녀는 아리에게 거듭 산책을 권했다.

"함께 산책이라도 나서시지요. 매번 궁에만 틀어박혀 있다가는 황손께서 태어나시기도 전에 돼지가 되실 겝니다."

"정말로 잠시만입니다."

싫다는 이를 억지로 잡아끄는 통에 단단히 약조를 받아 내고서 아리는 참으로 오랜만에 동궁을 나섰다. 신이 난 화평공주의 모습이 아무래도 미덥지 못해서 아리는 영수를 불러다 은밀히 일렀다.

"윤도 공을 모셔 와야 할 것 같아."

도겸이 없는 이 황궁에서 믿을 이라고는 윤도뿐이다.

처음에는 불편한 마음으로 나선 길이긴 하지만 아름답게 꾸며진 정원의 풍경이 퍽 마음에 들었다. 다만 화평공주와 함께라는 것이 마음에 들지 않을 뿐.

정원을 둘러보는 사이 화평공주는 아리가 알지 못하는 이야기를 늘어놓았다. 소 태후가 죽은 도겸의 모친을 그리도 미워했었다고.

이미 알고 있는 사실이지만 굳이 상기하고 나니 더욱 마음이 아팠다. 별로 즐거운 이야기도 아닌데 화평공주는 그런 이야기를 늘어놓으면서도 연신 웃었다.

"그러고 보니 인생이란 참으로 재미있지요. 지금이야 측비께서 우리 황태제 전하의 곁을 지키고 계십니다만 선황께서 한발만 더 빠르셨다면 아마 지금 그 자리는 우리 황후마마의 몫이었을 텐데 말입니다."

"그것이 무슨……."

노골적인 영 황후의 눈빛은 아리도 기억하고 있다. 도겸은 그런 것이 아니라 분명히 말해 주었다지만 윤도는 유독 황후 이야기만 나오면 제 눈을 피하며 어떻게든 화제를 벗어나 보려 애를 쓰곤 했다.

"하긴. 사내구실 못 하는 서방과 한 이불을 덮는 것도 모자라 꼬장꼬장한 시어미 아래에서 평생을 과부로 수절하는 팔자도 결국은 제 손으로 꼰 것을요."

그러니까 두 사람 사이에 혼담이 오갔다는 건데. 굳이 일부러

316

들으라는 듯 황후의 처지를 개탄하는 처사에 아리의 낯이 다 뜨거워졌다. 아무리 적대하고 있다 하나 황후는 황후인데. 대체 이분이 왜 이러시나 피가 말랐다.

그만 좀 하시라 손을 뻗는데 정원 저편에서 한 무리의 여인들이 나타났다. 얼굴이 벌겋게 달아오른 소 태후와 가득 풀이 죽은 영 황후였다.

"참으로 오랜만에 뵙사옵니다. 태후마마. 황후께서도 잘 계셨던 모양입니다."

우렁찬 목소리로 일갈했던 터라 분명 방금 한 말을 다 들었을 터인데 화평공주는 눈 하나 깜짝하지 않고서 대놓고 소 태후를 도발했다.

"아랫것들 보기 민망하여 고개를 들 수 없습니다. 대체 공주께서는 어찌 이리 함부로 구시는 겝니까."

"우리 귀한 황손께서 세상 빛을 보실 날이 얼마 남지 않아 마음이 들떠 그리하였습니다. 너그럽게 봐주십시오."

나무라는 소 태후의 말에 아리도 고개를 끄덕이고 싶은 심정이건만. 기어코 제 배 속 아이를 팔아 기 싸움을 하는 화평공주가 참으로 원망스러웠다.

굳이 저를 끌고 평생 아니 하던 산책을 나가자 한다 했더니. 태후와 황후가 발걸음을 할 것을 익히 알고 이러려고 나온 것이 분명했다.

'참으로 독한 분이시구나.'

황제가 한발만 더 빨랐더라면 지금쯤 도겸의 비로 책봉된 것은 황후였을 거라고. 제게 그런 말을 흘리고서 황후를 마주하게 하는 저의가 실로 음험하기 짝이 없다. 일부러 상처를 입히려는 것이든, 사이를 나쁘게 만들 속셈이든 일단 이 자리에서 물러나는 편이 나을 것이다.

그러나 아리가 무어라 나서기도 전에 화평공주가 한발 먼저 소태후에게 시비를 걸었다.

"돌밭에서 씨가 날 리 있겠습니까. 참으로 씨가 문제가 아니라면 밭이라도 바꾸셔야 할 것을."

"공주!"

끝내 비꼬는 화평공주의 기세는 그 누구도 말릴 수 없다. 머리끝까지 분노한 태후의 얼굴이 벌겋게 달아오르자 곤란한 영수가 아리의 손을 거머쥐었다.

"공주마마, 측비마마를 모시고 이만 물러나겠나이다."

"어찌 이리 서두르느냐. 오랜만에 반가운 이를 만났으니 함께 차라도 나누어야 하지 않고."

불편한 공기에 다리가 덜덜 떨렸다. 태후와 황후를 마주하고 선 아리는 이대로 물러나고픈 마음만이 간절했다. 본능적으로 알 수 있었다. 여기에 더 있다가는 분명 좋은 꼴을 보지 못할 것이 분명하다.

첨예하게 대치하는 여인들을 향해 시녀 하나가 걸어왔다. 윤도에게 연락이라도 온 것일까. 이 상황을 벗어날 수 있을지도 모른다는 생각에 내심 반갑기까지 했다.

"공주마마, 황제 폐하께서 찾으시옵니다."

"폐하께서 나를?"

시녀는 아리 대신 화평공주를 찾았다. 태황태후 추모제를 앞두고 화평은 벌써 몇 번이나 황제에게 알현을 청해 왔다. 차일피일 미루던 황제가 하필이면 오늘 화평공주를 황제궁으로 불러들였다.

"폐하께서 부르시니 어찌하겠습니까. 앞으로 또 언제 보실지 모르니 측비께서도 황후마마의 얼굴을 많이 봐 두시옵소서."

"공주!"

저를 이리 끌고 나올 때는 언제고. 그토록 기다리던 소식이 왔으니 화평공주는 반색하며 아리의 손을 놓아 버렸다. 오만방자, 안하무인, 언제나 도를 넘기로 둘째가라면 서러운 화평공주라지만 도겸이 출궁하자마자 저를 이리 궁지에 몰아넣을 줄은 몰랐다.

"폐하를 기다리게 할 수는 없지 않겠습니까?"

허울 좋은 핑계와 함께 공주가 먼저 자리를 뜨고, 아리는 졸지에 고양이 앞에 놓인 쥐 신세가 되고 말았다. 눈을 마주치는 것조차 버거운 두 여인을 앞에 두고서 아리는 쥐어짜듯 자리를 뜨겠노라 양해를 구했다.

"몸이 무거워 이만 물러나고자 하옵니다. 부디 허하여 주옵소서."

"평소 문안 한 번 비추는 적이 없더니 벌써부터 뭐라도 된 줄 아는 모양이로구나."

화평이 기름을 퍼붓고 간 탓에 태후의 분노가 극에 달했다. 아니라고, 그런 적이 없다 고개를 젓는 아리의 변명도 아무런 소용이 없다. 이번 기회에 본때를 보여 주겠노라며 소 태후는 제 곁에 선 시녀들에게 일렀다.

"당장 이 무례한 계집을 내 앞에 무릎 꿇리거라."

"하오나, 마마!"

"네년들조차 태후인 나를 능멸하려는 셈이더냐!"

주저하는 시녀들을 보니 언성이 높아졌다. 제아무리 황태제에게 실권이 넘어갔다 한들 아직 내궁의 큰 어른은 소 태후 자신이다. 억장이 무너져 침거에 들어간 저를 기어코 기어 나오게 한 화평공주는 이토록 자나 깨나 자신을 능멸해 볼 생각에 애가 달았다.

"여기가 어딘 줄 알고. 네년이 그 서자 놈의 총애를 믿고 아주 기세가 등등한 모양이지."

영수가 나설 틈도 없이 태후궁 시녀들이 아리를 잡아 무릎을 꿇렸다. 회임한 몸이라는 것을 알고 있지만 서슬 퍼런 태후의 일갈에 시녀들은 손속에 자비를 두지 않았다.

"태후마마! 이러시다가 폐하의 귀에 들어가기라도 한다면……."

"아시면 뭘 어쩌시려고!"

말리는 영 황후의 말이 소 태후의 속에 불을 질렀다. 무거운 배를 안고서 무릎 꿇은 계집은 신음 하나 흘리지 않았다. 차라리 용서해 달라 빌기라도 할 것이지. 곧 죽어도 저는 잘못한 것 하나 없다 입을 꾹 다물고 있다.

저것이 나타나지만 않았더라도, 저것이 그 서자 놈을 살리지만 않았더라도. 짓밟힌 자존심에 독이 올라서 태후는 결국 아리에게 직접 손을 올렸다.

"네년만 아니었어도!"

"마마!"

영수가 몸을 던져 아리의 앞을 막아서고 영 황후가 소 태후를 막았다. 눈앞이 아찔하던 순간 몸이 기울며 아리는 본능적으로 배를 끌어안았다. 아가야, 이 일을 대체 어찌하면 좋을까.

소 태후를 말리던 영 황후의 화분혜가 바닥에 몸을 웅크린 아리의 시야를 가렸다. 금빛 실을 아낌없이 쓴 고운 신발이 한 걸음 다가오며 교태 어린 목소리가 귀를 때렸다.

"이런 미천한 계집에게 어찌 친히 손을 쓰시려 하십니까."

영 황후의 고운 손이 다가와 아리의 머리채를 잡았다. 억지로 고개가 들리고 영 황후는 여태껏 본 적이 없는 환한 미소를 머금고 아리의 뺨을 후려쳤다.

"이번 기회에 본때를 보여 주거라."

환희에 젖은 것처럼 황후의 입꼬리가 파르르 떨렸다. 잔혹함을 머금은 눈빛은 분명 눈에 익었다. 제 아우를 난도질하던 최 대감과 참으로 닮아서 아리의 등줄기로 오소소 소름이 돋았다.

"이곳이 너처럼 천박한 계집이 발을 들일 수 있는 곳이라 여겼더냐."

더러운 것을 보듯 바라보는 저 눈빛이 싫었다. 대체 왜 이런 취급을 당해야 하는지 영문조차 알 수 없다.

이러지 마시라 몸을 던지는 영수를 황후의 시녀들이 끌어냈다. 난장판이 된 정원에서 황후는 곱게 손질한 손톱으로 아리의 뺨을 몇 번이나 후려갈겼다.

"마마!"

이 아이만은 살려야 하는데. 영수의 외침에 의식이 흐려졌다. 욱신대는 통증이 밀려오고, 아리의 몸이 힘없이 바닥에 고꾸라졌다. 쌓였던 울분을 토해 내는 것처럼 영 황후는 쓰러진 아리의 배를 화분혜 끝으로 꾹 밟았다.

"이게 대체 무슨 일입니까!"

쓰러진 아리를 서둘러 들쳐 안으려는데 윤도의 손 어귀에 축축한 무언가가 젖어 들었다. 벌겋게 물든 그의 손을 보고서 곁에 선 영수가 비명을 질렀다. 아리가 입고 있던 상앗빛 하의 사이로 붉은 피가 하염없이 스며들었다.

"어서, 어서 침소로 모시거라!"

이게 대체 무슨 짓이냐며 따져 묻고 싶어도 아리의 상태가 더욱 심각해 보였다. 윤도는 쓰러진 아리를 손수 들쳐 안고서 서둘러 동궁을 향해 달렸다.

생각지도 못한 비보에 황제는 힘겹게 자리에서 일어나 친히 동궁까지 걸음하기에 이르렀다.

"황제 폐하 납시오."

"어찌 되었느냐."

시녀들의 울음을 멈추고 황제에게 머리를 조아렸다. 침통한 공기 속에 꽃 향 대신 비릿한 피 냄새가 코를 찔렀다.

"하혈이 장하시어 탕약을 써 보고 있사옵니다만……."

태의도 차마 그다음 말을 잇지 못했다. 자초지종을 채 파악할 새도 없어 황제는 태의를 붙잡고 몇 번이고 다그쳤다.

"쓸 수 있는 모든 수단을 써서라도 비를 살려 놓아라. 안 그러면 이 궁에 피바람이 불 터이니."

아이보다 어미를 살리라는 명에 태의는 떨리는 손으로 다시금 진맥에 들어갔다. 여인이야 새로 들이더라도 귀한 황손을 살리라고 분명 그리 명을 받았건만, 다시금 말이 바뀌니 태의도 여간 곤란한 것이 아니었다.

"폐하께서 여기는 어인 일이십니까."

황제가 직접 나섰다는 소식에 소 태후 역시 동궁으로 달려왔다. 화평공주가 아리의 곁을 지키는 사이 황제는 태후를 잡고 다

그쳤다.

"대체 무슨 짓을 하셨기에 저이가 저 꼴이 난 겝니까."

"내궁의 법도를 세우고자 위계를 다진 것을. 평소 행실이 참으로 오만방자하여……."

"진심으로 목숨이 아깝지 않아 이러시는 겝니까? 제발 좀 그만하십시오!"

태어나 처음으로 제게 화를 내는 아드님을 마주하고 태후는 말을 잃었다. 일국의 지존이 되었음에도 불구하고 황제는 여전히 제 아우의 눈치를 보느라 여념이 없었다.

"지금 그게 무슨 말씀입니까? 목숨이라니요?"

되묻는 태후를 보며 황제는 가슴을 쥐어뜯었다. 어떻게든 살려 보려 그리도 애를 썼건만. 적당히, 제발 적당히 하라 그리 일렀건만 이제는 참으로 엎질러진 물이 되고 말았다.

해가 지도록 하혈은 멈추지 않고 궁 안에는 흉흉한 분위기마저 맴돌았다. 황제도, 태후도, 화평공주조차도 동궁에 모두 모여 아리의 용태만을 살필 즈음이었다.

"황태제 전하께서 돌아오셨습니다."

뜬눈으로 밤을 새우던 즈음 도겸이 돌아왔다고 했다. 흙먼지를 뒤집어쓴 채 그는 갑주도 벗지 아니하고서 말에서 뛰어내려 곧장 제 궁에 모인 이들을 노려보았다.

화평공주와 소 태후, 그리고 황제. 세 사람을 모두 뒤로하고 도겸은 제 손으로 아리가 누운 침소의 문을 열었다. 코끝에 어리는 피비린내와 함께 아리가 흘린 피를 가득 머금은 상앗빛 치마가 눈에 들어왔다.

분명 오늘 아침, 저를 배웅하며 입고 있던 바로 그것이었다.

"전하, 황손께오서는……."

"아이는 필요 없다. 비를 살려라."

그는 태의에게 차갑게 일갈했다. 도겸은 이 자리에 있는 모든 사람이 들을 수 있도록 태의에게 한 번 더 똑똑히 말했다.

"살리지 않으면 이번 일에 관련된 모두가 무사치 못할 것이니."

어떻게든 살리라는 말에 태의는 물론 시녀들마저 바삐 움직였다. 사정이 어디까지 전해진 것인지 알 수 없으나 도겸은 제 뒤에 선 황제와 태후에게조차 눈길 하나 주지 않고서 오직 침상에 누운 아리만을 바라보았다.

분노한 도겸을 뒤로하고서 황제와 소 태후는 각자의 궁으로 돌아가야만 했다. 살얼음판을 걷는 것처럼 얼어붙은 공기 속에서 화평공주만이 홀로 남아 도겸의 눈치를 살폈다.

"일단 먼지부터 씻고 오십시오. 그 꼴로 들어가셨다가는 비의 용태에 더욱 해가 될 것이니."

떨어지지 않는 발걸음을 억지로 떼고서 도겸이 흙먼지를 씻으러 간 사이, 잠자코 이 모든 사정을 지켜보던 윤도가 제 어머니에게 다가갔다. 처음에는 혼란 속에 경우가 없어 말을 꺼내지 못하였다지만 경황이 없는 와중에도 화평공주만은 유독 침착했다.

"이게 대체 어찌 된 일입니까?"

얌전히 동궁에 머물며 걸음 하나 쉬이 떼지 않던 사람이 어찌하여 태후의 앞에 무릎을 꿇게 된 것인지 사정을 묻는 아들을 앞에 두고서 화평공주는 태연히 입을 열었다.

"소 태후가 황손을 해쳤단다. 아마 그 계집도 함께 숨이 끊어진다면 이 궁 안에는 곧 피바람이 불게 되겠지."

324

"그게 무슨……."

아리가 죽기라도 바라는 것 같은 말이 이상하기만 했다. 만약 정말로, 정말로 아리에게 무슨 일이 생긴다면 그때는 윤도 자신도 무슨 일이 벌어질지 장담할 수 없다.

저조차도 비집고 들어가지 못한 형님의 마음을 손쉽게 차지한 여인. 형님의 목숨을 구하고, 평생 볼 일이 없다 여긴 형님의 미소를 독차지한 여인. 그래서 미웠다지만 그렇다고 또 미워할 수만은 없었던 여인.

새하얗게 질린 채 혼절한 아리를 보는 순간 윤도조차도 피가 식는 기분에 어찌할 바를 몰랐건만. 화평은 그 어느 때보다 편안한 얼굴을 하고서 제 아들을 앞에 두고 히죽 웃었다.

"내가 정말 그 미천한 계집이 어여뻐 비위를 맞추고 있는 줄 알았더냐."

잉태를 시킬 수 있다는 것이 확인된 것만으로도 도겸의 위치는 확고해졌다.

차라리 계집에 미쳐 난잡하게 놀아나 주기라도 한다면 저 역시도 그를 대신할 이를 세우기 수월했을 테지만. 이상할 정도로 한 계집만 잡고 헤어 나오지 못하는 꼴을 보고 있자니 배알이 뒤틀렸다.

미천하기 짝이 없는 것을 데려다가 황후로 만들겠노라 호언장담하는 도겸을 두고 보며 화평은 결심했다.

"굳이 내 손을 더럽힐 이유가 무에 있겠느냐. 소 태사 그자면 모를까, 우리 태후께서는 갓 시집오신 그때부터 지금껏 이리도 발끈하는 성질머리를 못 고치시는 것을."

"그럼 설마……."

일부러 이런 일을 꾸미신 거냐고. 경악한 윤도를 앞에 두고서 화평은 뉘에게도 들리지 않도록 소리 없이 웃음을 터트렸다.

"소 태후의 손에 그리도 귀애하던 애첩의 목숨이 떨어지게 생겼으니. 우리는 그저 지켜보면 될 일 아니겠느냐."

아연실색한 아들을 앞에 두고서 화평은 드넓은 동궁을 바라보았다. 조만간 제 입안의 혀처럼 굴어 줄 계집을 골라 도겸의 정비로 밀어 넣어야 한다. 그러니 제발 죽어 없어져 주렴. 그리 빌던 참이었건만.

"죽여 주시옵소서, 전하."

태의의 외침과 함께 방 안에서 울음이 터졌다. 한바탕 통곡이 이어진 후에야 온몸에 피 칠갑을 한 태의가 지친 얼굴로 겨우 동궁의 침전을 빠져나왔다.

"어찌 되었느냐."

"목숨도 질긴 것 같으니라고."

사정을 묻는 윤도와 달리 화평공주는 태의의 목숨이 붙어 있는 것만으로도 사정을 알아차렸다. 황손은 죽었어도 계집은 아직 숨이 붙어 있는 모양이지만 그것 또한 얼마나 갈까. 그러던 참이었는데.

"마마, 공주마마. 큰일이옵니다."

새하얗게 질린 화평공주의 시녀 하나가 서둘러 달려와 그녀를 잡고 귀엣말을 건넸다. 갑자기 또 무슨 유난을 떠느냐 화를 내려던 화평도 생각지도 못한 소식에 그만 버럭 소리를 지르고 말았다.

"그런 말도 안 되는 소리!"

"무슨 일입니까."

방을 나선 도겸이 화평공주에게 물었다. 머리끝까지 노여움이 가득 찬 그를 마주하고서 화평공주는 어렵게 입을 열었다.

"황후가 회임했다 합니다."

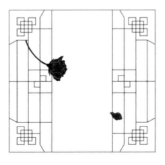

7.

동궁을 나선 이후로 황제궁은 그야말로 초상집이나 다름없었다. 만약 측비의 숨이 끊어지기라도 하는 날에는 도겸이 어찌 나올지 모른다. 안절부절못하는 아드님을 앞에 놓고서 태후는 태연히 일렀다.

"어차피 그것은 죽었어야 할 씨입니다."

"태후마마."

"참으로 그 서자 놈이 황제 자리에라도 오르는 날, 우리 소씨 가문이 멸문할 것은 불 보듯 뻔한 것이 아니겠습니까."

황가의 여인이라 그리 스스로를 칭하면서도 태후에게 제일 소중한 것은 결국 소씨 가문이다. 제발 좀 그만하시라 일갈하려던 찰나, 영 황후가 조심스레 두 사람의 대화에 끼어들었다.

"혼란한 와중인 줄은 아오나 두 분께 드릴 말씀이 있사옵니까."

"뭡니까."

"오늘 태의가 다녀갔습니다."

수줍게 뺨을 붉히고서 환히 웃는 황후를 앞에 두고도 황제는 그 연유를 알지 못했다. 태후만이 서둘러 달려가 황후의 손목을 잡고서 다그쳤다.

"태의라니요. 그게 무슨 말씀이십니까."

"감축드리옵니다, 태후마마. 회임이시옵니다."

"이런, 이런 경사가 있나!"

황후궁의 태의가 틀림없이 태맥이 잡힌다 호언장담을 늘어놓았다. 달 손님이 끊긴 지 벌써 두 달째라 겨우내에 들어선 것이 아닐까 막연히 추측할 뿐이라 했다.

"암. 그렇고말고요. 장하십니다. 참으로 장하십니다, 황후."

잔치라도 벌일 기세인 태후를 두고서 황제는 도무지 영문을 알 수 없었다. 씨앗을 심어야 싹이 나는 법이건만 그는 단 한 번도 황후의 옷고름에 손을 댄 적이 없었다.

그저 의무로 지내던 합방일에도 나란히 누워 잠을 자거나 열이 오른 저를 황후가 간호할 뿐. 하물며 겨우내라면 내내 병마에 시달려 앓아누운 통에 더더욱 회임과는 연이 없었다.

"이게 어찌 된 일입니까."

"말 그대로입니다. 황후인 제가 회임을 하였으니 이제 그 누구도 폐하의 용상을 위협할 수 없습니다."

아무리 병이 들었다 하나 적장자인 그의 자리를 위협할 자는 없다. 설령 다음 황제가 들어선다 한들 제 목숨이 끊어질 날만 기다리는 것으로 충분할 터.

그럼에도 저를 위해 뉘의 것인지도 모를 씨를 받아 품었다는 황후를 앞에 두고서 황제는 참으로 눈앞이 아득해졌다.

제 아내는 이런 여인이 아니었다. 마냥 겁이 많고 언제나 두려움에 떨고 있던, 그런 한없이 가녀린 여인이었건만.

"황후의 자리를 지키고자 하심이 아니고요?"

밀려드는 배신감에 이를 악물고서 황제가 물었다. 대체 어느 놈과 통정을 한 것이냐는 추궁에도 불구하고 황후는 그저 당당했다.

"그러는 폐하께 여쭙고 싶사옵니다. 제가 그 수모를 모두 견디는 동안 지아비라 하시는 폐하께서는 대체 저를 위해 무엇을 해주셨습니까!"

언성을 높이는 황후의 목덜미에 사내의 입술 자국이 남아 있었다. 이리도 노골적인 통정의 흔적을 남기고도 떳떳할 수 있는 이가 뉘란 말인가.

"황후, 그대는 대체……."

"어차피 폐하와 같은 피가 흐르시는 분인 것을요."

이로 너무 깨문 탓에 황후의 입술에 핏물이 묻어나기 시작했다. 자포자기한 황후를 앞에 두고서 황제는 그녀를 탐한 이가 누구인지 깨닫고 말았다. 선황제 시절부터 벌써 몇 번이나 쓴소리를 들었던 소 태사는 지위고하를 막론하고 여인들을 탐하곤 했다.

이제는 죽었는지 살았는지 모를 전부인들과 지금의 황후까지. 소 태사는 여인들을 손수 골라다 사내구실 못 하는 조카의 품에 안기고 빼앗아 가기를 반복했다.

"제정신이십니까. 대체 어쩌자고 이런 짓을!"

"뉘가 알겠습니까. 어차피 폐하만 함구하시면 그 누구도 모르고 넘어갈 일인 것을요."

천지 신령이 아니고서야 배 속의 아이가 뉘의 핏줄인지 알아내는 것은 불가능할 터. 참으로 당당한 황후를 앞에 두고 황제는 침통한 심정을 감출 길이 없었다.

차라리 제게 먼저 말을 해 주었더라면 어떻게든 손을 썼을 테지만, 소 태후가 먼저 알아 버린 탓에 이미 온 궁에 소문이 파다해질 터. 수습하기에는 이미 늦어 버렸다. 만약 이 사실이 도겸에게 알려지는 날에는…….

"폐하. 이제 그만 침소에 드셔야 하옵니다."

기력이 쇠하는 몸을 어거지로 일으키고서 황제는 몇 번이고 마른기침을 쏟아 냈다. 궁에 돌아와 먹은 약조차 모조리 게워 내고서 그는 결국 다시금 옷깃을 여미고 무거운 몸을 일으켰다.

"동궁에, 쿨럭, 갈, 갈 것이다."

"폐하! 이러다가 참으로 큰일이 나시옵니다. 부디 자중하시옵소서."

눈 밑이 거뭇하게 내려온 황제의 안색이 초췌하기 그지없다. 산송장이나 다름없는 몰골을 하고서 황제는 기어코 동궁으로 가겠노라 어거지를 부렸다.

최악의 날이다. 혼미한 정신을 부여잡으며 황제는 떨리는 손을 애써 거머쥐었다.

�֍ ❊ ✵

욱신대는 통증과 함께 아리는 겨우 눈을 떴다. 아직 해가 뜨지 않은 건지 호롱불이 흔들리고 제 손을 꼭 잡은 도겸의 모습이 보였다.

"아리."

"……닷새는 지나야 오신다더니……."

어찌 이리 빨리 오신 게냐고. 말을 채 다 잇기도 전에 허리 아래가 끊어질 것처럼 욱신거렸다.

머리가 어지럽고 몸에 힘이 들어가지 않아서 제게 무슨 일이 일어난 건지 기억도 채 나지 않았다. 분명, 분명 무슨 일이 있었는데.

아리는 힘겹게 손을 뻗어 제 배를 어루만졌다. 제 몸에 스며든 희미한 피비린내와 함께 살을 에는 통증에 아랫도리가 끊어질 것처럼 아파 왔다.

아무리 향족의 힘이 대단하다 한들 제 몸을 고치는 능력은 없다. 설마 하는 심정을 안고서 아리는 떨리는 손으로 도겸의 팔을 부여잡았다.

"아니지요?"

"탕약을 들이라 이르지."

"겸."

"그대가 무사하면 돼. 그것만으로 충분해."

도겸은 마치 아무 일도 없었던 것처럼 그렇게 시선을 피했다. 흐릿한 기억 너머로 제 뺨을 후려치던 태후의 매서운 손이 떠올랐다. 힘겹게 몸을 일으키니 저 너머에는 시녀들이 모두 머리를 조아리고서 고개도 들지 못하고 울고 있었다.

"아……."

뉘가 설명해 주지 않아도 무슨 일이 일어난 것인지 깨닫고 말았다. 터져 나온 눈물이 뺨을 적시고 도겸은 오열하는 아리를 있는 힘껏 안았다.

"으, 흐윽……! 흑……."

온몸의 물기를 모두 쏟아 내듯 아리는 도겸을 부여잡고 서러운 울음을 쏟아 냈다. 기력이 한참 쇠한 터라 아리는 눈물을 채 닦지도 못한 채 도겸의 품에 축 늘어지고 말았다.

벌겋게 부은 눈을 쓰다듬으며 도겸 역시 고개를 떨궜다. 목숨이나마 겨우 건진 것이라 하였으니까.

태의에게 약을 올리라 이를 즈음 영수가 도겸을 찾았다.

"전하. 폐하께서 오셨나이다."

대체 무슨 뻔뻔한 낯짝으로 여기까지 온 건지. 영수에게 아리를 맡겨 두고서 도겸은 일부러 알현실에서 황제를 만났다. 제 침소로 들라 이르지도 않고서 오늘만 해도 직접 동궁까지 달려온 것도 모자라 꼬락서니를 보아하니 이미 산송장이다.

"겸아."

"가내 단속을 잘하시라 분명히 말씀을 드렸을 텐데요."

굳어 버린 도겸을 마주하고서야 황제는 사태의 심각성을 뼈저리게 느꼈다. 누구도 보지 못하도록 사람들을 모두 물리고서 그는 기꺼이 제 아우의 앞에 무릎을 꿇었다.

"겸아, 부탁이다. 제발, 제발 목숨만은 살려 다오."

제 배다른 아우가 무엇을 준비하고 있는지 뻔히 알고 있는데. 어떻게든 목숨을 구걸하는 황제를 내려다보며 도겸은 싸늘한 목소리로 물었다.

"황후께서 배태를 하셨다지요."

어린 시절 형님, 형님 하며 따르던 아이였기에 눈물로 호소하면 어떻게든 되리라 믿었다. 그러나 태어나 한 번도 본 적 없는 짐승 같은 눈빛을 마주하고서 황제는 겁에 질린 채 덜덜 떨었다. 제 아우가 두려운 이임은 익히 알고 있었으나 이번만은 참으로 돌이킬 수 없는 선을 넘어 버렸다는 걸 다시금 실감했다.

"내 자식이 아님을 너도 알지 않느냐!"

황제의 간언에도 도겸의 미간은 펴질 기미조차 보이지 않았다

이대로라면 내일 아침에라도 무슨 일을 벌일지 모르니 황제는 기꺼이 바닥에 머리를 찧으며 제 아우의 바짓가랑이를 잡았다.

"가엾은 이다. 이런 지아비를 만난 것이 어디 그이의 죄겠느냐."

그러니 목숨만은 살려 달라고. 아우의 다리를 붙잡고서 황제는 기꺼이 마지막 패를 꺼내 들었다.

"아무리 밉다 한들 나는 네 혈육인 것을. 죽기 전의 마지막 부탁이다. 어차피 내가 죽으면 황위는 네게 돌아갈 터이니, 겸아."

"지금 혈육이라 하셨습니까?"

황궁을 떠나겠노라 일갈했을 때, 병든 선황제는 늙은 아비를 버리지 말라 이렇게 매달렸었다. 그런 선황을 꼭 빼닮은 황제를 앞에 두고서 도겸은 아리가 누운 방을 바라보았다. 자식을 잃은 슬픔보다 아리의 숨이 끊어질지도 모른다는 공포에 달려오는 내 내 숨이 끊어질 것만 같았다.

아우를 잃은 그이에게 마음 둘 곳을 주고 싶어서 회임을 서둘렀었다. 하지만 그러지 않는 편이 나았을지도 모른다는 생각이 앞섰다. 제 사랑은 상처가 많은 여인이니까. 세상천지 혼자인 터라 아이가 생긴 것을 참으로 기뻐하였는데.

흐느끼며 주저앉던 아리의 울음에 제 속도 난도질이 났건만, 그런 제 앞에 혈육의 정을 들이미는 염치가 참으로 가상하다.

"빌어먹을!"

분을 이기지 못하고 있는 힘껏 벽을 내려치려다 도겸은 마음을 고쳐먹었다. 몸 하나 못 가누는 주제에 아리가 제 상처를 보면 저 꼴을 하고서라도 기어이 상처를 낫게 해 주려 나설 터. 제 여인은 그런 여인이니 제 손으로 지켰어야만 했는데.

토해 내지 못한 분을 곱씹으며 도겸은 주먹을 불끈 거머쥐었다.

"밤이 늦었으니 이만 돌아가십시오."

"겸아, 나는……."

"이만 돌아가시라 하였습니다."

차가운 축객령과 함께 내관들이 황제를 모셔 갔다.

이 늦은 시간까지 눈을 못 붙였으니 분명 내일쯤이면 앓아누울 모습이 눈에 선했다. 어쩌면 저리도 교활할까. 병든 제 처지를 들이밀어 어떻게든 죄책감을 뒤집어씌우는 약자의 생존법이 지긋지긋했다.

잘못은 저들 손으로 모두 저질러 놓았음에도 어느 순간 그 죄를 추궁하는 제 꼴만이 우스워지고 만다. 괴로운 밤이다. 황제가 돌아가고 도겸은 홀로 앉아 속에서 끓어오르는 분을 애써 삼켰다.

"무하야."

"예, 전하."

"그래도 한 번은 기회를 주려 한 내가 어리석었구나."

자리를 비운 지 얼마나 되었다고 이 사달이 난 것인지. 썰물처럼 밀려오는 허탈함에 도겸은 기어코 웃음을 터트렸다. 혈육이니까 그래도 한 번은 믿어 보고자 했던 자신이 어리석음에 한없이 속이 아렸다.

울컥 솟아난 눈물을 애써 삼키고 도겸은 아리가 잠든 방에 들어섰다. 탕약을 비우고 잠든 아리의 손이 차가웠다. 파리한 낯빛이 안타까웠다. 이대로 숨을 쉬지 않기라도 한다면 그때는 그 역시 살 수 없을 터.

행여 깨기라도 할까 봐 소리도 내지 못하고 그는 죄 없는 제 입술만 곱씹었다. 입안에 비릿한 피 맛이 감도는데도 아픔 하나 느껴지지 않았다.

"후……."

마른 숨을 내쉬는 아리의 숨결이 애틋하기만 하다. 만신창이가 되어 버린 아리를 내려다보며 도겸은 이마에 맺힌 식은땀을 닦아주었다. 산새처럼 날아가 버린 아이를 뒤로하고서 그래도 아리는 겨우 목숨을 부지해 제 곁에 남아 줬다.

그 사실에 안도하게 되는 제 모습이 참으로 우스울 뿐이다. 도겸은 잠든 아리의 손을 꼭 잡은 채 결심했다. 오늘의 수모는 기필코 갚아 주어야 한다. 아리가 쏟아 낸 눈물보다 더한 피를 흘리게 되더라도 절대 용서치 않으리라.

늦은 밤. 아련한 달빛만이 하염없이 분노한 도겸의 등을 묵묵히 비추었다.

* * *

올해 여름은 유독 무더웠다. 저녁상을 직접 감독하기에 여념이 없는 영수에게 시녀는 풀이 죽은 채 머리를 숙였다.

"빙고의 얼음을 내어 줄 수 없다 하옵니다."

"또 황후궁이라더냐."

영 황후의 회임 소식 이후 모든 것이 뒤바뀌고 말았다. 시녀가 울음을 터트리자 영수 역시 긴 한숨을 내쉬고 말았다. 황후가 회임한 지도 벌써 칠삭이 넘어간다 했다. 수확의 계절이 오면 그때는 정식으로 황제의 후계자가 태어날 터이니 동궁에 머무는 황태제 역시 끈 떨어진 연 신세가 될 거라고.

필요한 물건을 내어 주지 않는 괄시부터 시작해 밀려드는 조롱까지. 동궁의 살림살이를 꾸려 나가기도 영 쉽지 않았다.

그 일 이후 많은 것이 변했다. 잠시도 궁을 떠나지 않던 황태제도 여름에 접어들 즈음부터 달포에 두어 번 사냥을 떠나곤 했다.

"마마, 영수입니다."

두고 보는 것도 힘드시겠지. 그 일 이후로 연일 야위어 가는 아리를 지켜보는 것은 영수에게도 고역이었다. 얼음이라도 띄워 냉국을 올리면 조금이나마 수월히 드실까 하였지만 그것도 쉽지 않았다.

"아무리 넘어가지 않으셔도, 그래도 드셔야 하옵니다."

몸은 회복해도 마음의 병은 쉬이 낫지 않으리라는 태의의 말처럼 마냥 밝던 아리의 얼굴에도 한없이 그늘이 졌다. 그런 그녀에게 억지로 기운을 차리라 하기에는 궁 안의 돌아가는 사정이 심히 잔혹했다. 황후의 잉태 소식과 함께 소 태사가 국정을 장악했다.

"이럴 줄 알았지."

"윤도 공."

쓸쓸한 아리의 침소를 먼저 찾는 이는 이제 윤도밖에 남지 않았다. 유일한 말벗인 그가 자리한 후에야 아리는 힘겹게나마 밥술을 뜨기 시작했다.

"형님께서는 뭐라 말씀이 없으시고요?"

아리는 힘겹게 고개를 저었다. 금방 돌아올 거라고 하나 어디로 가는지는 알려 주지 않았다. 도겸이 없는 밤마다 아리는 늑대가 울던 밤을 떠올렸다. 아버지가 돌아가시고 동이가 사냥꾼 무리에 합류해 긴 사냥을 떠나고 나면 아리는 문을 걸어 잠그고서 매일 밤 이불 속에서 혼자 두려움에 떨었다.

산에서 늑대라도 울기 시작하면 그때는 저도 모르게 울음을 터트리기까지 했다. 도겸을 만난 뒤로는 까마득하게 잊어버리고 있었던 기억이건만, 그가 없는 밤은 유독 시리고 아팠다.

티를 내지 않으려 아무리 용을 써 봐도 가만히 앉은 모습이 꼭 인형 같아서, 윤도는 그런 아리에게 조심스레 손을 뻗었다.

"칠칠치 못하게. 입에 묻히기나 하고."

모자라다 쓴소리를 하며 그는 제 옷소매로 아리의 입가를 닦아냈다.

처음 형님이 황후를 보고서 황궁에 어울리지 않는다는 소리를 할 때만 해도 어찌 그런 소리를 하는 것인지 연유를 이해하지 못했다. 그런데 지금의 아리를 두고 보니 무슨 뜻인지 조금은 알 법도 했다.

궁중의 승냥이 떼들과는 어울리지 않는 순진한 여인. 윤도의 눈에는 아리가 꼭 그랬다. 그에 비해 감쪽같이 모두를 속이고서 회임 사실을 밝힌 황후야말로 그 누구보다 궁중의 여인다웠다. 황제의 정궁인 황후가 회임을 했으니 고작 측비 따위가 아이를 잃은 것은 황궁 내에서도 더는 대수롭지 않은 문제가 되고 만다.

애처로운 모습이 가엾기는 하나 이곳은 원래 그런 곳이다. 그러니 그녀를 위해서는 차라리 궁에서 나가는 게 더 나을지도 모른다.

"이 정도로 이러면 앞으로는 어쩌려고."

줄곧 입도 떼지 않던 아리가 윤도를 바라보았다. 상실감과 괴로움이 뒤섞인 채 저를 보는 눈빛은 참으로 신묘했다. 금빛이 섞인 영롱한 빛깔이 안타까워서 윤도는 가느다란 아리의 손목을 꼭 거머쥐었다.

"그러면 차라리……."

"전하."

이 궁을 나가는 게 어떻겠냐고. 목 끝까지 말이 밀려오려던 찰나 외유를 나간 도겸이 돌아왔다. 예상보다 이른 귀환에 윤도는 서둘러 손목을 놓고서 앞에 놓인 밥을 그녀의 앞에 들이밀었다.

"제대로 비우지 않으면 아랫것들이 모조리 경을 칠 테니 억지로라도 드시는 게 좋을 겝니다."

돌을 씹는 듯이 아리는 억지로 제 입에 식사를 쑤셔 넣었다.

"끼니를 거르신다고 하여 걱정했는데. 윤도 네가 있어 주어 참으로 다행이로구나."

"북성에 다녀오신다더니 어찌 이리 서둘러 돌아오셨습니까."

거사 준비에 분주함에도 도겸은 제 비를 챙기느라 쉬이 궁을 비우지 못했다.

"그렇다 하여 궁을 오래 비울 수는 없으니 말이다."

마지못해 밥을 씹는 아리의 곁에 앉아 도겸은 아쉬운 미소를 머금었다. 여전히 다정한 그를 앞에 두고도 아리는 응달에 핀 꽃처럼 한없이 시들어 갔다.

내색하지 않지만 그 모습을 지켜보는 도겸의 속이라고 멀쩡할

리 없다. 날이 갈수록 지쳐 가는 두 사람을 지켜보는 것은 윤도에게도 고역이다.

이래서야 서로에게 독이 될 뿐이건만. 거사가 얼마 남지 않았다. 복잡한 머릿속을 애써 정리해 두고서 윤도는 저를 도와줄 사람을 떠올렸다.

"대체 언제까지 기다리시려는 겝니까!"

황제의 정식 후계자가 태어난다 하니 지금껏 화평의 힘이 되어 주던 노대신들도 하나둘 등을 돌리기 시작했다. 황궁 출입을 금지당한 것도 모자라 이제는 냉대와 수모를 당하자 화평의 인내심도 이제는 한계에 달았다.

"거사 당일, 호륜 공이 병사를 데려올 겁니다. 소 태사의 사병이 모인다 해도 북성에 빼돌려 둔 우리가 훨씬 유리할 테니까요."

흥분한 화평과 달리 도겸은 평온하게 현 상태를 짚어 나갔다. 아리를 혼자 두면서까지 바삐 움직인 덕분에 필요한 준비는 모두 갖췄다.

"이번 기회에 황제부터 소 태후까지. 아주 저들을 모조리 뿌리 뽑아야 합니다."

화평공주와 소씨 일가의 원한은 뿌리가 깊다. 이번 참에 제게 굴욕을 준 소 태후를 완전히 짓밟으리라 이를 가는 그녀를 보며 도겸이 태연히 물었다.

"그래서, 그날 비를 태후 앞에 들이민 겁니까."

그게 언제 적 일인데. 예상치 못한 물음에 화평공주는 그게 뭐가 그리 대수냐는 듯 무심히 답했다.

"무료할 것 같아 챙겨 준 것을 어찌 또 내 탓을 하는 건지. 잠시 자리를 비운 사이 태후께서 그리 난리를 피우실 줄 누가 알았을까."

　곧 죽어도 내 잘못은 없다 못을 박고서 화평공주는 슬그머니 화첩 몇 개를 그에게 내밀었다.

　"이게 다 무엇입니까."

　"몸이 상한 여인만 부여잡고 무얼 하려 그러십니까. 곧 차기 황제에 오르실 몸이시니 슬슬 정비를 맞이하셔야지요."

　끝까지 아리에게 죄책감 하나 없는 화평공주를 앞에 두고 도겸은 이를 악물었다. 마음 같아서는 당장에라도 찢어발기고 싶은 마음이 굴뚝같지만 아직은, 아직은 때가 아니다.

　"당장 궁에 들이는 건 무리가 있을 터이니 그 건은 공주께서 알아서 하십시오."

　"참이시지요? 허락하신 겝니다."

　몇 번은 더 설득할 참이었건만, 흔쾌히 떨어진 도겸의 허락에 화평공주는 기꺼움을 숨기기 힘들었다.

　"형님께서 정말로 허락하셨단 말입니까?"

　믿기지 않는 건 윤도도 마찬가지였다. 그럴 리가 없다 부정하는 아들을 앞에 두고서 화평공주는 내로라하는 집안 여식들의 초상을 훑어보았다.

　"내가 그러지 않았느냐. 이쯤하면 그 천한 것에게 정이 떨어질 때도 되었다고. 재주가 있어 본들 출신이 천하니 결국은 그 모양인 것을."

　"제발 그만 좀 하세요!"

　소 태후를 등에 업고 국정을 뒤흔드는 저들도 끔찍하긴 했지만, 윤도의 눈에는 제 어머니가 소 태사와 별반 다를 바가 없어 보였다.

아리가 해를 당한 이후로 지금까지 화평공주는 일말의 반성도 없이 이리 또 일을 벌이려 들었다. 이제는 정말 징그러울 지경이다. 끔찍하기 짝이 없는 이 꼴을 모두 보고서 윤도는 도겸을 찾아가 사정을 물었다.

"대체 어찌하실 작정이십니까!"

"거사일이 나왔다."

다그치는 아우를 앞에 두고 도겸은 태연히 일렀다. 원래 아리가 몸을 풀고 난 후에나 정리하겠노라 그간 미뤄 왔으나 일이 이렇게 된 이상 더는 물릴 수도 없게 되어 버렸다.

"나는 그 누구도 용서하지 않을 것이다. 휘말리기 싫거든 당장 수도를 떠나거라."

"진작 한배를 탄 것을요. 이번 기회에 단단히 본때를 보여 주시는 게 좋을 겁니다."

제 어머니라 해도 이제는 참으로 지긋지긋하다고 길길이 날뛰는 윤도 앞에 두고 도겸이 입을 열었다.

"소 태사를 치는 날, 아리는 네게 부탁하마."

"형님."

"내 목숨과도 같은 이다. 그러니 반드시 그이를 지켜다오."

몇 번이나 확답을 받아 내는 도겸의 모습이 심상치 않았다. 어쩌면 지금이 처음이자 마지막으로 아리를 빼돌릴 수 있는 절호의 기회일지도 모른다.

"아무렴요. 여부가 있겠습니까."

윤도는 애써 마지못한 척 그러겠노라 거짓 대답을 하고 말았다.

　　　　✳　❀　✳

　이른 새벽. 후덥지근한 공기와 함께 화단 너머로 풀벌레 우는 소리가 들려왔다. 일찌감치 잠이 깬 도겸은 제 곁에 잠든 아리를 가만히 바라보았다.

　차라리 원망해 주었으면 좋았을지도 모른다. 제 아이를 잃게 만든 저것들을 모두 쳐 죽여 달라 빌었다면 도겸은 기꺼이 철퇴를 들고도 남았으련만. 그 무엇도 하지 말라 이르고서 아리는 끝내 입을 다물었다.

　연유가 무엇이든 억지로 캐물으며 그녀의 마음을 헤집을 이유가 없다. 오늘이 지나면 모두 해결될 테니까. 거사에 나서기 전 도겸은 조심스레 아리의 뺨에 손을 얹었다. 순간 흠칫하며 아리가 잠에서 깨어났다.

　겁에 질린 눈을 하고서 그녀는 곧장 도겸의 손길을 피했다.

　"이제는 내가 싫어진 것인가."

　"그런 것이 아닙니다."

　말은 그렇게 하면서도 아리는 여전히 불안한 눈을 하고서 몸을 비틀며 거리를 뒀다. 그것이 마음에 들지 않았다. 일부러 도겸이 더 다가갈수록 아리는 일부러 한 발 더 물러났다. 마음의 병이 깊어진 탓에 약도 없다 하여서, 황제마저 친히 태의를 보냈으나 나을 기미가 보이지 않았다.

　"내 눈을 봐."

　아이를 잃은 것은 슬프지만 도겸에게는 언제나 아리가 먼저였다. 만약 아이를 지키려다 그녀에게 무슨 일이 생기는 꼴만은 죽어도 보고 싶지 않았다.

일말의 고민도 없이 선택한 자신과 달리 아리는 여전히 아이를 잃은 충격에서 헤어나지 못했다. 혈육에게는 유독 살뜰한 그녀를 알기에 더욱 야속한 마음이 앞섰다.

"제발 날 봐 줘……."

자존심마저 고이 접어 두고서 쥐어짜듯 애원해 보아도 아리는 여전히 멍한 눈으로 허공만 바라보았다. 손길만 닿아도 소스라치게 놀라는 터라 아주 조심스럽게 그녀의 뺨에 손을 얹었다.

"싫어."

흠칫하며 몸서리치는 차가운 태도에 울화가 치밀었다. 자꾸 제 손길을 피하는 아리가 야속해서 더는 제 곁에서 달아나지 못하도록 도겸은 있는 힘껏 그녀를 껴안았다.

"아리."

욕심을 채우려 입을 맞춰 보지만 아리는 진이 빠진 탓인지 제 입술을 밀어내지 않았다. 그래도 좋다. 얼마만의 입맞춤인지. 사랑이 모자란 탓에 한없이 갈증이 일었다.

있는 힘껏 목덜미를 베어 물고서 보드라운 살 내음을 한껏 들이마시자 아리의 입술 틈새로 익숙한 신음이 흘러나왔다. 제 손으로 길들인 몸이다. 말간 입술 틈새에 혀를 넣고서 도겸은 고른 치아를 훑어 나갔다.

"태남산으로…… 돌아가고 싶어요."

풀벌레가 울던 아름다운 그곳에서 셋이 함께했던 날들은 참으로 행복했었다. 고운 옷을 입고 산해진미를 먹으며 비단 침구에서 잠이 들어도 지금의 아리는 조금도 행복하지 않았다.

제 욕심으로 데려왔다는 걸 인정하고 싶지 않아서 도겸의 손길이 더욱 거칠어졌다. 예민한 곳에 자극이 더해질 때마다 눈물을 머금은 아리가 몸을 뒤틀었다. 그녀가 돌아갈 곳은 이제 그 어디에도 없건만, 그녀는 깜찍하게도 제 곁을 달아날 수 있으리라 믿고 있는 모양이다.

"아무도 없는 그곳에 돌아가 뭘 하려고."

잠시나마 사그라들었던 독점욕에 다시금 불이 붙었다. 이리 울리고 싶어 데려온 건 아니라지만 아리를 지키기 위해서는 그에 걸맞은 힘이 필요하다. 그가 황위에 즉위하기만 하면 그때부터 피의 숙청을 시작할 것이다. 소씨들은 물론 그녀를 상처 입힌 모든 자들을 하나도 남김없이 모조리 짓밟아 줄 것이다.

형님 폐하께서 목숨을 걸고 부탁하셨으니 소 태후와 영 황후의 목숨은 살려 줘야 한다. 물론 그마저도 목숨을 부지하는 것이 치욕이 되도록 피를 말려 줄 것이다. 상냥한 아리는 그런 것 따위 바라지 않을 테지만.

가느다란 손목을 제 어깨에 걸치고 아리는 눈물을 가득 머금은 채 흐느끼듯 교성을 삼키려 발버둥 쳤다.

뭐라 한들 제 아래에서는 여전히 이토록 아름다운 여인이다. 여울진 자리에 입을 맞추고 달큰한 향내를 가득 머금었다. 몸에 꽃 내를 머금은 여인은 그 안마저 한없이 달다. 애써 의도하지 않아도 사내를 미치게 하는 데는 도가 튼 여인이다.

"그곳에는 이제 아무도 없는데."

그녀가 기댈 곳은 오직 저뿐이다. 뒤틀린 심보라는 걸 알면서도 도겸은 잠시도 그녀를 놓지 못했다. 처음 맛본 온기는 너무 따스해서 그래서 더 놓을 수 없다. 날이 선 탓인지 밀려드는 고통에 아리의 미간이 일그러졌다.

"겸, 아, 훗, 제발……."

"나를 사랑해 줘, 아리."

다정한 여인이니까. 애원하는 자신을 밀어내지 못할 거라는 걸 알기에 일부러 교활한 수작을 부렸다. 버거워하면서도 아리는 끝내 도겸을 밀어내지 못했다. 어찌할 바를 모르는 그녀를 품에 안고서 도겸은 오래도록 쌓인 외로움을 가득 쏟아 냈다.

매일 밤 함께 잠들어도 늘 불안했다. 쾌락에 젖은 채 죄악감에 몸부림치는 모습조차 아름답기 짝이 없다. 서로를 품은 바로 이 순간만이 도겸에게는 유일한 안식이다.

"좋아, 겸, 그만, 흑, 으읏."

"암. 그대가 뭘 좋아하는지는 내가 제일 잘 알아."

참지 못한 교성을 내지르면서도 아리는 잃어버린 아이에 대한 죄책감에 여전히 시달리고 있다. 실패는 한 번으로 족하다. 더는 그녀가 울지 않도록 도겸은 흥건히 젖어 버린 **뺨**을 제 혀끝으로 핥았다.

"그대가 바라는 건 뭐든 들어주겠지만, 그것만은 곤란해."

이대로 그녀가 사라져 버릴지도 모른다는 불안이 도겸을 미치게 했다. 휘청이는 그녀의 목덜미에 입을 맞추며 도겸은 못다 전한 제 마음을 풀어냈다. 버겁게 밀려드는 사내의 움직임에 침상도 함께 흔들렸다.

"그러지, 흑, 마세요……."

"달콤해. 그대의 맛은 참으로 달아."

마셔도 마셔도 질리지 않는 감로처럼 등줄기에 흘러내린 땀방울에 입을 맞췄다. 모두가 잠든 시간, 이른 새벽의 서늘한 공기도 정사의 열기를 식힐 수 없다. 나른한 후희를 마치고 도겸은 아리를 위해 기꺼이 제 어깨를 내어 주었다.

완전히 녹초가 된 아리와 달리 도겸은 만족스러운 미소를 머금고서 동그란 이마를 쓰다듬었다. 뭐라고 말을 꺼내면 좋을까. 그래도 미리 말해 두는 것이 좋을 것이다. 지난번처럼 피가 마르는 경험은 두 번 다시 하고 싶지 않으니 행여 휘말리지 않도록 손을 썼다.

"아침이 오면 윤도가 그대를 데리러 올 거야. 그러니 잠시 궁 밖에 나가 있도록 해."

"궁…… 밖이요?"

잠시도 곁에서 놓아주지 않던 그의 입에서 생각지도 못한 말이 나왔으니 놀라는 것도 무리는 아니다. 도겸은 아리의 고운 머리칼에 입을 맞추고 다정하게 속삭였다.

"오늘은 낙양이 소란스러울 테니까. 그대가 바라는 대로 편안히 쉬는 것도 좋을 것 같아서."

더 넓은 세상을 제 손으로 보여 주리라 약조했건만, 이날이 되도록 그 작은 바람 하나 이루어 주지 못한 것이 안타까웠다. 이럴 줄 알았더라면 진즉 함께 손을 잡고 장시에라도 나가 보았을 터인데.

때늦은 후회가 밀려왔다. 한동안은 황궁 안도 스산할 테니 도겸은 큰 맘 먹고 선심 쓰듯 일렀다.

"그대가 바란다면 조금 더 머물러도 좋아. 궁 안이 불편하다면 그것도 나쁘지 않을 테니까."

무어라 말을 더하려던 아리는 잠시 망설이다 얌전히 고개를 끄덕였다. 떠나고 싶지 않다고, 제 곁에 있고 싶다 응석을 부려 주길 바란 것은 저 혼자만의 욕심이었나 보다. 그토록 바라던 것을 이루어 주겠노라 했음에도 참으로 어여쁘던 미소는 여전히 볼 길이 없다.

"조금 더 눈을 붙이도록 해."

구름이 드리워 달빛조차 가려진 밤이 지나면 해가 뜨고 아침이 오겠지만 도겸은 여전히 태남산 드넓은 마루에 누워 보았던 별빛 가득한 밤하늘이 그리웠다. 차라리 모든 것을 내던지고서 아리와 함께 산속에 숨어 버릴까 고민해 본 적도 있었으나 저들은 결코 두 사람이 그리 달아나도록 내버려 두지 않을 것이다. 피를 보기 전에는 끝이 나지 않을 싸움이니까.

눅눅한 공기가 그의 몸을 감싸고, 속절없이 우는 귀뚜라미 소리가 그의 머릿속을 더욱 어지럽혔다.

✳ ❀ ✳

아침 해가 밝을 즈음 일찌감치 입궁한 윤도가 아리를 재촉했다.

"서두르세요. 시간이 없습니다."

대체 무슨 일이 일어나기에 이토록 소란인지. 아침을 달라 어여쁘게 우는 새에게 먹이를 줄 틈도 없이 아리는 시녀 차림을 하고서 서둘러 동궁을 빠져나가야만 했다.

"대체 어디로 가는 것입니까."

초야 때에도 애영이 저를 이리 끌고 갔었다. 그날은 무하가 직접 저를 데리러 와 동궁에 데려다주었지만 오늘은 그때와는 사뭇 달랐다.

"형님을 위해섭니다. 잠자코 따라오십시오."

아이를 잃고 모든 것을 내려놓았다 하나 돌아가는 사정은 귀담

아들었다. 태후의 경고대로 도겸은 궁중에서 지위를 잃고 궁 밖을 전전하며 황태제 자리마저 위협받고 있다 했다. 몸이 아프다 핑계를 대며 물러난 것도 그 때문이었다.

입을 닫고, 숨을 죽이고, 그렇게 없는 듯이 지내면 적어도 그의 흠이 되지는 않으리라 믿었건만. 유독 집요하게 저를 안던 그가 왜 갑자기 궁 밖에 나가라 한 것인지 불안이 앞섰다. 도겸이 손수 끼워 준 가락지를 애써 숨긴 채 아리는 얌전히 윤도를 따라 궁을 나섰다.

'이제 더는 내가 필요하지 않은 걸까.'

아무리 뛰어난 회복 능력이라 한들 그가 다치기 전에는 아무 쓸모가 없다. 어차피 측비인 것이 제 처지라 정식으로 비를 들이게 되는 것일지도 모른다. 그의 앞에서 사라져 주는 것이 오히려 나은 거라면. 그때는 어떤 선택을 해야 좋을까.

만감이 교차하는 아리를 싣고서 마차는 묵묵히 화평공주의 저택으로 향했다.

"어디서 꽃 내음이 나는 것 같은데."

"그러게나 말이야."

저택에 들어서자 장작을 메고 가던 머슴이 코를 킁킁댔다. 수행하는 이 하나 없이 시녀 차림에 고개를 푹 숙이고 있으니 아련한 꽃 내음에도 누구 하나 아리의 정체를 알지 못했다.

"따라오시오."

대체 왜 여기에 데려온 것인지 영문을 모르지만 눈동자의 색이 드러날까 고개도 들 수 없다. 어찌할 바를 모르던 중 하필이면 등 뒤에서 화평공주의 목소리가 들려왔다.

"오늘이 무슨 날인 줄 알고 아침부터 어딜 그리 바삐 다녀오는 게냐."

　정체를 들킬까 싶어 아리는 서둘러 고개부터 숙였다. 황궁에서
부터 화평공주를 모시던 시녀들이 돌아다니는 탓에 다행히 누구
도 아리를 수상히 여기지 않았다.

　"형님께서 심부름을 시키셨습니다. 어차피 문관인 저는 도움이
되지 않으니 잠시 낙양을 떠나 있는 편이 나을 테니까요."

　"공주마마. 채비를 마쳤나이다."

　이야기를 나누던 중 화평공주의 뒤에서 아리따운 여인 하나가
모습을 드러냈다. 곱게 단장한 여인은 금방 윤도를 알아보고서
나긋나긋한 목소리로 인사를 올렸다.

　"윤도 공께 인사 올리옵니다. 소녀, 장차 황태제 전하를 모시게
될 민혜라 하옵니다."

　"형님을 모시게 될 거라니, 그게 무슨 말씀입니까?"

　윤도도 그 사실은 몰랐던 모양인데 화평공주는 제 곁에 선 민
혜의 머리를 쓰다듬으며 다정한 웃음을 지어 보였다.

　"우리 황태제 전하께서 이번에야말로 그 미천한 것에게 질린
모양이니까. 이번에는 고르고 고른 명문가의 여인을 들여야지.
아니 그러니?"

　"물론입니다, 공주마마."

　사이좋은 어머니와 딸처럼 나란히 걸어가는 두 여인의 뒷모습
을 바라보며 아리는 저도 모르게 입을 막았다. 도겸이 다른 여인
을 비로 들이라 시켰다니. 오늘 새벽조차 저를 품으며 놓아주지
않던 사내였건만, 그가 직접 명을 내렸다는 말이 도무지 믿기지
않았다.

　"그래서 저를 떠나라 이르신 겝니까?"

경악한 아리를 앞에 두고 윤도의 비상한 머리가 잔꾀를 떠올렸다. 오해라는 것을 그 누구보다 잘 알고 있지만 지금이 아니면 두 번 다시 기회는 없을 것이 분명하다. 분명 상처 입을 테지만 윤도는 이를 악물고 거짓을 말했다.

"어머니께서 멋대로 벌이셨지만 형님께서도 허락하신 일입니다. 그러게, 내가!"

말을 끝까지 하려다 말고 윤도는 입을 다물었다. 굳이 두 번 말해 주지 않아도 아리는 그날을 똑똑히 기억하고 있다. 처음 만난 날 윤도는 분명 그리 말했다. 어차피 아리 따위에게는 금방 질려 버려질 거라고.

"못 믿겠습니다."

"믿든 못 믿든 이미 엎질러진 물입니다."

"제가 직접 여쭤봐야겠습니다!"

달아나려는 아리의 손목을 낚아채고서 윤도는 힘으로 아리를 끌어냈다. 팔씨름이라면 절대 지지 않았을 테지만 몸싸움이 되고 나니 사내의 힘을 이길 길이 없다. 반쯤 질질 끌려 후원으로 나가자 한 노인이 사내들과 함께 아리를 마중 나왔다.

"문 태사."

"이리 오십시오."

"윤도 공. 이건……."

"얌전히 따라가시는 게 좋을 겁니다."

무어라 말을 잇기도 전에 문 태사의 뒤에 서 있던 사내들이 아리의 머리에 자루를 뒤집어씌웠다. 힘껏 발버둥을 치면서도 아리는 그가 손수 끼워 준 가락지를 두 손으로 꼭 거머쥐었다.

'은애하오. 은애하오, 나의 아리.'

다정하게 속삭이던 목소리가 여전히 귀에 아련히 남아 있는데. 한동안 나가 있으라던 그의 말이 이런 의미일 줄은 몰랐다.

"윤도 공!"

제발 놓아 달라 외쳐 보지만 아무 소용이 없다. 무어라 말 하나 남기지 못한 채 사내들은 자루에 넣은 아리를 마차에 밀어 넣었다.

"들어가 보십시오. 뒷일은 소인이 알아서 하겠나이다."

"주의하십시오. 무하 그자가 어디서 눈치챌지 모르는 일이니."

황제의 뒤에서 그림자처럼 따라다니는 무하도 오늘만은 긴장의 끈을 늦출 수 없다. 소 태사와의 전면전을 앞두고 총력을 다하기 위해 도겸은 윤도에게 손수 아리를 부탁했다.

"어련히 알아서 해 주시겠지."

문 태사는 선선대 황제를 모셨던 몸이니 향족에 대해서도 방책이 있을 터. 지금의 아리는 거사를 앞둔 도겸에게 독일뿐이다. 황궁 안의 혼란을 전한 윤도의 서찰을 받고서 문 태사는 낙양까지 달려와 기꺼이 아리를 맡아 주겠노라 답했다.

첫 여인이라 쉽사리 잊을 수는 없을 테지만 두 사람의 마음이 식을 때까지는 시간을 벌 수 있을 것이다. 도겸이 먼저 아리를 포기하게 된다면 그때는 제 손으로 거두어도 될 것이다.

"서둘러야지."

걱정 많은 도겸이 언제 또 그림자를 붙일지 모른다. 거사를 앞두고 낙양은 혼란만이 가득할 텐데. 책만 보았지 검에는 재주가 없는 윤도는 서둘러 빠져 주는 것이 돕는 길이었다.

모든 것은 황실을 위해. 윤도는 어머니인 화평공주조차 내버려 두고서 홀로 유유히 말에 올라 낙양을 떠났다.

✱ ❊ ✱

"지금쯤 교전이 벌어졌을 테지."

오늘 거사를 일으킨다는 도겸의 전언에 화평공주는 그 어느 때보다 기쁜 아침을 맞았다. 눈엣가시 같은 소씨들을 모조리 몰아내고서 병약한 황제마저 물러나면 그때는 제 시대가 열리게 될 터.

해가 중천에 뜬 것을 보아 지금쯤이면 도겸이 북방의 호륜 공과 함께 소 태사의 사가를 습격했을 것이다. 우두머리인 소 태사만 무너트린다면야 나머지들은 소 태후의 말조차 거역하지 못할 오합지졸에 불과하다.

"소 태사는 지금 어디에 있다고 하느냐?"

"황제 폐하를 지킨다는 명목으로 저쪽 역시 병사를 일으킨 모양입니다."

"하여튼. 그런 것도 황제랍시고."

황궁에 돌아간다면 제일 먼저 소 태후, 그것의 머리채부터 잡아 바닥에 무릎 꿇릴 것이다. 손발을 잘라 돼지우리에 넣는 것도 좋다.

복수의 단꿈에 젖어 서책을 내려놓을 즈음 문득 담 밖이 소란스러웠다.

"무슨 소란이냐."

"공주마마, 큰일이옵니다!"

그 말을 전한 시종이 피를 뿜으며 바닥에 고꾸라졌다. 등에 화살이 꽂힌 채 쓰러진 시종을 밟고 병사들이 물밀 듯이 달려왔다. 뒤이어 말을 탄 소 태사가 화평공주의 안마당에 모습을 드러냈다.

"어찌하여……."

"공주께서는 좀 더 신중하셨어야지요."

이쪽이 선수를 치기도 전에 저들이 먼저 자신을 치러 오다니. 경악한 화평공주를 앞에 두고 소 태사는 검을 뽑아 들었다. 외척과 황실. 서로의 이권을 두고 평생 버러지 보듯 대해 온 앙숙이다. 마치 거울을 들여다보는 것처럼 소 태사는 이미 화평공주의 수를 몇 배 앞서 읽어 냈다.

"대단하신 황태제 전하께서는 지금쯤 엉뚱한 곳에 계실 터이니 이 일을 어찌하겠습니까?"

"고얀, 네놈 따위가 감히 여기가 어디라고 발을 들인 게냐!"

황실의 위엄을 부르짖어 본다 한들 힘 빠진 권위 따위는 종이호랑이에 불과하다. 소금을 맞은 물고기처럼 파들파들 떠는 화평공주를 앞에 두고 소 태사는 일말의 망설임도 없이 검을 들이밀었다.

"황후께서 공주의 목을 원하시니 어쩌겠습니까. 내 기꺼이 들어 드려야지요."

"네, 네 이놈!"

은빛 섬광과 함께 소 태사의 검이 화평공주의 가슴에 내리꽂혔다. 악랄하던 저 입도 숨이 끊어진 후에야 겨우 잠잠해졌다. 검을 뽑자 사방으로 선혈이 튀고 공주의 저택은 비명만이 가득 울렸다.

"모조리 목을 베어라. 화평공주의 목은 내 손수 황후께 선물로 바칠 셈이니."

소 태사의 명이 떨어지고 도륙의 시간이 시작됐다. 화평공주에게 붙어 권세를 누리던 식솔들은 소 태사의 병사들 손에 하나도 남김없이 숨을 거두었다.

아이도, 어른도, 사내도, 여인도 구분 없이 참혹한 꼴로 마당에 뒹굴었다. 그렇게 풀뿌리조차 말려 버릴 기세로 저택을 헤집던 중 고운 비단을 입은 여인 하나가 소 태사의 앞에 끌려 나왔다.

"여기에 계셨습니까."

동궁에 있어야 할 측비가 이른 아침, 윤도와 함께 화평공주 저로 향했다 했다. 다른 이는 모두 죽여도 되니 황태제의 측비만은 찾아내라 엄명을 내린 터였다.

"저희 댁에 오신 귀한 분은, 저분뿐입니다……."

다 죽어 가는 공주의 시종이 겁에 질린 소녀를 가리켰다. 태황태후의 장례 때도 얼굴에 면사를 드리워 꽁꽁 숨겨 놓았던 터라 소 태사도 민낯은 처음 보았다.

"몸에서 꽃 내가 나는 것을 보니 맞는 것 같긴 한데……."

"아, 아닙니다. 저는 황태제 전하의 비가 아니옵니다!"

황실에서나 입을 법한 비단옷을 걸치고 부정해 본들 누가 믿을까. 예상했던 것과 달리 평범하기 짝이 없는 외양에 실망이 앞섰다. 발걸음을 뗄 때마다 몸에서 꽃 향이 난다더니. 꽃물로 목욕을 한 몸에서는 사내를 홀리려 발라 놓은 사향 냄새가 짙게 풍겼다.

"내가 너무 기대를 하고 온 모양이로군."

여러모로 둘러봐도 그냥 평범한 계집일 뿐이다. 황제조차 살려낸 기적이라 하여 참으로 오랜 시간 공을 들인 보람이 없었다. 사람까지 써 가며 속앓이를 시킨 것이 고작 이런 것이었을 줄이야.

"살려 주십시오. 제발 목숨만 살려 주십시오!"

"가엾은 것."

동정하는 소 태사를 앞에 두고 소녀의 눈에 희망이 비쳤다. 눈물 맺힌 그녀의 턱을 거머쥐고서 소 태사는 다정하게 속삭였다.

"물론 가엾다 하여 죽어야 할 목숨을 살려 둘 수는 없지 않겠느냐."

기대가 컸던 탓에 실망도 컸다. 제 귀한 시간을 낭비하게 만든 죗값은 치러야 하니 목을 베는 대신 멱살을 잡아 그대로 방 안에 내던졌다.

"문을 잠그고 불을 질러라. 울부짖는 소리를 우리 황태제 전하께서 들으시면 얼마나 기뻐하시겠느냐."

"제발 살려 주십시오! 저는 아닙니다. 제가 아니옵니다!"

살려 달라 애걸하는 소녀를 방 안에 가둔 채 기름 먹은 장작이 연신 쌓여 갔다. 전리품을 찾아내 가득 쓸어 담고서 목을 베고 남은 사체들은 전각 앞에 차곡차곡 쌓았다. 검에 찔린 후에도 한참을 꿈틀대던 화평공주는 눈도 감지 못하고 참혹하게 숨을 거두었다.

이 정도는 되어야 복수할 맛이 나는 법. 병사 하나가 장작 위에 횃불을 던졌다. 불을 놓기 무섭게 전각 전체가 검은 연기에 휩싸였다.

"제발, 제발 살려 주십시오!!"

활활 타오르는 불길 속에 절규하는 소녀의 외침이 울려 퍼졌다. 야속하게도 기름을 가득 머금은 장작은 바람을 타고서 커다란 불길로 번져 나갔다.

"목소리는 그나마 들어 줄 만하구나."

제 계집이라면 죽고 못 사는 도겸을 잡아다가 다 타 버린 잔해를 안겨 준다면 절망하는 꼴이 제법 볼만할 터. 가장 성가신 화평공주를 제 손으로 처리했으니 한발 먼저 황궁에 돌아가 황태제의 모반을 선포해야 한다.

"이것을 어찌하실 셈이십니까."

"황후께서 손꼽아 선물을 기다리고 계실 테니 궁으로 가자."

소 태사는 죽은 공주의 목을 베어 낸 후 부관에게 던져 주었다. 소녀의 절규를 뒤로하고 소 태사는 흥겹게 말머리를 돌려 황궁으로 향했다.

✲　✲　✲

모든 것이 완벽하게 돌아가고 있다 믿었다. 그러나 황궁 근처에 다다를 즈음, 검은 깃발을 단 병사들이 모습을 드러냈다.

"어디를 다녀오시는 겝니까, 소 태사."

지금쯤 아무도 없는 제집에 가 있어야 할 도겸이 벌써 여기까지 달려왔다. 제법 노력이 가상한지라 소 태사는 잘린 화평공주의 머리를 도겸의 말 아래에 던져 주었다.

"늦으셨습니다. 공주께오서는 이미 불귀의 객이 되셨으니 말입니다."

대놓고 던진 도발이지만 공주의 참혹한 꼴을 앞에 두고도 도겸은 미동조차 없이 소 태사를 마주했다.

"이제는 황족마저 시해하다니. 태사께서는 참으로 황가를 무너트리고 소씨의 왕조를 세우실 작정이셨나 봅니다."

그래 봐야 서자 놈이다. 황제의 아들로 태어났다 하여 모자란 조카조차 황제 노릇을 하고 있으니 저라고 황제가 되지 못할 이유가 무엇이란 말인가. 소 태사는 코웃음을 치며 도겸의 말을 받아쳤다.

"왕후장상의 씨가 따로 있다 했습니까? 한낱 서자 주제에 황태제랍시고 이리 나서신 분도 계신 것을요."

이번에야말로 결착을 짓겠노라. 뒷배를 봐주던 화평공주도 이제 없으니 저것 따위는 참으로 아무것도 아니라 믿어 의심치 않았다. 병력의 수는 비슷하니 대놓고 부딪쳐도 절대 밀리지 않을 자신이 있었다.

"공주마마!"

도겸의 뒤에서 검은 갑주를 입은 사내가 바닥에 놓인 공주의 목에 뛰어들었다.

"호륜 공……."

친황실파로 이름 높은 화평공주의 오랜 지기인 호륜 공이 왜 여기에 있는 것일까. 만약 그가 다스리는 북성의 병사가 합류한다면 소씨 가문의 사병으로는 당해 낼 재간이 없다.

"네 이놈! 감히!"

호륜 공이 일갈하자 펄럭이는 검은 깃발과 함께 장창을 든 병사들의 무리가 밀려들었다. 분노한 호륜 공이 손짓하자 후미에서 병사들의 비명이 들려왔다.

"무슨 일이냐!"

"역습입니다!"

기름을 가득 머금은 불화살이 소 태사의 머리 위로 날아들었다. 예상치 못한 기습에 소 태사의 사병들은 갈 길을 잃은 채 좌

우로 마구 날뛰었다. 호륜 공의 병사가 합류한 거라면 수적으로 밀리니 일단 후퇴하는 편이 낫다.

"서둘러 퇴각해야 한다."

"뭘 그리 서두르십니까."

제 곁에 앉혀 둔 부관이 검을 든 채 그의 앞을 막아섰다. 어색한 미소와 함께 부관이 휘두른 검이 소 태사의 가슴을 관통했다.

"으윽! 어찌……."

"그러게 사람 관리를 잘하셨어야지요."

울컥 선혈을 토하며 그는 자신을 배신한 부하를 마주했다. 균형을 잃고 소 태사가 말에서 떨어지자 부관은 갑갑한 인피면구를 벗어 던졌다. 도겸의 오른팔, 무하. 저 사내가 어째서 제 부하 노릇을 하고 있었던 것인지.

무하는 죽어 가는 소 태사의 머리채를 잡고서 뒤에 선 병사들에게 일갈했다.

"지금 당장 무기를 버리고 투항하라. 그리하면 목숨만은 살려 주마."

죽여도 죽지 않을 것만 같던 소 태사가 무너지자 주인을 잃은 사병들이 하나둘 무기를 내려놓았다. 용맹한 북방의 기병들이 잔당을 소탕하는 사이 무하는 죽어 가는 소 태사를 내려놓고서 도겸 앞에 무릎을 꿇었다.

"고생 많았다."

"존명."

지휘관을 잃은 상황에서 힘의 차이는 명확했다. 일방적인 도륙이 이어지고 병사들의 비명이 온 낙양을 뒤흔들었다.

"이제 폐하를 뵈러 가자꾸나."

지금쯤이면 소 태사의 죽음이 태후궁에도 알려졌을 터. 권세를 누리던 소 태사마저 죽고 없으니 사사건건 출신을 따지던 노대신들도 더는 입을 떼지 못할 것이다. 이 기회를 놓칠 수 없다. 호륜공에게 뒷수습을 맡기고서 도겸은 서둘러 황제궁으로 향했다.

✱　❊　✱

　　"오라버니께서 어찌!"

　　"마마, 태후마마!"

　　빌어먹을 서자 놈을 처리하러 간 오라비가 죽었다는 소식에 태후는 그만 정신을 놓고 말았다. 막 팔삭에 접어든 무거운 배를 안고서 영 황후는 몸을 웅크린 채 두려움에 떨었다.

　　"황제 폐하 납시오."

　　벼르고 벼르던 도겸이 드디어 칼을 뽑았다. 울먹이는 황후를 앞에 두고서 황제는 제 손으로 직접 황후에게 환약을 내밀었다.

　　"이게 무엇입니까."

　　"드십시오. 그 씨를 없애기 전에는 황후도, 태후도 살아남지 못하실 겁니다."

　　"폐하!"

　　배 속의 아이를 떨어트린다는 말에 황후가 몸서리를 쳤다. 황제의 손짓에 내관들은 황후의 두 팔을 포박해 무릎을 꿇렸다.

　　"대체 제게 왜 이러시는 겁니까!"

　　"내 아우를 그리도 포기하실 수 없었던 겝니까."

　　차라리 궁을 나가고 싶다 애원했다면 황제는 얼마든지 그녀를 내보내 줄 준비가 되어 있었다. 하지만 황후는 그러지 않았다. 그

361

가 죽기만을 손꼽아 기다리는 눈빛 안에 비치던 막연한 기대가 익숙했다. 애정과 열망을 담은 눈빛은 언제나 그가 아닌 도겸을 향하곤 했다. 그 안에 숨은 의미가 무엇인지는 돌아가신 선황을 통해 충분히 배우고도 남았다.

"황후의 입을 벌려라."

"폐하, 폐하!!"

시녀들이 달려들어 황후의 입을 벌렸다. 어거지로 벌어진 치아 틈새로 환약을 넣고 황제는 제 손으로 그녀의 입에 물을 부어 넣었다. 꿀꺽, 하고 약을 삼키는 모습을 본 후에야 황제는 포박을 풀라 명했다. 만신창이가 된 채 울음을 터트린 황후를 내버려 둔 채 황제는 괴로운 몸을 이끌고 편전으로 걸음을 옮겼다.

"공들은 들으라."

지밀내관을 비롯해 황궁에 든 대신들을 앞에 두고서 황제는 친히 칙명을 내렸다.

"다음 황제는 나의 아우, 황태제이니. 만일 황후의 복중 태아가 태어난다 해도……."

"폐하, 폐하!!"

울컥하는 토혈과 함께 시야가 흐려졌다. 황후의 회임 이후 하루하루가 피가 말랐으니 그도 더는 생을 이어 나갈 자신이 없었다.

"황위는 반드시 황태제에게……."

"황태제 전하, 폐하께오서!"

내관들이 도겸을 죽어 가는 황제의 곁으로 인도했다. 피 칠갑을 한 은빛 갑주를 걸치고도 제 아우는 저리도 아름답게 빛나고 있다.

"폐하."

어느새 사내가 되어 버린 아우의 모습이 한없이 낯설다. 형님, 하고 저를 따르던 소년의 입가에 미소가 사라진 것은 언제부터였을까. 부황의 사랑을 한몸에 받는 아우가 미워서 먼저 내뻗은 손을 내친 것은 황제 자신이었다.

"부디, 약속을……."

"황후마마께서 진통을 시작하셨습니다."

약까지 먹여 가며 아이를 없애려고도 해 봤고, 차기 황제 자리는 그 아이가 아닌 네게 주겠노라 선포했다.

"목숨만은……."

그러니 저 아이가 태어나더라도 제발 목숨만은 살려 달라고. 그것 외에는 이제 더는 할 수 있는 것이 없다. 황제는 피거품을 문 채 아우의 손을 꽉 쥐고 애원했다.

"부탁……."

평생을 미덥지 못하게 살아온 그가 해 줄 수 있는 것은 이것뿐이다.

"폐하! 폐하!!"

내관들의 울음이 저 멀리 흐려져 갔다. 쥐어짜듯 꺼낸 마지막 한 마디를 남기고서 황제는 눈을 감았다. 모두가 눈물 흘리는 가운데, 도겸만은 여전히 차가운 눈으로 식어 가는 황제의 주검을 마주했다.

"황태제 전하. 폐하의 마지막 말씀을 받들겠나이다."

황제의 유언에 따라 지밀내관이 도겸에게 손수 옥새를 전했다. 드디어 아리를 황후로 책봉할 수 있으리라 안도했건만, 뒤늦게 돌아온 윤도의 입에서 청천벽력의 소식이 전해졌다.

"달아났다고?"

"모든 것은 제 죄입니다. 죽여 주십시오."

저가 싫어 달아났다는 윤도의 고변에 속이 쓰렸다. 이럴 줄 알았다면 궁 안에 두는 편이 나았을 텐데.

하늘로 솟은 것처럼 아리는 행적이 묘연했다.

"찾아내. 무슨 수를 써서라도 내 앞에 데려와."

그토록 바라는 황위에 올라 준 덕분인지 무하는 제 수하들을 모두 동원해 아리를 찾아 나섰다.

"황제 폐하, 만세 만세 만만세."

황금빛 장포를 두르고서 도겸은 드높은 용상에 자리했다. 머리를 조아린 문무백관을 내려다보며 도겸은 각오를 다졌다.

살아만 있다면, 이 땅에 있는 거라면 얼마나 오랜 시간이 걸리든 분명 찾아낼 수 있을 터. 만약 다른 사내의 곁에 있다면 그자를 죽여서라도 끌고 올 것이다. 국경을 넘는다면 그 땅을 모조리 정복해서라도 되찾아야 한다.

그렇게 3년의 세월이 흘렀다. 서글펐던 기억을 뒤로하고 도겸은 달도 없는 밤길을 홀로 걸었다.

"각오해 두는 게 좋을 거야. 이제 두 번 다시 달아나지 못할 테니까."

아마 그녀는 모를 혼잣말을 중얼거리며 도겸은 멀어져 가는 마차의 뒷모습을 바라봤다.

"……아."

식은땀에 흥건히 젖은 채 꿈에서 깨어났다. 다듬지도 않은 가시나무로 여린 살을 후려칠 때마다 살점을 파고들었던 고통에 몸을 떨었다.

무심결에 만진 자리에 피가 묻어나지 않는 걸 보고 나서야 꿈이라는 걸 알아차렸지만 여전히 손이 떨리고 있다.

이미 문 태사는 죽고 없다지만 그가 퍼부었던 저주의 말이 망령처럼 아리의 머릿속을 짓이겼다. 문 태사의 예언대로 학촌은 불바다가 되어 사라졌다.

아리를 핍박하던 마을 사람들은 향족을 찾아온 인간 사냥꾼의 손에 목숨을 잃었고, 아리를 팔아넘기려던 자들은 관군의 손에 죽어 나갔다.

사방에 흥건하던 붉은 피의 흔적과 함께 이제야 기억이 났다. 드디어 그가 자신을 데리러 왔다.

참으로 그리웠지만 그리워한다는 마음조차 품을 수 없었다. 매질의 상처에 시달릴 때면 애써 원망도 했다.

나는 지금 여기에 있는데. 이리 노예가 되어 비참해진 후에야 나타난 그를 마주하고도 반가움보다 두려움이 앞섰다.

"왜 그런 말을 한 거지."

대체 왜 자신을 떠났느냐 원망하는 그를 앞에 두고 아리는 무언가 잘못되었다는 사실을 여실히 깨달았다. 욱신대는 몸을 일으키고서 아리는 주변을 살펴보았다.

어둠에 눈이 익고 나니 이곳이 어디인지 알아차렸다. 분명 아주 오래전에 본 기억이 났다. 늦은 밤, 그와 함께 들렀던 황제의 처소다.

한없이 병약하던 이 방의 주인은 숨을 거둔 지 오래라 했으니 지금 이곳은 도겸의 차지가 되었을 터. 드높은 천장과 화려한 벽 장식을 바라보다 문득 벽에 걸린 여인의 장포가 눈에 띄었다.

구름 너머로 달빛이 비치자 선명한 붉은빛이 눈에 들어왔다. 분명 혼례식 날, 초야를 치를 때 입었던 예복이었다. 참으로 오랜만에 보는 이 옷이 왜 여기에 있는 것인지 알 수 없다.

"정신이 드셨습니까."

그리운 목소리와 함께 빛이 비쳤다. 늦은 밤, 호롱불을 들고 찾아온 영수를 보고서 아리는 속에서 피어나는 설움을 애써 삼켰다.

"영수."

"소인 영수, 측비마마를 뵈옵니다."

어느새 10년은 늙어 버린 것 같은 영수의 머리에는 희끗희끗한 흰머리가 군데군데 보였다. 3년이라는 짧고도 긴 시간이 흐른 탓일 것이다. 영수는 시녀들을 시켜 침소 군데군데에 불을 밝혔다.

"다들……."

"마마를 뵈옵니다."

영수를 따라온 시녀들 모두 동궁에서 한 번은 본 기억이 있었다. 아직 아는 얼굴들이 남아 있다는 사실에 아리는 진심으로 안도했다. 아리가 떠난 후에도 이들은 여전히 도겸의 곁을 지켜 주고 있었다.

"어찌 이리 야위셨습니까."

영수가 아리의 몸 곳곳을 살펴보았다. 면경 너머로 비친 제 꼴이 장대비를 맞은 짐승 새끼와 별단 다를 바가 없다. 경매장에서 막 끌려온 데다 흙먼지가 가득 묻었다.

보다 못한 영수의 손짓에 시녀들이 바삐 움직이기 시작했다.

곧 더운물을 담은 수통이 들어오고 영수는 손수 엉망이 된 아리의 옷에 손을 올렸다.

"마마, 이것은."

상처를 눈치챈 영수가 당혹스런 얼굴로 아리를 마주했다. 문태사에게 맞은 상처는 약 한 번 발라 보지 못하고 방치되었으니 등과 두 다리에 잔혹하게 남은 매질의 흔적이 고스란히 존재했다.

경매꾼이 제 옷을 벗기지 않은 것도 엉망진창이 된 이 몸을 보였다간 제값을 받지 못할까 염려한 탓이었다.

"마마는 내가 모실 터이니 너희들은 나가 보거라."

시녀들을 모두 내보내고서 영수는 아리의 나머지 옷가지를 모두 벗겼다. 이런 모습 따위 보여 주고 싶지 않았건만. 오래된 상처의 흔적을 숨길 수도 없으니 아리는 끝내 아무 말도 하지 않고 얌전히 몸을 맡겼다.

"영수 님, 잠시."

목욕을 마칠 즈음 시녀 하나가 곤란한 듯 다가와 영수에게 귓속말을 전했다. 옷을 갖춰 입자 반쯤 열린 문틈으로 아주 잘 아는 얼굴이 나타났다. 그자의 얼굴을 마주하고서 아리는 입술을 깨물었다.

"무하 님."

"자리를 물려 주십시오."

그의 부탁에 영수는 시녀들을 모두 물렸다. 제아무리 황제의 최측근, 호분중랑장이라 하나 외간 사내와 측비를 단둘이 둘 수는 없기에 영수만이 남아 두 사람을 지켜보았다.

✱ ❋ ✱

3년 전 그날, 아리를 데려간 사람은 도겸의 스승 문 태사였다.

'모두 잊거라. 너 따위가 모셔도 될 분이 아니니.'

행여 옅은 눈동자 색 때문에 정체를 들킬까 봐 그는 아리에게
눈가리개를 채워 놓았다. 어디로 가는지 영문도 모른 채 아리를
실은 마차는 수도를 등지고 하염없이 달렸다.

낙양에서 사흘을 달려야 도착하는 문 태사의 고향은 학촌이라
불리는 작은 마을이었다. 정계에서 은퇴한 그는 중앙과는 한없이
먼 곳에서 제자들을 기르며 지냈다.

그런 곳에 낯선 여인이 나타났으니 저이가 누구냐며 수군거림
이 일었다.

'영감, 노망이 드셨습니까? 이게 대체 무슨 일이십니까!'

문 태사는 오직 제 부인에게만 아리의 정체를 알려 주었다. 낙
양에서는 이미 죽었다 소문이 파다한 황제의 측비가 이런 곳에
와 있다 하니 안방마님은 입도 다물지 못한 채 뒷목을 잡았다.

'측비라니, 제정신이십니까!'
'이 망할 것이 폐하를 망쳤소! 황실에 암운이 드리웠으니 부인은
잠자코 계시오.'

변란이 일어난 밤, 황제가 숨을 거두었다는 소식에 문 태사는 통곡을 쏟아 내며 채찍을 들었다. 안방마님은 그런 아리의 눈에 천을 씌우고 산 아래 구석진 별채에 데려다 놓았다. 바로 그곳에서 비명 하나 내지르지 못한 채 아리는 문 태사의 손에 매질을 당했다.

'아이고 가엾어라.'

오지랖 넓은 중년의 하녀 하나가 남몰래 찾아와 아리를 돌봐 주었다. 그녀가 아니었다면 분명 어디 한곳이 잘못되어 불구가 되었을지도 모른다. 이대로는 죽기라도 할까 염려하였는지 안방마님도 그녀가 별채에 드나드는 것을 탓하지 않았다.

'대체 이 아씨가 무엇이기에 이리도 난리신지. 어제는 큰 도련님도 그리 고함을 치시고.'

곪을 뻔한 상처를 닦아 주며 그녀는 홀로 바깥 사정을 줄줄이 읊어 주었다.

인적이 드문 곳에 과년한 여인을 데려다 놓았다며, 뒤늦게 소식을 들은 문 태사의 자식들이 들고 일어났다. 그중에서도 방탕하기로 소문난 그의 장남은 제 아버지를 찾아와 고함을 질렀다 했다.

무수한 오해를 받는 중에도 문 태사는 끝내 아리의 정체에 대해 일언반구 변명조차 하지 않았다.

저 여인이 누구인지 알려 하지 말라고, 가주의 명령에 토를 달지 말라 일렀음에도 비밀은 오래가지 않았다. 아리를 돌보던 여인이 잠시 친정에 간 사이, 아직 어린 시녀 아이가 호기심에 눈가리개를 벗기고 말았다.

금빛으로 빛나는 눈동자를 보고서 곧 대감마님이 요괴를 주워 왔다는 파다하게 퍼져 버렸다. 저런 여인을 이대로 두었다가는 저주가 내릴 거라고, 늦은 밤 횃불을 든 사내들이 별당째로 태워 버리겠노라 나서자 버선발로 달려 나온 문 태사가 그들을 막아섰다.

'이런 짓을 벌였다가는 참으로 큰일이 날 터이니 얼씬도 하지 말거라.'

'하오나 대감!'

'이 마을이 온통 불바다가 되는 꼴을 보고 싶어 이러는 게냐!'

학촌은 선황제가 문 태사에게 하사한 것이니 누구 하나 노인의 말에 토를 달 수 없다. 닫힌 문 너머에서 뻗어 오는 적의가 참으로 따가워서 아리는 숨을 죽인 채 서글픈 울음을 삼켰다.

황궁에서나 이곳에서나 가는 곳마다 풍파를 일으키는 죄인이 된 기분이다.

돌려보내 달라는 말이 목 끝까지 맴돌았지만 문 태사의 추상같은 호통에 차마 입 밖에 꺼내지 못했다.

그가 황제 위에 올랐다는 소식도 한참 후에나 들었다. 친황제파가 도겸에게 새 황후를 들이라 주청을 올릴 때마다 만취한 문 태사는 아리의 처소를 찾아 매를 들었다.

'황위에 조금도 흥미가 없던 분이었거늘, 네년이 대체 그분을 어찌 홀렸기에!'

틀린 말은 아니다. 도겸이 황위에 오른 건 아리 자신을 지키기 위해서였으니까. 모진 매질을 당하며 아리는 끝내 변명조차 하지 않고 꿋꿋이 버텨 왔다.

처음 문 태사에게 맡겨진 날만 해도 아리는 도겸이 자신을 버린 것이라 믿어 의심치 않았다. 이제는 이리 성가신 이가 필요하지 않다고, 상처투성이인 제가 꼴도 보기 싫어 내다버린 줄만 알았다.

하지만 도겸은 황제 자리에 오른 후에도 황후 책봉을 거부하고 있다 했다. 제 자리에 누구도 들이지 않고 있다고. 분에 찬 문 태사의 모진 매질을 견딜 수 있었던 건 혹시나 하는 그 희망 덕분이었다. 아직 못다 한 말이 남아 있으니 죽을 수도 없었건만 정작 그는 어찌하여 자신을 버린 거냐며 되물어 왔다.

"이게 대체 어찌 된 일입니까."

원망 어린 아리의 시선이 무하에게 내리꽂혔다. 해명을 요구하는 그녀를 앞에 두고 무하는 태연히 답했다.

"자리는 얻는 것보다 지키는 것이 더욱 힘듭니다."

"그게 대체 무슨 말씀입니까."

"만약 마마께서 궁에 계속 계셨더라면 폐하께서는 어떻게든 마마를 황후로 올린다 하셨겠지요. 갓 즉위한 폐하께서 한낱 사냥꾼의 딸을 황후로 책봉하도록 누가 두고 보겠습니까?"

가시 돋친 말 한마디 한마디가 아리의 심장을 찢어발겼다. 모든 것은 황제 위에 오른 도겸을 위해서란다.

"그런 거라면 차라리 죽게 내버려 두시지 그러셨습니까."

자조적인 말을 입 밖에 내면서도 아리는 무하의 속내를 알아차렸다. 만약 도겸이 중상이라도 입게 된다면 제힘이 필요할 테니까.

성가시다 여기면서도 굳이 제 목숨을 거두지 않은 건, 태의조차 손쓸 수 없는 상처를 낫게 할 방도가 필요해서였을 것이다.

"이번 일은 마마의 안위를 살피지 못한 제 불찰입니다."

문 태사의 손에 무슨 꼴을 당하든 목숨은 붙어 있으니 잠자코 내버려 뒀을 테지만, 그런 무하도 아리가 이리 노예상에게 팔려 갈 것이라고는 미처 알아채지 못한 듯 보였다.

"지금 제 안위라 하셨습니까?"

노예로 팔려 간 후에나 나섰다는 건 매질을 당하는 걸 다 알면서도 방치당했다는 거다. 쏟아지는 분노를 담아 아리는 제 곁에 놓인 베개를 있는 힘껏 무하에게 집어 던졌다.

"지금 그걸 말이라고……!"

툭, 하고 내던져진 베개가 무하의 가슴팍에 닿고 힘없이 바닥에 떨어졌다. 어차피 제힘으로는 상처 하나 입힐 수 없을 테지만 무하는 그런 아리를 앞에 두고 차갑게 되물었다.

"문 태사도, 윤도 공도 폐하에게는 소중한 분들입니다. 정녕 폐하께서 스승을 욕보이고 혈육을 해하는 모습을 보셔야겠습니까."

그의 입안에서 움직이는 세 치 혀는 가시나무를 닮았다. 뾰족하게 난 가시들이 살점을 짓이기듯이 싸늘하기 짝이 없는 무하의 말이 아리의 마음을 잘근잘근 짓밟았다.

만일 이 사실을 도겸이 알게 된다면 눈이 뒤집힌 그가 어찌 나올지는 아리 자신조차 장담할 수 없다. 손발이나 다름없는 무하마저 버리겠노라 나서기라도 한다면 분명 도겸의 정적들은 어떻게든 기회를 보아 도겸을 실각시킬지도 모른다.

"알아서 잘 처신하시는 게 좋을 겁니다."

모든 것은 결국 아리 하나만 입을 다물면 끝날 일이라고. 무언의 협박만을 건네고서 무하는 뒤도 돌아보지 않고 침소를 나섰다. 멀어져 가는 그의 뒷모습을 보고 나니 허탈함이 앞섰다. 이제는 존재조차 부정당해야만 하는 제 태생이 참으로 한스럽기 그지없다. 바닥에 나동그라진 베개의 모습이 꼭 제 처지를 닮았다.

"마마!"

제 손으로 내던진 것이니 누구를 원망할까. 뒤늦게나마 주워 보려 몸을 숙이다 그만 다리에 힘이 풀려 주저앉았다. 비틀대는 아리를 영수가 겨우 붙잡았다. 아리는 그런 영수의 손조차 밀어내고서 고개를 저었다.

"영수도 이만 나가 보도록 해."

"하오나, 마마."

"혼자 있고 싶어."

온 세상이 제가 죽은 줄만 알고 있으니 이제 와 돌아왔다 한들 누구도 저를 반기지 않을 것이다. 영수마저 내보내고서 아리는 우두커니 앉아 애꿎은 제 가슴만 부여잡았다.

뻔뻔스러운 무하의 말은 궤변이다. 문 태사도, 윤도도, 무하조차도 도겸을 위한다 말하지만 어느 누구 하나 그의 심정을 헤아려 주는 이가 없다.

여전히 저를 잊지 못하고서 황제의 몸으로 직접 경매장까지 찾아온 이다. 원망을 가득 토해 내면서도 떨리던 목소리가 그의 심정을 고스란히 드러냈다.

이 넓은 황성에서 황제 자리에 오른 후에도 그는 여전히 외톨이인가 보다.

그게 아니고서야 이럴 수는 없다. 비참한 제 처지도 서럽다지만, 지금껏 기만당했을 도겸의 처지를 생각하니 더욱 서러워졌다. 원망 가득하던 그를 앞에 두고 무슨 말부터 꺼낼 수 있을까.

억울함을 호소하는 것이 오히려 그를 나락으로 떨어트릴 길이라면 차라리 입을 다무는 편이 나을 지도 모른다.

'동이야. 나는 이제 어찌하면 좋으니.'

하늘 아래 혼자라 이제는 정말 누구도 믿을 수 없다. 그러니 더욱 아우가 보고 싶었다. 가슴이 먹먹하던 중 저 멀리서 내관의 목소리가 들렸다.

"황제 폐하 납시오."

그가 온다는 말에 흐르던 눈물도 멎어 버렸다. 소매로 눈가를 훔치고서 아리는 서둘러 침상에 올라 눈을 감았다.

✱ ❄ ✱

문이 열리고 영수와 도겸의 목소리가 들려왔다.

"어찌 되었나."

영수가 송 태의의 말을 대신 전했다. 모두를 물러가라 이르고서 묵직한 발걸음이 다가와 그녀의 침상 앞에 멈춰 섰다. 눈으로 보지 않아도 그의 시선이 한없이 따갑기만 했다.

파르르 떨리는 눈꺼풀 위로 사내의 큰 손이 닿았다. 아직 눈물이 채 마르지 않은 자리에 거칠어진 그의 온기가 스며들었다.

"깨어 있는 거 알고 있어."

거짓에 서툰 제 모습을 꿰뚫어 본 그의 말에 가슴이 시렸다. 조심스레 눈을 뜨고 나니 원망 어린 그의 얼굴이 제 눈동자에 가득 담겼다. 황제가 되었다더니 금포를 걸친 그의 모습이 낯설었다. 단정하게 머리를 틀어 올리고, 야윈 탓에 턱선이 더욱 도드라졌다.

더욱더 사내다워진 모습이 완연하여 아리는 그의 손을 밀어내고서 힘겹게 몸을 일으켰다.

"저것은 왜 여기에 걸어 두신 겁니까."

벽에 걸린 이 혼례복은 대체 무엇이냐고, 아리의 물음에 그는 잠자코 입술을 깨물었다.

"참으로 몰라서 묻는 소리인가."

차디찬 눈빛과 달리 그의 커다란 손에 머금은 온기는 여전히 따스했다. 애써 밀어내 보아도 아무 소용이 없다. 다시금 내뻗은 손이 천천히 내려와 아리의 뺨을 감쌌다. 엄지로 몇 번이나 말랑한 살을 쓰다듬고서 그는 아리의 턱을 들어 올리고 얼굴 곳곳을 세심히 관찰했다.

"나의 밤 시중을 들어야 할 그대가 없으니, 저것이라도 보아야 내 속이 풀리는 것을."

턱에 얹힌 손이 점점 아래를 향했다. 그의 긴 손가락이 앞섶을 따라 잘 여며 둔 매듭 위에 얹혔다. 초야를 치르던 밤, 화공을 시켜 그림으로 남기지 않은 것을 후회한다던 그였다.

일부러 모질게 말한다 한들 그의 진의는 변함이 없다. 주인 없이 남겨진 혼례복만을 바라보며 그리움에 사무쳤노라고, 원망하는 그의 말이 아리의 심장에 비수가 되어 내리꽂혔다.

다시는, 정말 다시는 만나지 못할 줄만 알았다. 하고 싶은 말이 너무 많은데 목이 메어서 무슨 말을 해야 할지 머릿속이 어지러웠다.

  '지금은 아무 말씀도 하지 말아 주십시오.'

  무하의 협박이 떠올라 말문이 막혔다. 한참을 뜸만 들이고 있으니 입술이 열리기 전에 참지 못한 도겸이 먼저 다가와 입술을 포갰다. 해묵은 변명조차 차마 입 밖에 내지 못한 채 아리는 기꺼이 그를 받아들였다. 더운 숨이 오가고 아리의 몸이 뒤로 넘어갔다.

  도겸의 거친 손길이 단단히 여며 둔 매듭을 사정없이 헤집었다. 단정하게 입혀 둔 옷가지가 도겸의 손에 사정없이 찢겨 나갔다. 말갛게 드러난 수밀도를 앞에 두고서 도겸은 아리의 살 내음을 가득 머금었다.

  달콤한 꿀물을 들이키듯 도겸은 오랜 갈증을 채우기에 여념이 없었다. 오랜만에 마주한 사내의 손길에 아리는 두 눈을 질끈 감고서 그의 목을 있는 힘껏 껴안았다.

  '사실은 꿈이 아닐까.'

  매질을 당하고 앓아누운 밤이면 그가 찾아오는 꿈을 꾸곤 했다. 어찌 이리 홀로 아파하냐며 다정하게 미소 짓는 그를 보고 손을 뻗어 보았지만, 결국 모든 것은 아침 해와 함께 사라질 환상이었다.

  그래서일까, 지금 이 순간 그와 함께 있는 순간조차 꿈만 같았다. 이리 그의 곁에 돌아왔다는 이 사실 자체가 너무나 믿기지 않아서 아리는 도겸을 껴안고서 몇 번이고 가쁜 숨을 내쉬었다.

게걸스러운 사내의 입술이 아리의 혀를 얽어 내렸다. 찢어진 속치마가 내동댕이쳐졌고 밀어낼 엄두조차 내지 못했다. 흠뻑 젖어 드는 열기에 취한 아리는 달뜬 울음을 흘리며 그의 이름을 불렀다.

"그리도 싫은 사내에게 이리도 고분고분하게 안겨 오다니. 참 낯설군."

싸늘한 조롱이 귀를 때리자 머리에 찬물을 맞은 듯 몸이 얼어붙었다. 얼어붙은 아리를 내려다보며 도겸은 이를 악물었다. 울어도, 화를 내더라도 더는 들어 주지 않으려 맹세했건만 오히려 제게 순순히 몸을 내어 주는 그녀의 태도가 그를 더욱 서럽게 했다.

"나를 증오하던 거 아니었나? 그리도 나를 경멸하던 그대가 이렇게 쉽게 몸을 열어 주다니 뜻밖이로군."

"그건……."

"영수가 무슨 수를 썼는지는 몰라도 굳이 마다할 이유는 없지."

가녀린 허리를 움켜쥐고서 도겸은 잔인한 미소를 머금은 채 입을 맞췄다. 치아를 훑어 내리며 바지춤을 풀어 내렸다.

"그리도 싫은 황궁에 돌아오게 되었으니 그대는 참으로 내가 밉겠지. 그런데 어찌할까. 그대가 도망친다 한들 결국은 내 손에 잡히고 말 것을."

너 따위는 결국 내 손안이라고. 일부러 버거워하는 걸 알면서도 멈추지 않았다. 힘겨워하는 아리를 내려다보며 도겸은 환한 미소를 머금었다.

"그만……!"

밀려드는 아픔을 애써 참으며 아리는 숨을 고를 틈도 없이 그의 어깨에 매달리기에 급급했다. 다리에 힘이 풀려 휘청이며 든든한 그의 팔에 몸을 기댔다.

"증오하는 사내의 품에 안기니 괴롭겠지. 그런데 이 일을 어쩌지. 나는 하루하루 숨을 쉬는 것조차 힘들었으니 말이야."

살과 살이 맞닿을수록 더운 열기가 피어올랐다. 혀끝으로 뺨을 핥는 와중에도 눈에 증오를 가득 머금은 그의 모습은 3년이 지난 지금도 여전히 아름답기만 했다.

입술 끝으로 천천히 농락하는 기운에 스며드는 제 모습이 한없이 낯설었다. 그냥 이대로 모든 걸 놓아 버리고 싶건만 그조차도 쉽지 않다. 휘청이는 아리를 침상에 눕히고서 그는 흘러내린 제 머리를 쓸어 올렸다.

"보지 마세요."

흥이 가득한 제 몸을 보이고 싶지 않아서 아리는 두 손으로 몸을 가리기에 급급했다. 밀어내는 아리를 앞에 두고 도겸이 한 발 물러났다. 상처받았겠지. 하지만 아리 역시 상처받았다.

아리는 반쯤 벗겨진 옷가지를 애써 추스르고서 힘겹게 몸을 일으켰다.

"이러시면 아니 됩니다."

그를 받아들이는 건 간단하지만 이래서는 아무것도 해결되지 않는다. 하지만 말을 다 잇기도 전에 그가 반쯤 벌어진 아리의 입술을 집어삼켰다.

"참으로 다른 사내를 마음에 품기라도 한 것인가."

입안을 가득 휘저으며 도겸은 아리가 달아나지 못하게 허리춤을 부여잡았다. 당치 않은 오해다. 그렇지 않노라 변명해 보지만 이미 늦었다. 사냥꾼이 몰이를 하듯 그는 아리를 제 위에 걸터앉히고서 침상 끝에 몰아붙였다.

"그만!"

두 팔을 한 손으로 거머쥐고서 그는 아리의 몸에 걸친 옷가지를 벗겨 나갔다. 등줄기에 가득 남은 매질의 흉터가 고스란히 드러났다. 흉하기 짝이 없는 꼴을 보이고 싶지 않아서 찢어진 옷가지로 손을 뻗었다.

"이건 대체……."

만약 지금 그에게 모든 사실을 고백한다면 분명 또다시 조정에는 피바람이 불 것이다. 머리끝까지 분노한 황제의 일갈에 아리는 담담히 입을 열었다.

"미천한 신분으로 황제를 탐한 죗값을 치렀습니다. 사냥꾼의 딸 따위에게는 측비라는 신분조차 과분할 따름이니까요."

"누가 감히 그대에게 죗값을 묻는단 말인가."

"그러면 여쭙겠습니다. 이런 제가 폐하의 황후가 될 수 있단 말입니까?"

귀하게 태어난 영 황후는 제 아이를 죽이고도 그 어떤 죗값조차 치르지 않았다. 그러나 사냥꾼의 딸인 아리는 부부의 연을 맺었음에도 그의 곁에 있는 것조차 허락받지 못했다. 이 힘조차 없었더라면 저들은 기꺼이 제 목숨을 앗아 가고도 남았을 것이다.

"황후가 되고 싶다고?"

이루어질 수 없는 소망이라는 건 잘 알고 있다. 몇 년이나 비어 있던 황후 자리니까 간택이 쉽지 않을 거라는 건 문 태사의 입으로 귀가 썩도록 들었다. 네년 따위는 꿈도 꾸지 못할 자리라는 말을 듣고 나니 차라리 오기가 생겼다.

"예. 그러니 이것 놓으십시오."

이대로 그의 품에 안긴다 한들 달라지는 것은 아무것도 없다.

"어차피 한낱 사냥꾼의 딸 따위는 폐하의 앞날에 걸림돌이 될 뿐일 테니까요."

울분에 찬 아리의 물음에 도겸은 대답조차 하지 못하고서 그녀를 마주 보았다. 이제는 황제가 되었다 해도 그는 처음 만났을 때와 조금도 달라지지 않았다. 제 목을 조르며 정체를 말하라 이르던 때처럼 상처 입은 그의 눈동자를 마주하니 가슴이 시렸다.

분노한 도겸이 자리에서 일어나 방을 나섰다. 이제는 그도 제게 진절머리가 났을 테니 어쩌면 두 번 다시 눈에 띄지 말라 쫓아낼지도 모른다. 아리는 힘겹게 몸을 일으켜 그가 떠난 자리를 바라봤다.

약 흉터를 내보이지 않았더라면. 밀어낼 생각조차 들지 않은 제 모습을 보니 더 절실히 깨닫게 되고 만다.

여전히 사랑하고 있기에 그래서 더 상처받았을 것이다. 흔적 하나 남기지 않고 그렇게 사라져 버렸으니 그는 분명 지금껏 저를 원망했을 터. 살았는지 죽었는지도 모르는 채 제 흔적을 하염없이 찾아다니더라는 이야기는 익히 들었다.

'너 따위가 무엇이기에. 대체 무엇이기에 폐하께서!'

황제가 혼담을 거부했노라는 이야기가 들려올 때마다 문 태사는 제게 매질을 일삼았다. 고통 속에서도 그가 여전히 저를 잊지 못한다는 사실에 안도하는 제 모습이 참으로 우스웠다.

"이것을 어찌 이러셔서는."

벽에 걸린 혼례복을 앞에 두고서 아리는 면경 앞에 선 초라한 제 모습을 마주했다. 찢어진 옷가지는 걸칠 수도 없게 되어 버렸다.

어찌할 바를 모르던 중 문밖에서 나는 인기척에 아리는 습관적으로 몸을 가렸다. 영수가 새 옷을 가져온 줄 알았는데 생전 처음 보는 중년의 여인이 아리의 앞에 다가섰다.

"월 부인, 어찌 이러십니까."

긴장한 아리를 앞에 두고 뒤늦게 달려온 영수가 그녀의 앞을 막았다. 제 어머니뻘쯤 되는 여인의 몸에서 풍기는 기세가 예사롭지 않았다.

"자네는 나가 있게."

영수를 대하는 태도를 보아하니 범상치 않은 지위에 있는 여인임은 분명했다.

"서문가의 주인, 월모가 측비마마를 뵈옵니다."

단둘이 방에 남게 되자 월 부인은 옷차림조차 제대로 갖추지 못한 아리의 앞에 기꺼이 무릎을 꿇었다. 영수 앞에서 오만하기 짝이 없던 여인이 제게는 깍듯이 예우를 갖추는 모습이 낯설었다. 사정을 모르는 아리는 일단 자리에서 일어나라 하명했다.

"부인께서는 어찌 나를 찾아온 게요."

"폐하의 명이십니다. 앞으로는 이 사람이 마마를 모시게 될 것입니다."

"나를 모시다니?"

엉거주춤 선 아리를 앞에 두고서 월 부인은 아리 앞에 미리 준비한 시녀복을 내밀었다.

"마마께 보여 드릴 것이 있사옵니다."

영수가 아닌 낯선 이에게 저를 맡기겠다니. 도겸이 그런 결정을 내렸다는 사실조차 쉬이 믿기 어려웠다.

설마 이대로 내쫓기는 걸까. 아니, 그가 이리 쉽게 저를 놓아줄 리 없다. 무슨 이유가 있을 터.

아리는 시녀복을 입고서 곧장 월 부인을 따라나섰다.

외전 1부

지는 달, 새벽 별

때는 아리가 막 태남산에서 내려와 도겸의 별궁에 머무를 시절이었다.

이 낯선 처소에서 지내게 된 지도 제법 시간이 흘렀다. 손님들이 모두 떠나고, 매일같이 영수의 혹독한 수업이 이어졌다.

"그럼 잠시 쉬십시오."

숨통이 막힐 즈음에야 겨우 찰나의 휴식 시간을 받았다. 매번 갇혀만 살던 아리도 이제 별채 근처 산책 정도는 누릴 수 있었다.

"이제야 좀 살 것 같아."

"그리 답답하셨습니까."

산 아래 생활은 대체로 무료했다. 긴 기지개를 켜고서 아리는 시녀들과 함께 정원을 거닐었다. 산에서는 매일을 분주하게 돌아다니다가 방 안에 갇혀 있으니 좀이 쑤셨다. 그러니 이렇게라도 풀 내음을 맡아야 숨이 트인다.

"잠시만."

"어찌 그러십니까?"

그렇게 즐겁게 발걸음을 옮기던 차에 수풀 안에서 묘한 기척이 느껴졌다. 살며시 다가가 보니 나무 아래에 무언가가 있었다.

"에그머니나!"

고양이였다. 사람 소리에 놀란 것인지 발톱을 내밀자 겁먹은 시녀들이 뒤로 물러났다. 여기저기서 비명이 터져 나오자 상처가 있는지 걸음도 잘 걷지 못하는 어린 짐승은 어떻게든 달아나려 몸을 움직였다.

"잠시만."

다들 물러서라 손짓을 하고서 아리는 아예 소매를 걷고 흙바닥에 무릎을 꿇었다. 이런 것은 제 전문이니까.

잔뜩 경계하는 고양이에게 기꺼이 손바닥을 내밀었다.

"괜찮아. 이리 온?"

"하오나……."

"쉿."

아리의 행동에 시녀들의 가슴이 철렁 내려앉았다. 세상 물정도 알지 못하는 이 정체 모를 여인은 어느 날 갑자기 황태제의 품에 안겨 별궁에 나타났다. 도겸은 매일 밤 한 침상에 잠들면서도 여인의 옷깃에 손 하나 대지 않았다. 그러곤 여인에게 황실의 예법을 단단히 익혀 두라 명을 내렸다.

'장차 동궁의 안주인이 될 분이니 알아서 모시거라.'

잠시 유흥 삼아 데려온 여인이 아니니 함부로 입을 놀렸다가는 목숨도 부지할 수 없으리라. 영수의 엄명에 다들 입을 꾹 다물고 아리의 명이라면 뭐든 따랐다.

하물며 그런 귀한 여인의 손에 행여 흠집 하나라도 났다가는 윗전에게 무슨 경을 치를지 모르는 일인데. 정작 아리는 걱정하는 시녀들에게 물러나라 눈치를 주고서 조심조심 고양이에게 손을 뻗었다.

"착하지."

저러다 물리기라도 하면 어쩌려고 그러는 건지. 걱정과 달리 아리는 환한 미소를 지으며 고양이의 입에 제 손을 가져다 댔다.

"저건……."

달큰한 향을 맡은 고양이가 아리의 손을 핥았다. 사람을 경계하던 고양이는 마치 개다래나무 향이라도 맡은 것처럼 고롱고롱 취해서는 그대로 아리의 손에 머리까지 비벼 댔다.

"옳지, 이리 오렴."

번쩍 들어 품에 안으니 고양이는 곧 힘없이 축 늘어져 얌전히 아리의 품에 안겼다.

"더운물을 가져다줘."

다행히 상처가 깊지 않았는지, 침소에 돌아올 때쯤 되어 곧 피가 멎었다. 덧나지 않도록 아리는 더운물로 환부를 닦아 주고 약초를 빻아 덧발랐다.

"의원을 부를까요?"

"아니, 그보다 혹 짐승의 젖을 구할 수 있을까?"

굶주린 어린것에게는 그보다 더한 것이 없는데. 짐승에게 함부로 사람이 먹는 것을 주었다가는 더 큰 사달이 난다. 다행히 시녀는 금방 말귀를 알아들은 듯 바로 가져오겠다며 방을 나섰다.

"염소의 젖이면 충분할까요?"

부유한 집안이라더니 말 한마디에 귀한 염소젖까지 금방 올라올 줄은 몰랐다. 핏물이 묻은 털을 닦아 주고서 아리는 아직 따뜻한 백탁액을 고양이의 입가에 가져갔다.

"천천히 먹어야지."

굶주린 것인지 고양이는 금세 허겁지겁 한 대접을 비웠다. 그렇게 실컷 배를 채우고 나서는 곧 통통한 배를 까고 잠이 들었다. 밥도 잘 먹는 것 보니 겨우 한시름을 돌렸다.

"소매가……."

"응?"

사색이 된 시녀들의 시선을 따라가 보니 어느새 옷소매에 고양이가 흘린 핏물이 가득 묻었다. 어린 짐승을 살려야 한단 생각에 정신이 팔려서 이것을 어찌해야 할지 난감한 처지가 됐다.

"대체 어딜 가신 거냐!"

멀리서 화가 난 영수의 목소리가 들려왔다. 침소의 문이 열리고 시녀들은 서둘러 영수 앞에 머리를 조아렸다.

"이게 대체 어찌 된 일입니까?"

잠시 산책을 나선 이가 갑자기 침소에 돌아와 더운물과 약초를 달라 하였으니 주방은 난리가 났다. 잠든 고양이를 애써 가려 보았지만, 눈칫밥을 먹는 건 어쩔 수 없다. 못마땅한 기색이 역력한 채 영수는 피가 묻은 아리의 소매부터 살폈다.

"다치신 겁니까?"

"그렇지 않아."

상처 하나 없다 보여 주어도 불편한 심정은 전혀 나아질 기미가 보이지 않았다. 노여움을 애써 가라앉히며 그녀는 시녀에게

지시를 내렸다.

"새 옷을 가져오거라."

"예, 영수 님."

더러워진 옷을 어서 갈아입히려는 모양인데, 시녀들이 서둘러 움직이자 부담이 배가됐다. 아리는 더러워진 옷을 거머쥐고서 애써 고개를 저었다.

"이리 주시오. 피 얼룩은 내가 지울 터이니⋯⋯."

"지금 뭘 하시는 겁니까?"

제 손으로 더럽혔으니 제 손으로 빨겠다는 것뿐인데. 고작 그것만으로도 영수는 말도 안 되는 일이라며 절대 안 된다고 혼을 냈다.

"귀한 분께서 어찌 이런 궂은일에 직접 손을 대신단 말입니까. 자중하소서."

이곳에 내려와서 처음 받는 귀인 대접이라. 호사나 다름없는 욕간도 매일 하고, 긴 머리카락도 시녀들이 빗겨 주니 아리는 제 손으로 할 것이 없다. 태남산 작은 집 곳곳에는 아리의 야무진 손길이 닿지 않은 곳이 없었는데 그런 제 부지런함이 화를 부른 셈이다.

"손에 물 한 방울이라도 묻히시는 날에는 저희가 모두 경을 칠 것입니다."

"산 아래 법도는 원래 그러한 것입니까?"

"예. 그렇습니다. 귀하신 분을 그리 대접하였다가는 아랫것은 목이 날아갈 일인 것을요."

겁에 질린 시녀들을 보니 농은 아닐 성싶지만 살벌하기 짝이 없는 말에 절로 주눅이 들었다. 영수의 엄격한 명에 따라 예법 선생이 들어오고 곧 수업이 시작됐다.

"저 아이를 어디로 데려가는 게요?"

"지금은 수업에 집중하십시오."

다친 다리가 여전히 눈에 밟히는데. 시녀들은 고양이를 바구니에 담아 데려가 버렸다.

이대로는 시녀들이 모두 경을 치게 될 꼴이라 별수 없이 아리는 얌전히 영수의 뜻을 따르기로 했다. 물론 마음이 콩밭에 있으니 머리에 들어오지 않는 내용을 한 귀로 흘려들었다.

✼ ❋ ✼

다행히 저녁 식사를 마치고 나자 영수는 순순히 다친 고양이를 다시 아리에게 돌려줬다.

"그러면 쉬십시오."

여전히 불만 가득한 영수를 내보내고도 아리는 고양이가 무사한 것에 한시름을 덜었다.

"너를 대체 어쩌면 좋을까."

아까는 정신이 없어서 잘 살피지도 못했는데, 윤기 나는 털에 동그란 눈망울을 한 고양이는 얼핏 보아도 야생의 것은 아닌 것 같았다. 혹 이 넓은 곳에서 뉘가 잃어버린 것은 아닐까. 주인이 찾으러 올 때까지는 데리고 있는 편이 나을까 싶었지만 아리 본인도 식객 처지다 보니 아무래도 눈치가 보이는 건 어쩔 수 없었다.

"도련님은 왜 이리 늦으시는 걸까?"

그이가 있다면 한번 청이라도 해 볼 텐데. 오늘은 볼일이 길어진다며 그는 밤늦게나 돌아온다고 하였다.

제법 기운을 차린 건지 고양이는 하늘하늘한 아리의 옷소매에 앞발을 내밀어 장난도 쳤다.

"귀여워라."

동이가 살아 있었다면 모를까, 홀로 산 아래에서 새로운 생활을 시작하게 된다면 제 입에 풀칠하기도 쉽지 않을 터. 하물며 식객 신세인 지금 이 아이를 맡아 키우는 건 꿈도 꿀 수 없다. 그래서 그런지 도겸에게 청을 꺼내기도 쉽지 않았다.

'이럴 줄 알았으면 바가지를 좀 덜 긁을걸.'

밥값도 못 한다며 수시로 구박했던 주제에 오히려 밥만 축내는 처지가 될 줄 누가 알았을까. 염치도 없이 뭐라고 말을 꺼내야 할지 눈치가 보여서 아리는 냥냥거리는 고양이의 말랑말랑한 앞발 바닥을 괜히 꾹꾹 눌렀다.

"주인어른께서 돌아오셨습니다."

도겸이 돌아왔다는 말에 아리는 벌떡 일어나 문밖을 살폈다. 뭐라고 설명해야 할지. 급한 대로 바구니에 고양이를 숨겨 두고서 곧 그를 맞이할 채비를 했다.

"고양이를 주워 왔다고?"

예상대로 영수는 방에 들어서기도 전에 벌써 도겸에게 모든 걸 고해바쳤다. 지금도 인상을 찌푸린 걸 보아 아무래도 방 안에 고양이를 들인 것 자체가 탐탁지 않은 기색이 역력했다.

"다리를 다친 아이라서……. 잘 나으면 금방 돌려보내겠습니다."

"주인이 있는 건가?"

도겸은 성큼성큼 걸어와서는 다친 고양이를 덥석 집어 들었다.

"그리 잡으면 안 됩니다!"

아리의 부드러운 손길과 달리 억센 힘으로 목을 잡히자 아팠는지 고양이는 하악− 하고 소리를 내며 바삐 몸을 빼 버렸다. 그러고는 제 편을 들어 달라는 듯 아리의 발치에 다가와 애교를 부려 대기 시작했다.

"녀석 참."

"약초를 발라 주었으니 금방 나을 것입니다. 그러니 며칠만 돌볼 수 있게 해 주셔요."

모진 말이 나올까 봐 눈치가 보여서 아리의 작은 가슴은 더욱 조마조마했다. 쌀밥이 매끼 올라오고 일 년에 한두 번 구경하기도 힘든 귀한 바다 생선도 종종 올라오는 부잣집인데. 정작 마음이 편하지 않은 건 이런 점 때문이었다.

한없이 주눅이 든 아리를 지그시 바라보며 도겸은 어딘지 모르게 심술궂은 얼굴로 히죽 웃었다.

"고양이라."

"사람 손을 탄 아이인 것 같으니 주인을 찾아 주어야 합니다. 방에 있는 것이 불편하시면 제가 헛간에라도……."

"헛간은 무슨. 여기서 돌보지."

만약 고양이 울음소리가 싫다거나 하면 기꺼이 쫓겨날 각오까지 했는데 도겸은 뜸 들인 시간이 무색할 정도로 금세 고양이를 키우는 걸 허락해 주었다.

"새침한 것이 그대를 닮아 참 귀여워. 그러니 여기에 두고 보도록 해."

"정말 괜찮습니까?"

"아무렴. 필요한 것이 있으면 영수에게 준비하라 이르지."

시원한 대답에 겨우 마음이 놓인 아리는 고양이를 덥석 안아 들고서 도겸의 앞에 가져다주었다.

"어서 감사하다고 해야지."

말귀를 알아들은 건지 고양이는 냐아- 하고 울며 도겸의 손을 핥아 주었다.

✻ ✽ ✻

주인의 명이 떨어지고 모든 것이 일사천리로 진행됐다. 영수는 마뜩잖은 기색을 애써 숨기며 필요한 모든 것을 준비해 주었다. 밤사이 상태를 돌보아야 한다 했더니 침상 곁에 고양이의 잠자리 도 함께 마련되었다. 폭신한 방석을 깔아 놓으니 고양이는 몸을 동그랗게 말고 긴 하품을 내쉬었다.

"그럼 우리도 슬슬 자야지."

"먼저 주무십시오. 저는 이 아이를 좀 더 살펴보겠습니다."

다친 짐승들은 밤에 상태가 나빠지는 경우가 더러 있다. 배가 고플지도 모른다 했더니 영수는 고양이에게 먹일 말린 멸치를 구해 주었다.

"냐아."

"지금은 말고. 말을 잘 들어야 줄 것이야."

자루에서 나는 고소한 냄새에 흥미를 보이기에 얌전히 있으라 타일렀다. 그렇게 한껏 집중한 아리의 모습이 도겸은 어쩐지 마음에 들지 않았다.

"고양이가 그리 좋은 건가?"

"좋기는요. 어서 낫게 한 후에 돌려보내야 하는 것을요."

"마음에 드는 거라면 그대가 기르면 되지."

"집에서 기르는 동물은 식구나 다름없는데, 주인이 얼마나 애타게 찾고 있겠습니까?"

쉽게 말하는 도겸이 야속해서 아리는 손가락으로 그의 팔을 꾹 눌렀다.

어머니가 살아 계실 때만 해도 집에서 이것저것 여럿 길렀지만 돌볼 여력이 없어 모두 다른 곳에 보내야만 했다. 그러니 처음부터 마음을 닫고 쉽게 정을 주지 않으려 애를 썼다.

도겸 역시 제게는 그런 상대였다. 무사히 상처를 낫게 해서 저가 살던 세상으로 돌려보내야 할 존재였건만, 그는 더 큰 세상을 보여 주겠노라 그토록 동경하던 산 아래로 데려와 주었다.

"하긴. 나도 그대가 사라진다면 어찌할 바를 몰라 잠도 제대로 자지 못할 거야."

"제가 무슨 고양입니까?"

"내 고양이가 되어 주면 좋지. 이 녀석처럼 내 손을 핥아 주면 더 좋고."

심각한 저와 달리 도겸은 뭐가 그리 즐거운 건지 어서 곁에 와 누우라며 아리를 재촉했다.

"조금만 더 두고 보아야 합니다."

엉겁결에 그의 팔을 벤 채 침상에 누운 후에도 아리의 시선은 여전히 고양이에게 쏠렸다. 도겸은 그것이 퍽 서운하였다.

"그대는 나보다 고양이가 더 좋은 건가?"

"그런 말씀 마셔요."

심각한 도겸의 속도 모르고 아리는 아예 등을 돌려 버렸다. 오늘따라 심하게 주눅이 든 것이 마음에 걸려서 도겸은 그런 아리의 어깨를 꼭 안아 버렸다.

"고양이를 데리고 있는 것도 내 좋다 하였는데, 그대는 어찌 이리도 침울하시단 말인가."

"송구하옵니다."

뭐가 그리 마음에 걸리는 건지 아리는 괜히 제 옷소매만 만지작거리며 그를 원망스레 바라보았다.

'이런 천하의 답답이를 보았나.'

백년가약을 맺자고 침소에 데려다 놓았더니 이 여인은 제 속도 모르고 이렇게 또 선을 긋는다. 심통이 잔뜩 난 도겸은 고개 숙인 아리의 머리에 살짝이 딱밤을 먹였다.

"왜 이러십니까?"

"그대가 야속하여서 그러지."

저가 또 무슨 잘못을 한 거냐는 아리를 붙잡고 도겸은 금세 다른 이야기를 꺼냈다.

수도로 쉬이 돌아가고 싶지 않은 것은 그녀와 함께 보내는 이 시간이 한없이 즐겁기 때문이다. 향족의 힘을 깨울 수 없으니 섣불리 손을 댈 수 없지만, 지금은 그저 이렇게 무사히 살아남아 함께 있는 것만으로도 가슴이 벅찼다. 만약 조금이라도 늦었더라면 그녀는 분명 목숨을 잃었으리라.

차갑게 식어 버린 동이를 떠올리면 그 역시 마음이 아팠다. 누이를 잘 부탁한다던 정 많은 아우를 떠올리며 도겸은 아리의 고운 손을 꼭 잡았다. 이 곱디고운 여인은 장차 제 아내가 될 터.

"그대의 아버님은 어머님께 어떤 분이셨어?"

"언제나 믿음직하고 자상한 지아비셨습니다."

눈가가 촉촉하게 일렁일 만큼 그녀에게 있어 부모님은 언제나 특별한 존재였다. 그 사실을 너무나 잘 알고 있는 도겸은 흐뭇한 미소를 지으며 아리에게 물었다.

"혹 아버님께서 어머님께 밥값을 하라며 호통을 치신 적이 있는 건가?"

"그럴 리가요. 당치도 않은 말씀을 하십니다."

고개를 맹렬히 저으면서도 아리는 아직 제 속뜻을 전혀 눈치채지 못한 듯했다. 그래서 더 사랑스러운 것이지만.

도겸은 폭소를 터트리며 아리의 손을 꼭 잡아 주었다.

"무엇이든 더 해 주려고 하면 하였지, 더 내놓으라 하지는 않으셨겠지."

"어찌 그리 잘 아십니까?"

"다 아는 수가 있지."

뭐든 다 해 주고 싶은 사내의 마음을 알기나 하는 건지. 낯선 곳에서 마냥 주눅이 든 이 여인은 제 마음도 모르고 이리 속을 썩이고 있다.

"한번 잘 고민해 보십시오. 정답을 맞히면 내 그대가 바라는 것은 뭐든 다 들어줄 터이니."

수수께끼를 남기고서 도겸은 아리의 위로 포근한 이불을 덮어 주었다. 듬직한 사내의 팔에 머리를 기댄 채 그녀는 혼자 심각한 얼굴로 고민에 빠졌다.

산속에서만 살아서 그런지 아리는 남녀의 문제에 대해서는 한없이 무지했다. 아직 속세의 때가 묻지 않은 순수함이니 그것은 도겸이 모두 감내하기로 했다.

✳ ✱ ✳

방 아래 깊은 어둠이 드리우고 찬란한 달빛만이 창 너머로 비쳤다. 제 허리를 감싼 도겸의 손을 살짝 밀어내고 아리는 살금살금 침상을 빠져나왔다.

"쉿. 조용히 하렴."

어린 짐승은 수시로 먹을 것을 찾으니 돌보는 동안은 마음 편히 잠도 잘 수 없다. 보채는 고양이의 입에 멸치 몇 마리를 물려주고서 아리는 깊이 잠든 사내의 얼굴을 빤히 바라보았다.

참 잘난 사내다. 달빛 아래 빛나는 오뚝한 콧날과 도톰한 입술. 흐트러진 모습조차도 이토록 아름다우니 그야말로 사내 중에도 보기 드문 미장부라 할 수 있다. 산 도적 같은 사냥꾼들만 보다가 이렇게 반듯한 사내를 보았으니 이리 푹 빠져 버린 것도 무리는 아니라지만. 그래서 더더욱, 가끔은 정말 여우에 홀린 것 같은 기분을 지울 수 없다.

'역시 그런 것일까.'

저를 구하러 와 준 은인이라서. 처음에는 정말 그런 줄만 알았다. 하지만 부모님의 이야기를 꺼내는 그를 보니 자꾸 조그마한 욕심들이 피어올랐다. 비록 처지는 다르다 하나 이 사내와 함께라면 부모님처럼 정답게 살 수 있지 않을까.

매일 아침 그가 없는 빈 침대를 볼 때마다 야속한 심정이 드는 제 모습이 참으로 낯설었다. 험준한 산에서는 어린아이도 제 밥값을 해야만 한다.

그런데 이곳에서는 모두가 이렇게 귀하게 여겨 주니 무엇 하나 손 까딱할 일이 없다. 이러고 있다가는 정말, 그가 없이는 아무것도 할 수 없는 바보 천치가 되어 버릴 것 같은데.

'그러다 다시 산으로 돌려보내겠다고 하면.'

아리의 보살핌으로 호전된 짐승들은 몇 번이고 뒤를 돌아보며 서러운 발걸음을 차마 떼지 못했다. 네가 살던 곳으로 돌아가라며 돌까지 던지던 제 모습이 얼마나 원망스러웠을지 처지가 바뀌고 나서야 조금이나마 이해가 갔다.

"이제는 좀 덜 아픈 모양이지?"

아마 이 아이도 그렇게 될 것이다. 발을 다친 고양이 녀석은 이제 좀 살 만한지, 제 속도 모르고서 아리의 곁에 꼭 붙어서는 꼬리를 살랑댔다. 그래도 산짐승들과 달리 애교가 가득한 녀석이라 아리도 덩달아 웃어 버렸다.

"내가 너처럼 사랑스러웠다면 좋았을 텐데."

어쩌면 그가 자신을 데려온 건 한순간의 변덕일지도 모른다. 도겸이 잠든 침상 아래에 쪼그려 앉아 아리는 낮에 있었던 일을 떠올려 보았다.

이토록 어여쁜 고양이도 영수 앞에서는 그저 귀찮은 짐 덩어리에 불과했다. 주인의 억지에 마지못해 데려왔다지만 그래서 더 애물단지 같은 존재. 윗전의 변덕에 애써 비위를 맞추고 있지만, 실상 이곳에서 아리의 처지는 이 고양이와 크게 다르지 않아 보였다.

'그러니 그리도 싫어한 거겠지.'

환영받지 못하는 존재라는 사실을 알고 있지만 지금 아리가 기댈 수 있는 곳은 오직 도겸뿐이다. 다정한 그의 마음을 의심하는 건 아니지만, 잘난 그의 앞에 설 때마다 주눅이 드는 제 신세가 더욱 처량하다. 산속에서 한없이 당당했던 아리도 산 아래에 내려온 후로는 줄곧 주눅이 들었다.

"당신을 어찌하면 좋을까요."

잠든 도겸은 사내인데도 여인인 저보다 더 아름다워 저리도 빛이 나니 바라보는 것도 눈이 부시다. 조심스레 그의 **뺨**에 손을 뻗어 보지만, 혹시나 잠이 깰까 싶어 이내 다시 손을 거두었다.

그는 대체 왜 저를 여기까지 데려온 것일까. 아내로 삼아 준다고 하였으면서 그는 마치 제 아비라도 된 양 어르기만 할 뿐 제대로 된 입맞춤 하나 해 주지 않는다. 정답을 맞히면 뭐든 다 들어준다고 하였는데 정작 어린 누이를 대하듯 귀여워만 하는 사내를 보고 있자니 괜히 화가 났다.

"입맞춤이라도 한번 해 주시지."

정이 넘쳤던 부모님은 수시로 손을 잡고 서로를 은애함을 표하는 데 주저함이 없었건만, 모두 다 안다면서 어찌 그런 것은 모르는 건지. 오늘도 손도 대지 않고 얌전히 잠을 청하는 모습에 야속함이 피어올랐다.

얄미운 그의 머리에 딱밤을 한 대 먹이고서 아리는 침상 아래 쪼그려 앉아 잠을 청했다. 내일 아침에 일어나면 분명 미운 얼굴을 하고 있을 테니까. 오늘 밤은 그의 품에 안겨 잠들 자신이 없었다.

'겸아.'

그리운 목소리가 귓가에 울렸다. 다정한 어머님의 목소리와 함께 아주 오래전의 기억이 떠올랐다.

 '어서 자야지.'
 '싫습니다. 놀고 싶어요.'

 유달리 잠투정이 심한 어린 도겸을 옆에 두고 어머니는 종종 자장가를 불러 주곤 했다. 조곤조곤 들리던 노랫소리와 따스한 온기만 있다면 어느새 거짓말처럼 졸음이 쏟아지곤 했다. 하지만 그런 어머니가 돌아가시고 그는 싸늘하기만 한 궁에서 홀로 외톨이가 되었다.
 '춥다.'
 그 탓이었을까. 추위는 지금도 좋아하지 않는다. 추운 겨울 탕파나 화로 따위를 들여 보아도 얼어붙은 제 마음까지 덥혀 줄 수는 없다. 시리디시린 이 마음은 통증처럼 평생 아픈 흉터로 남을 줄만 알았는데, 영영 만나지 못할 따스함을 아리의 품 안에서 찾아냈다. 녹아내릴 것처럼 달콤하고 한없이 따스한 포근함이 좋아서 아리의 곁에서는 도겸도 안심하고 깊이 잠들 수 있다.
 "아리?"
 평소라면 따스한 그녀의 온기를 충분히 안고서 달큰한 향기를 마음껏 삼켰으련만, 어쩐지 손을 뻗은 자리가 한없이 서늘하다.
 그녀의 부재에 절로 눈이 떠졌다. 분명 제 곁에 잠들어 있어야 할 아담한 여인은 어느새 흔적도 없이 자취를 감춰 버렸다.
 '달아난 건가?'
 유독 침울하던 그녀의 모습이 눈에 밟혔다. 밖은 무하가 지키고 있어 멀리 달아나지 못할 테지만 아직 소 태사의 끄나풀들이 주변을 살피고 있으니 서둘러야 한다.

당장 검집부터 찾으려는데 침상 끄트머리 쪽의 동그란 뒤통수가 눈에 들어왔다.

"어째서."

제 품을 빠져나가 어디를 갔나 했더니 아리는 고양이를 품에 안은 채 침상 아래에 쭈그려 앉아 잠들어 있었다.

도겸은 그런 아리를 안아 침상 위에 눕혔다. 바닥에 혼자 남겨진 고양이는 저를 버리고 가지 말라 서럽게 냐아− 하고 울었다.

"차라리 울기라도 하지."

정답게 지내자 내심 티를 내었음에도 산에서 자란 아리는 좀처럼 제 뜻을 알아차리지 못했다. 뭐가 또 그리 서러워져 이러시는 건지 제 정인의 속을 도통 알 수가 없다. 시끄러운 고양이 녀석에게는 멸치를 물려 입을 다물게 하고 도겸은 잔뜩 몸을 웅크린 아리의 입술을 괜히 만지작거렸다.

"내 마음도 모르는 여인 같으니라고."

살짝이 벌어진 입술에 입을 맞추고 흐트러진 옷자락 너머 드러난 쇄골도 살짝 핥아 보았다. 언제 각성할지 모르는 봉오리 같은 여인이라 남녀의 운우지정을 어찌 가르쳐야 할지 그도 좀처럼 애가 탔다. 그냥 안아 버린다면 제 욕심을 채우는 것 정도야 어린아이의 손목을 비트는 것보다 쉬운 일이겠지만 그러지 않기로 했다.

"곱구나."

아직 어린 티를 벗지 못한 여인이라 섣불리 다가갔다가는 분명 겁을 내고 저를 피할지도 모른다. 하물며 윤도 녀석이 쓸데없이 입을 놀린 탓에 함부로 손을 대는 것은 더더욱 불가능한 일이 됐

399

다. 밤마다 번뇌하는 사내의 마음을 알기나 하는 건지, 아리는 무방비한 얼굴로 깊이 잠이 들었다.

별수 없다. 지금은 단지 어여쁘고 어여쁜 입술을 가득 머금고서 달달한 숨결을 고루 집어삼킬 뿐. 섣불리 일을 벌일 수도 없으니 도겸은 매일 밤 홀로 애타는 마음을 삼키며 긴긴 밤을 외로이 달래야만 했다.

✳ ❊ ✳

"저런 것이 뭐가 좋다고."

별궁에 처박혀 있는 와중에도 형님 폐하께서는 하나뿐인 아우에게 모든 사안을 상의하며 일감을 가득 안겨 주었다. 그러고 보니 주변 시찰은 물론 사건의 뒤처리를 위해 바삐 움직이느라 요 며칠 아리에게 소홀했다. 그사이 고양이 녀석은 결국 침상에까지 기어 올라와서는 아리의 품 안에 슬며시 파고들었다.

"착하지."

상냥한 아리는 잠결에도 고양이를 품에 안고서 토닥토닥 재우기 바빴다. 저 어리고 연약한 것은 이리도 쉽게 그녀의 눈길을 가져가건만, 정작 옆에 있는 제게는 눈길조차 주지 않고 피해 버리는 그녀의 태도에 퍽 서운하다. 고양이를 안은 그녀를 마냥 바라만 보고 있자니 이제는 정말 몸에서 사리가 나올 것만 같다.

"그대를 어찌하면 좋을까. 응?"

응석 하나 제대로 부릴 줄 모르는 이 서투른 여인을 앞에 두고 도겸은 긴 고뇌에 빠졌다. 그냥 눈 딱 감고 이걸 해 달라 저걸 원한다고 말이라도 해 주면 좀 좋을까.

400

흐트러진 옷깃 새에 살짝이 입을 맞추고 달큰한 향기를 가득 머금었다. 이미 제 곁에 핀 꽃이긴 하나 이 여인을 어찌 피어나게 해야 할지는 좀 더 시간이 필요할 성싶었다.

✻ ❊ ✻

"고양이의 주인을 찾았습니다."

영수의 또랑또랑한 목소리 덕에 잠이 깼다. 오만상을 찌푸리며 눈을 비비자 소세를 마친 도겸이 반가이 그녀의 이마에 입을 맞췄다.

"간밤에는 편안히 주무셨어?"

"보지 마십시오."

소세도 하지 않은 못난 얼굴을 보이기 싫어서 아리는 서둘러 소매로 얼굴부터 가렸다. 분명 침상 아래 몸을 웅크리고 잔 것까진 기억이 나는데. 어느 틈에 홀로 드넓은 침상을 떡하니 차지하고 있었던 걸까. 곤란한 제 마음도 모르고서 도겸은 뭐가 그리 즐거운지 동그란 뒤통수를 연신 쓰다듬으며 아침부터 그녀를 놓아줄 생각이 없었다.

"오늘은 아무 데도 가지 않고 그대의 곁에 쭉 붙어 있을 테니 어제 낸 수수께끼를 어서 풀어 보도록 해."

"참이십니까?"

그야말로 반가운 소식이다. 함박웃음을 짓는 그녀를 두고 도겸은 뿌듯한 얼굴로 아예 드러누워 버렸다.

"그래서 말입니다만."

어느새 둘만의 세상에 빠져 버린지라 영수는 헛기침까지 하며 눈치를 주었다. 시녀들 품에 안겨 아침을 먹은 고양이 녀석은 또다시 통통한 배를 하고서 바구니 안에서 잠이 들었다.

"안 그래도 며칠 전, 손님이 고양이를 잃어버렸다는 말이 있었다 하옵니다. 따로 들어온 일이 없어 돌려보냈다기에 간밤에 전갈을 보냈나이다."

"잘하였군."

"조만간 찾으러 온다고 하니, 그때까지는 저희가 잘 돌보도록 하겠나이다."

괜히 정을 붙였다가는 서로가 괴로워질 뿐이다. 만약에 싫은 여지를 칼같이 잘라 버리는 영수의 말에 아리는 별수 없이 고양이를 순순히 보내야만 했다.

"그리 서운한 것인가?"

"괜찮습니다. 제 주인을 찾아가는 것이 저 아이에게도 더 행복한 일이겠지요."

말은 그렇게 하면서도 얼굴에는 이미 속상한 기색이 가득 배었다. 도겸은 아리의 무릎에 머리를 기댄 채 그런 그녀의 뺨을 살포시 어루만졌다.

"그대에게는 내가 있잖아. 저런 미물보다는 나를 귀여워해 줬으면 싶은데."

"다 큰 사내께서 이러시면 어찌합니까. 남사스럽습니다."

"응? 그대가 원한다면 내 기꺼이 그대의 고양이가 되어 줄 것이야."

제 손을 가져와서는 장난 삼아 핥기까지 하니 아리는 간지럽다며 겨우 웃음을 터트렸다. 속상한 제 마음을 알고서 이리 풀어 주는 것을 보니 간밤의 우울한 생각도 한껏 날아가 버렸다.

"조반부터 들지."

평소와 다름없는 태도로 보아 어젯밤에는 추위를 못 이겨 저혼자 침상 위에 기어 올라온 모양이다. 식사하는 와중에도 도겸은 아무 일도 없었던 것처럼 아리의 숟갈 위에 통통한 생선살을 올려 주었다.

"그래서, 정답은 알겠어?"

"그것이……."

지금은 듣는 귀가 많아 말하기가 곤란한데 당장 답을 말하라 재촉하는 이 못난 사내를 어찌할까. 열심히 머리를 굴려 남들이 들어도 무난한 답을 고른 아리는 마침내 입을 열었다.

"저를 퍽 아끼셔서 그러시다 보다, 하였습니다."

"응?"

"저를 아끼셔서 소중히 여겨 주시는 것 같다는 생각이 들었습니다."

누이처럼 아껴 주느라 손 하나 대지 않으니까. 산에서는 그리도 적극적이던 사내가 산 아래에 내려오니 어째 돌부처가 되었다. 지어미라 삼겠노라 말만 하면서 정작 부부의 도리를 다하지 않는 것만 해도 그렇다.

애써 둘러 가며 고른 답이었건만, 도겸은 젓가락까지 내려 두고서 심각한 얼굴로 다시 물었다.

"그걸 어찌 안 것이야?"

"예?"

"내 그대에게만은 비밀로 하려 그리도 애를 썼건만. 대체 어찌 알아차렸단 말인가?"

밥을 먹다 말고 덥석 손을 잡으며 도겸은 감격한 듯 눈을 반짝였다. 사람을 약 올리는 것도 아니고. 갑자기 이리 유난을 떠는 이 사내는 대체 무슨 생각인지.

"정답을 맞히셨으니 상을 드려야지. 내 그대에게 무엇을 해 드리면 좋을까."

이 일을 어찌해야 할까 싶어 아리는 서둘러 영수의 눈치부터 살폈다.

'외출은 안 됩니다.'

이제는 눈빛만 보아도 외출 얘기는 꿈도 못 꾼다는 걸 아주 잘 알아들었다. 저택 밖 풍경이 참으로 궁금하긴 하지만 그 소원은 다음으로 미루기로 했다. 다른 이가 아닌 도겸만이 들어줄 수 있는 손쉬운 것이 무엇이 있을까. 아리는 잠시 고민하다 곧 답을 찾아냈다.

"그러고 보니 어머님께서 그리 말씀하셨습니다. 장차 제 지아비가 될 사내가 알려 주실 것이라고요."

"호오, 무엇을 말인가?"

"아기는 어찌 생기는 것입니까?"

달거리를 처음 시작하는 것은 장차 아이를 잉태할 준비가 된 것이라고는 하는데. 정작 사내의 씨를 어찌 받는 것인지는 어머님은 물론 그 악랄한 고모님조차 알려 주지 않았다. 혼인할 사내를 만나면 다 알아서 해 줄 것이라는 말만 듣고 지낸 데다, 동이 녀석도 그 이야기만 나오면 얼굴이 벌게져서는 왜 제게 묻느냐고 버럭 화부터 냈다.

"송구하옵니다!"

아리의 질문에 정작 당황한 것은 도겸이 아닌 영수였다. 아리의 교육 담당을 맡은 시녀들은 모두 도겸 앞에 머리를 조아리고서 어찌할 바를 몰랐다.

"그랬단 말이지."

"수도로 돌아간 후에 초야를 치르시겠다 하여 그 부분은 추후 소인이 직접 알려 드리려 한 것이오니 부디 너그러이 용서하여 주시옵소서."

"어찌 영수가 이러는 겁니까?"

당황한 아리를 보며 도겸은 터져 나오는 웃음을 애써 참았다. 매일 밤, 한 침소에 드는 와중에 혹 자손을 잉태하기라도 할까 날을 세우고 있는 것은 도겸 자신도 익히 알고 있었다. 제대로 황실의 법도에 따라 초야를 치르지 않으면 이후 어떤 추문이 일게 될지는 자신이 더 잘 알고 있다. 그러니 아예 아무것도 모르게 내버려 둔 모양이지만 아리가 먼저 궁금하다 하니 어쩔 수 없는 노릇이다.

"풋풋한 신혼이니까. 아직은 그대와 단둘이 정답게 보내는 것이 좋다 여겼건만, 그대는 아니었나 보오?"

"그것이 아니오라!"

말만 나와도 괴성을 지르며 제게 왜 이러느냐 화를 내던 동이와 달리 도겸은 참으로 여유롭게 아리의 질문을 받아 냈다. 당황한 모습을 보려 꺼낸 말이었건만, 어쩐지 다른 이가 곤경에 빠지게 되었으니 난감하기 이를 데가 없다.

"잠시 물러가 있도록 해."

점점 심각해지는 아리의 표정을 살피며 도겸은 기꺼이 사람들을 물렸다. 무언가 할 말이 있는 모양이니까.

모두를 내보낸 후에야 아리는 조금씩 입을 열었다.

"오갈 데 없는 제 처지는 저도 잘 알고 있습니다."

"영수가 그대를 섭섭하게 한 것인가?"

"그런 것이 아닙니다."

속내가 어찌 되었든 영수는 언제나 아리를 깍듯하게 모셨다. 실상 아리를 섭섭하게 한 것은 오히려 도겸 쪽이다.

"고양이가……."

"고양이를 기르고 싶었다면 내 당장 데려오라 할 것을."

"그 소리가 아닙니다!"

하고 싶은 말이 참 많은데 말주변이 없으니 뭐라 해야 할지 혀가 꼬였다. 주눅이 들어서 말 한마디 제대로 하지 못하는 이런 생활은 도무지 제 성미에 맞지 않는다.

"저도 결국은 주워 온 고양이나 마찬가지인 것을요. 안해로 삼아 주신다고 하시고서는, 입맞춤도 제대로 아니 해 주시고."

낯선 이들 사이에 홀로 둔 것도 모자라 재미없는 공부만 하라고 온종일 묶어 놓기까지 했다. 쌓였던 불만들이 폭발하고, 도겸은 횡설수설하는 소리를 잠자코 모두 들어 주었다.

"그래서 속이 상했던 건가?"

"입맞춤도 아니 해 주시면서. 그러다 결국은 산에 돌려보내실 거면서."

화가 나서 잔뜩 쏟아 내고 보니 머리로 하던 생각과는 전혀 다른 말들이 쏟아져 나왔다. 씩씩대는 아리의 말을 한참 들은 후 도겸은 그녀의 손을 잡아 그대로 제 무릎에 앉혔다.

"아리 아씨께서는 참으로 아이 만드는 법을 알고 싶으신 걸까?"

"기왕 배울 거라면 다른 이가 아닌 지아비 될 이에게 배우고 싶습니다."

406

자기가 무슨 소리를 하는 줄도 모르고서 겁 없이 들이대는 도발에 도겸은 애써 웃음을 참았다. 버려진 고양이 새끼를 꼭 제 처지처럼 여겨 주눅이 들었던 모양이지만 역시나 아리는 혼자 침울해하는 연약한 여인과는 거리가 멀었다.

"달거리도 하시면서 어찌 아이가 생기는 법을 모르신단 말입니까."

"동이 녀석이 그랬습니다. 함부로 사내와 입맞춤을 하고 다니다가는 금세 아이가 생겨 혼쭐이 날 거라고요."

물론 입맞춤이 다가 아니라는 건 알고 있지만, 정확히 무엇이 어찌 되는지는 아직 상상조차 하지 못하는 모양이었다.

"가르쳐 드리는 것이야 어렵지 않지. 내 그대가 원하는 것은 뭐든 다 들어주겠다고 했는걸."

"참이십니까?"

"그럼 물론이지. 오히려 그대가 싫다며 달아나지 않을까, 나는 오히려 그것이 더 걱정이었는걸."

낙양에 돌아갈 때까지 초야는 치르지 않겠다고 다짐하였지만 이렇게 차려 준 밥상을 밀어내는 것은 사내의 법도가 아니다. 온전히 힘을 깨우는 것은 나중으로 미루더라도 일찌감치 제 손길에 익숙해지는 것도 나쁘지는 않다.

도겸이 밤마다 무슨 시련을 견디고 있는지도 모르는 이 여인을 대체 어찌하면 좋을까. 야속한 마음을 애써 삼키며 도겸은 음흉한 미소를 머금은 채 아리의 손을 꼭 잡았다.

"그대가 그토록 바라신다면, 내 친히 알려 드려야지."

그녀를 번쩍 안아 침상에 앉히고서 시녀들이 단단히 여며 놓은 앞섶에 살며시 손을 뻗었다. 반질반질한 비단에 싸 놓은 귀한 보물을 앞에 두고 도겸은 예를 치르듯 정중히 옷고름을 풀었다.

"이것은 분명 그대가 먼저 조른 것입니다."

환한 햇살 아래 쌀떡처럼 뽀얀 어깨가 드러났다. 수줍게 뺨을 붉힌 여인을 아래에 눕히고 도겸은 그간의 설움을 한껏 담아 입을 맞췄다.

"어찌하여 옷을 벗으시는 겁니까?"

"차차 알게 되실 겁니다."

커다란 손에 두 팔이 잡힌 채 아리는 어찌할 바를 몰라 두 눈만 깜빡였다. 제 말이 어떤 결과를 불러오게 될지, 당시의 아리는 조금도 상상하지 못했다.

✳ ❀ ✳

긴 하루를 보내고 이른 아침, 아리는 번득 눈을 떴다.

"일어나셨습니까?"

도겸은 상의도 입지 않은 채 흐뭇한 얼굴로 아리를 내려다보았다. 막 잠에서 깨어나 완전히 흐트러진 그를 보고 아리는 어딘지 모르게 서늘한 느낌을 지울 길이 없었다.

"그, 그것이……."

저녁을 먹다 말고 침상에 올라와서는 함께 밤을 꼬박 지새웠다.

몇 번이나 졸다 깨다를 반복하며 아리는 태어나 처음 보는 세상을 만났다. 이불 아래 아무것도 입지 않고 누워 있자니 왠지 모르게 허전하다.

여전히 제게서 눈을 떼지 않는 사내를 애써 등지고 아리는 침상 아래 떨어진 제 옷가지에 손을 뻗어 보려 애를 썼다.

"무엇을 주우시려는 겁니까. 제가 주워 드리지요."

뜨끈한 그의 생살이 등에 와 닿으니 피부에 불이 이는 것만 같았다. 사내의 허벅지가 자연스레 제 다리를 감싸고 아리는 어느새 그의 품에 꼭 안긴 꼴이 되어 버렸다.

"욕간을 하고 싶습니다. 그러니……."

"물을 데우라 이르지요. 그래도 시간이 제법 걸릴 테니 조금만 기다려 주세요, 아리."

민망한 순간을 치르고 난 후에도 도겸은 어째 깍듯이 예를 차렸다. 참으로 언행이 일치하지 않는 분이라 그는 정중한 말투로 난잡한 허락을 구하는 짓도 서슴지 않았다.

"그러니 이 손을 좀 놓아주시면."

"어허, 아직 수업이 끝나지 않았음이니. 그대가 어제 잘 배우신 것인지 복습을 할 참입니다만?"

부끄러움이 턱 끝까지 밀려와 아리는 죄 없는 이불을 부여잡고 얼굴을 숨겼다. 다짜고짜 옷고름이 풀릴 때만 해도 무슨 일이 일어나게 될지 상상조차 하지 못했다.

"이제 다 알았으니 그만하셔요."

"그만하기는 뭘 그만하란 말입니까. 아침 해와 함께 사내의 양기도 충만해지니, 이른 아침은 부부의 사이를 더욱 돈독히 하는데 더할 나위 없이 좋은 시간인 것을."

평소 도겸이 아침 일찍 자리를 비운 것도 일이 바빠서 그러는 줄만 알았다. 어떻게든 손을 뻗어 비단 속곳이라도 주워 보려 했지만 그마저도 실패라 아리는 잠자코 그의 손에 모든 것을 맡겼다.

"아직도 이 사람의 마음을 의심하시는 겁니까?"

"아닙니다. 절대 그렇지 않습니다."

두 번 의심했다간 참으로 목숨이 날아갈 판이라 아리는 필사적으로 고개를 저었다.

"다행이야. 그대가 나를 믿어 주지 않으면 누가 나를 믿어 줄까."

나른한 미소를 지으며 도겸은 아리의 가슴에 얼굴을 묻었다. 어미의 품을 찾던 고양이처럼 도겸은 아리의 촉촉한 살갗에 얼굴을 비비는 것도 서슴지 않았다.

"민망합니다. 그리 만지지 마셔요."

"민망하다니? 어젯밤에 그렇게 좋아하실 때는 언제고."

그의 손길이 닿을 때마다 입에서 고양이를 닮은 울음소리가 새어 나왔다. 고양이가 되어 보라며 도겸은 참으로 망측한 언행도 서슴지 않았다.

"그때는 도련님께서!"

"암. 그리하였지. 아이를 만들기 위해서는 부부의 정이 돈독하여야 한다 내 이르지 않았어?"

그의 성화에 시달리다 잠시 곯아떨어진 사이, 영수가 서책 몇 권을 가져다주었다. 흔들리는 호롱불 아래에서 아리는 화첩 안에 그려진 음양의 조화에 무어라 할 말을 잃어버렸다.

"저는 그런 줄도 모르고……."

"쉿. 모름지기 지아비 될 사내가 알려 드리는 것이 도리라 하였음이니."

이마에 가볍게 입을 맞추고 도겸은 침상 아래로 내려가 옷가지를 주워 입었다. 그러곤 문간에서 기다리던 시종을 불러다 무언가를 가져오라 일렀다.

"내가 나빴어. 그대에게 가르쳐야 할 것은 진작에 모두 가르쳐야 했는데."

"여기서 더 배울 것이 있단 말씀입니까?"

"더운물을 가져왔나이다."

사람을 물린 도겸은 놋쇠 대야를 받아 와 침상 곁에 놓았다. 모락모락 김이 나는 더운물에 뽀얀 천을 적시고서 그는 여전히 이불 속에 몸을 숨긴 아리를 흐뭇하게 바라보았다.

"몸을 닦아 드릴 터이니 잠시 이불을 걷어 주시지요."

"제가 하겠습니다!"

"어허, 그대의 몸에 얼룩을 낸 것은 이 사람인 것을. 자, 어서 이리 오시오."

때늦은 소꿉놀이에 재미가 들린 건지 도겸은 좀처럼 미소를 숨기지 못한 채 아리의 손을 잡아끌었다. 그렇다고 이대로 욕간을 했다가는 영수에게 몸을 보여야 한다. 어쩔 수 없이 아리는 이불을 꼭 쥔 채 짓궂은 사내를 바라보았다.

"반드시 몸만 닦아 주셔야 합니다."

"아무렴. 그러고말고."

저만 믿으라는 사내의 말을 진짜 믿어 버린 것이 잘못이었다. 반짝이는 햇살 아래 피어난 한 떨기 작약처럼 곱기만 한 아리의 모습에 그만 도겸의 이성이 끊어졌다.

"도련님!"

"이토록 어여쁜 그대 없이 내가 어찌 살까. 응?"

놓아 달라 앙탈을 부리는 어여쁜 여인을 품고서 도겸은 따스한 온기를 만끽했다. 궁으로 향하기 전, 그때까지만 해도 두 사람은

411

그런 행복이 영원히 이어질 줄 알았다. 두 뺨을 붉힌 채 수줍게 웃던 아리의 모습이 아직도 생생하건만.

낙양이 불탔던 바로 그날. 그녀는 홀연히 도겸의 앞에서 자취를 감췄다.

* ❋ *

"폐하."

무하의 목소리에 잠이 깼다. 이마에 식은땀이 가득 맺힌 채 도겸은 가쁜 숨을 몰아쉬며 잠에서 깨어났다.

"아침이더냐."

"아직 밤입니다."

가위에 눌려 혼자 끙끙 앓는 것을 보다 못해 잠에서 깨웠다는데 다시 잘 기분이 들지 않아 힘겹게 몸을 일으켰다.

"차갑구나."

그리운 시절의 꿈을 꾼 탓이었을까. 습관처럼 짚은 빈자리가 한없이 냉랭하다. 언제나 제 곁에 잠들어 있어야 할 여인이 사라지고 없으니 도겸의 밤은 유독 시리고 추웠다.

"화로를 들이라 이르겠습니다."

"아니, 됐다. 나가 보아라."

더 잘 기분이 들지 않아서 도겸은 무하마저 내보내고 홀로 방 안에 앉았다. 여전히 어둠이 내린 황궁은 한없이 고요할 뿐, 은애하는 여인의 숨소리는 어느새 온데간데없이 사라져 버렸다.

"아리."

그녀가 사라지면 어찌 살까. 그림자를 풀어 수소문에 나섰지만

412

유능한 그의 그림자들도 끝내 아리의 행적을 찾아내는 데는 실패하고 말았다.

"다른 소식은 없느냐."

"송구하옵니다. 죽여 주시옵소서."

주인의 보물을 잃어버린 것은 모두 제 불찰이라며 무하는 바닥에 머리를 조아린 채 벌을 청했다.

"윤도는 어찌하고 있느냐."

"벌써 일주일째 식음을 전폐하고 칩거하였다 합니다."

세상 사람들은 윤도가 어머니인 화평공주의 죽음에 충격을 받은 줄 알고 있었지만, 거사 이후 그녀를 제거할 거라는 건 윤도 자신도 이미 동의했던 내용이었다. 사사건건 황실의 명예를 깎아내린 그녀는 소 태사를 견제하기 위한 수단이었을 뿐. 적의 머리가 날아간 지금, 굳이 후환이 두려운 싹을 살려 둬야 할 이유는 없다.

'그 아이를 너무 믿었어.'

머리가 비상하다 하나 행동은 굼뜬 녀석이라서, 그래도 아리를 누이처럼 잘 따르니 어떻게든 잘 보호해 줄 것이라 믿어 의심치 않았다.

제 말이라면 죽는 시늉조차 할 윤도의 눈을 피해 간 거라면 상대는 분명 만만찮은 솜씨일 거라 여기긴 했다. 하지만 무하의 눈까지 피해 아리를 빼돌리는 존재가 이 나라 안에 있을 줄은 꿈에도 생각지 못했다.

"향족은 돈이 되지."

사람은 자취를 감춰도 향기만은 남아 흔적을 남길 것이다. 하물며 향기로운 꽃에는 언제나 벌과 나비가 꼬이는 법이다.

"향족의 행방을 쫓아라. 하나도 빠지지 말고 모두 찾아내야 한다."

가치를 알아본 자라면 가장 높은 값을 치를 자에게 넘기려 할 것이다. 그러니 어떤 대가를 치르더라도 목숨만 붙어 있다면 어떻게든 다시 데려오면 된다. 다만 한 가지, 마음에 걸리는 것이 있다면.

'태남산으로…… 돌아가고 싶어요.'

끝내 울먹이던 아리의 모습이 주마등처럼 뇌리를 스쳤다. 떠올리고 싶지 않은 경우의 수가 도겸의 목을 조였다. 만약 스스로의 의지로 제 곁을 떠난 거라면. 그렇다면 도겸 자신은 순순히 그녀의 행복을 빌어 줄 수 있을까?

"말도 안 되는 소리."

재주도 많고 성품도 착한 여인이니까. 아리는 분명 제 후광이 없어도 어떻게든 살아남을 수 있을 것이다. 만약 운 좋게 제 아비를 닮은 사내를 만나기라도 한다면 깊은 산에 숨어 예전처럼 평온한 삶을 이어 나갈 수 있을지도 모른다.

"그건 곤란해."

피로 얼룩져 버린 제 두 손을 바라보며 도겸은 광기 어린 웃음을 터트렸다. 그녀를 손에 넣기 위해서 그토록 거부해 온 황위까지 물려받았건만. 이제 와 산새처럼 날아가 버린 그녀 없이 홀로 버티기에 이 황궁은 너무나도 냉혹하고 공허했다.

"비의 혼례복을 가져오거라."

아리가 초야에 입었던 붉은 예복은 침상에서 바로 보이는 맞은

414

편 벽 가운데에 걸어 두었다. 그 탓이었을까. 측비가 사라지고 나서도 텅 빈 황제의 침소에는 그 어떤 여인도 발을 들이지 못했다.

"제 딸을 찾아 주십시오. 화평공주마마께서 장차 황후 자리에 올리리라 점찍어 두신 아이였습니다."

오르지 못할 나무를 우러러본 죄로 불타 죽은 계집의 부모는 딸의 시신조차 찾지 못하고 낙양에서 쫓겨났다.

황제가 측비를 잊지 못한다는 소문이 공공연히 퍼질 즈음, 선황제의 비였던 영 황후는 태후 자리에 오른 뒤 제일 먼저 측비의 존재를 지우기에 들어갔다.

"불길하게 죽은 이이니 묘를 세우는 것은 허락할 수 없다."

"하오나, 마마."

"아니 된다고 하지 않았느냐."

제멋대로 날뛰는 영 태후의 폭거에도 새 황제 도겸은 그 어떤 조치도 취하지 않았다. 무기력한 황제가 우습게 보인 탓이었을까. 선황제의 후사를 등에 업은 영 태후는 더욱 기세가 등등해진 채 노골적인 욕심을 숨기지 못했다.

"아직 황상께서 슬픔을 이기지 못하셨으니 황후 간택은 추후로 미루고자 하옵니다."

"뜻대로 하십시오."

대신들이 반발했지만 황제 본인의 뜻이 그러하다 하니 자연스레 황후 자리는 공석이 되었다. 신분만 태후일 뿐, 사실상 황궁의 안주인 행세에 흠뻑 취한 영 태후의 행각을 두고 보면서도 도겸은 굳이 입도 떼지 않고 잠자코 지켜볼 뿐이었다.

언젠가 그녀가 돌아올 날까지 제 세상을 누리게 내버려 둬야 한다. 언젠가 그녀가 돌아온다면 제 원수를 나락으로 떨어트리는 것도 아리의 몫이 되어야 할 것이다.

어느새 저 멀리서 닭 우는 소리가 들렸다. 은애하는 정인의 생사조차 알지 못한 채 오늘도 지옥 같은 밤을 넘어 야속한 아침이 찾아왔다. 어슴푸레한 색으로 물들어 가는 동쪽 하늘을 바라보며 도겸은 쓰라린 가슴을 애써 다잡았다. 분명 다시 만날 수 있을 테니까. 그날이 올 때까지는 어떻게든 이 자리를 지켜야 한다.

"그러니 제발 살아만 있어."

사라져 가는 별무리에 염원을 담고서 도겸은 애써 눈을 감았다.

-다음 권에서 계속